混在北京

# 混在北京

（修订本）

黑马 著

人民文学出版社

图书在版编目(CIP)数据

混在北京 / 黑马著. —修订本. —北京：人民文学出版社，2015
ISBN 978－7－02－010764－3

Ⅰ.①混… Ⅱ.①黑… Ⅲ.①长篇小说—中国—当代 Ⅳ.① I 247.5

中国版本图书馆 CIP 数据核字（2015）第 025770 号

责任编辑　仝保民
特约策划　李江华
装帧设计　苏静宇
责任印制　芃　屹

出版发行　人民文学出版社
社　　址　北京市朝内大街 166 号
邮政编码　100705
网　　址　http://www.rw-cn.com

印　　刷　北京凯达印务有限公司
经　　销　全国新华书店等

字　　数　260 千字
开　　本　710 毫米×1000 毫米　1/16
印　　张　19.5
印　　数　1—8000
版　　次　2015 年 3 月北京第 1 版
印　　次　2015 年 3 月第 1 次印刷

书　　号　978－7－02－010764－3
定　　价　38.00 元

如有印装质量问题，请与本社图书销售中心调换。电话:01065233595

混在北京
目录

序　　热闹的黑马《混在北京》／冯亦代 001

第一章　水往低处流／001
第二章　人生代代无穷已／025
第三章　诗人与歌女／068
第四章　季秀珍和她的"同情兄"们／093
第五章　"爱的奉献"／130
第六章　"六宫粉黛"／161
第七章　天下第一俗女人／205
第八章　改革，分房，卷铺盖卷儿／252
第九章　人往高处走／285

后记　筒子楼的戏剧人生结构／黑马 295

# 序

## 热闹的黑马《混在北京》

冯亦代

黑马送我一本他写的《混在北京》,乍一看题目,以为是本痞子文学,但一开卷,方知端的。这是本写芸芸众生中小知识分子群像的小说,笔触寓庄于谐,在嬉笑怒骂中道出了小知识分子为了在社会上争得一席地的辛酸。我读过的小说,自《儒林外史》以下一直到《围城》,写了封建时期和半封建半殖民地中知识分子的可怜相与苦恼相;对于大小知识分子的剪影,写个别的有,写几个也有,但写小知识分子成堆的却不多见,《混在北京》就填补了这个空白。

《混在北京》有他独特的取材角度:自建国以来,北京成了一块宝地,不论哪一等人,上至达官贵人,下到靠卖苦力吃饭的,都一火车一火车地向北京进发。对于一些知识分子而言,每年投考大学或研究生,便有不少知识分子向北京进军。从好的观点出发,北京是个中外文化汇集的地方,几所大学也是响当当四海闻名的,一旦考试录取,便有了进身之阶,一如封建时期,为了仕途有望,若果取了个进士,便可成为翰林,留京补缺;虽然做京官清苦,但翰林头衔便是荣身的保证。如今没有科举,惟一途径,便是投考大学,一毕业不但可以永远挤进上国衣冠的圈子,即使不能荣宗耀祖,好在北京的干部是中央级或准中央级的,说出来也光彩熠熠。于是全国各地上至通都大邑,下到穷乡僻壤,形成一支大军,齐奔北京来了。有处投靠的,当然不在话下,无依无靠的只要能进入一个中央机构,吃得苦中苦,方为人上人,也就可以做北京人的黄粱好梦了。这是开始,你一个人到了北京,你要成家立业,如果你有幸成为现代陈世美,当然是吉人天相;否则就进入找伯乐大战,求职衔大战,求居室大战。黑马的笔锋所到之处,便是写了这一连串争斗中,竞求达到一己目的之众生相。他用的语言幽默俏皮、尖酸刻薄、入木三分,值得玩味。

黑马抓了个好题目,而且以平日的闻见感受串成一个小知识分子生死斗争的故事。这里面写了男男女女为求在北京有一个立足点的相互扑击,也写了他们为能恋栈于这一块铁饭碗的可怜处境,背景则是一家中央级出版社臭水横流的宿舍筒子楼。选中这个场景是有意义的,道出这一宿舍楼流出了臭水,也象征了这群小知识分子的臭气熏天。那些可以左右这批小知识分子命运的,并不住在筒子楼里,他们早已凭了当年的年轻有为,成了领导这批群氓的人物了。即使较后投入革命怀抱的人,进了城,也论功行赏各得其所。住在筒子楼里的,只是那些出身不一而目的相同的"淘金人"。有了这个背景,筒子楼便成了一块战场,合纵连横,媚上压下,各显神通,各有千秋,运用了他们的浑身解数,要在这一汪臭水里,掏出金娃娃的浮世绘。

从市场机制来改革社会主义的"大锅饭",是一场斗争,也是另一次社会主义的革命,触动了上上下下、大大小小的生存在"大锅饭"里的人。这个斗争是严酷的,惯于吃"大锅饭"的人,必须进行一次翻肠倒肚的折腾,否则,各种悲喜剧就都上了舞台露相。通过这个舞台及上演的各色人等的不同戏剧,黑马就忠实地记录下这些不同的故事。

黑马忠实于他的观察,记录了各个小知识分子的穷形极相,塑造了一批人物;故事令人信服。除了那些貌似正经、心怀叵测的角色外,就是那批小知识分子。从筒子楼的污水向低处流写起,其中不同的角色,演出了不同的故事,有诗歌新星加歌星浙义理,天下第一俗女人滕柏菊,小有名气的翻译家胡义夫妇,为了争夺家属进京名额的文学硕士沙新和主任助理冒守财,以自己的女人身份作交易的单丽丽,为同乡两肋插刀抢占床位的门晓刚……诸色人等,通过不同的途径,演出了一出闹剧,勾划了这全国首善之区北京的新世相。这是幅荒诞不经的图画,却又是惊人的暴露,但是最后功成名就的,却是被相互挤兑不得不离开京城的沙新,吃了败仗,回归故里,却英雄有用武之地,因而发了。还有牺牲色相,嫁了洋人又不忘旧相好的季秀珍也发了。而那些不靠自己努力专吃社会主义"大锅饭"的人,如浙义理之流到最后显了原形,要挟一些颟顸的"土包子"走上了升官晋爵的捷径。

黑马惟恐有人对号入座,特别在书底附了告诫,说"本书中人名物名纯属虚构,如与现实中人物名称重合,则纯属偶然,切勿对号入座"云云。这样便不会被人控告侵人名誉权了。这几年,这个侵人名誉权,也成为整治人的一种手段,以之出名,以之报复,令人胆寒。如果黑马忘了这一点，小说的故事，也许更为璀璨夺目。最妙的是黑马引用了《圣经·路加福音》中的话，作为代题记："父啊，宽恕他们吧，他们不知道自己做了什么。"意味深长。

　　作者对于语言的运用十分熟练，似乎只是信手拈来的词句，却满藏着作者的机智与苦涩。书中的人物虽系虚构，却的确隐藏在北京的忙忙碌碌的人流之中，也许你我身上，都有他们的影子。读了书中文字，有时令人皱眉，有时使人莞尔。无法找到这样的人，而这样的人又无处不在，这便是这本小说的成功之处。我欣赏这本篇幅不大的小说，但须读后细细思量，方知其妙。


　　（此文为冯亦代先生生前所写书评，黑马获冯先生书面授权将本文作为序言随书出版。黑马弱冠之年受到冯先生扶掖，得其沾溉，引以为幸。在此感谢并怀念冯先生。）

父啊，宽恕他们吧，

他们不知自己做了什么。

——《新约·路加福音》

谨将此作

献给一座人已去、楼未空的北京筒子楼

献给过去二十年中不断消失的北京筒子楼和正在消失的老北京城

# 第一章 水往低处流

"江青死嘞哎！江青自杀嘞！快来瞧哎，最新消息嘞！晚报，晚报，就二日（十）来份儿嘞。五毛，找您三毛。快买哎，江青出事儿了——"

卖报的小伙子扯着嗓子叫着，可买的人不多。人们在忙着买吃的。身边的小贩儿嗓门儿比他还高，低着头用小叉子拢着豆芽儿粗声吼着："豆芽儿，绿豆的，败火，贱卖嘞，两毛了，三毛二斤。收摊儿了哈。"

这是长安街边上的一条狭长马路，两边都是居民楼或平房大杂院儿，刚刚在这儿设了自由市场。刚出锅儿的吊炉火烧韭菜包子切面葱油饼西红柿黄瓜茄子熟肉朝鲜泡菜鸡蛋花生仁儿嫩豆腐，叫卖声讨价还价声男女老少叫成一片。长安街一街的体面风光，这里则是半胡同的嘈杂喧闹。如果说长安街是一条宽广流缓的大河，这里就是一孔狭窄湍急的下水道；长安街是一场华彩歌剧，这里就是一出世俗的京韵大鼓。这二者仅一楼之隔。

窄巴巴的胡同儿里人挤人疙疙瘩瘩蠕动着。人们看上去都很忙，东突西蹿，这边扒扒头那边吼一嗓子打问价钱，自行车你撞我我碰你乱成一团。可那种挑肥拣瘦的精明刁钻劲儿，又像是人人都挺闲在似的，这些大忙人或大闲人们活活儿把这条窄街挤得水泄不通。

就在这时有一光膀子壮汉，"咣"一声把一个大筐往铁台子上一墩，"哗"地掀开蒙在筐上的白布大叫："鸡头嘞，一块五一斤啊，刚从厂里拉来的。"这一声，立即招来呼的一群人。筐里血淋淋地堆着密实实的鸡头，连脖子都没有，全是齐根儿砍下来的，眼儿还死不瞑目地圆睁着。立即有一满脸流汗的胖女人挤上前来，张口就要五斤，大票子一扔，拎着血红的鸡头们一扭身叫着："看血，蹭着啊！"兴冲冲杀出重围。有人在一旁打着招呼："秀花，又给三子买好酒菜儿了？"胖女人满脸油花花绽着笑："他丫的就爱这一口儿，专爱吸溜脑子，说吃嘛补嘛儿，也没见他补机灵喽，瞎吃吧就。"

买鸡头的人挤成一大团，吵吵着要壮汉降价，汉子抖着一身肥肉说："哥们儿大老远从屠宰厂里拉来的，这份儿辛苦钱挣得不易，瞧，浑身炼出油来了。咱这是新鲜鸡头，爱买不买，要落价儿也得六点以后，愿等你就等。"

就有中年女人跟他斗嘴，说："你个大老爷们儿，抠儿逼吧你就，眼瞅着就六点了，你就不能提早儿降啊，唔们赶着回家做一家子的饭呢，再不降姐姐们就抢啦啊。"说着做抓挠状。汉子咧着嘴乐道："抠逼的是你。一块五还嫌贵呀，毒药一分一斤，你可买掐呀。"

偏偏在这乱成一锅粥的当口儿，胡同里开进一辆什么医院的救护车来。车子贼声贼气鸣着喇叭，车顶上的那盏蓝光转灯儿恐怖地飞旋着。可就是没人给它让路，人群照旧打疙瘩。

年轻司机见人们不搭理他，就从车窗里伸出头来急扯白脸地嚷起来：

"让让哎，有急病人，死了人你们负责啊？！"

没人听他的。照旧为鸡脑袋砍价儿。老娘们儿家家的，照样见了面热烈地凑一堆儿："多大个儿的柿子，怎么卖？"

"一块五了，妈×的，贵死人。"

"除了破烂儿不涨价儿，任什么，一天一涨。"

司机急了，一嗓子大骂：

"别磨×蹭痒痒了，快丫走，里头有人要死了！没见这是救护车呀？"

"你妈要死了是不是？破鸡巴救护车你吓唬谁呀？谁不知道你们丫的成天开空车转蓝灯儿？闹鬼呀。打开，要是没病人，嘿，我大嘴巴捂你丫的。"

这边一喊，又围了一大群人看热闹，敲锣边儿的大有人在。

"给他开开，让他看看快死的人什么模样儿，传染他。"

"怎么不开呀？保不齐是艾滋病。"

一斯文的老大爷出来说和了："我说小伙子你认个错儿得了，下回别使假招子蒙事儿了。这边儿，让个道儿给他。还不赶紧回家做饭去。"

"不能便宜了他。装什么孙子？找他们医院领导去，扣他一个月奖金。这年头就罚钱灵。"

"给他一大哄呗！"

人群嚷嚷着，还是自动让出了一条道儿。那年轻司机臊眉搭眼的把车开走了算是。报贩子又大叫："江青自杀嘞哎，刚出锅儿的晚报，江青死了，还有五份儿啊。"

一阵大笑："车里敢情是江青，快让让她走，老娘的专车。"

龟儿子哟，江青死了跟我什么关系？这条鬼胡同，让我挤了半小时，成都的自由市场从来没这么挤。上北京来图个什么？连条像样的鱼都没有。若不是冲"向导出版社"的名气绝不来。

沙新心里嘀咕着，推着车子挤了出来，上了大马路，总算凉快了点。风一吹，才觉出衣服水湿湿地贴在了身上。真想扎江里去游个泳。不禁想起嘉陵江来，假期住在学校里，早晚游一趟。早晨的水凉到心里，晚上的水暖暖的，仰在江上望一天的星星，那日子。怎么北京连条河也没有？护城河像下水道。想着想着抬腿上车，却发现车把前的菜筐里西红柿正潺潺淌着红汁，让他想起刚才看到的那些血淋淋的鸡头。汁子染红了前胎。那可是一块多一斤的呀，一个月工资能买几斤？全挤开花了。柿子上面的鱼腥汤子已经流进柿子微笑的口子里。"还没到家，一锅西红柿熬鱼先做好了。"沙新为这个发现笑出声来。忙支上车子去摆弄摆弄那一筐吃喝儿，却忘了这是在十字路口上，引来警察大喊：

"那个男的，小矬子儿，说你呢，弄西红柿的内个，聋了你？退白线后头去，嘖，后头，什么叫后头？当是你们家呢，想停哪儿就停哪儿呀，找残废。"

"西红柿流汤了。"沙新不好意思地说。

"行了，瞧你老娘们儿样儿，再买一筐不得了。"

"马路橛子。"沙新暗骂着往白线后退。

"瞎了你？我的裙子哟！五百块一条呢，瞧你那德行，刮坏了赔得起吗，你？"后头有女人在骂。

沙新一回头，一个冷艳女人正用脚抵住他的后车辖辘。"别退了，警察又不是你亲爹，还说什么是什么呢。他能拿你怎么着？就杵那儿！"

谁他妈都可以训我呀！沙新一阵子窝火，大叫一声："你他妈——"后半截儿立即咽了回去，因为他看到女人边上一个黑铁塔似的男人正搂着她的腰。

"绿了，上车呀！"壮汉冲沙新粗吼一声。

哦，绿灯。人们纷纷上车蹬起来。沙新忙不迭扭转身上车。车筐太沉，车把忽忽悠悠。一块五一斤的西红柿，两块五一斤的鱼，三毛一个的袋儿奶，杂七杂八一下子就花了三十块。这点东西能催下奶来不？娶这知识分子老婆干什么，会生孩子不会产奶。又是鱼汤又是药，才催出可怜巴巴的几滴黄汤儿，催一滴要花二十块了。唉，抡力气活的女人就没这种麻烦，一对儿大沉奶子，喝凉水也长奶。沙新此时忘了，当年谈恋爱时就爱她那麻杆似的细腰，一走一阵风摆柳，好飘逸。现在顶希望老婆横吃横喝壮实起来，颤起大奶子来，让可爱的女儿也能吃上一口母奶。其实营不营养还不是最主要的，最主要的是老婆没奶沙新多了一份苦差。起五更睡半夜喂奶是顶苦的活儿。小东西随时都会饿，你随时要起床到二十米远的厨房里去煮牛奶。喝不好吐了，重来，常常迷迷糊糊端着牛奶进了厨房，点上火眼睛就闭上了，奶潽出来全作废，再摇摇晃晃回去拿一袋来。小时候邻居家的孩子一哭一闹，当妈的就解开上衣突露出一只白奶往孩子嘴中一擩，孩子再也不哭了，嘴巴吮着奶汁，小手摩挲着妈妈的奶子，眼睛斜斜地死盯着一个谁也说不清的地方，吮着吮着就合上眼，叼着奶头呼呼大睡，真省事。现在可好，沙新喂孩子吃牛奶，女儿叼上奶嘴，手却本能地摩挲沙新的胸口，好可怜，一生下来就陷入欺骗和虚无中。现在的知识妇女全闹奶荒，越有知识越没奶，说不上是进化了还是退化了。

"江青死了，晚报嘞！"

又是卖报的。死就死了呗，当成什么大事嚷嚷，这年头谁关心这个？你要喊西红柿二毛一斤了，那才是新闻。不过沙新还是下意识抬眼朝正义路那边看去，最高人民法院在那边。十几年前在那儿审判的"四人帮"，十几年后江青就自杀了。我怎么会住得离高法这么近？记得是上大学那会儿看的审判的实况转播。那时人们特关心政治，课都不上了，挤大教室里看。咦，不对了，前轱辘怎么这么沉，吭吭响？沙新跳下车，果然车胎瘪了。西下的夕阳，照样明晃晃地烤人。他真想扔下这破车，扔下这一车的吃喝轻轻松松走人。这半个月他才真懂了为人夫为人父的责任：就像蜗牛身上的壳，沉，但是还得背着，而没这壳儿你就没了生命。一背到底，死而后已。

提起车把转转轱辘，一颗亮晶晶的图钉正扎在车胎上。回那条热闹胡同补胎去吧。一想到那一疙瘩一疙瘩攒动的人头和一颗颗死不瞑目的鸡头，心就烦，只觉得浑身要爆炸。一个冷战袭上来，迫切要求上厕所，刻不容缓。他果断地掉转车把，飞身上车往家骑。骑不动。忘了。推起车飞奔。

一路洒下汗水，洒下西红柿汁和鱼汤，汤汤水水滴在滚烫的沥清路上，"哧"地烤干，冒起一溜儿酸味和腥味。有绿豆苍蝇在尾随追逐，嗡嗡。有一只落在头上猛吸他的臭汗。鱼身上已爬了绿绿黑黑一片，挥之不去。顾不上了，只想上厕所。

跑到宿舍楼前，松了一口气，只觉得这座灰不溜秋的筒子楼像一只大尿缸，引得他尿冲动更一阵紧似一阵逼上来。猛冲进一楼，在堆满破纸箱子、桌子和吊着湿衣服的楼道里七扭八拐，还是让谁家滴水的衣服缠住了头。择开后抹着脸上的水飞身上了二楼，把东西扔在楼梯口就杀进厕所。"刺啦"拉下拉链往外掏着就有热流温暖了裤裆。

这一泡真长，放完了，竟如同结束了房事般几乎累瘫。这日子。顺便扒下衣裤到水池前痛痛快快冲个凉水澡，然后拎着湿衣服只穿短裤走出来。像刚游完泳。

"太阳出来喽——"唱一半才发现脚下汩汩流淌着水，恶臭扑鼻。眼睛已适应了楼里的黑暗，定睛一看，厕所泛了。那汪洋来自三个便池，腌臜之物泛上来，流了一地，直流出去。

这楼据说是当年为日本兵修的营房，可能是地基没打好，这几年开始下陷。当然这种下陷肉眼看不出，要靠水来找齐时才能发现哪儿高哪儿低。平时看着一律平等，一发水，水从楼中间的厕所流出，不往东头流，只往西头流，说明地势东高西低，人称"尿往低处流"。就这低处的几间，也有高下之分。

沙新家与厕所斜对面，水从厕所出来后不往正对面的小冒屋里流，也不往沙新家对面的厨房或更远处流，而是拐个弯，旗帜鲜明浩浩荡荡滚向沙新家。原来这看似平坦的楼板早已拧了个麻花，沙新家这间房成了"厕所泛区"，独受黄汤恩泽。

一看涝情，沙新想起了床上坐月子的老婆，顾不上拎鱼肉便趟水往家奔过去。推开门，扑面一股热腾腾的腐臭空气。老婆坐着月子，天天紧闭门窗一点气不透，往地上看，臭水已漫了半地，老婆正搂着女儿缩在床上发呆。见沙新只穿短裤水淋淋进来，吓得发抖问："北京淹了？"沙新忍不住乐了，说："我刚冲个澡。是厕所泛水，每次都这样。你还是第一次碰上，以后就习惯了。"问小保姆哪儿去了，老婆说不知道，大概嫌屋里太闷热，哪儿玩去了。

沙新拿了笤帚和簸箕出去扫水，一出门就气不打一处来。人家正有说有笑在厨房里洗菜烧饭，楼道地上铺了一溜儿红砖，大家踏着这砖桥扭摆腰肢走高跷似的穿梭往返,有人还换上了高筒胶靴,端着热腾腾的饭菜"哗啦哗啦"喜滋滋往家走,准备吃晚饭了。

见此情景,沙新冷得起了一身鸡皮疙瘩。妈的,全靠他一人扭转乾坤呢,这脏水反正先往沙新家流,不关别人的事。他家是"泛区",别人是高岸。以前一出水,沙新就第一个冲出来扫水,找撅子通管子。没人认为他是好汉,因为他那是主观为自己客观为别人。每次掏茅坑他都一马当先,甚至下手。别人围着他看,指手画脚,嘴里叨叨着"这破楼,真作孽"之类,好像那是沙新自己家的厕所漾黄汤,他也不计较,谁让他住在泛区最低处呢?当年分住房时也不知道这楼不平有泛区和高岸之分,他分到朝阳的这一面且不与厕所面面相觑,已十分满足。眼看着小冒那屋正对厕所互通有无着臭气,心中更是庆幸。谁知道还要防水涝呢。活该他吃苦在前。

可今天不同啊,他不在家时泛了臭水,他们又不是不知道他老婆坐月子下不了地,竟没任何人理这个茬儿,干等他回来呢。再晚回一会儿,家就变成化粪池了!

沙新头脑一片空白,几乎要骂出来。厨房里的欢笑和热烈的烹炒声令他十分恶心。突然一阵辣烟袭来,他张嘴打了一个山响的喷嚏,立马儿涕泗横流。此时全楼的人几乎全在咳嗽打喷嚏,真正是万众一心,千言万语汇成一声响喷。沙新知道,那肯定是他的老乡门晓刚在做干煸辣子牛肉丝,这道川菜每做一次全楼就震荡一次响喷,致使半月内没人感冒。辣烟又起,厨房里的人抱头鼠窜,顾不上踩砖桥了,纷纷落水,大呼小叫,最后连小门和他老婆也飞奔出来,他们自己都受不了这份辣了。对这股邪辣味儿沙新早腻透了,这种四川干辣椒简直如同毒品,只觉得四川就是一个大大的辣火锅。没想到逃到了北京,又跟这么一个老乡住一个楼，依旧天天不辣不吃饭。

又有谁家的女人拖着大胶靴子手端饭菜兴冲冲涉水过来。"都臭成这样了，你他妈还有心思饱口福。"沙新几乎眼睛冒血。龟儿子哟，我叫你吃个够。他猫下腰去扫水，就在那女人哼着"我想有个家／一个不需要多大的地方"走近他时，他脚下一滑，向那女人一头扎过去。那女人没有准备，忽见沙新赤条条扑过来，惨叫一声，连人带饭滚入水中。原来是诗人浙义理的老婆。她曾在一个雨夜里被一群流氓纠缠过，落下了妄想症，常常一见男人从身边过就大喊大叫。

沙新倒下的一刹那，感到头重重地撞在一张桌子上，背上一阵灼烫，令他发出一声怪叫，那是小浙夫人刚出锅的一条尺把长的红烧鱼烙在了他的赤背上。

人们纷纷趟水过来把小浙夫人抬回屋去。这边沙新也撞伤了头烫伤了背，浑身尿汤鱼汁去冲澡。

义理刚参加完一家大书店的"浙义理情诗签名售书优惠展销"活动，正弹着琴为一首诗谱曲。他的诗一共发了二百多首，却被五六家出版社抢着出了十本口袋诗集，书名各异，内容几乎本儿本儿重叠。一下子成了大款，装备起音响、雅马哈电子琴、25吋彩电和成套卡拉OK录像机，随之在这破筒子楼里第一个装上了防盗铁门。现在正和通俗歌手们热混，那些歌星们大多没什么文化，大字不识几碗，有的连五线谱都认不全，根本没有"披头士"什么的那份创造天才，只会唱别人的现成作品。于是诗人决定下海捞一票，也是为了让自己的名字通过通俗歌曲打得更响。最近忙于写纯情歌词，写完后自己凭那点有限的简谱知识先辛辛苦苦地标一通12345，好歹是个意思，表明自己对音乐形式的基本追求，再找作曲家修改成五线谱。这样他不仅不会让作曲者随意谱曲糟改了自己那美丽凄艳的爱情诗，还可以算作曲人之一标上大名。灌了盒儿带，又是作词又算作曲，还挑一首不高不低的歌亲自演唱如《失去你我仍很爱你》，实在比只出一本诗集风光。才几年，俨然是诗人、作曲家和歌星三位一体的名人大腕儿了。只是毕竟无法与那些出场价成千上万的真歌星比，他的收入还远不够自费买一套房子，还无法辞职去干个体，只好还滥竽在出版社和这座筒子楼里，很格格不入地与别的穷苦年轻编辑们为伍。

他正为《年轻是美丽的》调式发愁，他谱出的曲子听上去非男非女，有点别扭。本打算将来让某位劲歌手吼唱的，唱出男性的豪迈。可曲子拐弯儿串了味儿，有点《苏三起解》味了，似乎该让那个外号"甜妞儿"的男歌星唱才好。就在这反复纠结时，人们把他老婆抬了进来。这类情况是经常发生的，义理已经惯了——义理是久经考验的，他照旧给老婆服了两片安定，铁青着脸走了出来。看见沙新正埋头扫水，不禁恨恨然。他的诗集走红后立即遭到一批骂派批评家的围剿，被说成是"媚俗小曲"，其中一个叫"金林"的人文章写得最为辛辣。浙义理多方打听，才知是沙新写的。金林，金林，原来是紧邻的意思。义理对此等暗枪黑弹早已无所谓，嗤之以鼻。文人相轻，不难解释。连梁实秋这样的大文人不是也恶毒地骂鲁迅吗？沙新又怎能免俗？不过是西南什么师范学院中文系毕业而已，比义理的燕京师大又低了点档次。当初他二人也算朋友，互不侵犯互不干涉内政和平共处虽然并不互利心里也不认为与对方平等——义理对沙新的硕士学位很不当一回事，因为那是非重点大学的学位，肯定是瞎混出来的；沙新又自以为是批评家，不拿义理这永远写不出头的筒子楼诗人当回事儿。可某一日灵魂深处爆发新词儿，义理认清了形势，不再写纯诗，而是翻出当年穷困潦倒几近自戕时的自勉诗和失恋诗向《贴心大姐》这样的青少年报刊猛投一气，居然几十首同时在南北方炸响，成了大陆的"最后一个童贞诗人"。这自然招人嫉恨。肯定头一个嫉恨他的就是"紧邻"沙新。可能最大的嫉恨还是来自浙义理大把大把的进项儿。这年头儿，文人虽然不算最穷，但绝对富不起来，一个个不过水没脖根儿混着。沙新这号儿批评家更是穷对付着过的主儿，加上生儿育女，就更惨了。玩儿不出大部头力作，小打小闹写点儿，他们眼瞅着他几大件儿一夜之间凑齐了，整天晚会聚会出入大饭店，能不生气吗？再下来就该买汽车买房子了。你们生气的日子还在后头呢。对了，还有，他们最嫉恨他身边淑女如云，尤其是那么些小姑娘跑办公室来讨教，在书店里蜂拥抢他签名最让他们嫉恨。人比人气死人。想到此，浙义理内心平静了，只心里说：走你的路，让他们说去吧。然后抄起笤帚，悠悠大度地加入了扫屎汤的行列。

冒守财早端来些土，用砖头在自己门口垒起一个小坝。然后他号召说："反正这水止不住了，总不能一夜都在这儿扫。再垒一道坝，拦住水，让它往一楼流，从一楼流到长安街上去，要正赶上明天有外国首脑来，今晚就会有人来修。"

小冒这个人一点没有楼上人们期待的黄土高原人的厚道样，可又不会耍大聪明，只会耍小心眼儿，自私得让人一眼就看穿。这样的人不知怎么上大学时还入了党，进"向导"社后又看不上当编辑就混进总编办公室干上了主任助理。他招某些领导喜欢，可在这座楼里的平民堆里却最不招人待见。虽说平时自私专爱干眼朝上翻的事儿，可这个建议却很能打动人心，算是"扩大了私字"，是站在全楼立场上说的公道话。也是，这破楼一直就没人管，出了毛病全靠楼民们自力更生。出版社似乎有意锤炼这些年轻人,连灭火器也不给他们发一个。他们也不知道楼会着火,没人去要。出版社的人管这楼叫"移民楼",因为楼民们全是外地来京的大学生,是名副其实的第一代移民。听了小冒的话,立即有人揭发说长安街上挂满了彩旗,肯定要来哪个非洲的元首。臭水一上街,公安部门非找出版社算账不可,社头儿就该关心移民楼了。于是去院子里铲土找碎砖头,不一会儿就筑起了一道坚不可摧的大坝,足有十几公分高。随后纷纷洗手冲澡,凉凉快快地准备吃晚饭看电视了。

沙新冲了凉,一拐达一拐达地回到屋里,歪在床上烂泥一样瘫着,只有大喘气的份儿了。老婆忙下地去找来万花油给他抹头抹背,又扯了一贴"天然麝香虎骨膏"捂在肿起的脚腕上。还不放心,又让他用酒服了一小撮儿云南白药,说是化淤血的。

床上太热,他就地铺一张草席,滚上去想打个盹儿,这一下午连续作战,累得他放平了身子就迷糊过去了。他着了,女儿哇哇大哭起来,又饿了。只好强打起精神挣扎起来去煮牛奶。厨房里十几个煤气火眼儿烈焰熊熊地煮炒着一家家的晚饭,人们正挥汗如雨做饭洗菜,油烟呛得一个个咳着喷着,影影绰绰在烟雾中战斗。沙新忙等候在滕大姐身边,待她炒完一个鸡蛋西红柿连声感谢着夹塞儿坐上小奶锅。煮好牛奶出来,光赤的上身已经油腻腻布满了小油珠儿,抓了干毛巾一抹,毛巾立即油黑一片。该喂奶了,这才想起家中还有一个小保姆,天都黑了还不见回来。

"翠兰这妹子真成姑奶奶了,上咱家养老来了不成?你也不说说她。"

"我怎么好说,那是你家的亲戚。我充其量算她个舅妈,还是表的,八杆子打不着。"

"我也不敢说像请上帝一样请来的。就咱这破筒子楼，谁肯来这里当保姆？住这里的人自己倒像保姆。惹不起，由着她吧，能帮把手就不错了。"

沙新又躺到地上去，仰天看着这房子，倒像不认识似的。平常站着看，这十几平米的面积让大组合柜一隔成两间，觉着挤插插的。可躺下来，立时觉出天地宽广。翠兰住柜子那一边，拉个帘算个独立世界了，也真难为了这大巴山里的女子。就凭沾点亲，才敢这么住，不知道的还当是讨了二房呢。那天公安局来查户口，发现这楼上四五家这样混居的，逼着他们一个个写了证明，证明是远房近房亲戚关系，并声言要去出版社交涉，让出版社专腾出一间保姆房来。"天下第一俗女人"滕柏菊家更令人无法忍受，她生了孩子，她奶奶妈妈姑姑小叔子弟妹带着孩子全从山沟来"伺候月子"，男男女女九口人横七竖八睡一地。那几个女人午睡也要脱光膀子，敞着门通着风，光明正大地睡，让全楼的人大饱眼福。那天中午让查户口的警察撞见，竟一个个木然相觑，连衣服也不披。气得滕大姐这个文化了的人大骂，她一生气就满口家乡土话。惹得奶奶妈妈当场大哭，说滕大姐"变心了"。小警察们户口也不查了，哧哧笑着走了。这笑话传回出版社，弄得人灰溜溜的。社长在安全会议上点了移民楼的名，倒像楼里家家大敞辕门裸睡似的。从此人人不给滕大姐好脸色看，躲瘟疫似的躲她。

有这个前车之鉴，当初沙新死活不敢从山里招这个表外甥女来，生怕她二百五出点丑闻，他沙新就成滕柏菊第二了，就自己骑车到东便门立交桥下的保姆自由市场去找。那一片黑压压的外地小姑娘，全抱着行李在等人招雇。沙新心头大喜，先侦察了一番，盯准几个衣着漂亮、人也水灵灵的安徽女子，打算引入竞争机制，让她们相互砍价儿，谁的报价中了他的标就领谁回去。这二年的时价是月薪一百，管吃管住。妈哟，一个月工资发回来转手就得给保姆，我他妈成了过路财神。这几年的存款稿费就全搭上罢，只要能让我安心上班安心出差组稿开笔会就行。沙新打定了主意凑上去开始招标。话一出口，毫无反响，几个漂亮女子爱搭不理地拿眼斜他。那天正是三伏天，他干巴瘦的小人儿，套件褪色的蓝背心，一条大肥佬裤衩子把两根细腿罩住看着像独腿似的，一辆稀松咣当的自行车，他自己倒像个进城谋生的小工儿。若不是那双扶着车把的白白细细的秀手，根本看不出是个劳心者。半响终于姑娘们的代表美丽地凑过来嗲声问："你家几口人？几间房？电器全吗？抽油烟机可不能没有。我们要一人住一间，要有彩电电扇。要是又有老又有小，你得雇两个，一个管做饭洗衣服，一个只管看孩子……"后边的话他再也听不清了，觉得像外语，红着脸推车走了。这下学聪明了，不敢再贸然亮标，先躲一边看看行市再说。不看不知道，世界真奇妙。不知什么时候，他这个文艺理论硕士研究生，堂堂正正小有名气的青年批评家早已沦为贫困小户，根本没资格进保姆市场请保姆。这几年发了家的人们和家里有房子的使唤保姆，有充足的房子，满屋的家电，不少人是坐着公家的小车来的，也有自己开车骑摩托来的。眼看着人家一下车就很内行地叫价儿："住单间儿，有彩电，一月一百二，伺候瘫老人外加五十，哪个来，快着点。"这样的阔少儿来一个引起一阵风起云涌人心所向，小姑娘们争相笑出最高历史水平，像朵朵葵花向阳开放，紧紧围绕在一腿在车上一腿在车下的阔少爷娇小姐身旁。然后是一阵东扒拉西挑拣，像骡马市上选牲口一样，认准最优秀的拉上几个上车，说是回去让老爷子老太太过目口试。这只是预选热身赛，还有淘汰在后头，照样人头攒动欣欣向荣。那次沙新算真服了，承认自己是傻×了。他银行里那辛辛苦苦写出来的一万块存款在这儿根本擦屁股纸不如。当年上学时看不上眼的那几个研究西方当代哲学和经济学的同学，几年下来写了不少批判的论文却是在批判"西马"的观点，其实根本没弄清资本主义怎么回事，现如今却混政府里当上了领导的笔杆子写论中国特色的社会主义文章。政府部门房源充足，他们当然早有房住了。学外文的几个驻外了，或飞越大洋念书挣美元去了。最不行的一个也进了国家旅游局，要房有房要钱有钱。他这个中文系大才子，学的是当代资产阶级文艺批评，到头来跟资和产全无关系，倒沦为无产者了。那天和老婆一对，存款够一万了，心都快跳出来，妈呀，咱是万元户了。以为凭这一万养活将出生的儿子（生出来却是女儿）足足够了，很为自己一支钢笔一张纸活脱脱变出一万元感到一种白手创业的自豪。却原来自己蹦达几年还是穷光蛋，一个连那些小保姆都懒得理的傻小子。最终只得从万水千山之外的大巴山里请来这么个二百五亲戚。

那天下火车倒汽车走旱路又坐船到山里去接翠兰，正赶上她一家人在河里淘金。男男女女赤条条泡在水里一干就是一上午。那山是真绿，山里的天是真蓝，从灰蒙蒙的城里进了山，眼睛都让那天光水色刺得睁不开。那儿的人很淳朴，赤着身体很自然地劳作着，有过路的船驶过，他们就停下手上的活计，手打凉篷冲你欢叫，那山那水那人，收进镜头里显得很健康美好。沙新无法想象自己的外婆是如何从这里逃荒出山嫁到成都的。外婆若不出来，就会跟淘金砂的人没什么两样。不过也说不上那是好还是坏，反正人人有自己的命。沙新在翠兰家船上吃了一顿盐水煮鱼，翠兰穿上一身翠蓝翠绿的衣服就跟他上北京来了。想着想着,沙新觉得心里发堵,早有两串咸泪淌下来流了一脖子。赶忙去抹干,不想让老婆看见自己哭。

老婆听他这边有了动静,问:"醒了?才睡这么一会儿?背还疼不?"

"抹了油,好多了。龟儿子红烧鱼哟,烫死我了。"

"你也真冒失,见了那女人躲还躲不及呢。你不知道她有病啊?"

"我吓唬吓唬她。"沙新笑道。

"你故意的?那妄想狂咱可招惹不起。"

"嘘,小声点,咱们是紧邻,嘻。我是太气不过了。你说,都一个单位的,啊,说起来一个个都是编辑什么的,也算知识分子了,怎么就那么自私自利?"

"吵架了?"

"懒得跟这群龟儿子吵。吵,倒算抬举他们了。也配跟我吵?我一看那样子,一个个酸酸的,怪怪的,就想放把火烧了这楼,大家同归于尽。"

"你尽说吓人的话,到底出什么事了?"

"跟你说,以后这楼上的人你少搭理,没几个好东西。又不是不知道你坐月子,眼看着发了臭水,一个个笑哈哈照吃不误。顶可恶的是,他们还换了胶靴子趟水上厨房,有心思做红烧鱼炒他妈辣子肉丝。一见那妄想狂喜滋滋端着鱼过来,我就眼发蓝,非吓破她的胆不可。义理准在憋他的臭诗呢,吃不上饭看他还诌什么'童贞星系'、'处男星座'。"

"别吃醋了。人家现在是诗歌新星加歌星,你跟他好歹是一个室的,不写几句捧的,专写臭人家的,他能不恨你?淹死我们娘儿俩他才解恨呢。"

"他算什么诗人,三十大几的男爷们儿,装什么情窦初开,弄点子初恋、初吻、初次小树林,专骗女学生。"

"你们这些个臭文人就认死理。都什么年月了,改革开放了。出版靠什么?还不得抓大印数的书?义理的一本诗就印好几万,出版社当然捧他,一捧就红。你再瞧瞧小季那诗,虽然写得比义理的好,题目也惊人,叫什么来着?《午夜,独身女人的情思》,猛一看挺有戏,读起来根本读不进去,尽是什么象征呀,潜意识呀,中国老百姓谁认这个?闹半天还得自费出集子,印一千册。你还捧她臭脚,怎么就捧不起来?哪天午夜钻她屋里去体验体验?"

"她才看不上我呢。我也不是全捧她,也批评她。她太西化了,老学先锋派,冒充后现代主义。唉,中国也不知怎么了,这些年就没出来几个真诗人。不是小季这种假洋鬼子,就是那些个土掉渣的农民歌手,全让人烦。一下子蹦出个不土不洋的浙义理,半男半女,半柔半刚,还挺上口,谱上阿拉伯数字就能唱OK,也活该他走运。不过话说回来了,批评家是文坛的良心,不能迁就这种俗气,有时就得反潮流,干预导向。"

"不愧是'向导出版社'的大良心。你们领导让你干预导向了?别自美,看着吧,这次出版社分家承包,浙义理肯定是领导争夺的抢手货,人家的爱情诗能给社里赚人民币。你这个大良心,准没人要,没准还要撤了理论组呢,我看你主动请战去少儿室吧,保住饭碗要紧。"

"胡说,妇人之见。文艺室要变成向导文艺出版社,理论组升格,叫文艺理论室,哥们儿我一个人又当主任又当兵。义理那一摊叫诗歌编辑室,主任准是他当。我这个主任就专批他这个主任,让他趁早走人,别腻味我。"

"别做梦了,义理是社宝,他想上音像社,头儿就是不放呢。你别再论战了。俗语说:沉默就是最有力的批判。没人理他,他不就自生自灭了?"

"我一开始就也这么想的,想不理睬他,晒他,晒干为止。可人家不这样想。我们那个副座边大姐,三年大专有二年是练大批判的,懂什么诗?就会写《贫下中农腰杆硬》顺口溜,成了当年轰动的知青诗人。就她发现了浙义理,大肆鼓吹推出他的处女作集子,为社里赚了一大笔,立了大功。等一分家,她就成文艺社副总编了,就指着义理给她撑台面呢。她能不为义理吹吗?上次在人民大会堂搞义理第二本集子的首发式,也是边副座张罗的,她当年在内蒙兵团的一个战友现在管中央离退休老干部工作,有本事请那些赋闲的老人来装门面,那阵势上电视,销量能不大?再不痛骂几句,这流毒还得了?"

"你们这些个编辑也真不容易,十八般武艺都得会,能踢能打的。就你大笨蛋,怎么不去巴结个老人的孙子,也上大会堂弄个首发式?反正他们闲着闷得慌,题题字讲讲话戴戴红领巾正好发挥余热。"

"烦不烦?真是的,撑的。北京的出版社就近搞首发式,那云南贵州宁夏甘肃的,为个首发式要千辛万苦地来北京进大会堂,累不累?为找个老头儿压阵,托关系走后门,低三下四,那叫不容易。"

"满世界就你那脸值钱,所以你就藏在这破楼里保养着吧。人家那是一种活法,花架子越大越风光,能在大会堂开首发式,上中央电视台,回去就是一大政治胜利,官加一级,房子又多分,全有了。现在好销的书就两种,我这外行也看出来了。一种是乱七八糟带刺激的,另一种是配合形势有后台撑腰的公费书。你那种《周末杂谈小说》顶没戏，两头不沾，跟小季的先锋派诗歌差不多。我劝你跟小季合写一本《童男子与老处女论小说》肯定畅销。"

"你又吃醋，真是的。"

"醋倒没有，就是心里泛酸水儿。你的书，凭什么都让她设计封面？用那么粗的字体赫然印上'美术编辑：青木季子'，跟你的名字肩并肩手拉手比翼双飞的样子。好好儿的中国人，季秀珍这名字怎么不中听了？非起个日本笔名不可。"

"我也是才知道。小季她妈是日本妓女，跟着队伍来的。日本人撤退时她不愿回日本，就跟了在哈尔滨做小买卖儿的一个山东人，比她大二十岁。这种女人本性难改，男人老了，就跟别的乱七八糟的男人们勾搭上了，也说不清她是哪个的种儿。她妈说她是这个老季的，没错。可那鼻子和眼又不对劲。这种女人，谁也说不清她怎么回事，连她自己也说不清。反正这个季子跟她的姐妹们全不一样。"

"你怎么知道的？反正我怀疑你们了。哟，公主尿了，得，湿透了。"

"让你铺塑料布你不铺，该。"

"让你买几块'尿不湿'，你死抠门儿不买。"

"就这几块工资，买得起吗？拿破布凑合着吧。"

"穷鬼，拿你那一打子什么《中国新诗群之解构》当尿布算了，反正也没人出这种书，费什么牛劲呀。"

"我他妈自费去出，文兴出版社专出自费书，交五千块，然后我自个儿跑书店寄销去。"

"五千？把我们娘儿俩都卖了值五千不？"

"唉，要是光为钱，我就去《向导文学》杂志了。那帮编辑整天跑农村找不开眼的暴发户，死活为人家写报告文学，一篇要人家四五千呢。

土财主们全上当了！读《向导文学》的人谁会跟农民做买卖？"

"唉，我跟上了你是看你有戏，能当理论家夫人呢。生米做成熟饭了，你穷我也穷，你喝稀的我不吃干的，一颗红心永远向着你看你哪天出头。"

"你还别小看我现在，早晚我得领导评论界新潮流。"

"德性，也就我那会儿还没毕业，头一次见大编辑上学校来组稿就心驰神往了，不开眼呗。让你三把二把给拉进怀里迷迷乎乎成了你的人。现在看这一楼乱七八糟的全是编辑，真看够了。那会儿要稍稍明白一点也不会让你给拐骗了。现在倒好，落个两地分居，房子房子是借的，户口户口左等右等进不来。冒守财憋着要这个金户口，你斗得过他？去我们济南算了，凭我爸妈，怎么混套单元房不成问题。别老这么没着落的。女儿满月了，咱就走，行不？"

"瞧你，艳丽，别，又哭，坐月子不能哭，哭伤身子落一辈子病。都说月子里的病要下个月子才能治好，咱们中国人哪儿能有下个月子，除非你再找个比我好的再生一个。"

"就找，就找我们山东汉子，瞧你这四川矬个儿。"

"就因为我矬，才爱上你这山东大妞儿啊。这是改良人种的本能。咦，我的天，奶子又大了，催奶催得真见效。肉敦敦的了，真是生个孩子脱胎换骨哩。"

"干什么干什么，讨厌，人家坐月子呢，别捣乱。"

"就想这么待会儿，让你的大奶子埋住我的脸，真好真好。劳伦斯的德国老婆就特别粗壮，奶子特肥，他就爱这么着往她奶子里钻。他写过一首诗，特肉感：'她的双乳之间是我的家／三面是空白和恐惧／第四面是宁静的天国／小山般的乳房。'"

"一到这时候我就觉得你像丈夫加情人加儿子。"

"那是因为你又是母亲又是妻子又是女儿。"

"天啊,拉上窗帘去,对面楼上的人看咱们呢。"

"龟儿子哟,咱们家成动物园的铁笼子了,一点隐私也没有。哎,前天我们一个美编去动物园拍片子,正赶上一对儿东北虎交配,妈呀,一气儿干了六次,虎虎有生气,这小子就不停地拍,拍了一卷儿,可惜没带摄像机去。咱们人是退化了,完了。"

"这还十一亿了呢,再不退化就该人吃人了。"

"哟,今天吃什么呀,饭还没做呢。我的鱼!完了,还在楼梯口呢,赶紧收拾了放冰箱冻上。"

"冻什么,半天过去了,肯定有味儿了。红烧了吧,不新鲜的,红烧加糖醋,就没味儿了。顺便给义理端一条去,算赔个不是。"

"老娘们儿见识,人家是大诗人了,吃我这三等白鲢?别找人家看不起,自己吃吧。可是红烧不下奶呀。明儿再去买鲫鱼来熬汤吧。"

"算了,别折腾钱了,再怎么吃我也是光长肉不长奶。瞧这两大坨子,全是脂肪,也不知什么毛病。以后减不下来怎么办?"

"我就愿意你减不下来,劳伦斯怎么说来着?那儿是我的家。我想有个家,一个不需要多大的地方,两坨子肉就行。"

沙新好一通折腾把鱼烧好了,浑身是汗地把饭端回屋,刚落座,翠兰就回来了。一看一大盘红烧鱼,欢呼着摆桌子盛饭。坐定后,拿起筷子,给沙新和张艳丽一人夹一块鱼,然后把剩下的那半条全放在自己碗里,狼吞虎咽地闷头大吃,一句话没有。沙新两口子的饭还没下去一半,翠兰早吃完一大碗,起身又去盛,发现没了,就坐下,又夹半条鱼吃起来，风扫残云般地吃，最后抓起半块凉馒头把盘子狠擦一通为止。

"表舅，我还饿。"她说。

沙新又翻翻冰箱抓出半个馒头扔给她。她起身又去冰箱里拿了半袋榨菜来吃。

沙新实在忍不住了，强压着火气说："翠兰，你刚来，别太猛吃了。瞧你，才来两个月，人都胖成什么样儿了，原来的衣服都穿不下了，你舅妈原先也是个瘦子，她的衣服你也穿不得，她的孕妇服你穿上又太难看。"

"你就不能给我买两件？"翠兰不高兴了。

张艳丽忙和气地说："不是不买，是现在的衣服太贵，我们买不起。反正你一月八十块钱，你自己看着买吧。"

"说好管吃管穿管住的。我的钱全寄回家了。"

沙新两口子愣了。

"人家保姆每月一百块哩。"

"哪儿？"

"对面高楼上。"

"她们瞎吹。"

"真的，半夜起来把尿，再加二十。人家都一人住一间哩，好高哟，坐大电梯，呼一下就钻云彩里去了。站阳台上看北京，真好看。"

"你去串门子了？"

"啊，人家俩保姆。一个管做饭，一个管看孩子，真舒坦。明天，要坐着小汽车儿去大海边上住，上海里泡澡去。"

"有什么新鲜，你们全家人不是天天在河里泡澡。"

"河跟海不一样么。"

"你还有完没完？让你干什么来了？一出去就小半天，你舅妈死了都没人管，你还有脸说呢。刚才厕所那臭水流得跟河一样。"

翠兰不说话了，撅起了嘴。

"以后不许乱串，尽学坏。"

"人家比你家好么，怎么叫学坏？"翠兰又顶一句。沙新想说"人家好你去人家"，可嘴一软没说出，只说："表舅很快就要搬到那样的大楼里去。"

"还坐小汽车儿去海边泡澡？"

"泡！"

"也雇俩？"

"仨我也雇得起。"

"那得让我管她们，我当大的。"

龟儿子哟，当你妈个×。沙新心里骂着，"行，你当大的，好好儿干吧，你瞧表舅写的书，写一本就能买辆汽车。等我攒足了，一块儿买，房子、车、电器，啊！"

翠兰两眼放光："先买房子吧，买十八层上的，越高越好，让我住有阳台的。人家保姆听说我跟舅舅住一间，都笑话哩。"

"笑什么？舅舅就跟爸爸一样。你跟你爸在一块儿，你爸光着屁股淘金砂，谁笑话了？"

"我爸还和我妈光着屁股闹哩，往妈肚里尿，妈高兴死了。"

"别说了。"张艳丽红着脸。

"真的，过路的后生也往我肚里尿哩，头一回疼，二一回就好了，三一回，想这个都把人想死了。"

"天啊,翠兰,你让撑船的后生白尿过了?"

"啊,老尿哩,让我好想哩。"

"你!"沙新脸都白了,人一下子就瘫了。

"艳丽,快好好儿问问她,这个月来那个没有。天啊,别在我这儿大了肚子,那可就洗不清了。快去小屋里问问去,我的天,龟儿子哟。"

张艳丽慌慌张张拉着翠兰进了组合柜那一头,欢天喜地地出来告诉沙新没事儿,翠兰月月二十五准来红。沙新这才大喘一口气站了起来。

小王
2004.7.
19

## 第二章 人生代代无穷已

浙义理跟大伙儿扫水筑坝，出了一身汗，倒觉得自己那习惯性背痛轻多了。这病，只要不伏身低头写字、不弹琴，就一点痛都感觉不到。"这是诗人的职业病。"义理为自己发现了这个真理感到无比自豪。

随后又一阵烦。这一身臭汗，还得上那间臭气熏天的厕所里去洗。没办法，只好趟着臭水进去，闻着厕所里的刺鼻的氨气在小隔间里冲了凉。进去之前先查看一下几个蹲坑儿，果然两个蹲坑里的腌臜之物没有冲掉，气得他捂着鼻子拉下抽水的绳子把坑冲干净，心里一直在骂，总有人这么混蛋王八蛋，上了厕所就是不冲水。冲完水厕所间里空气还是很污浊，那是有人一边蹲着拉尿一边还抽烟造成的，烟雾和恶臭混合到一起令人无比恶心。他忍着恶臭的空气冲了凉，可厕所里地面上还是污水横流，他只好再进乌烟瘴气的厨房里去冲脚。厨房里亮着明晃晃的管儿灯，"天下第一俗女人"滕柏菊正和门晓刚两口子一起大呼小叫着用开水浇蟑螂，看着都恶心。煤气灶上煮着几锅开水，三个人用勺子舀了向墙上成群的蟑螂泼去，赶得黑压压的蟑螂满墙爬。他们就满墙浇。厨房地上已经成了河，冒着腾腾热气，热水中蟑螂在做垂死挣扎。晚饭刚做完,人们留下一地的菜帮子、菜叶子、肉皮、鸡蛋壳,陆续有人又吃完了西瓜,一堆堆的西瓜皮又扔进来了。本周轮到冒守财值日,这小子昨天没做,说攒两天一起做,可昨天的垃圾早已臭不可闻了。冒守财又说今天厕所发大水,等水退了再说。人们一个个走进走出,骂骂咧咧,都说冒守财不好,严重怀疑他准备一周只做一次,呼吁楼里卫生章程要改成"一人管一周,每天必做一次,不许二天攒一起做"。门晓刚最损,说:"冒守财穷根儿改不了,他家住窑洞,肯定是窑里吃窑里拉。""天下第一俗女人"立即表示反对,要他"少糟改农村人,再胡呲小心这楼上的农村人联合起来揍你!"门晓刚赶紧吐舌头告饶。

其实滕柏菊从山里来,她最"种族歧视",最不爱和农村来的人打交道,尤其爱散布冒守财的坏话,借以博得大伙儿一笑,于是感觉自己一下子就不土气了。可攻击归攻击,她攻击小冒行,别人就不能嘲笑小冒的苦出身,因为当她的面笑话小冒土,就等于是在说她。滕大姐一走,门晓刚"哐"一声,大笑起来,对义理说:"义理,我刚发现一个真理。你说为什么中国人在国内不爱国,一出了门比着劲儿爱国?我全明白了,咱们全他妈是滕柏菊的干活。咱们自个儿怎么骂中国落后愚昧都行,一到外国,就是不许洋鬼子骂中国。因为骂中国就是骂咱们自己。"义理正在油乎乎的洗菜池子里用香皂搓自己雪白的脚,越搓越觉得脏,洗干净了脚,小腿肚子又让池沿儿上的油泥给蹭黑了,干脆抓过小门手中的勺子,接了水往腿上泼。"这丫的也是人住的地方!"义理骂着。听小门一说,忙点头称是。"就是啊,这道理多明白。可是写歌儿时就不能这么写了,得写成'长相思/长别离/相见别离我怀念你/无论我走到哪里/我们永远不能分离'。妈的,我上次写一首歌词给毙了，就是你那个思路的。"

"唱唱，怎么写的？"难得义理这么有兴致，竟屑于跟门晓刚这号小人物说这么长的话，小门赶紧得寸进尺。

义理很忧伤地念起来："黄皮肤啊黄土地／中国／你的命运刻在我深深的皱纹里／唉／你挣不脱的黄皮肤／唉／我挣不脱的黄土地。这歌儿谱成那种沧桑味儿的，让一男一女两个粗嗓子的大腕儿唱，就像唱《意大利之夏》似的，准震倒北京。愣让审节目的给毙了。思维方式简单透了，一根线似的，不会拐个弯。这歌儿多爱国，比什么'长相思'感染吧？"

小门一个劲儿点头："就是，就是，比你所有的爱情诗都好。"

"啧，搭得上吗？我说的是那种在中国不爱国一出国比着劲儿爱国的意思，是为一个归国留学生晚会写的主题歌。他们都说盖了，在国外就这种感受。一张黄脸皮，张口中国话，你想不爱国都不行。想爱美国，人家得让你爱呀。"

"哟，义理今天怎么了，上厨房做诗来了？"进来的是胡义，现今小有名气的青年翻译家。他看厨房脏成这样，干脆不进门，一脚在里一脚在外，"哗"把一堆西瓜皮冲大垃圾桶扔过来，可扔得不准，天女散花，西瓜皮纷纷落水，红红绿绿漂起来。"真像小时候在水洼里玩纸船。义理，我很同意你的观点哎。就咱这黄脸干儿，出去受人白眼儿。反正我不出去。我那帮同学开着'皇冠'，嗝，天天在外国忧国，心情老沉重，像是替全体中国人受难的耶稣似的。可是回来受受呀。住这楼里爱国那才不容易。话又说回来了，国家也不需要咱们这号穷酸爱国者。"

义理打心里恨透了这种扔东西的架式，还他妈念外国文学的呢，一点公德不讲。这种人与其住破楼里爱国，倒不如出国打工去，瞧他那自在样儿，真会装逼。但义理想利用胡义，就热情邀他去自己家唱卡拉OK去，说是镭射盘。

义理自打出了名，就跟穷弟兄们格格不入起来。有他自以为是的原因，也有别人妒忌的原因。反正是木秀于林，不是风吹就是招风，总不如混在杂树里头。可混在万人坑里的滋味也不好受，挤挤插插也受挤兑，说不定哪天让人家给踏在脚下呢，倒不如像现在这样秀于林，让他们恨着去。不过义理对胡义很瞧得起，主要是胡义会两国外语，而义理只会中文。胡义这人好就好在不强出头秀于林，但绝不会让人踏在脚下。总比众人高那么一丁点儿，让人妒忌也妒忌不起来，因为有义理和沙新这样的出大风头的人把他给挡住了。最后落个清高自好，受人尊重不对人构成威胁。学外国文学的那伙人都这样，对中国的事儿不那么上心，对外国知道得多了也不热衷于吹捧外国月亮圆，跟哪儿都隔一层儿。好像中国没他们也行，有他们也不觉得起什么大作用。

可义理现在最用得上胡义。那次记者采访义理，问他今后打算。义理一高兴就说："我的诗红透中国了，下一步该译成外文与国际接轨了。"并发誓赶紧学英文，自个儿译。可真拣起大学时念过的《新概念英语》就头发炸，眼前一片小黑虫蠕动，似曾相识，一句也认不全，死活念不进去了就，更别说译什么诗了。这才想起身边的胡义来。胡义是外院英文系的高才生，法文也行。他老婆是德文系的，现在哪个部国际司当翻译。若能说动这两口子给译成英文德文和法文卖出去，没准儿就能在四十岁前得诺贝尔奖呢。他分析过一通史料，断定中国一直没人得过这个奖，就是因为作品没有足够的译本行世，人家都没看见过你的作品，咋能平白无故把奖给你呢？林语堂获得过提名，主要因为林语堂有十几本书是用英文写的，评委能看懂。泰戈尔获奖，也是因为他能用英文写诗。在这个西洋人把持评奖的时代，亚洲人想得奖没有足够的外文译本怎么行？当然义理一开始并没有先想到胡义两口子。他一夜间红得发紫，报上纷纷赞美，电视台也播访问录，各大学请他去给诗社讲课，有点像文革期间全中国只一个作家似的。他那时是想等全中国十几个大语种的翻译家主动找上门来，等了几个月竟没人来，这才想起屈尊去社会科学院外国文学所找专家。先找了一个研究菲茨杰拉德的老干巴瘦研究员，这人说话连表情都没有，只说："我只研究菲氏，别的人一概不管，我不相信还有比菲氏更伟大的作家值得我译。"又找了几个都差不多。

这次挺让义理吃一惊：这些研究员一个人一辈子只研究一个外国作家。这就叫权威。啧啧，一个人一辈子只干一件事，为一个外国死人耗费生命，不值得。不过这些人日子挺好过，每日看看书，翻译翻译，写写文章而已。这样的专家似乎不难当，只要有恒心搭日子就行。于是义理开始看不上他们了。然后去找燕京师大外文系的年轻教师。没想到他们一点儿不感兴趣，也不为他这样的校友光临感到光荣。说到译他的诗，一个个懒洋洋的。义理算看透了，这些青年教师毕业几年了，什么事都不做，就一门心思准备考"托福"和GRE，考出国去。这批没良心的，国家培养你们念几年外文，就是为了让你们学会外文上外国去打工么？

义理真生气，但又不好说他们胸无大志。于是提出经济条件，问他们想要多少钱。一听钱，人们全来精神，说反正你出了好几本诗，讲课也收费，又会写歌词，是文人中第一大款。我们也不讹诈你，英、法、德文本，一本你出一万好了，一本十万字。我们保证十天内招集强兵壮马交稿。义理几乎要气晕过去。这他妈也是大学教师,都穷疯了。黑心肠的狗东西们!一千字一百块,是普通人一个月的工资了,我成冤大头了。义理一气之下心里打个对折,打算出五千块搞一个英译本,找到了北大一个五十年代归国留美博士。这位博士的英文比中文还好,平时几乎不说中国话。听说义理找过社科院的人了,不屑一顾地说你干吗找他们?他们不是不想译,是不会译,他们只会英译中,根本不会写英文,写出的英文全是语法错误,美国小学生水平。说着拿出一大叠他在英美发表的诗歌散文论文,一一告诉义理这些报刊的名字,有《泰晤士文学副刊》,有《纽约客》,有《新共和》。还宽厚地说:"你找我算找对了。我正好九月去美国做一年 Writer in Residence,写一本宋辞方面的书,哦,你不懂英文,对不起,就是'住校作家'。你这种诗很好译,每天花半小时就能译十来首,顺便调剂生活节奏。就交给我吧。具体情况让我老伴跟你谈,她是我的 Agent,代理人。"他老伴打扮得像一具抹了花脸的干尸,很做作地操着江浙味的普通话说:"我先生在美国享受优厚的稿酬待遇,通常是千字五十美元。你很有实力,收入丰厚,但毕竟是中国人。不难为你,折个对,按千字二十五美元算吧,人民币是一百三十元,十万字,哦,一万三。若让我们代理出版,优惠一下,收你 10% 的代理费,就是你所得收入的 10%。通常我们收 15% 的。"

想起来就不寒而栗。这才想起胡义来,打算出一万五让小胡两口子给搞英法德三个译本。但他接受了前面的教训,不提译书的事,先联络感情。

胡义两口子从来不串门——不与本社的人串来串去。可他家中常聚一些搞翻译的,一来人就大放外语唱片,一群人唱外国歌,说外语,做西餐。很显然，他不与楼上的人来往，不是看不起，就是觉得与这些人没共同语言。对于义理的邀请他照样谢绝，反过来邀义理去他家。

义理再次强调他新置了音响，请胡义去唱。胡义笑笑说："我不会唱中国的流行歌曲。我只唱美国歌。上我那里去吧，别唱OK，听听唱片吧，也是镭射的，小雷刚从德国带回来一箱，全是卡拉扬指挥灌制的，《被出卖的新嫁娘》最过瘾。"

一切都那么顺理成章，义理愣是让胡义给占了上风。胡义不去他家，他就得上胡家，大热天戴上那种皮耳机听西洋唱片，对义理来说纯属受罪。所以一进胡家，义理就说犯了中耳炎，听不了耳机，聊聊天更好。

胡义的老婆小雷淡淡地给义理递了半杯啤酒，说是德国的。"稀客呀，大诗人。"

义理笑笑："雷小姐住这楼可受委屈了。"

小雷哼一声说："我其实才不要住北京这种冬天冷夏天热的地方。我是要回苏州的，我家的大院子紧挨着拙政园呢。我每年都回上海的祖宅住些天，是花园洋房。我叔叔从台湾回上海搞独资，给祖宅装了空调呢。可胡义这人不敢去上海。他是扬州人，上海人看不起江北人的。我叔叔让他去当经理他都不干，怕下面的上海小赤佬们害他。"看看胡义，又说："话又说回来了，像他这样的学究，你不让他译小说搞什么文学研究，像要他命一样。我也看透了，钱钱钱，忙一辈子图什么？太异化了。我们是文化人，有基本物质条件就够了，主要活个精神上的意思。说到底，总得有人关心人的心灵，西方还有牧师呢。人家韦伯老早就批判了金钱物欲对人的精神摧残，我们那些年想用清贫来代替物欲反倒物极必反，现在要补物欲满足人性异化这一课了。知识分子面临着又一个新的挑战。烦透了。只有宁静淡泊了。"

义理让小雷那吐烟圈的样子迷住了。也被一屋子的日本电器和苏联钢琴震住。小雷常出国,卖大件指标发了点财,叔叔又在上海搞独资,这都是她贵族气的背景,相比之下自己倒显得像暴发户,还此地无银地率先装防盗门,真是太蠢了。为掩饰自己的窘相,他打算谈谈胡义最有研究的英国三十年代作家群。

"胡兄,布鲁姆斯伯里这群人里你最佩服谁?"

"当然首推赫胥黎,最贵族,最机智。"

"D.H.劳伦斯呢?风格独特,赫胥黎可是最佩服劳伦斯呀。"

"劳伦斯哪里挤得进去,他是中部煤矿里出来的,父亲是挖煤工人,人家看不上他的,太土了。算了,别说这些外国人了。我其实不喜欢英国文学。阴差阳错学了这个专业,老有人约稿,我就疲于应付,我其实顶爱读林语堂,活得最明白的一个人。三十年代中国作家个个厉害,学者型的作家,哪像现在这批没文化的作家,瞎混。"

"对,林语堂的《红牡丹》最精彩了。"

"要说小说,还得推普鲁斯特的《追忆似水年华》,一曲长长的行板,靠记忆的节奏使生命变成永远。别人的全是 artifact,老普的才叫 Art."

义理不语了。他感到这两口子有点毛病,像商量好了似的,你说什么他偏不谈什么。你说中国,他跟你扯外国;你说物质他谈精神,正像胡义本人,念的是英国文学,却没去过英语国家,让法国一个什么机构请去巴黎住了三个月研究天知道什么来着。

终于,义理嗫嚅着说出请他们译诗的事。

两口子竟又像商量好了似的,几乎同时说了一句英文:"No,thank you."(不行,谢谢。)

这句英文义理可懂,是谢绝别人的好意时说的话。就是不明白他们为什么这时候拒绝了他还要谢他。按说他们的英文不该出错的。管他呢，谁能不犯错误的？

这回是小雷先开了口："您如此看得起我们，真让我们受宠若惊了。不过这么重大的任务我们可承担不起。阿义是研究小说的，一点诗意都没有，怎么能译好您那青春奔狂的诗？译坏了造成不良的国际影响怎么办？"

胡义此时打开音响，放上一盘俗不可耐的京韵大鼓，唱得义理头皮发麻，坐立不安。他倒说"这唱法有一种生命的底蕴"，打着拍节一个耳朵听唱片，一个耳朵听他们说话，然后接茬儿说："小雷说得对，关键是怕影响你的诗评国际奖。本来是十亿中国人都喜欢的好诗，因为我们没译好评不上，倒要得罪全国人民了，不成人民公敌了？所以，我从来不搞中译外，吃力不讨好哒。"

小雷又说："你别放那个什么大鼓，烦死了，我要听苏州评弹么，丝弦也行。"直到响起《春江花月夜》，她才醉了似的吐口烟，对义理说："要不说阿义这人聪明呢。中译外，拿落后国家的东西译到发达国家，人家不理不睬。外译中就不一样了，弄好了哪个国家就会表彰你，请你去观光一趟。再说啊，你的诗干脆别译成德文，阿义啊，那段名言怎么说来？用法文跟情人说话，英文对商人说话，俄文对上帝说话，西班牙文对朋友说话，德文对敌人，是不是？"

"是，你学德文，就是我的敌人！"

"去，"小雷说，"十三点么，江浙女人讲德文最温柔了，德国男人说我的口音特性感来，改变了德文的凶残面貌。还邀我上法兰克福电视台去现身说法呢。你的诗只能我上德国电视去念才好听。"

义理几乎让小雷迷住，目瞪口呆。小雷又对胡义说："Shall we

put this potatohead to shame？"

胡义说："It's up to you .Make a fool of this writing hack."

义理只听懂一个字是"土豆"。茫然一脸。

"所以啊，"小雷说，"别译成德文了，德国人全是些硬邦邦的嘿希特勒。他们不浪漫，只爱沉思，专出思想家，马克思，韦伯，尼采——"

"歌德不是大诗人吗？"

"歌德的诗多理性啊，赶不上你多情。"小雷说完大笑起来。

本来义理想提出一万五的价钱，但看看这两口子，他们实在不配得这笔钱。他们就会混，有出国机会，有台湾叔叔赠送家产，根本不思上进了。出国潮这么热，这两个人却死待在这个穷地方不走，哪里是爱他妈什么国，纯粹是假贵族。义理不再说什么，假笑着起身告辞。

这时有人敲门，进来的是全社第一大美人单丽丽。一进门就死死抓住小雷的手用上海话咕噜一通儿。小雷笑笑，说："这事啊，你对这两个骑士说吧。"

丽丽是青年生活编辑室的，负责时装美食类图书。尽管义理一直想跟她套套磁，可她对诗不感兴趣，一直没机会。这时他马上问："什么事要我帮忙？"

丽丽说她的挂面里有一只干死的老鼠，吃了太多的挂面，肚子大大的，吓死人了。求人去帮她拿掉。

原来是这等小事。义理十分失望。

"我的小笼包子熟了，丽丽，来尝尝。"小雷跑到屋角的电炉上去拿包子。

"啊，小笼包子，"丽丽惊叫着，"好久没吃过了。北京的大馒头可害苦我了。馆子里的包子不敢吃。你怎么还没吃饭？"

"那种厨房,是人做饭的地方吗?又发大水。我买的速冻包子,十块钱三两一袋。"

义理对此很愤愤然。"怪不得这楼上三天两头停电,原来你们天天用电炉子呀。"

小雷不以为然:"反正是集体宿舍,一月十块包干,不用白不用。懒得上厨房洗那个桑拿浴。"

丽丽吃上了小笼包子,又有小雷陪她说上海话,顿时打开了话匣子倾诉起自己的心事来。

"你们怎么还不出国?我们想出国都想疯了哎,就是出不去呢。这种楼里一天也不想待。诗人,你怎么也不搬走?"

"你联系得怎么样了?"胡义反问。

"美国使馆又拒签了,非说我有移民倾向。我看呢,是那个台湾办事员在捣鬼。她专整大陆的中国人。"

"那可不,独身女人,又这么漂亮,美国使馆就卡你这样的。"义理一语道破真理。

"也不光为这个。我问了,要是我马上结婚呢?那个管签证的说那也不放我进去。我早发现了,他们老以为中国女的去美国就是去嫁美国人的。"

"你不嫁美国人上美国干什么去?"义理逗她。丽丽自从丈夫到了美国把她离了,人就神神经经的。

果然,丽丽怒目圆睁,说:"我不是去嫁美国人的,我是去杀那个陈世美!"

小雷见状生气地打了义理一拳:"滚,你又惹丽丽生气。去帮丽丽把那个死老鼠扔了去。"

义理向丽丽要她房间钥匙。丽丽火不打一处来，说："我那门就没锁过。那个武夷山美女天天和她男人在里面鬼混，经常睡这里呢！我这屋快成妓院了。昨天我半夜起来去上厕所，刚一拉开门就跟她男人撞上了，就穿一条三角裤，明天我要贴大字报了：此屋不是妓院。"

大家都很生气。义理扭头就奔丽丽屋里去。

果然，屋子正中间拦着柜子，"武夷美女"谢美住里间，单丽丽给拦在外间。此时谢美正和她男人在里间很肉麻地干着什么事，笑得不成声调。义理从丽丽的挂面中拎出那只大肚子死老鼠，刚想拎走，一转念，走到门口，唰——把老鼠向里间掷进去，然后悄然溜进对门胡义家，他刚一进屋，就听见丽丽屋里谢美惨叫一声。义理闭住气哧哧笑着，对丽丽说："给你报仇了。"四个人立即笑成一团。

胡义涨红了脸说："义理还很仗义咪，是得治治这种人。太不像话了，怎么能这么不要脸。"

"不要脸的事多了，"丽丽哭声哭气地说，"他们根本不管不顾，半夜就像狗一样，把床弄得震天响。咱们都是过来人了，怎么受得了这个？"

胡义他们三人面面相觑，都心照不宣地飞速笑了一下。

小雷也抹起泪来："这么欺负人可不行。阿义，你是男子汉吗？跟义理去教训教训那一对野男女。"

胡义和义理二话不说就冲进了丽丽屋里，撩开里间门帘就进。哟呵，谢美两口子正恩恩爱爱搂在床上。两个人忙退出来，在外面叫谢美出来。

先杀出来的是谢的未婚夫，像在家里一样只穿一条三角裤。"干什么？为什么不敲门就撩帘子？知道这是我们家吗？"

"我们跟谢美是同事，不跟你犯话。谢美，你出来到胡义家来一趟。

你要是不来,明天保卫科见。"此时的义理一点也不懦弱,很丈夫。

谢美劝回自己的男人,披头散发进了胡义家,一见哭哭啼啼的单丽丽,就明白了。

小雷走上去哽咽着说:"小谢,不是我说你,女人家应自重些,做这种事情要挑个地方。丽丽够不容易的了,你就该替她想想。"

谢美羞得满脸通红,使本来就黑的脸变得黑一块红一块,一点儿看不出是山青水秀的武夷人。她也掉了泪,说:"这也由不得我啊!小张他是个粗人。都快三十的人了,说不定哪天才能分上房。他单位里更惨,四个人住一间,还有两家人合住一间的。他说习惯了。"

"你们家还三辈人住一间呢!这楼上一个滕柏菊还不够吗?你想当滕柏菊第二呀,让人笑掉大牙!"义理火爆地说。

谢美哭丧着脸说:"我有什么办法?我就容易吗?能有小张这样的人,我能不依他吗?经济基础决定上层建筑,我们没房住,总不能三十多的人了等来房子再住一起吧?凑合着呗。"

"我说,小谢,别这样,"胡义憋着笑严肃地说,"我们知道你八年找个对象不容易,也承认你们享受 sex 的权力。只希望你们单独享受。实在没地方,就跟丽丽说一声,让她出去个把钟头也行。可不能让小张在这里过夜,更不能丽丽在的时候,啊,啊 intercourse。"

"你说什么呢?"谢美迷迷糊糊。

还是义理这个北方人直:"都是过来人了,怕什么?就是别跟你男人大鸣大放地性交!你那是集体宿舍,是公共场合,你们怎么不上长安街上干去?"

"我用柜子隔开了。"谢美争辩。

胡义摆摆手:"算了,别说了。谢美,你上大学学了四年政治经济学是吧？可以原谅。我告诉你，你的上层建筑里少一根神经。你走，让小张马上走，以后不许丽丽在时干这个。义理说的对，再发现你们这么干，保卫科见。"

谢不动。胡义看看表，说："去吧，你们为所欲为去吧，丽丽在我屋坐着。十一点以前一定得走啊。"

谢美欢天喜地地走了。

轰，四个人大笑。

胡义说："Oestrum(发情期)，谁也拦不住。居然也大学毕业，还学四年政治经济学。"

"这种人多了，前几天报上不是说一个女研究生，还是班长，让一个十几岁的乡下姑娘拐卖给山里人了，糟踏成猪了。"丽丽报了仇，开心了。

义理叹口气："听说新加坡提倡同等学历者通婚，为的是提高国民素质。瞧瞧咱们这女大学生，哪个敢要？不上大学倒还聪明点。"

小雷笑得半天缓不过气来，捶着胸口说："也绝了，你们出版社怎么尽分配来这等宝贝？我们那边怎么就摊不上一二个？"

"还不是明摆着的？"义理气愤地说，"物以类聚嘛。我们张社长就是半文盲出身，当然喜欢挑这样的。这样的人听话呀。关键就在于向导社进人坚持政治第一。什么第一步第一的，都是借口，还不是看谁听话就要谁？上大学好好表现四年还不容易？深圳要有本事的，上海要聪明的，北京要谢美这样听话的，其实这种人政治上最一塌糊涂，什么主义也弄不清。"

"关键是大锅饭弄的，"胡义有点气愤地说，"出版社办成了官僚机构，靠出公费包销的书混日子，上大会堂弄个首发式，搭花架子。

这样的地方当然不需要个性，谁听话就喜欢谁。你说说，我编一本《外国名言名句》，几乎让头儿删了一半。伏尔泰那句'我不同意你的话，但我要誓死捍卫你说话的权力'也给删了。我又偷偷恢复了，印出来什么事也没有。别的出版社早出了多少遍了。拿来弗洛伊德的译稿，如临大敌，坚决不出。连劳伦斯的《儿子与情人》都不让出。私下里却死活找我要《查泰莱夫人的情人》看，假道学么。"

"所以就需要谢美和冒守财这样的人，他们永远不会看弗洛伊德。将来再生个小谢美小冒守财，北京就更好看了。"

"哪里都一样，越智商高的越不要孩子。阿义就要做'绝代佳人'。瞧这环境，生得出养得好么？自己这辈子让人生了没办法，可不能让下一代受罪了，How poor！"小雷已经吸第三根烟了。

"那不行，"义理说，"咱们越不生，他们就越生，将来满北京不都是谢美、滕柏菊的后代了？城里智商高的不生，不就又农村包围城市了？人口素质大大下降，就是农村包围城市的恶果，你不生我不生，农村里照样一生一窝。"

"不生孩子也不给什么优待。反倒分房子时谁孩子大就给谁好房子，这不是鼓励早婚早育吗？"

"这回小冒要倒霉了。他听说今年年底要分房，就急急忙忙让老婆怀了孕。可到分房时孩子还生不下来呢。社里说了，生不出来的一律按二口人算分，他还得住筒子楼。"

"活该，谁让他聪明反被聪明误。"

胡义放上一盘悠缓的曲子，号召大家跳跳舞，就先拉起丽丽荡起来。

丽丽感动极了，情不自禁叫起"胡大哥"来，满身的风情，也不怕小雷吃醋。

"胡大哥，多亏你和小雷替我撑腰啦，一个没男人的女人，真难过，连这种乡下野女人也敢欺负阿拉上海人。"

胡义扶她腰部的手上不禁加重了力气，看看小雷，小雷压根儿没看他，正跟义理开玩笑。

"胡大哥，有朋友帮我办去德国留学的手续呢。"

"什么地方？"

"说是奥格斯堡。"

"好啊，小雷去过那里，很田园很古典的一个小城，像威尼斯。"

"可我不想去，我就想去美国，嫁个大阔佬，好好报复那个没良心的。"

小雷他们正转过来，听到丽丽的话，支持说："对，就这么干。有本事全出去才好。"

"你们怎么不出去？"义理追问。

"我们？"小雷不以为然。"我们支持所有的人往外跑。这是促进那些大锅饭师傅改革的最好办法。但我们还不想做这种牺牲。反正有我叔叔做后盾。打工上学太苦了，我可不想用浪费生命的方式去呼唤改革。"

"可出去的都是精英人才呀。"义理有点着急。

"你急什么？"胡义笑道，"这也得靠市场调节。台湾当初也是人才大量流走，后来不是回来不少吗？中国人才有的是，就是因为穷，开发不起。像四川那大山里头，不定窝着多少比沙新还聪明的人呢。为什么一到美国，中国人总考第一？那是五关六将挑出来的，能不行？聪明的都往外跑，可剩下来的一大堆分母并不笨。让他们走，给咱们二三流的腾了地方，咱也有机会当一流。"

"要是成一个一流走一个呢？"

"嗨！人生代代无穷已，但见长江送流水。逼急了，全成人才。好翻译都出去涮盘子了，我顶上，译得也不比谁差。走了些诗人，不是也给你腾了地方？你多么走红走紫的。"

义理听着这话觉得真是十二分恬不知耻。胡义这种人故作潇洒，装隐士。这种人真该让他去上"文革"时候的"五七"干校二年，累死丫的，饿死丫的，当初很多人就是那么死在干校的稻田里了，就地埋了，尸首都没回城里。妈的非刺刺他不可，于是说：

"我就不信连绿卡你都不想要？在穷中国当这种假贵族有什么好处，何必呢。"

"我们一点儿也贵族不起来。哪有您贵族？"小雷淡淡地说，"关键是我常出去，阿义也去过巴黎，见多不怪了。我们这种人，中国的事外国的事好像都不太上心，像第三种人似的。可离了中国就连人都不是了。就只能这么赖在中国，若即若离着过。

又断电了。胡义忙打开应急灯，骂道："一晚上保险丝断八次。明天我给它换铁丝，让这楼烧了算了。社里也不给换个大功率的表，家家冰箱电视早超他妈负荷了。小门也是，没结婚先买个双压缩机的冰箱，就他那大冰箱闹的。断了电全等别人去修呢。不信你就等着，每次都是我先去修。今天我就不去，反正我买了应急灯。照样用它看书写字。"

义理忙过来看，问是什么牌子的。听说这种进口灯才三百块一盏，马上表示明天他也去买一个来。

丽丽说："那两个狗男女肯定享受够了，我也该回去了。胡大哥，那个男的要是不走，你一定来把他轰走啊。"

楼道里乱哄哄的，几乎人人在骂，就是没人去接保险丝。因为经常是刚装上保险丝，人还没往回走三步它就又断了，人家的电炉插销连拔都不拔出来，能不断电么。

义理想到老婆还在昏睡，一会儿自己还要去国风大酒店应酬，走之前要打扮一下，只好去接保险丝了。

"唰"一下，满楼又亮了，人们一阵欢呼，各自回屋去了。

"都是什么东西！"胡义痛骂着关上了门。

单丽丽又敲门进来，报告说："那个狗男终于走了，'武夷美人'满足了，一回屋上床就打起呼噜来。小雷啊，侬快点听听去，哪里像女人睡觉。我刚才想问你们来，有人给我介绍一个日本小老板，才四十岁，年轻有为，在大阪接替他父亲管一家大商场，刚死了老婆，我答应不答应？"

胡义鼓励说："为什么不答应？只要他看上你了，就答应。才比你大四岁，在中国也难找。若上了北京电视台《今晚我们相识》，保险北京有一半女人要嫁他。你快答应了吧。"

"胡说，"小雷怒斥道，"不找日本人！找就找美国人，欧洲人。日本人和中国人同种，坏毛病一样多，大男子主义更厉害，天天让你跪着端茶送水伺候，你行吗？四十岁的老板来找中国人，肯定是去当外室。不干，我帮你找个德国人，五十岁上下的。德国人十分喜欢江浙女人讲德文，咱们讲的德文听起来就像情话，性感极了。"

胡义说："你先把自己嫁给德国人让丽丽看看。"

"你懂什么？丽丽，听我的，这个大哥从来没正经的。要嫁就嫁个西洋种，折腾半天才嫁日本人，等于半个中国人，缺点比中国男人还多。中西差距越大，越能凑合过日子。跟日本人，心里什么想法一看一个准,看透了就不能容忍。我们苏州女人就不喜欢嫁苏州男人,太近的缘故。"

一番话说得丽丽心服口服,并正式拜托小雷帮她找个德国人,然后万分感激着走了。

关上门,小雷靠在门上,喃喃着:"还真缠上我了,我怎么堕落成这种庸俗女人了?"

"Father, forgive them; for they know not what they do."(父啊。宽恕他们吧。他们不知道自己在做什么。)胡义用一串英文表示感慨。

"十一点了。该干什么干什么吧。"小雷说着拿出马尔库塞的一本书翻开,铺上纸接着译。胡义改他译的赫胥黎散文,可总定不下心来,转身问小雷:"我说,你今天怎么那么一副洋奴相?"

小雷笑道:"对这些人,你不这样他就看不起你。"

"你什么时候有了个台湾的阔叔叔,还要我去当经理?"

"只能拿这个气他们。不能让他们以为咱们日子艰难。这些不开眼的人,就吃这一套。"

"你这个有台湾叔叔做后盾的,告诉我,咱家还有多少钱?"

"嗯,最多两千吧。这套沙发就花了八千块呢,那套古典名曲镭盘花了一千五百美元,全花完了。让你摆阔架子,现在从零开始挣吧。"

"我说,要不咱们出国去它几年,连上学带打工,先挣足了再说。"

"你动摇了?我反正不去。德国人其实无比 kitsch,庸俗透了。我认识一个从东德跑到西德去的教授,他说他不理解中国人干吗跑德国干苦力。我非常非常生气,问他:你不是也奔西德来了吗?还不是想过好日子?他竟说:我们是欧洲人啊,连东德人都看不起咱们,西德人不定什么样。"

"其实看看昆德拉的作品就明白了,人,哪儿的人都一样,kitsch。折腾什么呢。'青山依旧在,几度夕阳红'?"

"我不这么想。我就愿意看别人折腾。其实就是因为人们不知道自己在干什么,这世界才有意义。人才不流动就会变成蠢才。"

"你就希望别人流来流去把世界折腾好了你沾光。"

"这也要靠本事。搞文化,就是这么回事。不能让艺术家整天为基本生活发愁。不能让他们卷入党派利益和政治斗争。他们要求不高,不想什么大饭店豪华别墅,只要过中等生活就行。养不起艺术家的社会是个异化的社会。"

"你们家快异化了,就剩两千块了,太太,明天不许再买十块三两的小笼包子,下厨房油里烟里炒西红柿去吧。"

"那就买十块一斤的好唻。夏天过了再去厨房,简直是个土耳其浴室。"

"要是实在离开中国难受,没钱也难受,就去深圳吧。吕峰都在那儿当经理了。"

"侬省省吧。你有吕峰那股闯天下的劲头?去特区还不如去美国算了。特区根本现在顾不上出版什么散文和马尔库塞。"

"也是,只能在内地搞点文化了,可这个穷样子又让人不甘心。"

"那是你们出版社太不行。为什么有的出版社能那么红火?一个个编辑出来像土财主似的。'向导'比人家少了胳膊少了腿了?"

"管文化的人里混子多还吃大头。"

"那些混子受不住穷会自动退出的。"

"我担心咱们也属于混子之类。"

"那就自然淘汰好啦。反正一天不淘汰,我就干一天。反正我有正当的职业，怕什么。"

"就是。我担心的是那么些专业作家之类。人家西方的专业作家是真的靠写作为生，写不出，就受穷。咱们的专业作家可好，写出来好作品是自己的功劳，写不出国家养着，有吃有喝有房住，写些个没人看的高调子文章。"

"关键是有你们'向导出版社'这样的地方出这样的书，还求着人家写呢。写完出了书就得化纸浆。如此浪费，能不穷么？那本《什么样的青春和爱情最美好》，也叫书？跟五十年代一个调，哪个青年要看？"

"那种书很多团支部用团费买了发给大家！看不看是另一回事。我就得吃'向导'的这种大锅饭，没它养着，我连这间房子还没得住呢。"

"纯粹是怪圈。这样低效率地在怪圈里转，何时能转出来？"

"反正我们头头不怕，他们只要不出错儿不受上级批评，就保住了乌纱帽，房子住得很宽敞，政治待遇也不低就行了。"

"你还当你沾了'向导'的光？人家头儿怎么活着，你们这些人怎么活着？就为保他们的乌纱帽在这种楼里混日子？"

"你废话。你不是也跟着住这里？"

"我是说打破大锅饭你们会过得更好。最起码不这么拿人不当人。就他们自己是人啊？为什么不替你们的境遇想想？"

"这些事你我都管不了的。"

"你一个大研究生，为什么不去争个官当当，也好改变一下'向导'的面貌。"

"你倒会说。官场是我的强项么？谁来替我译小说散文？为争当个主任，人都要累死的，那种战斗我一场也打不赢。因为现在的官是铁饭碗，干不好房子照样住三四间，电话照样不动，换个地方还是官。如果把社长总编的房子变成临时的，干不好让他住筒子楼来，我就去当。他们干不干？这么些年了，要改那么容易呀？怪不得有人当上了社长主任就不干了，住上了高级房子又不费心血，那多好。"

"你们社真是烂透了。"

"所以呀，我建议自由组合编辑室，公开选举各室的头头，选下去的凭本事吃饭。"

"大书呆子一个！这可能吗？"

"我没别的办法，要不，就把财产平分，一人分几万块，自由合股办社。"

"你这种人，老天真，就配住筒子楼！写你的吧。"

让老婆怜悯地嗔怪一番，胡义再也译不出一个字。赫胥黎那篇 At-sea，语言委实优美，仅这题目就让他苦思冥想好一阵子。一会儿写成《在茫茫海上》，一会儿写成《茫然困惑》，一会儿又写成《瞠目愕然》。这是个英文的双关语，译成中文怎么也难再现原文的神韵，怎么译怎么觉得庸俗无比。又干脆译成《海上的困惑》，让这两个意思在中文里合二而一，可又觉不妥，中国话"在海上"压根儿没有"困惑"的感觉。想想自己献身的翻译事业真是有苦难言的差事儿。人们都以为你学了英文，译成中国话还不玩似的？好像天天在玩一把稿费似的。哪知为一个字有时得"在海上"半天才行，有时就是"在海上"一辈子也只能凑合了事，在下面做个脚注算了。真是一名之立，月旬踟蹰。今天老婆这样恨铁不成钢地挖苦鞭策一通儿，更让他"在海上"起来。唉，男人就不该弄什么文学，弄上了就得弄出名堂来再找老婆，否则你就只能让她当成个可爱的废物,扔了可惜,揣着难受。一气之下,上长安街散步去。

他真说不清混成这样了为什么还不出国?

当年他住东城的集体宿舍,小雷住西郊石景山的集体宿舍,中间隔着一个几十里地,号称"两室一厅"的副处级住房。一周小雷来一趟,吕峰到周六就到别人屋里去支行军床。星期天一早不管昨夜多累也不好睡懒觉,七点不到就起床穿戴好,终日打哈欠。

最讨厌吕峰半夜想起看什么书来敲门,赶上他们正行至半途,只好敢怒不敢言去开门。吕峰在门外说出书名在第几层架子上,胡义手忙脚乱去翻。实在狼狈不堪,吕峰总是像做错了事红着脸八个对不起。周末打扰了吕峰,星期天就不能再懒在屋里不走,便拖着疲倦的身子强打精神去逛商店,找个馆子搓一顿。几年下来,一分钱没攒下,全扔进馆子里了,什么美尼姆斯、三宝乐、人人、新疆,全吃个遍,从快餐炸鸡到一小碗一小碗的四川汤,到法式俄式大菜样样吃过去。逛公园,像小孩子一样玩游乐场,电子滑车疯了似的坐。逛累了就钻公园树林子里在板凳上光天化日之下呼呼大睡,跟那些外地人逛北京的惨样儿一丝不差。冬天没地方去睡,就想起了地铁,那是个温暖如春的好地方。咣咣当当像摇篮睡着更香甜。就坐那种环行线地铁,永不停车地转,想睡多久睡多久,一张票管一天,只要不出地铁就行。夏天在里面占了座位睡更舒服,凉爽极了。尤其在午后那几个小时里,地铁里几乎没什么人,都可以放平身子躺着睡。有时连睡几圈,懵懵懂懂中被地铁服务员从椅子上拉起,说是到积水潭站了,车要进库检修了,这才下车。如果没睡够就等下一趟车来,进去再睡。

原以为这是他们自己发明的专利,很为此得意。可那天才发现无独有偶。

从前门站密不透风的人肉堆中钻入车厢中另一堆人肉之中,那些个老老少少大铺盖卷把他和小雷死死顶在门口动弹不得,一车厢的酸臭汗味,铺盖卷上露着黑汗淋漓目光滞钝含辛茹苦的脸,大包小裹中散发出霉腥味。小雷抱怨胡义就不该在这一站上车。前门站是最挤的一站,北京站火车上刚卸下一批人货上了地铁,前门站又挤上一批购买北京的人和大包小裹。应该从建国门提前上,赶在蜂拥的人货们之前占了座位,然后闭上眼视而不见睡下去。许多人为了有个座位,都是先从北京站退坐一站到建国门下来,再换车往回坐,等大批人在北京站下车时趁机在车内抢个座位。那些个在北京站上车的人就得不要命地往里挤,挤进来才发现空座位早让里面的人调剂了。胡义倒不以为然,热汗汤汤地拥住小雷,看着她热红了的小汗脸不住地嘿嘿笑,不时响响地在小雷脸上叭哂一下,招得半车厢的人半睁着的眼刹那间圆滚滚地光芒四射。

胡义笑道:"你看,我找到了庞德那句诗的感觉了——人群中一张张幽灵似的面孔/湿漉漉的黑树干上花瓣朵朵。The apparition of these faces in the crowd; Petals on a wet,black bough."

天知道现在的人怎么那么爱旅游。酷暑三伏天带着放了假的孩子出来开阔视野,这是生活富裕了的象征。整个车厢中各种方言的谈笑叫喊声不绝于耳,似乎是长途火车上一般。胡义在逗一个上海的孩子,用十分标准的普通话问他叫什么名字,北京好不好玩,那孩子听不懂,用上海话恐怖地问父母说这个人在说什么。胡义很奇怪,问学校里不用普通话上课吗?他父母疲惫地摇摇头接着睡过去。胡义认定这三口肯定在复兴门下车转一号线去石景山游乐场。小雷打赌说肯定在西直门下车去动物园颐和园。他们就坚定地挤站在这一家三口跟前紧逼盯人,准备他们一下车就以迅雷不及掩耳之势取代他们。车到复兴门,一家人仍在睡,车上有一半人稳坐泰山在铺盖卷上死睡。

没占上座位。小雷悻悻地说,这些人是去西直门火车站的,那儿专发那种十分钟一停的特慢列车,从北京一直开到大兴安岭,比公共汽车还慢,一装就是半车人半车货,快成客货混用车了。那种火车跟大马车差不多,连窗帘都没有,破破烂烂的。这批人一定是上西直门车站的。西直门车站怎么混到这份上了?等外小站似的,脏得可以,永远堆着人和铺盖卷。服务员用大扫帚划拉垃圾,售票厅里漫天尘土,人们依旧呼呼大睡。说着车到西直门,下去一批人货,可那三个上海人竟仍然在睡,小雷怕他们睡过了站,就用上海话叫醒他们,说西直门到。那上海女人没好气地说我们不下车,我们困觉来的。她听出小雷讲的上海话不标准,一脸的蔑视,不经心地问:"南通的吧?"小雷气呼呼拉了胡义奔向远处的座位,愤愤然小声说:"这种女人,肯定是上海郊区的,顶了不起是闸北区的,瞧她那样子,哪里像上海人?还把我当成南通人。哼,我爷爷跑台湾去之前我家住在岳阳路法租界时,她的爷爷准是刚到上海谋生的江北人吧。现在她倒对我装上海人,还把我当南通人。看看她那棚户区穷相!你有没有去过棚户区呀?哟,一家和另一家只隔一块裂了缝的木板哎。"

胡义说:"那快和沙新、滕柏菊之类的差不多了,移民楼还不如棚户区呢,棚户区还一家是一家,移民楼是两家住一间。"

"所以咱们不要孩子,千万不能要,一有孩子就得请保姆,那么一只柜子隔开睡,真是天晓得。"两个人说着话就迷糊过去了,不知什么时候车又行到北京站,睁开眼一看那三个人还在死睡,看样子准备再睡几圈。胡义和小雷睡眼惺忪地对视一笑，也闭上眼接着睡下去。睡到傍晚时分肚子睡饿了，就要决定在哪儿下车去吃哪一家。小雷要在和平门下来去吃烤鸭。胡义说就愿意去王府井北边的东安门吃夜市小吃摊，一家一家吃过去，溜达着吃。小雷说他十三点，小吃摊全是炸的东西，大热天非吃一身痱子不可。胡义说要么去吃"肯德基"，里面有空调，小雷又坚决反对，说不就是炸鸡块么，烦透了。要不就去美尼姆斯，有空调，吃完了再去崇文门那个刚开的歌厅唱一会儿卡拉OK。没意思，浑身懒懒的，吃什么都腻。胡义吓了一跳问是不是有了，不会呀，措施很严格的。气得小雷直跺脚，说就是想冲个凉，有电扇一吹，吃几块冰镇西瓜，然后凉凉快快地歪到床上看看电视。胡义立即红了脸，觉得这非分要求是在讽刺他男子汉大丈夫没本事弄间房住住。他发誓，再等一年，如果再没房子，他就不再翻什么译，考个GRE和托福，申请个什么美国的三流大学也行，只要有奖学金，就去念博士。不就是考一千几百分吗？好些人上了培训班考了一千几百分，其实英文还是讲不清楚，还是写不出英文文章来。胡义的两个同学考GRE永远上不了一千分，却办起DRE铺导班来，一个晚上挣十块，硬是教出一批能考一千五百分的学生来。然后他们脑子满灵光，就开始办起英语培训学校来，居然越办越红火，还盖了楼，成了大款了。

胡义自信自己那点英文考出去不成问题，就是舍不得扔下他喜欢的工作。堂堂北外的英语研究生，在国外杂志上也发表过论文，法国开赫胥黎研讨会都特邀他去当Speaker，怎么能考不上美国？说考就考。决心一下小雷又来劝阻，再等等吧，好容易打开局面，一去读书，五六年下来，虽然有了学位，大而无当，这方面国内的坑儿早让人填了，往哪儿摆你？中国眼下是顾经济，什么外国文学，往后靠靠吧，有个把人象征性弄着就行了。僧多粥少，占坑儿就特重要，别只图那个博士虚名。不就一间房吗？怎么也能解决的。

　　小雷并不甘心只忙忙乎乎为领导当翻译跑前跑后，也在译马尔库塞之类的著作，这样下来算有点自己的东西，真舍不得扔下刚开始不久的事业。这类书赔钱，好容易靠胡义的关系争取到了选题，机会太难得。等你念五六年学位，翻译市场早让别人占了。再争取重新开始，又要几年创业，一混就四十几岁了，天知道能再干点什么出来。说着说着两个人又合了拍，似乎志向很崇高，目的很实际，理想和手段又很一致，也不想什么房子冲凉，一致决定在西直门下车去"莫斯科餐厅"吃西餐。然后，不坐地铁，而是坐三三七路汽车，夜深人静沿长安街一直向西兜着风回石景山小雷的宿舍去。

　　小雷说这二年"老莫儿"越变越土气，不像原先那么高雅了。原先去那里吃饭的多是知识分子，现在泥沙俱下，来吃的人一个个都粗野起来，猜拳酒令的山呼海啸。初级阶段，这些人先富起来有钱也不会花，全都这样胡吃海塞了。再看那边，天，似乎倒是一群中年知识分子，可他们在干吗呢那是？是老同学大聚会，几张桌子拼成大长桌，在高声大气推杯换盏，然后全体起立齐声高唱《喀秋莎》，震耳欲聋。估计是六十年代留苏的那批人，"文革"中受了迫害，劫后余生，到老莫这里扬眉吐气来了。他们是不容易，可这里是西餐厅哎，你们这样还让不让别人用餐了。

　　他们赶紧躲开，找了外间类似走廊的地方，那里有一排餐桌，总算还安静。服务员大婶懒洋洋地过来哗啦把刀叉散摊在桌上，盘子上还带着水珠儿，老莫就这么堕落了。小雷悻悻地说，算了，既然来了就吃吧。再点几个菜，味道十分差，连原先供应的现榨的鲜橙汁也没了，换成了罐装饮料，穷对付我们老百姓。哪有半点老俄罗斯情调？似乎随着苏联越变越穷，这座当年在北京光鲜夺目的惟一西餐厅快变成馄饨馆了。

胡义说不是"老莫"变了，是小雷变了，一年二三趟德国欧洲，开了眼，回来就觉得哪儿都不够水准。可又天生的中国命，真让你去德国，就不是吃大饭馆了，而是去那儿端盘子洗下水槽。小雷说其实就是害怕头几年艰苦奋斗，端盘子打工苦上几年就能赞上二三万马克，像她这么聪明的人，怎么也能找份好点的工作，挣几万。混不下去了，就回来存德国银行吃利息也够了。胡义说你倒去呀，怕是不出三个月就嫁德国人了。这年头，妈的，中国的好姑娘嫁的全是那儿的三等男人，跟废物差不多的。这世道太他妈不公平了。千万不能让女的先出去，一出去准变心。同学中去美国的德国的，十有八九女的把男的休了的。小雷说她班上三个女的像商量好了似的一个月内全提出离婚，夏云芝把男人办出去，到了机场打电话，她连见都不见他，只说办出他来算对得起他了，拜了。男的当场就跳楼自杀。胡义说自杀的男人不是苏州的就是上海的，太没骨气。小雷说那我也这么干，你怎么着？胡义喝一口白兰地说，死活找到你，先把你打个半死再说。小雷亲他一脸鱼汁说这还像半条男子汉的样子。胡义说整条男子汉是什么样子？小雷小声说先强奸了那女人再跟她一块儿跳楼，不信那女人不服了你。说得胡义刮目相看她，从来没见她这么迷人，忙说他今天晚上就去住小雷宿舍里，让同屋的那个小董找地方睡去。小雷兴奋无比地说就坐末班车回去，让自己没退路，那女伴怎好意思不让房的？两个人疯了一样地喝酒，一对一干了一瓶白兰地。

出了"老莫"，胡义说西餐根本吃不饱，嗓子饱了，肚子还饿，就又在大门口的小摊上吃了一碗担担面。然后疯疯癫癫转车上了三三七路，车上就四五个人了，一问全是去石景山的，司机很高兴，决定中间不停车，勇往直前地开。一路上看着等车的人上不了车连骂带喊的样子十分开心，几个人全大喊大叫痛快淋漓。眼看着路边的大楼风驰电掣地闪回去了，小雷笑够了又忧郁地说这么多这么多的住宅，怎么就是没一套属于咱们？胡义说连一套都不想，只要移民楼能挤一间就满足了。小雷说顶你不走房运了，跟那个吕峰住一间，钉子户。别人都能慢慢地等同屋的走人自己占一间，就吕峰不动窝，还天天泡宿舍里看什么书。胡义无可奈何地说，他看了也白看，只能看别人出版社出的小说一本比一本精彩，"向导"退的稿子转到别的社就走红，人家出了书再反过来送一本给他作纪念的。小雷说你还讲人家，你不也一样，激动地向刘头儿报好稿子，让头儿翻三页就扔回来！上次报马尔库塞的选题，说他是西方马克思主义思想家，头儿在选题报告上批示："西方这个词太宽泛了，应写成德裔美国马克思主义思想家。年轻人要学会用词严谨。"胡义说，这人，连西方与西马都一脑袋浆子，还主管文学，真没脾气，原先是华北军区快板队的，真可爱。为一部写雁翎队抗日的小说同边大姐争起发现作者的专利来了。本来是边大姐下基层农村辛辛苦苦找作者时发现的，可稿子寄来时边大姐出差了，他就自做主张拆了边大姐的邮包，一看是一部能得奖的稿子，就背着边大姐跟作者联系，书都排了校样边大姐才知道，为此哭遍了全社领导的家，骂这老头子心狠手毒。老头儿稳坐钓鱼台，小说得了奖，封底上照样写着他是责任编辑，编辑获奖证书上当然也得写他的名字，一千块奖金也是他的。老头儿一高兴拿出二百来，给全编辑室人一人买一小盒巧克力，气得边大姐当场把糖盒子摔在地上。后来边大姐干脆就地取材，发掘出浙义理这个大诗人，为社里赚了大钱。按利润提成，责任编辑边大姐的提成费竟比浙义理这本书的纯稿费还高。

吕峰跟这些人混在一起能编出什么好书来？他干脆想走，彻底脱离这个上不着天下不着地的所谓文学室，闯海南去，小雷热烈欢呼说这是好事，总算把吕峰盼走了！吕峰一走，咱们就占了那间房，也算在北京立住了，以后再慢慢发展。反正干文化，不用吃大苦流大汗，也不求荣华富贵，图个安安逸逸小贵族就行了。再说了，我经常出出国，出一次两个大小件免税指标，自家买足了，就卖指标，一个卖它一千块，不是也算小倒儿？说起两个集体宿舍里堆的彩电洗衣机冰箱烤箱，全是东洋货，连包都没拆过，有彩电看不上，冰箱用不上，快成日本电器店了。最麻烦的是胡义屋里那架苏联钢琴，还用大木头包装箱封着，天知道里面的琴键是不是早震错了位，若不及时调整怕会走形吧。

那次从法国回来胡义一定要在莫斯科下飞机，就是要去捞个便宜钢琴，才三千卢布。在黑市上用美元换一美元能换十个卢布，一条牛仔裤卖几百卢布，六十法郎一块的廉价电子表能卖三百卢布，连换带卖，玩儿一样就凑足了三千卢布，让朋友帮着挑好用火车托运回来，扔在宿舍里像一口白茬儿棺材一样横卧着。当初还以为赚了，谁知这两年苏联经济大滑溜，如今一件一百多块的皮夹克就能卖一千卢布了，现在再去买钢琴，三件皮夹克就够了。可小雷说现在市面上根本没钢琴了，好好儿的一个大国，折腾成这样，世界上竟还有轮到咱们这些倒霉鬼去发洋财的地方。那些中国留学生在苏联混得跟土财主似的，在苏联人眼中都成了大倒爷，从避孕套到方便面，什么货都倒。倒回大把的美元钢琴呢大衣，比那些留美国的神气多了。上美国的只配干臭苦力活，从牙缝里抠美元，割了阑尾拔了牙挖了脚鸡眼去打工挣血汗钱，回来还神气，打肿脸充胖子。也有发大财的，可那是少数，大多数你我这样的只能混几年而已。美国的学位谁不知道怎么回事？连论文都不做，念一年多就成硕士了。学理工科至少还学了先进技术，回来还能用，一就是一，二就是二。学什么文学，大多数生吞活剥，回来照背如流，连问三个问题就答不上来了。要我说不如多培养点英文教师更好点。

在林荫路上走着一头撞在一个人身上，那人正双臂吊在树上，吓死人。再一看周围有好几个人在练这种上吊操。怎么回事，小雷问。他们好像是瘫过的，正在恢复。要么就是高血压胆固醇高什么的，据说这样吊一吊能降压，还能激活麻木的神经。这几年生活提高了，这类病人越来越多了。那还用说，非病不可。从小吃苦，前些年吃喝以炭水化合物为主，一个月才一斤肉，老了老了赶上了大鱼大肉，没吃过，拼命吃，各种功能退化了，这么大补还不补爆炸了？不光是老人，都一样。和遗传也有关系。中国人几千年吃菜的，现在突然学外国吃奶吃肉，其实是在改变人种的特性。你看吧，咱们小瘦子中国人长到二三十岁出国一吃黄油大肉，人就全走了形，十分丑陋恶劣。算了，咱们这辈子别中途变种了。这边能凑合就凑合下来，清清淡淡地当当翻译家算了。

眼看到了宿舍，开始激动，昨天没有尽兴，今天可以找补一次。一地分居，真叫残酷。天知道同屋小董的丈夫今晚也赖这里不走了，他们是想让小雷找地方睡去。他在昌平工作，来一趟也不容易，转汽车地铁加步行，挺辛苦。可十一点多了，小雷上哪儿去？还跟着一个。面对现实吧，女士各睡床，男士一人一张凉席睡地板，这四个人热热闹闹闲聊半宿。两个男人的目的都没达到，因此聊起来特别起劲。胡义其实很看不上小董的男人，一看就知道是跟冒守财差不多的根底，刚说几句就露出那种小地方人进了北京不开眼模样，拐弯抹角地想用人民币按免税价买小雷那台"夏普"录音机，因为他看到小雷又购了一套"健伍"音响，全原封不动堆在屋里。那台"夏普"才一百几十块美元免税买的，只是小雷在国外几天的伙食费而已。其实她们团出去天天有人请吃，省下的伙食费就全揣个人腰包了，这台"夏普"等于一分不花。那台"健伍"七百多美元免税，一半钱是公家发的伙食费和零用钱，一半钱是卖指标的人民币换成美元，也等于白捡。小董两口子哪知道这里面的学问，以为递根烟说几句好话就能平价买了去呢。少说也得外加二百块小钱才行。对这种总想白捞便宜的人小雷只一笑，说准备送给弟弟结婚用的，就打发了他。可胡义爱学北方方言，一听小董的男人乡音十足，就顾不上许多了，很虚心地请教，刻意模仿。小董男人一听自己的唐山话招人爱听，就彻底抛弃了好容易学了个半吊子的京腔，返朴归真地说起家乡话，胡义就一字一腔地学，起劲儿地打发没有达到目的的黑夜。好像那天晚上是在火车上过的一样，男男女女挤一块儿靠聊天打发时光。这"两室一厅"住的。

　　果然吕峰熬不住在"向导"平庸的日子，毅然决然放弃了北京奔深圳了，靠着在中文系练就的三寸不烂之舌，头脑又活络，当电脑推销员了。盼走了吕峰，胡义和小雷立即捞了一把，趁吕峰还没走，就先把小雷的半屋电器塞进屋，早早换了新锁，算是把房子强占了。钢琴打开，冰箱起动，席梦思明晃晃地抬进屋，堂堂正正响起"健伍"，震得半楼地板颤动，害得一楼住家上来抗议，说房顶震得掉灰渣。

　　好日子过了不出三天，房管科就分配一个新来的大学生来与胡义同居，并把吕峰交上去的旧钥匙发给那小伙子。小伙子拿着钥匙带着女朋友兴冲冲来开房门，插进去左拧右拧拧不开，全楼的人走来走去哧哧笑。小伙子以为错了,还问刚回来的胡义这是不是胡义的房间,胡义说"没错,接着拧。"仍然拧不开,小雷下了班见此状,立即轰他走,告诉他这间屋已变成家属宿舍了。小伙子不干,掏出住房证说社里就是分配他来住二一三房间的。小雷哗打开门,亮出一屋子日本电器,说你敢进来,我丢一分美金就跟你没完。全楼的人像赶集似的争看这个辉煌的房间。小雷把音响开得很响,说声要洗澡了就"咣"关上了门。人们都劝小伙子明天去找社里算账,这是房管科拿他当枪使来打胡义的,这楼早就这么一间间地从集体宿舍和平演变为家属宿舍了,社里一点儿办法也没有,你还想挤进来?妄想。别的事都好商量,毕竟是文人,可房子是移民们的命根子,决不能有二话的。都为胡义说话,众志成城的样子,让那新来的大学生在踏上社会的第一天就领受了生活的残酷。他哭丧着脸求人们不管谁先把他的几个箱子给放进屋去过一夜,他今晚睡办公室去。可就是没一个人敢接他的箱子。沙新、门晓刚、冒守财和小林这些两人住一间的人根本不敢上前,生怕收了他的箱子他就从此赖上,把他们两人一间变三人一间,缩小生存空间可不行。强占了房的几家更不敢接这箱子。小伙子哀求人们,大家反倒打着哈哈渐渐散了。胡义觉得理亏,就说箱子放屋里吧,但明天必须找车拉走。小雷眼明手快地挡住门坚决不让,用英语厉声说:"What a fool! You will make it a fait accompli!(傻瓜! 那就既成事实了)!"随后敲开对面单丽丽的门,用上海话嘀咕一阵。单丽丽过来说让小伙子把箱子放她屋去。反正是女宿舍,小伙子不敢赖账。女人活得就是比男人本能。胡义差点因心善上大当,心中十分佩服小雷的精明果敢。

就这么出乎意料顺利地在北京有了一个窝。虽然整座楼像个垃圾箱,可各家自己屋里都弄得不错,关上门拉上窗帘,弹弹钢琴听听音乐译译书，请来朋友做做西餐喝喝酒聊聊天，自以为高雅地过初级阶段文人的日子。

这副闲在样儿令他在美国奔绿卡的同学们讪笑，纷纷来信说他是在北京混懒了，跟那些天天遛鸟儿，扎路灯下浑下棋，在故宫城墙下闲吊嗓子的北京土市民学坏了。而他的同学，大学的有多一半去了美国，研究生时的除他以外全走了。念文学博士的有，还有看学文学在美国难找工作就改专业念历史教育经济管理电脑编程电子商务饭店管理什么的，全在为绿卡信心百倍地奋斗，声称是为下一代不在中国受挤受穷做牺牲。胡义回信说："别异想天开，你们的下一代绝不领你们的情，他们一美国化就讨厌你们了！"那边看他实在不可救药，也就不再写信来。

闻大姐二十五岁才考上大学。这样高龄的只能上师范了，但她分数实在高，又是随父母支援青海的上海人，如果名牌大学不录取她就仍然出不了青海，最多上个青海的师范。管录取的老师是上海人，很同情她，决心不让她这一辈再支援青海，就打报告特批录取了她。果然闻大姐入校头一年成绩横扫全班，但从第二年开始就渐渐衰退，远不如胡义这帮小孩子脑子灵。尤其是又开设什么法语日语的第二外语第三外语，闻大姐就更跟得气喘吁吁，憋出一层白发仍然排在最后坚定地为全班垫底，大家一到大考就互相安慰："有闻大姐垫底，怎么考也不怕。"闻大姐其实人并不笨，只是十年"文革"和上山下乡耽误了她。二十五岁以后总算有了着落，大学毕业反正有铁饭碗等着，就松了劲，开始找恋人准备毕业后三十岁开始后半生的幸福生活。三年中比上不足比下有余地挑男人，挑一个淘汰一个，最终她二十九岁时也被淘汰，学业又一落千丈，听说系里决定分配她回青海，这才猛醒。

她发现人生一刻也不能停止奋斗，三十岁再奋起搏击还不晚，干不出个样子来绝不再儿女情长。命运对她这一拨儿人实在残酷，就是不能踏踏实实地生活。青海那边了解她的过去，知道她能干又聪明：十九岁就上山下乡时火线入了党，在牧区又是著名的铁姑娘队长，后来从马背上摔下来残了胳膊，病退回城。在中学代课，代哪门课都是尖子，缺外语教师她就刻苦自学，几年后就能教高中英语，是全市模范教师。如果她肯回去，省教育厅早对她有安排，想在上面有处长当，想下去有校长当。可她不干，不仅要脱离青海还要离开中国闯世界去，把这看成一生中最后的一搏。一晃八年过去，当年的小胡义已成三十岁的老胡义，是闻大姐毕业时的岁数了，而闻大姐现早已念完MBA当了一家公司的对华业务经理。

那次荣归故里，珠光宝气，五米以外看上去比大学毕业时还年轻。近看则是满脸整容后僵硬的肉皮。

见到胡义她就痛斥他竟然能在中国一混八年不动窝，扎在这样臭气熏天的筒子楼里自鸣得意地译点没人看的什么文学。仔细一看，惊呼："天啊，你居然还吃胖了！真是不可救药。瞧瞧你们那厨房，再看看一个个幽灵似的编辑们出出进进做吃喝的慵懒样子，这也叫生活！"进楼时正赶上几个人在楼梯口昏暗的灯光下支了桌子打牌，这情景也令大姐怒不可遏。"My goodness! 这些人也是编辑，光着膀子叼着烟，简直是十九世纪美国的码头工人形象么。人最怕的是自轻自贱，这样混下去只配住这样的地方。"面对这位好心的大姐，胡义一句话也说不上来，似乎很麻木，很无所谓地听着。一路上楼，闻大姐在抱怨："北京快成了全世界最脏的城市了，空气污染太厉害。刚来几天我就犯了鼻窦炎。真奇怪，你们怎么都不得病，还胖了。"一进屋看到那个"日本电器行"，闻大姐呆住了，随之又批评胡义没有远大志向，年轻轻弄一堆外国货乐陶陶混青春。把个笑脸相迎的小雷说得满面冰霜，沏了一杯茶就去单丽丽屋了。闻大姐看出了小雷的不高兴，忙解释说："我也是为你们好，其实中国知识分子最大的毛病就是两点，一是知足者长乐，二是好面子虚荣。我就破了这两点，一咬牙一挺就过来了。现在我在长岛也有了房子，公司里都称我闻博士，尽管他们看不起中国人，可拿我没办法，我能给老板挣大钱，他们就不行。"她几乎不等胡义说什么就看着表站起来，说今晚又有政府官员宴请，腻透了，可还得去，一天三宴，真要吃出冠心病来，怪不得中国人虽穷可胖子不少，全顾一张嘴了。"好，说定了，回去我就办你们去美国的手续，我让公司担保你们，在公司工作，算高级打工，念个博士。念经济管理，一出来公司肯定录用你们，不出几年就比大姐还阔了。唉，二十出头毕业就出来多好！"

　　胡义听了闻大姐的安排，几乎要流出泪水，哽咽着说："大姐，你还没问我愿不愿意去呢？你怎么知道我羡慕你？不，你不了解我，我都三十了，像你当年一样能替自己做主了。"

　　那一刻为什么会哭出来，至今胡义也搞不清，至今想起来都难受。可能是闻大姐饱经风霜壮心不已看透了一切，她的话说中了胡义的心。也可能是胡义的自尊心大受了伤害。他那天都没有勇气也想不到向闻大姐展示他这几年翻译出版的几本文学书，没对她讲自己去巴黎在国际会议上发言受到欢迎的场面，更讲不出自己在那个学术小圈子内的自我满足，因为这一切早已预先被闻大姐宣判了死刑，毫无意义。他只告诉闻大姐，让她见到同学们转告一声，他要出去早就自己考出去了，只是不想出去念书，更不想进公司。天知道他居然挤出了一句格言：

"生命的价值是靠追求理想来体现的，不能用金钱来衡量。"说得闻大姐破口大笑笑弯了腰："谢谢你小弟弟，大姐当铁姑娘队长时创造过一百条这样的警句。好容易才清醒过来，几乎让理想害死。告诉你吧，这样的警句只能埋在心里，等奋斗成功了再说出来。像你现在这样一个字二分钱地当 penny-a — liner（穷文人），说这话会让人笑话。美国人都说中国人是穷理想主义呢。"

胡义什么关于美国的问题都没想到要问，只问她"姐夫"的问题。闻大姐吐一口烟摇摇头说："又庸俗了不是？哪还有点奋斗者的样子？年纪轻轻就找老婆结婚热炕头，这辈子还能出息？再说了，爱情、情欲这些东西本来是很纯很简单的东西，非要跟婚姻扯一起就俗了。经济独立各过各的，想找男人还不容易？干吗非朝夕厮混在一起？唉，你不出去是理解不了的。在这儿不结婚就分不上房，要离婚也没地儿住，死活要把不相爱的男女拴一起。你不出来，太不开眼了，提问题都外行。"最后扔下她的三四个电话号码，要胡义混不下去了去找她。回去后闻大姐过年寄来一张印着白菊花的吊唁卡，上书 To the inheritor of Marx, Huxsley and Chinese culture（赠马克思、赫胥黎和中国文化的继承者），真让胡义难受。当初传说他牺牲了，给他母亲家寄吊唁卡的正是闻大姐。

但他学不了闻大姐的榜样。她太累了，永远在争先锋。时兴入党时她能火线入党；时兴出国弄绿卡她又能挣绿卡。胡义这个小弟弟倒是个笨蛋，时兴捞党票时不会捞，官也当不上，只会死弄过时的文学，人也木了似的，让人说不清图什么。

那天吕峰从深圳回来，请他去中国大酒店。真是天壤之别。才一年多，当年穷兮兮的吕峰一下变成了阔少。不过毕竟是在中国混，吕峰可是没闻大姐斥中国如粪土的派头，只说文人从商像妓女从良般不自在。似乎干了文学就要甘心受苦似的，荣华富贵只当是白捡，是过眼烟云。胡义知道这话有一半是真的，心里竟生出半分自豪。吕峰说他早晚还要搞文化，挣足了钱承包个出版社或者等将来搞股分制时他把"向导"的股子买一半，一准把"向导"办得像像样样。现在的问题是搞文化没钱不行，可光顾弄钱没文化，中国人的素质上不去，还是弄不起来真正的现代化。所以才有这种全民不要命的大吃喝，才有暴发户们的空虚无聊百般糟踏钱，才有了知识分子地位的一天不如一天，一定要走企业办文化的路子。"等我当了大经理，就办出版社，请你当总编。你不用考虑赚钱，只想办法出好书就行。"这话很对胡义的心思。

坐在大酒店里，胡义为吕峰的理想敬酒，但首先要感谢他搬出了那间房子，才让他胡义有了立锥之地，否则他也就去美国了。吕峰哈哈大笑说他也一直盼胡义走了自己占那一间，只是没有胡义屁股沉，熬不住才先走了。这话把李大明也逗乐了，说这例子很典型，僧多粥少时不是抢就是挤就是盼别人口生疮不吃。这个李大明一直不怎么说笑，总是很绅士地听别人说话，偶尔插几句很刻骨的话。吕峰说这个老同学是个独醒者，总在感伤地旅行。在澳洲做博士后，好好儿的，竟然说个想家就花几千澳元飞回来了。

胡义说这举动实在浪漫。李大明说一点也不浪漫，是很明智的举动，不回来一趟看看听听，他的实验就再也做不下去，人会发疯的。悉尼的中国人人山人海的，可就是没办法拿他们当中国人，说什么什么不对路，又一个个忙着挣生活，谁有闲心跟他个穷学者聊天？绝了，在中国时最痛恨的闲聊到那儿成了一种必须。过个节凑一起聊半宿，聊完了就更想家,干脆回来一趟比什么都管用。一进北京才想起来是个让老婆离了轰出岳父家的无家可归者。回故乡去,只拎了几件换洗的衣服非让人当成神经病不可。一想到那个小城市里七大姑八大姨企盼给他们带的免税大小件就不寒而栗。这毛病也不知是谁惯出来的?是那些个留学的个个儿回来显阔还是中国人穷得非让他们接济不可?反正形成了这习惯,你出了国回来就得送他们东西。我没钱给他们买东西,那些大件儿全变成这趟机票了。说得人们大笑不止。

吕峰说也就你舍得花一万多坐飞机回来听乡音,人家哪个不是在一个铜板掰两半花,狠攒几年回来显一次阔?就是,胡义说他在巴黎时见过不少留学生,住在一个叫"大地方"的贫民区里,一个单元三家住,一拉衣柜落满地蟑螂,可一回来就左一个大件右一个大件地送,也不知道图什么。中国人就爱面子,永远时兴"衣锦还乡",像你这样质本洁来还洁去的,特别在咱们家乡那个小地方,更要招人笑,不是笑你抠门儿,就是说你没本事没挣到洋钱。

"所以我他妈干脆不回去!"李大明一口干了一杯酒,登时眼珠子都红了。我上次去德国进修一年,可怜巴巴的几个马克生活费,回来全让他们给分了。连我那个前老婆一家亲戚也沾点大小件,她家算大知识分子了,往来无白丁,可照样要。什么知识分子不知识分子的,胡义哈哈笑道,没有物质基础,知识分子照样犯傻。你瞧我们楼上,都是大学生吧,吕峰你知道,那个诗人浙义理,一开始也很不开眼,刚买了彩电那几天你猜他乐得跟人家说什么?"今天彩电里有青年歌手大奖赛!"我几乎要笑晕了,对他说:"中央黑白电视台今天播什么?"

这也是知识分子。我说什么来着,吕峰说,像你们这样的干脆出去别回来。你说吧,大明,科学无国界,在哪儿不是一样做实验?人家杨振宁李政道的不是算美国人了？你怎么就不行？那，钱学森什么的还不是回来了？李大明争辩着，反正我就是不行。那你就回来，上深圳来，珠海也行，我帮你找家公司干干。李大明红着脸，半天不说话，蚊子似的喃喃一句："我就想，在北京，能有一个悉尼大学那样的科研环境，我能安安静静地搞我的项目。"

哈，吕峰笑得把酒喷了出来，服务员忙过来帮他擦。"原来你小子是想在北京过上在悉尼的日子。你他妈哪里是科学家，写童话去罢。"胡义也添油加醋地说："顶好把你们家的白洋淀也搬北京来，把我的瘦西湖也迁过来。"

三个人笑作一团，然后几乎同时站起来去上厕所。胡义在巴黎时住的是学生公寓，从没上过这种五星级厕所，没想到里面有一个老头儿终日不见天日地在伺候客人拉屎撒尿，把个厕所擦得明光瓦亮。他有点不自在，他撒尿，老头就默立一旁看着他。他刚结束，老头就上来拧开水龙头冲水；他刚系上裤带，老头就又拧开水龙头让他洗手，递毛巾递香皂。

头一辈子让人这么伺候，他十分不自在地看着李大明和吕峰，这两个人倒是挺自在，自知自己跟人家差了一截子。随后看见吕峰掏出一张五元票塞给老人，老人不卑不亢地接过，自然地说声谢谢为他们开门。胡义头上渗着汗对吕峰说："老头儿这样下来一天赚不少哇。"吕峰不经意地说："这算什么？我们上次一帮人喝醉了，吐了一地，老人家给收拾的。你猜我怎么给小费？那天喝了五千块，大家一商量，照10%付。老头儿拿着那五棵，腿都哆嗦了。够气派吧？大明，你们留洋的回来，除了从嘴里省几个大件儿，有我这么滋润吗？"所以呀，李大明说，我说过不是，中国商人最显阔，有钱就穷花穷显摆。也是，几千年来中国人第一次出了这么些个暴发户。胡义说我料定你在深圳不敢这么花法，敢情拿深圳的钱到北京来花怎么花怎么多，就像中国人在美国打了工回来比局长还气派一样。得了吧，穷翻译家土冒了不是？告你说吧，要论这种大饭店，北京的价儿可不比深圳便宜，深圳的宾馆中国人住得起，北京的是专宰外国人。要说便宜，北京的大白菜大葱比深圳便宜。这就是区别。不过你这种穷文化人，可能连北京的西红柿也嫌贵。胡义脸一红承认了："我常赶天黑之前去买撮堆的西红柿，比白天便宜多了，其实质量差不多，从早晒到晚，比白天还更红更熟点，拿回来就可以凉拌。"吕峰咂着嘴："你说你图什么？会好几国外语，非扎在这儿吃降价西红柿。"

李大明嘿嘿笑着用英语说胡义是"bargain hunter"（买便宜货的人）。还不是就想干点什么！胡义嘟哝说。我们这种人不像理工科，能给中国带来赛先生，我们是寄生在中国身上随着它沉浮的。国家强盛，文化就发达，我们的饭碗就香点，否则就稀点，我们情愿吃自己那一份稀的。但干这活儿自有精神上的满足。去了美国，英语念得跟美国人一样好了，还是中国人啊。中国人学了外国话并不是要变成外国人，还是要在中国用它才舒服。

李大明坐不住了，说听这话茬儿是批评我呢。谁不想在自己国家里折腾事业？各人情况不同嘛。国家不强盛，我们即使有一招鲜在外头也受人欺负。我那年刚一到德国，系主任就问我回不回中国了。因为我前面几个都一去不复返，好像是他挖了中国墙角似的。一起搞计算，算加速器的磁场数值，说了你们也不懂，反正特难。结果不一样，他们非说我算错了！我真气疯了，要他们和我一起重算，他们就不，死认定是我错。最后证明是一个美国人把程序弄错了。你说气人不气人？凭什么？就因为我他妈是中国人。后来他们请我吃饭，表示道歉，有什么用？我的心早伤透了。同是工程师，我的成果比别人还多，可我的薪水是这一级里最低的一档，他们澳洲人就比我高。要在国内我还可以争一争，在那儿我敢跟谁争？反正都怨咱们自己，把形象搞坏了，十个访问学者挤一套房子，人家那是给两个访问学者住的house呀！成猪圈了。还不是为了省房租回来买大件？真学雷锋省给国家倒也没说的了。四五十岁的大老头子，成群结队背着包上街捡废品，到旧衣服商店花十澳元买一大包花花绿绿回来送人，那是澳洲的穷人才去的地方。人家能不欺负咱？我在那儿坚持住一人一套访问学者规格的房子，被中国同胞说成冤大头、穷摆谱儿，到头来我比他们谁都穷，反过来他们还都看不起我。所以我在外头从来不跟那儿的中国人交往，丢份。我也知道，这白搭，人家早把中国人划往一个模式里去了。这么一说吕峰乐了，"出去也不行，不出去也不行，合着我最合适？""那当然！"李大明说，在中国过超前的日子，最好了。可吕峰说他没实现他的本质，他想弄出版，还是想回北京来，有了钱，把"向导"给股份化了。唉，吕峰叹了气说："我是从小让那些个唱北京的歌儿给教得走火入魔了，就是喜欢北京。说不清怎么回事，就觉得这儿是家似的，把自己的老家倒当成了梦里去过的地方。"

胡义游游荡荡竟走了好远，走到了建国门立交桥上。洒水车一遍遍来回喷着水，空气中弥漫起热腾腾的土腥味。他还回味着吕峰的话，想想瘦西湖故乡，真像梦中去过的地方，而北京才是真实。童年的扬州城是个太幸福的记忆，too good to be true. 而在北京他真正苦巴苦拽地挣着生活，北京才显得更真实。他明白，自己至今不出去，还有一个原因，那就是：他已经做了一次移民，已经从精神到肉体移花接木了一次，至今没恢复元气，他还不想离开北京，似乎这个移民楼还没住够似的。

从建国门他向南再拐向西走北京站前，过崇文门绕了一圈回来，疲惫的脚步刚一进楼，就发现那脏水正往一楼的书库里流，潺潺淙淙顺着楼梯一级一级地形成一个个小瀑布。想招呼几个人给书库垒个坝，又一想算了。反正那些《什么样的青春最美好》之类的说教书也卖不出去，好好儿着社里舍不得白扔，泡了水就可以从此地清出去化纸浆，腾出两间房来还能安排住两家子人，能塞六口人。像沙新、滕柏菊家那么中间一隔住保姆，就能住八口人。或许冒守财老婆户口调进北京，这间小仓库就成了他们的小窝了。

唉，一想起冒守财来胡义就有点内疚，也怨自己那个表妹太坏，把小冒坑苦了。开了结婚证就离婚，害得人家当了一次空头新郎，小小年纪就成了二婚。愿上帝成全小冒，解决他们的两地分居问题吧！

## 第三章 诗人与歌女

义理虽然没达到自己的最终目的,但是总算有不少收获。同自己渴望已久的全社第一美人单丽丽跳了舞并帮她报仇雪恨,这是最惬意的事。虽然这一阵子出了名,总有女孩子来找他讨教签名,追求他的人也成排成连了,可他发现那都是涉世不深的单纯女孩子,可爱固然可爱,总让人觉得有点像初登讲台的中学男教师,面对一群傻乎乎的女学生。除此之外,竟然没有一个成熟女性向他表示过什么,而他那个顶头女上司边大姐,对他很温柔,但很丑。对这个边大姐不知该感谢她还是该恨她。如果没有边大姐,义理现在还灰溜溜地混在穷诗人堆里做排尾呢。

那会儿为了维持一张小小的诗报,弟兄们累惨了,到处张罗着为乱七八糟的乡办企业写报告文学,写一篇收人家二千块,刚够印报纸的钱。出本诗集要倒贴钱。凭什么艺术要沦为这样的乞丐?想想那日子真憋气。多亏了边大姐慧眼识珠,发现了义理的强项,费尽心血为他精心编了一本《爱情——童贞的自白》,竟一炮打响,使他脱离苦海,成了著名青春派诗人。但浙义理有时很怕这个不惑之年的女人,怕她那张牛屎一样的脸绽开温柔的笑靥，反倒像牛屎又被踩了一脚。而那目光中旺盛的欲火和满身荡漾的风情却依然。义理多么希望把这双目光和一身的风韵转移到单丽丽身上。对边大姐，义理实在无法报答她，哪怕闭上眼睛盲目报答都不行。只好拼命地拉开距离，一口一个大姐，甚至让她的儿子叫自己大哥乱了辈分，这才足以让多情似火的边大姐冷静下来。正因为有这么些对比，义理才更渴望那些成熟而美丽的妇人。边大姐成熟则成熟，温柔也温柔，能踢能打也算泼辣，算得上女中豪杰，只可惜那张牛屎脸太不作美。义理很为自己被这种女人情有独钟感到那么点耻辱。自然，边大姐还是很克制的，从不在众人面前流露出她对义理的感情。所以，至今这份爱只是在两人独处时才由边大姐很尊严地向义理用肢体语言发送着，而义理则敬而远之，试图将这妇人的痴恋扼杀在萌芽之时。可义理愈是冷漠，边大姐愈是火热，目光中总是透着壮志未酬情不死的决心与赤胆忠心，令义理十分不安。

回到屋里，老婆仍然在昏睡，两片安定足以让她睡得丑态百出，义理因此更添一分苦恼。"最爱的梦从不会实现！"义理悲戚戚地哼一句小曲。他一直在试图说服自己：你不过是偶然让一个单恋着你的丑女人推上了名人的宝座；你其实是个暴发户诗人，有一条无比无比可怜的穷根，在这个世界上你要加倍奋斗才能真正以一个大诗人大艺术家的姿态立住脚，必须同来自各个方面的攻击作斗争；在这样的时候，你不能放纵自己的感情为换一个老婆而苦恼。

他们凭什么看不起你？凭什么看不起你的爱情诗？难道纯情就是浅薄吗？难道连声"我爱"的直白都不能入诗，非要用什么谁也看不懂的象征么？其实他们是妒忌，妒忌你的高稿酬。他们是假贵族，想靠写诗写评论发财却发不了，当然要妒忌你了。还有那些混出国去打工打了几万块回来后靠这血汗钱贵族起来的人也看不起你。他们早没了做文做诗的冲动，彻底改变了人生的态度，压根儿再看不起文人墨客。去了美国的几个，只有一个发了，写了一部纪实作品，通篇是他的发家史，炫耀着他的别墅和汽车，满本子的市侩庸俗气。那几个打工的打工，天天在与开饭馆的华人小业主做着斗争，为增加半块美金的工钱耍着心眼儿，自以为是在与资本主义斗智，很觉得"卑贱者最聪明"，什么东西。上学的上学，三十大几了仍在啃着永远啃不清的英文，过了关专找最冷门的什么学前教育和亚洲历史甚至中国文学系念，泡着不毕业，只是为延长打工的机会多挣几块美金。这样的人回来写这种生活，写一本有人看，写多了谁看？他们凭什么看不起我？这世上谁比谁活得容易？那样混真不如像我这样子混法儿。

想到这些，义理很为自己骄傲，为自己看不起这个老婆、欲"换换"的想法找到了充足的理由。是的，我确实是名人确实需要一个与众不同的女人做老婆，我混到了能甩老婆的份儿上。可心里又总有点儿不忍，很内疚。

想当初，一个一文不名的小编辑，义理真为这个老婆付出了代价。

上燕京师大那会儿，义理可不是现在这种大领人间风骚的风云人物。他从老远老远的天水考了高分进来，到了班上一排队竟然是倒数第五名，没法跟那些大才子们比。四年下来，班上的同学中小作家、小评论家的出了几位，一般的也小发几篇作品。他不行，没那份能耐，因为这年头发点东西靠的并非只有文才。他这人羞怯，又长得不够像北方男子汉，一点儿闯荡不起来。他的最佳战绩是在"新苗"诗社的油印刊物上发过三首各十行的短诗，每次都发在最后一页上，连义理的名字都不敢署，笔名小草。待到毕业分配，大才子们都争先恐后地去了大杂志社、大报社、国家机关、留校，大城市来的一些人眼看北京没太好的单位了，也不留恋北京，纷纷杀回南京、武汉、哈尔滨等省会，进了本省最好的文化单位或省委办公厅什么的地方，自以为成了地方一霸。最惨的是义理这样来自小城市和农村的学生，他们当中混得好的入了党当了学生干部，凭着政治上的优势分进了党政机关和总政总参之类的大地方，而义理等少数人就面临着一些没人爱去的无名小单位或小城市。义理不想回天水，西安、兰州又挤不进去，就选择了没人去的单位——"向导出版社"的少年儿童编辑室。

这个编辑室声明一定要男编辑，为的是改变一下少儿图书的阴盛阳衰局面。一般的男生哪个爱干少儿图书？所以只有义理一个人报了这个单位。义理认定：只要先留在北京，那个户口就铁定在北京了。人生日子长着呢，干两年调走就是了。咱条件不好，不能指望一开始就大展宏图，只能给人垫背做两年牺牲。那一刻义理开了窍，口齿也伶俐了。"向导"少儿室的女主任来面谈时，义理果然信誓旦旦：一定要给少儿读物注入阳刚之气并极力谴责出版界不仅不重视少儿读物，还把少儿读物弄得一派娘娘腔，有把中国的一代好儿童全培养成奶油小生的危险。这话很迎合女主任的口味，认定义理是合适的人选，一锤定音，要义理来"向导"。

"向导"少儿室像欢迎宇航员返回地球那样欢迎义理。义理是本室建立以来第一个男编辑。面对一屋子老老少少的女编辑们，义理竟羞得一句话也说不出口。大家在欢迎会上对他寄予无限的期望，似乎把中国孩子培养成男子汉的任务就历史地落在了义理肩上。这个抓一把瓜子，那个抓一把糖果，这个削一个苹果，那个递一块西瓜，义理立即被这浓厚的友情所淹没。但他心里毫不动摇：早晚要调出少儿室。

这样大的向导出版社，是他强大的后盾，只是换个编辑室的小问题。于是，对外他一概称向导社编辑。

那两年真像二十年一样难过，整天和小羊小狗小猫混在一起，一点儿也阳刚不起来。他倒是也想以乌苏里江为背景，组织人写一套当代少年儿童在江上和森林里冒险的故事。可那些儿童文学作家到森林里玩了一趟提交的写作大纲全是些童话，什么小熊过生日，小猴小狼全来吃蛋糕之类，实在让人扫兴。于是自己动手写了儿童长诗《大兴安岭，阳性的森林》。兴高采烈地交了稿，引来全体女士的讥笑：这样的诗怎么给儿童看？慢慢地他发现编辑室似乎不需要弄什么阳刚文学，而是编辑室的人们需要有一个男的。搬书，搬家具，去官厅水库边上义务种树防沙尘暴，登梯爬高擦玻璃，抽血献血，下工厂蹬自行车来回跑校样，打开水，甚至谁家要换煤气搬家，这些全是他的活儿。至少每天会有人找他去给自行车打气。他得到的是无数的巧克力、糖果、水果，冬天有三个女士为他织了毛衣，过年过节大家抢着请他去家中吃饭。义理说不清这是幸福还是受罪。在这里他主要起着一个男劳力作用而不是一个编辑。更确切地说，他像万花丛中一点绿，为编辑室的颜色起一点点缀作用。他还是个公用的仆人和长工。

当他终于离开儿童读物编辑室调进文学编辑室时，全体女编辑们在欢送会上都哭了，哭得真心实意，真的很伤心的样子，像为什么亲人送行似的凄凄惨惨。他却离心似箭。

到了文学室，除了那个丑主任和小编务是女人，别的全是男人。空气立即不再甜蜜。那会儿丑主任还没被男人离了，家庭很幸福美满，在她眼里她男人是世上惟一的男人，别的男人全是中性。于是义理不知不觉与小编务就是现在的老婆小琴亲密起来。人就这样，什么东西吃多了会腻，可一没有了又会渴望到久旱盼甘霖的地步，实在是饥不择食。

像他这种小地方来的外地大学生，又没什么鹤立鸡群之处，想在北京找个像样的女孩实在不容易。每次分来新大学生时，有点门路的家长或好心肠的月下老人就会挤到人事处那里翻这些人的照片和简历，先相中几个入围选手，然后再有的放矢地个个击破。最令人痛心的是他们相中的人选是"自带"朋友进京留京的，常常令这些人空欢喜一场。如发现如意人选的对象在外地，这些人就会展开强大的攻势，劝其蹬了外地的对象，招他们做儿媳或女婿。这些刚毕业的学生往往会在这种攻势中败下阵来，老老实实与原先的心上人一刀两断，被北京人收编为女婿儿媳。因为他们急于在北京立住脚，先"齐家"再去"治国、平天下"。等到结婚后发现那家靠山多么不理想，已经是无法挽回了，真是不堪回首。义理则既没有入赘的幸运也没有被迫做东床的不幸，因为他其貌不扬，也没什么大才。可能他的照片是让人们一翻即成过眼烟云的那种。来"向导"后尽管当了一阵全室惟一的男子汉，仍没人看中他做女婿。他那模样实在让人无法相信是北方男子汉。人们都惊叹：绝了，分到这个出版社的北方男学生怎么尽是这种獐头鼠目、五短身材的废品？

义理那阵子的确陷入了性饥渴的痉挛期，情绪低落到了极点。只觉得北京像茫茫大海，他像一根小草在海上漂浮，随时会让大海吞没。远在天水的父母是小工厂里的工人和出纳员，八辈子也没个北京的亲戚，无法指望他们在北京找靠山，只要他们不找他麻烦就行。

最让他难受的是那一对可怜的老父母攒了钱来北京看儿子，看到他住在这里就赞不绝口，对这条浓荫覆盖离长安街只有二十米的胡同大为艳羡。老两口白天没事就站在街口不错眼珠地看长安街的风光，看川流不息的大汽车小汽车，看黄毛红毛白毛的外国人，看得中午饭都忘了吃。后来，"天下第一俗女人"滕柏菊的公婆小叔子什么的也来观光，这几个人就凑成一组，坐在长安街的马路牙子上东张西望。夏天天气很热，几个人就脱了鞋摆一溜坐着。那神情那阵式立即成为长安街一景，反倒招来行人的围观。老外们操起疙疙瘩瘩的中国话问长问短，还咔嚓嚓拍照一通儿。这一堆人几乎影响了交通，招来警察疏散，把他们轰回楼里。义理几乎为这事气疯，让他们在楼里憋了三天就打发走了。

不过半个月，儿时的伙伴大芬竟袅袅婷婷地出现在他的宿舍里。那天他不在，大芬早早就到了，一直在他床上从早坐到晚，害得同屋的三个小伙子午觉睡不成，跑到办公室去大肆宣扬"义理的对象来了"，长得如何如何。快下班时义理回到办公室，小琴正给他留条子，见他回来了，就酸酸地说："回去吧，你媳妇儿来了。早知道这样，跟我装什么蒜？整个儿一个陈世美！"义理忙赶回宿舍，看到大芬，也不问她吃没吃晚饭，二话不说，拎起包就送她去火车站。大芬就那么高高兴兴地来，稀里糊涂地哭哭啼啼走了。临上车大哭，说："你骗我，我饶不了你。想甩我，没那么容易。你娘给我家两千块定金，就不还了。"随后大芬的父母写信给出版社，控告义理是陈世美。这就成了一件大事，义理在向导社立即臭了。领导们反复找他谈话，要他照顾影响，回心转意，娶大芬为妻拉倒。义理竟有口难辩，谈一次话哭一场，从主任哭到社长那里，说明是他父母一手包办。领导专门派人事处干事去外调一次，弄清了真相，批评了义理的父母，又做了大芬父母的工作，回来宣告义理无罪。可义理的坏名声传出去就无法收回了，领导又不能为这事开大会为他平反昭雪，只能让时间来消除误会。从此义理就抬不起头来了。原先与小琴只是亲近一点，偶尔摸一摸抱一抱刚有那么点意思，让大芬的事一搅，连小琴也不再理睬他。义理几乎要精神崩溃。本来还看不大上小琴这个高中毕业生，还想另觅高枝的，现在可好，能让小琴回心转意就成了他最大的幸福。小琴几乎折磨得他发疯。夜深人静了，他想小琴想得睡不着，真想爬起来去敲小琴宿舍的门，可想起她同屋的谢美和单丽丽，就不敢贸然去打门，只能摸黑抽烟，一口气抽半包，然后忍不住捂上被子自娱，折腾到最后禁不住叫出声来，吵醒了同屋人的，纷纷拉开灯下床过来看他，以为他病了。这种事隔三差五来一次，每次大家都看到一张汗水湿湿的脸。久了没人再把这当一回事，只是他从此又多了一个坏名声。不出几个月，本来就不健壮的义理就熬成了一把骨头，失了人形，好几次晕倒在办公室里。体检一遍，什么病也没有，只好求助中医。从此义理像林黛玉似的在厨房里熬起药来，形销骨立地晃来荡去。

　　后来还是小琴救了他。先是看他实在可怜，就来帮他做做饭洗洗衣服。义理感动得大哭，哭昏过去几次。小琴单单纯纯的小姑娘一个，哪里见过这种痴心的男人，立即生出无限爱怜，几乎要下定决心跟了义理。可那些小姐妹们都极力劝说她跟义理早断，她们断定义理不是个好男人，家又在外地，这辈子甭想靠他怎么着。于是小琴又犹豫了，到义理这边来的次数渐渐稀少了。义理又陷入了痛苦之中，天天喝着中药淌泪，像是真的犯了罪似的。渐渐地，开始写诗，写对生活的憧憬和对爱的渴望，写了随手一扔，扔得满床满地。那其实是些强心针似的诗，是彻底绝望后对天国里幸福的向往，语调显得出奇地积极向上，热情奔放：

只要心中有爱／幸福就在生命中存在／只要眼中有美／生活就向你展开博大的胸怀／不必，不必消沉在失恋中／让坚定的脚步／去踏响热爱全人类的节拍

这样的诗几乎每天能写上十来首，扔得满屋都是，像送葬的纸钱。人们断定义理要么寻短见要么去出家。那几天，义理果然一反常态，坦然起来，面带微笑，笑得瘆人。

小琴看到义理这副惨相，怜爱之心又生。她已经是二十六岁的大姑娘，文化不高，但特别喜欢看小说散文，就来出版社当编务，干些抄抄写写收收发发的工作，闲了就爱听这些编辑们聊天，感到很长学问，就恨自己中学时没好好念书，高考时连大学都没敢考，考师范专科学校还落了榜。可她不甘心，自己不行，就喜欢这些有学问的大学生们，愿意给他们抄抄写写，愿意听他们说话，眼光慢慢也和自己大杂院里的父母姐妹们不一样了。可她没有学历，又很难找到一个大学生男朋友。那些没什么文化的小青年她又看不上。还这么高不成低不就下去，到了三十，就只能给人家死了老婆或离了婚的当填房了。再加上她家庭条件不好，就更没人看得起。到了这个岁数不能不自己替自己着急。如果义理没有大芬那档子事，她早就痛痛快快跟上他了。可自从她跟义理断断续续以后，一些不三不四的小青年又盯上她了，特别是邮购部那几个坏小子，整天跟她搞恶作剧，时不时给她的自行车撒了气，一群人假装帮忙实则趁机捞她便宜，在去修车铺的路上说点儿下流话，摸摸捏捏，令她十分不自在。她真想找个男人，早点脱离这群小混混儿，于是就又来找义理。

这次小琴是"王八吃秤砣——铁了心",一定要跟义理了。她一边读义理的诗一边流泪,庆幸自己发现了一个心灵美的男人。虽然长相差点,但毕竟是个大学生,总算跟邮购部那些坏小子拉开了档次。

小琴那些天和义理形影不离,真正热恋上了。义理的病不治自愈,几大包中草药干脆全扔进了垃圾桶。小琴为他做饭,拆洗被褥,帮他买衣服打扮他,不出几天义理就容光焕发起来。

小琴终于抵挡不住义理的苦苦哀求,就在人们都去上班的白天,在义理那张吱吱作响的破床上与义理做了夫妻。义理从此一发而不可收,忙中偷闲,和小琴打得火热。直到有一天小琴向义理声明她怀孕了,这才想起结婚。

小琴家住在东便门桥附近的一片老平房区里,早年那是老城墙下的贫民区,住的都是穷苦人家。窄巴巴的老胡同儿,挤挤插插的大杂院儿,低矮破旧的平房,很是逼仄窘迫。小琴一家六口挤在两小间连后窗户都没有的南屋子里,只有朝北的小玻璃窗户往屋里透着亮儿,终年不见阳光,屋里黢黑潮湿。家里日子过得紧巴,根本没有地方给他们当新房。这家人似乎并不拿小琴当人,对她嫁什么人结不结婚根本没心思一顾。她的两个哥哥还挤住一间屋,屋一角还躺着一个瘫奶奶,三十大几的哥哥一直娶不上媳妇。听说小琴结婚,全家凑了八百块钱给她算打发了她。结婚那天还是义理同屋的人让出宿舍让他们过了洞房花烛夜。总之,这个婚跟没结一样,各屋扔了几块糖就算宣布成两口子了。婚后各住各的集体宿舍,仍然要靠别人不在时只争朝夕地过夫妻生活,倒有点像偷情,紧张而又热烈,团结而又活泼。

义理大大方方地在婚后第三天就带小琴去打胎,打胎费五十几元光明正大地回单位报销,这事居然没成新闻,也没人因此看不起他们。

小琴还有史以来公然请了"病假",一休就是一个星期。小姐妹们拿了水果来看小琴,一个个对她嫁了个大学生表示了羡慕。义理几乎一整天都守在小琴屋里,就像伺候真正的月子一样。女同胞们来来往往说说笑笑,纷纷回忆当年义理的惨境,夸小琴有眼力,相中了义理,并说义理是"浪子回头金不换"。义理十分委屈,声明说他跟大芬从来没那么一回事,说得一脸通红。姐妹们纷纷宽大为怀,说:"别再说了,改了就好,只要你对小琴别再犯陈世美的错误就行。"这种宽大处理,说得义理泪如雨下:"我有什么可改的呀?"一再声明压根儿就没那么回事。小琴也跟着淌泪,说义理真是受了大芬一家的残酷迫害,义理是冤假错案,她是从人事处干事那里听说的,要不她也不会嫁义理。

这下子人们才恍然大悟,立即一个个表示怒火中烧。先是为义理小琴擦泪慰问,宽心说:"好事不留名,恶事传千里,唾沫星子能淹死人,冤假错案多了去了,多少错划成右派的,摘了帽平了反,不是还老让人看不起么?一辈子抬不起头来。这世道。"然后纷纷谴责社领导,说那个批评义理劝义理娶大芬的张副社长他自己纯粹是个老色鬼,常常冒充"老爷爷"摸女编辑女校对,一摸就没完摸得直流口水。他跟季秀珍鬼混出个孩子来,就让他儿子冒充小季的丈夫去陪她打胎。小季跟那个主任副主任也不清楚,跟美术家协会的人更说不清,谁谴责这一帮子风流人物了?嗬,凭什么对义理就这么欺负?义理大哭,悲叹自己命苦,若不是一人孤零零无助,早就不堪忍受奋起抗议了:就算跟大芬真有了婚约又怎么样?是啊,大家都说,就算离过婚又怎么样?

直到后来义理屋里的人调走的调走,倒插门的倒插门,这间房算空出来了。他们便不失时机地搬到了一起,此屋成了家属宿舍。社里不予承认,还要继续往里分配单身汉,可义理早换了暗锁,不许任何人进住,就这样顶住了一切压力,终于有了一个家!人们突然发现,这是一个占房的好办法,便纷纷效仿,互相调剂一番,挤出几间来当婚房。登了记的人们便毫不犹豫地在此男欢女乐,日后便有女人挺了大肚子晃来晃去,再后来竟有人真真儿地繁殖出第二代来,此起彼伏地生。从此,这一楼人就不顾社领导的警告,有恃无恐地下籽、耕耘、收获,大人哭孩子叫,红红火火地过起日子来。社领导宣布他们是非法占房,先说要扣他们的工资,可一月可怜巴巴的百八十块,真扣了饭都吃不成,便不敢扣,只好宣布,十年内这楼上的非法户取消分房资格。这类命令对他们毫无触动,没有哪个人为了获得分正式住房的资格而主动腾出筒子楼的"非法"住房。大家都明白,向导社每次分配的新房几乎全让科升处处升局的人达标扩大面积给一分而光。而官们在春日里脱皮般不断退休,新官在雨后春笋般不断产生,新房的增加永远赶不上官位的更替,自然轮不上这座楼里的等外品去分。先住上房有个家再说,这楼好歹有暖气有管道煤气,离长安大街又近,比起那些住平房的北京市民来,咱算贵族了!至少义理和小琴是这样想的。小琴的父母哥哥来看小琴的新房,都为小琴高兴,小琴的哥哥甚至高兴得眼红。谁也没想到小琴这么有福气,嫁了一个有房子住的大学生。烧了一辈子煤球炉子的母亲,摸着生了锈的热乎乎暖气片落下了眼泪来。哥哥们则在一排煤气灶上大显手艺,连炒带蒸,做了十几二十个菜。那天小屋里济济一堂,全家人都夸义理,说他有本事,前途无量。义理终于有了个家,而且是靠自己白手起家,那天一杯一杯地喝着,和小琴的哥哥们猜着拳,不知什么时候竟哇哇大吐,三个小伙子几乎把地板吐成一锅稠稠的大杂烩，然后倒在床上呼呼大睡。小琴和母亲捂着鼻子清扫那一地脏东西，可心里是乐的，多年不唱歌的老太太，竟端着脏东西出来进去地唱起了当年的老歌儿"呼儿嘿"："共产党，像太阳，照到哪里那里亮……"

那一阵子，义理成了全世界最快活的人，顿时有了事业心。那会儿正兴"报告文学"热，眼瞅着一个个名不见经传的小青年写什么出国潮、写什么受伤的河、什么倒汇切汇，都出了大名成了作家，心中很有冲动。其中有一个就是上学时连一首诗都发不出去的外号"半彪子"的同窗。那"半彪子"实在说不上肚里有什么墨水，只是愣头愣脑，热心肠，敢说大实话，眼里不存沙子。义理十分清楚地记得一件令他刻骨铭心的事儿：一次义理去打饭晚了一步，竟然没买上他最爱喝的那种黄澄澄稠乎乎的棒子面粥，只端了两个干馒头和炒白菜回宿舍，一肚子气。民以食为天么，吃不上自己想吃的当然要闹气。"半彪子"弄清了原委，咧嘴一笑："我当咋回事儿呢，不就没喝上粥？"说完便以迅雷不及掩耳之势把自己喝了一半的粥拌着白菜一股脑儿折进义理的菜碗中，令义理哭笑不得，想推都推不掉。"半彪子"还得意地说："就怕你客气，干脆倒你菜里头！"就这么个人，毕业时与世无争，高高兴兴回到县文化馆里。因为他有自知之明。自己的老婆孩子都在农村，如果他去了省城，老婆孩子永远也调不进去；去了县里，文化馆拿他当宝贝，还上赶着把农村户口的老婆马上"农转非"，一家人合合美美在县城团聚。谁知道这小子几年之内折腾成了抢手作家，专写"分田到户"后农民的喜怒哀乐，这正是顺应改革大潮的题材，热门。尤其是他那篇写"分田到户"后一个著名懒汉变成农民企业家的报告文学，一下子就拿了一项全国大奖。接下来又一鼓作气，写那些家中没儿子的农民"分田到户"后种不上田，家家盼儿子，拼命生却连生九个女儿又怀上第十个，很悲惨的故事，接着获大奖。

义理发现写这个成名快，不用像写诗写小说那么呕心沥血，禁不住要走报告文学作家的路。不信写不过这些"半彪子"们。于是不再写那些"热爱全人类"的诗，开始了每晚下班后的骑自行车采访。他有向导出版社发的一种伪记者证，上面堂而皇之印着"向导"的钢戳儿，总让人以为是著名的《向导日报》或《向导》杂志社的记者。其实国家从来没给出书的出版社发过记者证，记者证是发给报纸、电台和杂志社的。但义理的伪记者证还是很管用，拿着它专采访女售货员、女招待、摆摊的女摊主，哪儿热闹去哪儿。义理认准了这些女孩子身上的故事。他提问，小琴帮着记笔记，回来连夜整理。果然找些老同学在一些报纸和刊物上连发几篇《女摊主的苦恼》之类，每篇三五千字，发一篇一百来块稿酬。这些钱全给小琴买了新高跟鞋和连衣裙，小琴立即有了当作家夫人兼秘书的自豪。

可总写这类小文章是获不了"半彪子"那样的大奖的。于是义理开始写长的，把原先那些小故事串起来，串成《北京女性风貌》两万字。这次经朋友介绍，来到《华夏妇女报》投稿。妇女报里是一群男编辑在主事儿。同性相斥吧，那几个糙爷们儿带搭不理地翻翻稿子说没意思，太长，拿《华夏妇女》杂志去吧，刊物可发些长文。

进了《华夏妇女》杂志社，先让看门的男人问了一通儿找谁干什么等等。上了楼，编辑们倒是清一色的女人，可没人管他这类长长的报告文学，要他等，说管这个的一会儿来。干坐了半天，来了一个急匆匆的女人，大嗓门，火爆脾气，一路向同事怒骂着："这种没出息的人才欺负学生，半点母爱没有，竟敢罚吾们女儿站在雨地里。我是好惹的吗？找了她们校长，强烈要求开除她！她不配当光荣的人民教师！"

听说义理找她，就要过稿子看起来。看了几页，问清义理也是编辑，还是大学中文系毕业，就气不打一处来地说："看看，你怎么连分号都不会用！报告文学也是文学，跟新闻报道不一样，文笔要那个点。可你的文字都不顺溜，特那个，光靠用点子男匪徒抢女摊主的耸人听闻故事吸引读者哪行？总之，这篇东西太那个了，我们这里不好用。小兄弟，头一次写东西吧？再练练再来吧。"

义理一直没弄清："要那个点"、"特那个"和"太那个了"是哪个意思，就红着脸问："老师，您说的那些个'那个'是怎么个意思？"

"哪个'那个'？我说了吗？"女编辑烦恼地问。

这时有电话来，女编辑拿起听筒兴高采烈地嚷嚷着："是你呀！还用问，您的稿子我们全用！特那个哎！发头条，就是不一般么！别那个劲儿的，那什么，少废话，下期再给我们来一篇儿那个点儿的。凭什么妇女刊物就要办成那个草包样儿？不介！我们现在那个了，特欢迎男作家的稿子，改革开放么。当然是你这样的男作家啦。有的人也叫男人？特那个，连标点符号儿新闻与报告文学都弄不清，还挺那个劲儿的——"

义理越听越不对劲儿，总觉得有点"那个"，拿起稿子就夺门而出，身后还响着女编辑的呼喊："我说那谁，再写了再给我啊。"

义理一气之下决定不靠朋友介绍了，省得熟人见他的狼狈样脸上挂不住，便开始自告奋勇去找地方发。五天下来，跑了大大小小几个杂志社，均告失败。最终还是找到了有朋友的《贴心大姐》杂志。天晓得《贴心大姐》里只有主编是女的，别的编辑全是男的。一个心眼儿很好的贴心大哥告诉他这报告文学的确"那个了点儿",算了吧,这些编辑怎么都爱用"那个了点儿"?但他看中了义理的两首小诗,说这些诗挺有上进味道,是进步诗,留下发一发。义理这一个星期总算没白费。

受了这么大的打击,义理十分苦闷,又开始闷闷不乐地写诗,一天能写三四首。有一首叫《冬夜》:

> 走过城市的灯火
>
> 白昼一样的目光
>
> 闪烁,心
>
> 依旧奏着五岁的节拍
>
> 喘息,世界
>
> 太沉太沉
>
> 但愿一颗颗滴血的心
>
> 在白雪寒风中
>
> 跳动
>
> 雪白血红

几首诗拿给老同学们看,都说绝了,"特那个",都夸义理在生活的磨难中找到了诗的感觉,尤其是找到了"灵的节奏和意蕴的韵脚"。义理的先锋派诗开始在几个专业诗刊报上发表。但因为诗人太多,寥寥几个报刊不够用的,一些朋友就自动组织了"明日沙龙",并创办了一张诗报《明日星辰》,每期印五百份流传。诗人们凑一起发现,义理是这里面混得最好的,关键是他有一间长安街附近的房子!而大多数朋友还混在集体宿舍里，有的在大学教书，竟是五个人一间，还有的结了婚租郊区农民的房子住。于是同志们一致决定，义理这里作沙龙的固定据点儿，时不时来搓一顿，聊个通宵。

义理十分高兴。他终于找到了诗神，抓到了"灵的节奏和意蕴的韵脚"，由一个当年被人看不起的三流学生，一跃而入先锋诗群并有幸成为沙龙的掌柜。大家凑钱给义理家置了冰箱、电扇，为屋里铺上了地毯，墙上挂上了大腿大脚肠子肚子什么的现代派绘画，又装了红蓝绿的五彩灯泡，一闪一闪的十分神秘。只有小琴说害怕，很给义理丢面子，怒斥她"少说外行话，别丢人，学着点儿。"

这里真成了大家的家了。谁进城办事都会来这里吃饭，谁上下火车都会来这里落脚，不管清晨半夜，敲门声不绝于耳，常常来些陌生人拿着熟人的条子，必须招待。因为大家都知道这座楼方便，电随便用，煤气随便用，水随便用，一个月一户才掏十元钱。楼上别人家也一样。"移民楼"成了一家便宜旅店饭馆，终日川流不息着南北口音的全国人民。后来附近做小买卖儿的人发现了这座宝楼，便纷纷来这楼上上厕所、烧开水、煮午饭，竟发展到有的小贩儿来楼上熬一大锅一大锅的凉粉儿，端了到街上去卖。反正谁也不认识谁。

后来出版社发现每月移民楼的电水煤气费猛增，开销太大，平均每户一个月要达到一百多块，而实际才交十块。这才有领导来查看，发现这里成了全北京和全国的公共建筑。于是开大会批评"移民楼"楼民。楼民们马上揭发了浙义理的"明日星辰"诗沙龙，说它是一个全国性的联络站，用去了全楼百分之九十的水电煤气，并说各家放在楼道里的酱油醋水壶均有丢失现象。义理因此受到了严厉批评，被迫转移了这个据点。但从此沙龙就因没有固定据点而自告解散，诗报也变成一年三期了，大家很扫兴。

那一阵子，义理像断了魂一般，在班上不敢怎么样，只会回家来找小琴的碴儿，拿她出气。摔盆砸碗的小琴还能忍受，可义理晚上酗酒，喝到够耍酒疯的量了就借酒劲打小琴，打得小琴用被子捂住嘴不敢出声。接下来就是强迫小琴陪他做爱，也不知酒怎么会使义理变得如此疯狂有力，连续作战十个晚上竟然毫不草鸡，让小琴苦不堪言。

小琴知道，义理是事业上受了挫折才这样的，就在义理清醒了以后劝他找找《贴心大姐》的朋友，先把那些热情向上的诗发一发。凭她的经验，这类杂志上好发一些，因为这些杂志发行量大，读者众多。义理发现小琴在出版界泡久了，也泡成半个编辑了，说得有理。于是就把"热爱全人类"之类的诗复写多份，投向百十家《贴心大姐》类青少年刊物。这些诗竟然在几乎同一个月内的几十家刊物上呼啦啦出现，义理义理义理……如雷贯耳。

也就在这时，边大姐发现了潜伏在她身边的浙义理是个大诗人，因为她儿子看的那些杂志上总有义理的诗，儿子的学校还请义理去做了文学讲座。这位当年以一首《贫下中牧腰杆硬》驰名大草原的知青诗人，面对这些年越来越看不懂的洋派诗十分惶惑，突然发现义理的诗格调高尚，思路清晰，易读易诵，一看八个明白，觉得这样的诗正是对什么乱七八糟伪西洋诗的反拨，出个集子一定会有印数。好就好在义理的诗透着一股童男子的清纯，几乎打动了这个不惑之年女人的心。正赶上她男人有了外遇要跟她离，苦闷中她看到义理的诗那么纯洁，似乎那诗中跳动着一颗小男孩儿的痴心。如果世上的丈夫都这样纯正忠厚该多好啊。边大姐在渴望之中开始了一项伟大的工程，为义理编了一本诗集，取名《爱情——童贞的自白》，激情荡漾地甩开知青诗人的大笔为这集子写了一份征订广告：

童贞与爱情在一起，请看一个痴情男子向全世界的少女敞开他的心扉，袒露出男性最后的秘密……首次征订成功，第一版印了二十万！少女读者的信随后雪片般飞入"向导"。义理在南方出差，看到了满街地摊上他的诗集，书摊的广告上甚至写着"初恋初吻初夜人之初的全部秘密——本世纪最后一个童男诗人浙义理爱情诗大酬宾"。虽然心中有点被当众扒光的感觉，但他成功了，这是不可磨灭的事实！

现在该有的他都有了，只想换个老婆，把这个患了妄想症的高中生老婆换掉。真应了简·奥斯汀那句名言："世人公认，一个单身富翁一定需要一个妻子。"把这话变变样儿就是另一条真理："世人公认，一个功成名就的男人，一定需要换一个妻子。"

小琴翻个身，又呼呼睡过去了。义理看看墙上的挂钟，已经是十一点半了，该去国风大厦了。十二点整，大歌星黄叶红的生日宴会开局。一想到又要闹一夜，义理就犯困。可这是歌星们的生活习惯。黄叶红从来都是晚七时《新闻联播》一响才起床吃早点看报纸，九点美容，十点吃中饭谈天谈点买卖，午夜十二点正式开始社交活动，喝咖啡酒水，唱歌跳舞。只是每次义理陪这伙人过一次夜生活回来就要睡上一个白天，半夜再吃安眠药睡上几小时，第三天才能恢复正常。

义理坐在梳妆台前，换上他的名牌衬衫和太子裤，把头发擦亮，香手帕塞好，俨然一个阔少爷。婚后生活正常了，人也开始丰满起来，不再像个可怜巴巴的瘪三，一身名牌打扮一衬，反显得个头也高了，有了一米七五的正品男人感觉。再配上一副进口平光镜，金丝边一框，活脱儿一个港客。

都收拾停当了，又带上他的"长城卡"，准备在大厦里给叶红买一件生日礼物。走出屋发现仍然是满地臭水,又回屋穿上胶鞋,手拎着他的老板鞋趟着水下了楼。到了院子里,换上老板鞋,把胶鞋偷偷塞在大门背后的黑暗角落里,准备回来时再换上上楼,然后风度翩翩地走下通往马路的高台阶。恰巧有一辆出租开过来停在楼前,义理便要走过去。车门一开,下来的是季秀珍,又紧跟下来一个胖老头儿,义理一眼认出是大画家、美协的什么领导劳思贵。小季披着头发,扭着腰肢钻出车门,猛抬头,几乎把义理吓死:一脸抹得煞白,口红在路灯下照得乌黑,两道眉毛直入发际,活像日本的歌舞伎,戴了个假面具似的。紧巴巴的旗袍裙肯定是比实际臀围小二号的。

劳思贵追上来拉住小季,又在她脸上响响地闷两口才放她上楼。小季嗲声骂句:"老不要脸,白了您呢!"

"文坛婊子!"义理暗骂一声。知道坐不上这辆出租了,只好去到长安街上挡。

进了大厦他直奔黄叶红今晚包下的那间小宴会厅。里而挤满了时下走红的歌星影视星们。这儿是他们经常的据点。义理在花房里买了一捧玫瑰,把自己的名片别在里而,差 BOY 送上去。黄叶红刚好唱完一首歌,接过鲜花后便对着麦克风甜甜地说:"谢谢,我要特别谢谢时下最走红的诗人义理的鲜花!"

义理不失时机地款款走上前,掏出自己新写的歌说:"这是献给你生日的礼物。诗人自认穷困,但有金子样的心。怎么样,找'甜妞儿'给唱唱?"

黄叶红浏览一遍词曲,惊叹:"啊,《年轻是美丽的》,好美的旋律呀!若不是献给我的,我倒要亲自唱它呢!回头给我专门写一辑哦。甜妞儿,快来,练练去,一会儿唱给我听啊!"

爱称"甜妞儿"的美少年应声跑来,接过歌直奔钢琴师那边练去了。这小子正因味儿甜大走红。

义理明白今天自己出够了风头,该收场了。别人肯定送的都是上千元的礼物,照他们的规矩一千是最低的了。可义理就可以以穷卖穷,只送一把百十块的鲜花就行。他的价值是给他们写歌。不由得自豪起来,"知识就是力量",归根结底还是知识分子厉害,他们光卖嗓子的,在这儿算劳力者,咱是劳心者。

正自豪的当口儿,大款们开始抬价点黄叶红一支歌。义理还没反应过来,价码已经升到五千了。仍在一百一百地往上码。全场死静。这时有一粗汉一拍桌子:"一百一百地叫到天亮去呀?爷们儿替你们包了,五万!"

掌声雷动。黄叶红特地进更衣室去换了一身十二分紧透露的白裙短衫,犹抱琵琶半掩面地用一条红丝巾前后搭在半裸的背和胸上,风扫残云般地飘到大款跟前深深鞠一躬。随后紧依着大款柔声唱起《特别的爱给特别的你》。大款呆坐在扶手椅中,目光正及黄叶红的胸部,直眉瞪眼地死盯着正前方几厘米处的半裸酥胸,直到黄叶红唱完,大款才长出一口气,仰面朝椅中躺进去,半身不遂般地瘫成一团。掌声又一次雷动。

钢琴悠扬地响起,"甜妞儿"仪态万方地依着琴,柔媚地唱起义理的新作《年轻是美丽的》:

> 年轻好啊年轻美,
> 五月的鲜花三月的春水。
> 绫罗绸缎比不上你的玉肌,

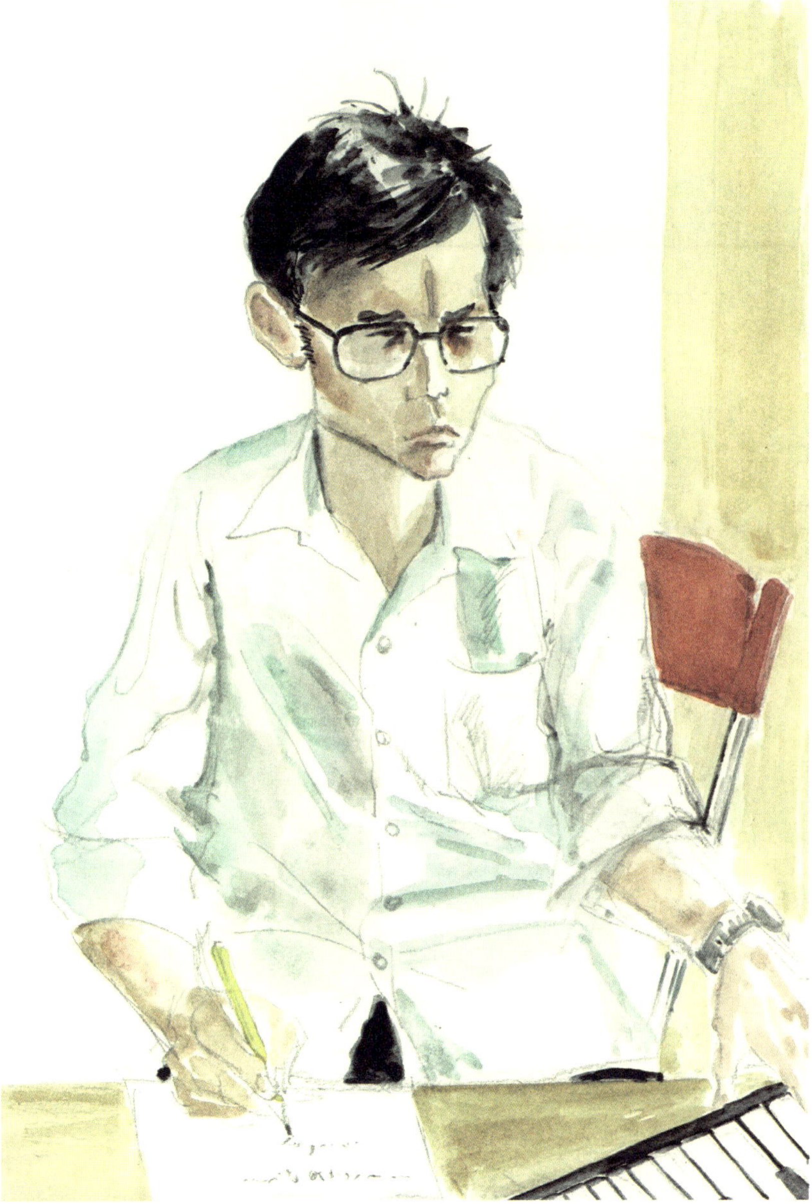

千金难买是你燃烧的活力。
　　莫说人生短暂青春难再，
　　莫说人心难测爱情难觅，
　　只要你用生命寻找每一份爱，
　　青春的辉煌就是永远的青山，
　　永远的大海！

　　最后两句一再重复成为副歌，让人想起"寿比南山，福如东海"的老话。星们纷纷鼓掌，一边祝贺黄叶红大寿一边讨好着义理。

　　不一会儿便有几个小歌星聚在义理身边套起磁来，纷纷要求义理根据他们不同的嗓音条件写歌，因为人们明白这年头光靠翻唱别人唱红了的歌已经无法轰动了。北京城里吃歌星这碗饭的人已经到一麻袋一麻袋装的数目，嗓子不过那么几类：甜、沙、粗、野，成功与否关键是靠作品。黄叶红这样的大腕儿当然不愁词曲作家们源源不断的供应，而这些小星星就必须自己求爷爷告奶奶地求作品，因为他们自己除了会唱以外，既不会写词又不会谱曲，黄叶红们唱过的歌小星星们再怎么唱也让人听着别扭。这批小星星几乎把义理崇拜到了极点，敬神一样地端咖啡递烟送蛋糕。不知什么时候，义理竟被他们连推带拥裹挟进了另一间会客厅，几个小星星合资包了这间房，也包了义理的后半夜。

　　义理也记不清自己向他们侃了些什么，恍惚发现他们全都瞪大了眼睛在听。他们问他怎么写出那些轰动的诗和歌词的，他就避而不谈，反倒大谈宋辞，不时背几句"大江东去／浪淘尽／千古风流人物"什么的。大家问他怎么学会谱曲的，他说"关键是要用生命寻找那种灵的节奏，而灵的节奏主要是指记忆的节奏，这就不得不提一下法国大作家普鲁斯特的七卷小说《追忆似水年华》，那是一曲长长的行板。行板，懂吗？完全是靠记忆的节奏使生命变成永恒，作者本人也因此而获得永生……"

等他再睁开眼睛，发现自己赤裸着躺在一间豪华的客房里，身边一个陌生的女子正低头凝视着他。他有点想起来了，这是个专唱纯情歌曲的小老歌星，唱了七年了，至今还没人为她灌盒带。她曾写信求义理帮她，义理则盯着别人没理她。

"醒了？"她深情地俯下身，把义理的脸埋进她的怀里。她裸身穿着睡衣，义理立即感觉到她温热的肉体。这是个成熟的肉体。

"这是怎么回事？"

"你喝醉了，他们都去凑叶红的热闹，把你交给我照顾。以为我花不起八十美元怎么着？放心，我包了这间房，我们可以好好在这儿过一天。"说完脱去睡衣贴紧了义理。

"你？！"

"好人，就这样定了，专门为我写歌，我养你。唱红了，一半钱归你。"

义理想都没想，就拥住了她。

两人一同沐浴。义理第一次住这种八十美元一宿的五星饭店，在那四面亮闪闪的镜中看到自己和一个小三十苦巴巴的歌女在蒙蒙气雾中的身影，顿时觉得是在看一场环型电影一样，梦一般的，好像那是别的两个人。歌女酥软无力地依着义理，任凭他在喷洒的热水下为她擦洗着，不禁发出很滋润的呻吟。这一派小鸟依人的柔顺，又激起义理热烈反应。义理第一次感到了什么叫"如梦如诗"，感到了一种童话境界的忘我。

他的目光直直地盯住镜中那个瘫软在那个男人怀中白影样的女人，看到那个他不认识的男人站在女人身后，双手紧紧抓住渐渐下滑着的女人，最终呼啦啦大厦倾斜，镜中的一对男女一同倒在哗哗流淌的水中。

他像从一个遥远的梦中醒来，仍不愿睁开眼睛，一任那温暖的方舟载着他在热流中航行着。只觉流水悠悠，从身上滑过，恍惚是儿时在晒得发烫的河中和大芬一起玩水。义理不知怎的幸福地哭出声来，浑身抽动着不能自已。歌女悠悠地哼着谁也听不懂的歌，在义理身下喘息着，用自己的喘息托着义理起伏。

义理毕竟是苦出身，本性难改，放纵了情欲，想起这样任凭热水哗哗白流太浪费，摇摇歌女说："起来吧，擦干了上床去，把水关了吧，多可惜。"

"我一天交八十美元呢，就得为所欲为，让它流二十四小时，又值几个钱？一看就知道你没经过这个。"

"啪！"义理一个耳光扫过去，"臭娘们儿！知道你姓什么不？给我上床去。"

义理再上床时，歌女流着泪扑在他身上，狂吻着他说："你真是个大好人，从这一点上就看得出来，我没白费心思！其实我也是个苦孩子，我家连洗澡间也没有，夏天男人们就在里弄口的水管子边上冲凉，女人用木头盆在屋里洗，一边洗一边出汗，从来都洗不干净的。我就是恨，人跟人太不平等。所以我现在有了钱就拼命享受。"

"你浑蛋！你以为有钱就有水是不？我怎么说你们这些人呢！他妈素质太低，要不歌老唱不好呢。"

"所以我才投奔你呀，你别老想捧大腕儿，人家有的是人捧，不稀罕你的歌词。可你捧我就不一样，我会使一百一的劲儿给你唱，咱们好好配合,早晚会红。你当我的经纪人怎么样?"

义理闭着眼点点头。

"可你得先跟你老婆离了。"

"不,不行。你不能太狠心了。她是个病人,这辈子不容易。"

"真看不出你这人还真'五讲四美'呢。"

"你不是不懂,咱们都是苦出身。"

"那我算怎么回事?"

"那她要自杀怎么办?你没我可以,她没我就要去死。唉!"义理不知怎么说出了这样的话,自己都吃惊。

"佩服!我就喜欢这样厚道的男人。也好,那咱们就一块儿走一程,到时候好离好散。至少这一年你专门为我一个人写。可你不懂,我是真心真心地爱你呀!这个圈子里哪有几个像样的男人?"

"在圈外找一个不好么?"

"不行。我倒是想嫁个什么大学老师,有才有德,可没钱,靠我养活我可受不了。我吃够了没文化的亏,就爱个文化人儿。像你这样有才有德又有点钱的最理想,可惜我命苦,不该有这福分。"

一席话把义理说得心肝俱颤,把她抱得更紧了:"可惜咱相见恨晚,我也没福分娶你。"

"那就多陪陪我,有你陪我,我就知足,我不会跟别人。"

两个人边说边抽抽搭搭,慢慢睡了。像两个小孩一样,哭累了,就睡着了。可义理没睡几分钟就让空调给冻醒了,不习惯这么凉快。那女人正甜蜜蜜地抱着他酣睡,嘴角里淌出一线口水滋润着义理的胸脯。义理咧咧嘴苦笑不动。

# 第四章 季秀珍和她的"同情兄"们①

季秀珍一脚进楼就踩进水里,立即感到那水的浓度。完了,她意识到,这双刚上脚的法国皮凉鞋泡汤了。那是劳思贵刚在首都宾馆的商场里买的,好像花了几百外汇券。这鬼楼!她心里骂着。住不了多久了,到了澳大利亚,想住这样的楼还找不到呢,想趟这臭水都无处寻觅来趟。于是,她不再可惜那双鞋,高视阔步地啪叽叽踩着脏水上了楼。

上了二楼,发现自己那半边楼正是水深流急。不管,涉水过去。大概正是小孩子饿了的时候,各屋此起彼伏着小孩的哭声和大人的哄孩子"哦哦"声。只见沙新手提一袋牛奶和小奶锅奋不顾身地跃入水中朝厨房急奔而来。他几乎撞上季秀珍。

"真是个好父亲呀。"季秀珍哆哆地说。

沙新刚从床上爬起来,只穿着一条短裤,撞上小季,不禁显得手脚没处放,走不是回不是,只顾憨笑。

---

① "同情兄"一词系钱钟书先生在其小说《围城》中的发明,在此借典,特注。

季秀珍环顾左右，没人，这才不失时机地用秀手在沙新的脸上摸了一把，撇撇嘴："老婆孩子的，挺热闹啊，真看不出。俗透了！"

沙新让她一摸，手中的奶和锅几乎掉在地上，呼吸急促起来，压低声音说："反正你也不需要我。瞧你那样子，又鬼混到这个时候。"

谁家的门在响，季秀珍恶狠狠地边移动脚步边甩下一句："跟你老婆热乎去吧，你就这命。"

沙新呆立在那里盯着季秀珍白白的背影向纵深处飘去，转过身发现门晓刚不知什么时候早站在了他的身后。小门挤挤眼打趣沙新："听不见女儿哭了？快煮奶去吧。这个小妖精，搅得人人不得安生，快让她出国吧！听说这次出版社要公费资助她呢。"

"胡说。社里都快穷疯了，资助得起吗？一年光学费就一万美元呢，吃住行，算一起，要两万，是十来万人民币呀。"

"那不一样。中国还穷呢，这团那团不是风起云涌地出访？我就弄不清那些个友好代表团、什么友谊之船都是干什么的，多半是花钱玩的。上次那个青年友好之船，说好是要二十八岁以下的青年参加的，结果怎么样，去的全是四十岁的头儿，没脾气！"

"没工夫跟你说话。"沙新忙去厨房煮牛奶。

门晓刚也拿着牙具进来了，酸酸地说："我就知道一说这个你就来气。上次一开始是定的你去日本，谁不知道？中间让头儿狸猫换太子了。谁让你不层层盯着？这种大便宜，人家能让你轻而易举地沾么？得天天追，天天打电话，天天往头儿家跑，天天往部里跑，天天——"

"烦不烦？！"

"嫌烦，正好，有人不怕烦，就把你给顶下来了。"

"别说这个，告诉我，小季的事儿定了没有？"

"定个屁！前天在社务办公会上五票反对，五票弃权，一票赞成，否啦！张社长还要替她去部里说话呢，老不要脸的，一到这事儿上就犯浑。谁不知道他跟小季打胎的事儿？还明目张胆地要求社里给小婊子出钱。那么大人了，光腚推磨——转着圈丢人！"

两个人全哈哈大笑起来。

"也真是的，"沙新说，"还当这出版社是姓张呢。有本事自己出钱送她出国呀。丢这份人。"

"要不怎么说大锅饭吃着香呢。那大锅饭说是姓公，其实是姓私，有权有势捞稠的，多捞，还给他们的相好多捞，这跟贪污公款有什么区别呀？咱们就只有喝稀的份儿喽。"

"现在改革了，民主多了，不能哪一个人说了算了，集体研究才能定。不是否了吗？"

"小季干吗不自己考出去？考奖学金去呀。"

"哎，这女人，让男人惯坏了。事事有男人帮，哪还想自己做什么？她根本不是去留什么学，是要去做访问学者的。她哪里受得了打工、一个学分一个学分攒学位的苦？惯坏了呀！"

"你有没有惯过她？凭什么为她的诗集和画册写评论？不怕张社长吃你的醋？"

"别问这个，学问大了。张社长也不是吃我一个人的醋。"

"这么说你真跟他们是'同情兄'？说实话，看老乡的份上，上没上过身？"

"只有你想不到的，没有没有的事。"

"吹牛皮吧你，也不怕我把你的牛皮做成香辣牛肉干儿！"

沙新的老婆在屋里大喊着，沙新忙端起奶锅冲回屋去。

季秀珍进了屋，一步冲向电扇，把转速打到最高，一边吹着前心后心，一边脱去粘在身上的衣服。然后一头扎在沙发上闭了眼睛让凉风吹着自己。一个晚上泡在空调饭店和空调出租车中，离开空调才几分钟就受不了了，竟会如此大汗淋漓。她想到劳思贵，他现在回到了自己的有空调的家中，肯定在对老婆和女儿撒谎，说是今晚在陪外宾，还会把那串二百块的劣质珍珠项链送他女儿。其实那本来是要送季秀珍的，她压根儿看不上，给扔了回去，几分钟后劳思贵才又去给她买皮鞋的。这种男人，想用一串破项链打发人，什么东西！

若不是看在他拨了出国名额给季秀珍的份上，她会在宾馆大厅里把项链甩在他脸上并骂他个狗血喷头，叫他一辈子抬不起头来！反正名额是她季秀珍的了，就饶了他算了。可是一想起劳思贵那身松皮囊膪，季秀珍就又一身的不自在，总觉得体内有什么东西在翻腾着，让她坐立不安。刚才一上楼迎头碰上沙新，这股欲望就又燃烧起来。因此她现在最恨沙新的老婆，把她视为一块绊脚石。她若不在这儿，只须一个眼神，沙新就会潜入她房里来。现在可好，那一家三口情浓于血地粘乎在一起了，她这边彻底冷清。她甚至突然起歹心，希望沙新老婆的户口办不进北京来，这样她坐完月子就得回济南去，沙新独自一人在这里仍可以招之即来。

想想沙新算得上一个不错的情人，明知她与几个男人有染，且都是有官职的，仍然不嫌弃她，与她配合默契，为她的诗集画册写评论。小季有段时间实在很感动，甚至横下心来准备把那几个全部辞退，一心跟了沙新算了。她心里确信，只要她让沙新离婚沙新会马上离。岁月不饶人，转眼就三十岁了，总这样下去只能走下坡路。

可她那颗不死的野心不允许她跟定沙新这样的穷书生。她早看出来了，沙新不会有什么大的前途，既当不了官也成不了大理论家。或许这样艰苦奋斗到五十岁会成了个理论家，那还关她季秀珍什么事？她不愿意陪他那么艰苦卓绝地苦熬。人生是太匆忙了，女人的大好年华尤其短暂，经不起这样的磨难。她可以凭着自己的才华争取三十五岁闯出来成为中国的著名女画家女诗人并且在国际上占一席地位。或许那时再让沙新蹬了他的土老婆还来得及。也许那时她不再看得上沙新，会有更多的大才子来拜在她的石榴裙下。她最羡慕两个女人，一个是美国的斯坦因，那种风光，无人可比。三十年代最有才华的男性文人全围着她转，她可以对他们发号施令，好不威风。另一个是中国的冰心，一个最幸运的女作家，无论怎样改换朝代，她都是那么一静如水，朝朝代代都把她捧着供着，过着中国最贵族文人的生活，永远是一个吉祥的象征，超越了任何利益和斗争，自成一个中心。可她季秀珍没那命，注定是苦巴巴的红颜薄命人儿。

她赤着身子在写字台前坐下，对着镜子揩去脸上的浓妆，一丝丝地露出本来面目。老了，老了，无论怎样保养，什么抗皱霜也无法隐去那细密的皱纹。一次次的美容，只能使她容光焕发几天，接下来则是更大的失望和苦恼。她想去做祛皱术，可又惧怕手术失败后这张脸变成僵硬的木乃伊似的面具。眼看着一些电影演员做了祛皱手术都变成了没有表情的动物，皮子紧巴巴地包着骨头，不敢大笑不敢悲伤，生怕把那层拉紧的面皮崩裂。纯粹是刑罚。

多看几眼，还好，这幅面孔似乎纯了许多，有点像很纯很纯的女中学生模样。可这一对高耸的乳房和丰腴的肢体却分明透着一个成熟女人的诱惑，连她自己都几乎要爱上这天作天成的美人胚子。母亲肯定说她的生身父亲就是她的父亲季老头，可她一点看不出自己哪儿像老季，只有照镜子，前一面后一面对照，才会发现自己左耳下方有一块与季老头同一位置同样形状的黑痣。母亲肯定说是和季老头怀上她的，绝对没错。只不过因为老季太老了，这方面只是偶尔为之了。她大部分时间都是和别的男人们在一起，其中还有个苏联专家团的什么罗夫，罗夫很是高大英俊，皮肤白皙。后来一声令下苏联专家全撤回去了，中苏反目为仇，罗夫连张照片都没留下就急匆匆上飞机走了。罗夫不怎么会讲中国话，小季的母亲倒早已说得一口东北话，据母亲说他们在一起不怎么说话的，纯粹是一对动物那样。可疑的是，小季怎么会完全没有老季的特征？可为什么左耳根上偏偏有一颗与老季一样的黑痣？这甚至成了一种神秘的生理学现象。难道人也可以是几人通力合作的杂交品种不成？季秀珍是个文化人儿了，读了点这方面的文章，似乎明白了一点。怀疑因为母亲那段时间的混乱关系导致自己兼有老季和罗夫的遗传。真是奇人。而母亲却不无骄傲地告诉她："不管你怎么像别人，我还是看你像日本人，是青木家的后代——你的腿是罗圈的，跟你外公一样，一个模子刻出来的。"于是母亲为她起了个日本名子叫青木季子，在家就叫她季子。老季头儿是个老实巴交的山东乡下闯关东的人，仍然朴朴实实地叫她秀珍，跟姐姐们排成一串，有秀玲秀芬秀艳秀芳什么的。但季子从来就不把那一大串玲玲秀秀芬芬芳芳之类当回事。她跟她们长得大相径庭。那一堆姐姐就像近亲繁殖的一群呆傻弱智儿，吸收了两个人的缺点：一个个罗圈腿小矬个儿，这是大和民族青木什么家的特征；膀大腰圆粗骨节大饼脸，这是老季家的特征。这几样拼一块儿，真是惨不忍睹。长大了懂了点优生学，季子真怀疑青木家的人祖先就是老季家的人。中国人和日本人通婚，这种可能性不能排除。可她季子不同了，那风采绝不属于季家，尤其那挺秀的鼻子,美丽凹陷的大眼睛和一身雪白的皮肤。就是那腿有点弯,但因为个头高,也就不明显了。

以这等天生丽质之身,却混在那个肮脏愚昧的家庭中,季子从小就怀着莫大的屈辱,像那个被偷换了的王子穿着破衣服一样难受。

"文化大革命"中母亲的身世被公之于世,几乎成了全市第一号大破鞋,人们开斗争大会,押她游街,脖子上挂满了各式各样的破靴子。脑袋给剪得像长了秃疮一样疤疤癞癞不堪入目。季子和她的姐姐们也被一根绳子拴成一串,跟着母亲游街。还好,那时她人小,没怎么发育,看不出天生丽质来,否则她肯定要当成什么标本来展览。从小她母亲就不敢打扮她,总是破旧的衣服,短短的运动头,脏兮兮的脸,把她弄成一副野孩子模样。这样就不会招人嫉妒。"文革"后期那些年她就像半个男孩子一样混在女生堆里,没什么女孩子跟她玩,女孩子们的游戏她几乎都不会,从来就没穿过裙子和花衣服,她惟一能做的事就是刻苦读书,考好成绩,还有就是跟学校的美术老师学画素描,跟着老师给学校的一块块露天黑板画宣传画,老师画,她跟着上色,慢慢老师也让她画些简单的田野、矿山和军营。她似乎很有天分,画什么像什么。苍天不负苦心人出,后来停了十年的高考突然就在某一天里恢复了,她匆匆忙忙上了考场,结果竟然就轻而易举地考上了师范大学的美术系,令所有的老师和同学都目瞪口呆。只有美术老师没有吃惊。

好容易熬到改革开放了,她的日本血统一下子成了人们最羡慕的东西。她不是中国人,她一遍又一遍地告诉自己:你是日本人!日本人!你要回日本去。可她母亲却早已变成了一个地道的中国家庭妇女。连日本话都忘了,说一口最地道的东北大茬子话,根本不想回日本去,一点儿也不想。她说她同家人早没联系了，就是有，也不去联系。她家人当年不拿她当人，因为她是父亲的私生女，从小就受全家人欺负，是她自己逃出家当妓女的。小季恨透了这个让她痛苦了二十几年却沾不上半点光的日本母亲。她不再回家，不要见那一家牲口样的人。她只能自己来闯世界了。

这段隐私她只对沙新一人讲过。她和沙新说好不做夫妻只做情人，因为沙新说老婆还是朴素贤慧的好，跟她季子迟早会离婚的，倒不如永远情人下去。情人当然只讲情，事情简单纯洁多了。他去济南开会组稿，"拐骗"了一个大学生做老婆，季子倒全不在乎，还时时打趣他。张艳丽偶尔来"移民楼"住住，季子就当一般同事偶尔来屋里坐坐，没什么话，只是借点油盐味精而已，目的是观察观察他们的夫妻状态，故意惹沙新不安，看他装模作样的，觉得好笑。张艳丽一走，她又和沙新恢复那种秘密的合作。沙新常在半夜里潜入季子房里，黎明时再潜回自己屋里，居然一直没人发觉。当时小门与沙新同屋，这人睡得死，只记得有时沙新开门去上厕所了。什么时候回来的压根儿不知道，这个整天浑吃浑喝浑睡的小胖子真正成了一个浑蛋。再后来沙新说他老婆怀孕了，要来北京坐月子，季子就觉得自己的末日到了。于是她加倍疯狂地与沙新来往，要让他站好最后一班岗。沙新果然恪尽职守，随叫随到。只是每次做完事以后昏睡的时间越来越长，有一次竟然听到楼道里有人起床走动了季子才醒过来用力摇醒了沙新。沙新睁了下眼坐起来，四下张望一下就又壮烈牺牲般地直挺挺倒下去大睡不已。那天季子十二分感动，跳下床去倒了一盆热水，用毛巾沾了水绞干为沙新一片片地擦了个干干净净，然后给他喷上香水，沙新这才完全清醒过来。外面已是人声鼎沸，人们忙着上厕所洗脸做早饭，这时候沙新是出不去了，只好囚在季子屋里。

"这阵子你怎么这么不要命？"沙新问她，仍然半睁半闭着眼睛，声音半死不活。

"还不是因为你那个艳丽要来？到那时候我只能干看你们过好日子，渴死我呀！"

"那就先涝死，是吗？"

"嗯。"

"你也不怕抽干了我，真是没半点良心。"

季子不知怎么哭得十分伤心，也不知怎么向沙新道出了自己的身世，大概那天是她真正感动的一天。

沙新听了这个天方夜谭似的故事，如同打了强心针一样兴奋激动，紧紧搂住季子，瑟瑟地抚摸亲吻她的每一寸玉肌，撩得季子寻死觅活，坚决要求沙新再卖一次命。沙新也早已无法自持，应声而动。然后几乎喘死，但仍然断断续续地喃喃："天啊，日本人，日本人。"季子马上明白了他的意思，气得涨红了脸狠狠咬住他的胳膊，痛得他叼住被子大叫。

"你们这些男人顶不是东西！"季子为他揉着几乎渗出血的牙印子说。"你以为你折腾了日本女人呢。咬死你！"

沙新水湿着抱住她哽咽道："我真为你惋惜季子，真的！你是全中国最悲剧的女人了。凭什么让张社长这臭老头子享用你！这个老棺材板！他怎么配！"

"你倒要摸着心口问问你对得起对不起我？一个大书呆子，也配跟我？现在明白我是谁了吧？我就是图你心好。每跟你一次，就是报复他们一次。我对他们讲过跟你的事，就是让他们生气，让他们妒忌。

你这辈子别想在这儿混个一官半职的，除非他们退休死了。后悔吗？"

"一点不后悔！我为什么要后悔，男子汉敢做敢当。"

"别信誓旦旦的，他们不敢拿你怎么样！他们的乌纱帽要紧。"

"可你最悲剧了。那个日本血统等于零，除了童年时给你灾难，还有什么？多少"文革"后有海外关系的都移民了，继承遗产去了，可你想移民走都走不成。那个老实巴交的父亲又能给你什么？你这个中日友谊的结晶跟孤儿有什么两样？"

一番话几乎把季子说得哭昏过去。随之沙新抓住季子的手狠狠抽打自己的脸，痛不欲生地喃言："我帮不了你呀，帮不了你！季子，你为什么这么心比天高呢？为什么非要当画家当诗人？为什么不像你的姐姐们一样丑？为什么不是个傻子？"

想起沙新那副样子，季子只觉得又激动又好笑。世界上还有这么纯真的男人，也真不容易。可这样的好男人往往是靠不上指望不上的，他们在人生的搏击中往往是些窝囊废。这种人只能当情人用。真正用得上的还是张社长和劳思贵这种无才无德的恶棍男人。这世界就这么矛盾，让你谁也圆全不了。亏得季子老早就明白了这个道理，所以才什么都做得出，做得无所畏惧，做得问心无愧、坦坦荡荡、毫无牵挂。偶然动了情像对沙新这样，但过去得也快。她觉得她还是没有找到一个值得她全身心奉献的人，才像现在这样，还是因为她认定那只是幻想而已干脆不去想它？她自己也说不清。有时理想的实现和理想的破灭压根儿是一回事，都足以让人获得解放。不去想它就是了。

但季子永远不会忘，她在上初中时的某一天就不再是小女孩子，在一双男人的手下她片刻间就成了女人。就在那一刻她明白了男人是什么东西。

那会儿她刚十二岁，上初一，还像小学生一样天真。家里的姐姐们恨透了她，不跟她玩，经常背着父母打她骂她。因为她最小，母亲让她睡在热炕头上，紧挨着炉灶。可每天她都会冻醒，醒来总发现被子在脚下堆着。她知道是姐姐们使的坏给她掀了被子，就自己把被子缝成一个筒睡。姐姐们气急败坏，就趁父母不在家时脱光了她，轮流打她，骂她是杂种，似乎她们不杂种。她们最仇恨她那身雪白的皮肤，用长长的指甲掐她拧她。她实在受不了，只好向父母哭诉。父母一气之下把那几个傻丫头狠揍了一顿。那天满屋子鬼哭狼嚎，像杀猪一般，招来满院子看热闹的。

就打那天起，同院的刘叔叔对她特别好起来，有时给她吃一块糖有时塞一块蛋糕给她，每当看到姐姐们欺负她，就把姐姐们骂一顿。季子觉得刘叔叔像父亲一样，但比父亲年轻多了，因此比父亲更让她觉得亲切。刘叔叔有点文化，季子的功课他也能给指点指点，慢慢地季子往刘家去的勤了。那天刘家就刘叔叔在，他帮她做了几道正负数题，就问她姐姐们还打不打她。她说打得少了，可打得狠，都把身上掐烂了。刘叔叔嘴上骂着姐姐们不是东西，一双大手开始抚摸季子。季子那天觉得十分温暖，让他抚摸着结了痂的伤口很痒很舒服，不知怎么有点困，就倒在他怀里迷糊起来。她不记得父亲曾这样抱过她，父亲不曾抚摸过她。她从小就渴望父亲抱一抱，但那个老头子只会抽烟袋锅子，一连串地干咳，时不时吐一口浓痰在地上，用脚一搓。母亲没功夫疼爱她，整天忙里忙外操持家务。现在让刘叔叔这么爱抚着，她有说不出的幸福。"真想让你当我爸爸。"她红着脸说。刘叔叔笑了，说："我不当你爸，爸爸不是这样的。"说话间早已替她解了衣服用力搂紧了她。那一刻她眼一黑就昏了过去，睁开眼时刘叔叔也早已脱光了衣服，正大喘着气汗湿湿地紧紧搂着她躺在床上。她有点怕，没有让光身子的男人这么搂抱过，只觉得刘叔叔跟平常不一样了，脸变成横的了，眼睛有点鼓出来了。她想挣脱他，可不知不觉地却是在往他怀里钻着，像一块吸铁石，怎么也摆不脱，只想让他抱得更紧。直到她让刘叔叔弄得钻心地痛了一下，她才清醒过来，叫了一声，吓得刘叔叔停了下来。从此刘叔叔对她更好了，不断地给她好吃的并告诉她以后再也不会痛，女人一生只痛这一次。她坚决不相信，再也不理睬他了。但她从此明白了男人们的眼神，懂了自己的价值。奇怪的是，她从此对男人冷漠了，不再渴望他们，只有仇恨和防范。上大学艺术系几年，她竟冷冷静静地过来了，那些稍有表示的男生全让她痛骂回去。她要最理智地使用一下自己的价值。

毕业分配时果然见效。只一次，她就迷住了那个管分配的政工干部，一个土得掉渣的老土冒。那老东西经不住她磨洋工，刚上身就先控制不住自己急急忙忙弄湿了裤子落荒而逃。第二次又是这样，弄了她一腿。老东西自叹无能，老老实实把"向导"的名额给了季子。只被他摸了几把就轻而易举当上了"向导"社的美术编辑，季子都为这场仗打得太轻松而莫名其妙。

可一进美术编辑室她就发现自己陷入了人民战争的天罗地网。来自几个女人的目光与她的傻姐姐们别无二致，是那种仇恨、欲置她于死地而后快的充血目光。这三四个老老少少的女人尽管各有风采，模样也不错，打扮入时，但被季子流光溢彩的美丽一照就全像白骨精显了原形，一个个自惭形秽。季子知道跟她们在一起没好果子吃。果然，直接管她的邢大娘一直对她没露过笑模样，好书的封面从不分配她去设计，说："你还年轻，好好学两年吧。"季子其实最爱设计什么诗集和小说之类的封面，上学时曾为几个出版社做过，都得了省里的几等奖，很有点小资本可倚仗。现在可好，邢大娘给她的任务不是什么《家用电器简单维修一百例》，就是《妈妈育婴三百忌》或《革命烈士狱中书简》。这样的书死活让她浪漫美丽不起来，只好用点点线线勾勒一下对付过去，在那种粗粗的纸上一印，一点效果也看不出。因此谁也看不出季子有什么本事。

季子受到冷落很不好受，那天拿到《年轻父母一百二十问》就精心设计起来。她把封面弄得很烟雾缭绕的，底色是粉红，上面画了一家小三口一起沐浴，赤着的身体要害部位用厚厚的皂沫遮住，大大的泡沫球满天飞舞。活儿交上去立即被邢组长狠狠扔了回来，全屋的女人立即群起攻击她，七嘴八舌评说她资产阶级思想，表现形式趋向黄色，说明了她心地肮脏，是在用艺术方式表达自己的不健康欲望，缺少最起码的编辑道德。

季子大哭，奔向主任室去找两个主任评理。那天正主任郑金不在，只有副主任赖光明在。听季子上气不接下气地哭诉完了，赖主任不禁哈哈大笑说："真是三个女人一台戏，老娘们儿意识。听我一句话，别跟她们一般见识，她们思想太老了。这个封面我通过了，我给你签发。凭什么'向导'社总要板着面孔教训青年？我们是搞艺术的，人体美谁不懂？这几个人是变态，自己老了，就怕见到年轻健康的人体。你这几个人都用泡沫遮住了很多嘛，怎么黄色了？奇怪。"

一番通情达理的话解救了季子，她不禁佩服起这个副主任来。别看他肉肉乎乎毫无风度，可他有见地，懂艺术。季子深知这样的人靠得住。他上有老下有小，朴朴实实窝窝囊囊半辈子，五十的人了，松皮拉拉，一身尼龙布料的旧西装，一双布鞋，绝对可靠。最主要的是季子审视了他的眼睛,那已经泪囊稀松的眼袋上,目光浑浊无光,连一点亮星也没有,绝对是更年期后的目光,半丝欲望之火也没有。季子顿时松了心,像面对一个中性人一样诉说自己的冤屈。但她明白,尽管他变中性了,但男中性人与女中性人毕竟不一样。女中性人只能因为失去了女性而更仇恨女性,而男中性人总算是心不死的,总会偏向女性。因此说着说着便有点凄美地抽搭起来,不时也做两个身段,恰当地显示自己的魅力又不致于唤起他已退位垂帘了的男性虚火。

赖主任果然说到做到,替她的设计签了字,并当场打电话给在总编室里开会的郑金,宣布改组美编室,把小季分配去设计文学室的图书封面,以发挥小季的特长。郑金那边正忙着,一口答应。从此,季子就身在邢大娘屋里,人归赖主任直接管辖,负责文学图书,一路潇洒起来。

事实证明赖主任不仅光明还英明。《年轻父母一百二十问》的封面一经用鲜鲜亮亮的纸印出就大放异彩。书的内容虽然仅仅是问答和解疑释惑,差强人意,可摆在书架上就招人喜欢,买者与日俱增,大部分是冲这封面来的。加上季子又在封面上添了两行小诗"一片温馨／爱意永存／返朴归真／沐在阳光",更为这书打开了销路,一版再版。不过,可能最撩人的还是季秀珍第一次在封底上用黑体字打上了"封面设计:青木季子"的字样,大大增加了诱惑力,以为是日本人设计的中日合资图书。

在赖主任的赏识重用下,季子设计了十几个封面,每个封面都十分别致并加上自己写的短诗,实在为向导社增光。《向导文学》的刘主编看中了她的诗才,主动约她为杂志写诗。文学室编《当代中国青年诗选》也约了她的稿子,诗集又由她设计封面。不出一年,"青木季子"的名字就打得山响。那是她最得意的一段日子。

可她不知道,这些成就很快就成了她迈向深渊的诱饵。那年她与赖主任去广州出差一趟,一回来就谣言四起说她和老赖如何如何。她一气之下晚上去老赖家诉说。前门外那条大胡同里中胡同套着的小胡同,几乎把她转晕了,才找到黑洞洞的老赖家的大门,是清朝时期的广亮大门,但大门的一半已经堵上隔出一间住家来,挤得大门只剩下一人多宽的通道。黑乎乎迷宫般的通道让人辨不清方向,小季就大喊老赖的名字叫他出来。老赖竟一反常态,脸色煞白地迎接了她,叫她有话在大门口去说家里太窄巴不方便。还没说两句,老赖的老婆就手持一把痒痒挠冲出来劈头盖脸连打带骂,说她勾引她男人。立时满院子人山人海观战。

季子的头发被揪乱了,脸上狠狠被痒痒挠挠了几爪子。周围的人都在拉偏手,只紧拉住季子,让她动弹不得干挨打。慌乱中季子仍能感到四面八方的手在暗中捏她的乳房和胳膊。只有老赖一个人在拉住他的疯老婆,急赤白脸地叫小季快走。这下他老婆不闹了,一屁股坐在地上拍打着腿骂起老赖来,说他向着这小妖精,她不活了。季子那天不知怎么火了,哈哈大笑起来,大声重复:"我就是勾引了他,我们在广州天天睡一起!气死你!"老赖突然像只老虎蹿过来,狠狠抽季子一个嘴巴,抖着身子哭丧着:"小季呀,你成心毁了我呀!你狠心狗肺呀!怎么能乱说呢?我跳进黄河里也洗不清了呀!"说完就蹲在地上抱头痛哭。季子冷笑,说:"你老婆其实最清楚你根本不会勾引什么女人。就你这模样,除了你老婆,哪个女人会跟你?全怪你老婆神经病!"说完扭身便走。身后一片流里流气的议论。暗中又有人在撞她摸她,她气急了,破口大骂:"都他妈是流氓!闪开!"

窄巴巴的院子盖满了高高低低的小破屋,挤得只剩下一条曲曲弯弯的一人宽小路。人们挤在小路上,她只能从人群中挤出去,那些手就暗中伸过来捞便宜。她命令人们回屋去,随手拿出了水果刀,亮闪闪的。"再有人摸我,我可就不管不顾用刀子扎了啊!"人群仍然不动,甚至越凑越近,如同狼群,小季顿觉眼前是一盏盏贼亮的蓝灯。

小季垮了,瘫在地上号啕大哭起来。还是老赖,苦苦哀求人们散去,说了半车好话,这才说得人群松动了。老赖开路,小季随其后杀出了重围。一路被人掐了几把,时有恶言恶语威胁要"划了这小骚娘们儿"。

老赖一直把小季送到大马路的三路公交汽车站上,一脸老泪没断过线。小季这才感动地哭出声来。回头望望那个深不见底的胡同,不禁后怕起来。

"以后晚上别钻小胡同,这地方来不得,解放前是地痞流氓无赖住的地方,下等妓女才光顾这里。"老赖叮嘱着。

"我一定要报答你,老赖!"小季坚定地说。

"别吓唬我了,小季,快上车吧,以后咱们少说话。"

"我偏不,气死他们,等着瞧吧!"

原以为是邢大娘之类的老女人造谣,但她终于发现自己是陷入了一个大阴谋。邢大娘们不过是落井下石的碎嘴子,祸根却原来是那个一贯道貌岸然的郑金。是他自己憋不住主动找季子坦白的。

季子根本想不到是郑金。他老婆是出版界有名的女强人,画得一手现代派风格的油画,设计的封面得过几次亚洲大奖。季子几乎把她当成自己的偶像。几次去郑家拜访,郑金都在老婆面前低三下四地转悠,他那烟酒嗓儿、罩衫上沾着水彩的老婆拿起烟郑金赶忙递上火。季子开口"郑老师"就被他老婆挥动着画笔否了:"什么郑老师,他那两个得奖封面都是我给改的。"说得老郑面红耳赤。谁知道就是这么一个妻管严,心里竟有如此毒谋。估计是被他那个女汉子老婆压抑得太久的原因。

那天他和季子从美协开会回来的路上拐进天伦酒店的画廊,转着转着他的手就搭上了季子的腰,一派温情地拥着她到了一个昏暗的角落沙发上,用颤抖的声音向季子道歉。

"我不是东西,造了你和老赖的谣,可我是因为爱你才这样的啊!"

"安排我跟老赖出差就是为了这个?"

"是的,我必须让老赖替我挡着。"

"你这条毒蛇!"季子把手中的白兰地泼了他一身。可随之又被他温柔的目光溶化。是的,季子无法抗拒郑金的魅力,这样有风度有温情的男人太少了。她一来出版社就暗中恋上了郑金,全是因为郑金有一双脉脉含情的眼睛。她确信郑金对她动了心思,但因为他有个强悍的老婆而不敢造次,不禁为他感到可怜。可就是这个妻管严,被老婆管得油滑了,却更聪明了。他为了接近季子竟要先败坏她和老赖的名声,转移人们的视线然后把季子窃为己有。原来那些妻管严们比严管妻们其实要毒得多。季子明白了他这份苦心,反倒原谅了他,因为她毕竟暗恋过他,想过要依仗他打开局面,谁成想他们是殊途同归呢。

季子有生以来第一次达到了男女云雨的巅峰,那一刻她感到自己的身体在郑金的热量中化为乌有,然后又重新成形,这以后的她真正是脱胎换骨了似的。似乎她的身体就在那几分钟后长成了,她从此成了一个真正的女人。郑金并没失去理智,他在平静之后还不忘问她过去的经历。她如实地告诉他,那个刘叔叔是她第一个男人。

郑金的确是个不错的情人,为季子在艺术界打开了局面。季子的画展和图书装帧展竟能在王府井中央美院的展厅里举办，这是郑金游说劳思贵的功劳。那天他带季子去见劳思贵，季子一碰劳思贵的目光就与劳思贵达成了默契，那是一双色狼的目光。

就在季子的事业蒸蒸日上的时候，老赖终于忍无可忍为一件小事打了郑金。郑金捂着被笔筒打破的头，却没有还手，直挺挺地站着。两个男人之间的账就这样在大庭广众之下明明白白却又糊里糊涂地私了了。没人劝，谁都明白，可谁都不明白。真明白的只有他们三个人。别人明白的是：季子先跟了老赖又跟了郑金。可怜的老赖！季子很内疚，终于勇敢地在一个下午约老赖出去，明明白白地告诉她要还他一笔人生的大账！她的同学出差了，家中没人。

老赖一进屋就抱住季子大哭起来。季子那一刻发现老赖十分英俊。她开始动手解自己的衣服，可老赖死死地抱住她抽搭着说他早就不行了，老老实实一辈子，到老也没风流过，却落个风流鬼的名声，好堵得慌啊！

季子又一次深受感动，偎在老赖怀中啜泣不已。人生真是太不公平了。她安慰老赖，她要去给他买药，只要他愿意，怎么都行，可惜老赖说他还有心脏病，经不住了，只要有季子这份心就够了，就权当是风流过一次吧！

但老赖的男性并未泯灭，几乎天天找碴子要跟郑金打架，美编室一片闹剧不休。上下群情激奋，要把季子调走而息事宁人。季子急中生智，毅然决然投身实权派张副社长。这出版社，没人敢吃他张副社长的醋。季子甚至奇怪为什么自己一开始就不来抱张副统帅的粗腿，归根结底是因为自己还受着感情的支配，喜欢郑金和沙新的年轻与才华。兴许一开始就跟了张老头子她现在早出大名成大业了。不禁嘲笑自己：你他妈还是嫩！

这个张大壮，人虽近六十，却是一挺高高大大、粗而不肥的硬实老枪，自称泰山顶上一青松。当年是后来升了大官的某首长的贴身警卫，在一次突围中为掩护首长差点变成沂蒙山上一棵青松。到如今，还经常说着说着话就捋起裤子，咔嚓拆下那半截子假肢，让人们看那锯得齐齐的大腿横剖面。"这是什么？这他娘的是最光彩的军功章。小年轻们现在唱几支歌得个三等五等奖，破奖章还在胸口上挂一排，全他娘的铝做的，哪个赶上这个盘儿大了？有的大男爷们儿，唱了几支革命歌曲出名了，还能当师级军级军官，啊呸，戏子也能带兵打仗吗？炮一响，他蛋子儿先抽抽儿喽。俺是枪林弹雨里捡的命，才落个副局级，在部队也就是个副师长。不公平啊！"

要说老首长真是关怀他，受了伤也没让他光荣退伍，而是让他跟进了北京，当了他的保卫处长。老首长是个有文化的行伍，进了城就催着大家好好学文化，总用毛主席那句话鞭策大家："没有文化的军队是愚蠢的军队。"这话每听一次大壮就心里咯噔一次，因为他没什么文化，念书念不进去，一上课就两眼死盯着女教员傻看，一堂课下来一个字也没学会。首长实在无法再留这个粗人在身边，就给他提了一级到副局级派到"向导"来管社务，一副至今。可他的老资格老气派却是连部长都要敬三分的。谁不服，他就捋裤子卸大腿，一气之下会把半截子腿照你扔过来，你还不能躲，只能双手接住，等他消了气再还给他给他装上。"文化大革命"中，老首长给整死了，大壮也被整得死去活来，一口气没上来，憋成了脑溢血。亏得儿子是中医，赶紧中西医相结合，又是动手术又是配合针灸灌中草药，居然起死回生，不几年又恢复了原形。"文革"后官复原职，发现身体好比什么都重要，只要不死，就有前途。熬死别人，他就能坐天下。于是加紧练气功，上了火吃泻药，虚了吃补药，"十全大补酒"一天三顿喝着，嫌不过瘾，自己另外泡了枸杞、何首乌、人参、灵芝什么的一坛子药酒。补阴水为主，稳阳火为辅，舒筋活血，气功通气，直保养得乌发红面，气吞山河。这等身板，这份脾性，这种经历，无论从社会学角度还是生物学角度出发，都是一大强人，有为所欲为的物质基础和精神依据。

季子是大壮最年轻漂亮聪明的猎物，大壮精神上也重视她，什么话都爱讲给她。季子从大壮这里获得了一个伏枥老骥的暮年烈士之活力，很吃惊，也另有一种满足。他全然与劳思贵两样，那家伙每次都在海枯石烂地拼搏，而大壮则是风扫残云，甚至比郑金和沙新还多了几分虎气。由此，季子得出结论：男人不能从文。由此她更相信，一个有野心的男人到八十岁生子绝不是神话。毕加索为什么八十多仍然保持着旺盛的生育能力并能把这种力量体现在狂放的绘画上？就是因为这种人从性力到精神上没有衰老。如果给他换换别的零件如心肺肝之类，他们会永生的。他们是带着旺盛的性能力死去的。或许蓬勃的性能力与衰老的其他零件太不合作，反会加速这种人的死亡，如同一台机器，发动机仍很猛烈地旋转而别的部位却陈旧不堪了，就只能散架子。而大壮那种全面多方位补养的办法听上去是很科学的，它令他每一根血管都返老还童。季子希望他这样强壮下去，推迟退休期，为她再撑几年，等她混出来了他再散架子。

可前几天的社务会竟然否定了张老头送季子出国的建议。这要在几年前，张老头的一句话就是决议。不过这老东西很够意思，明知艰难，仍然坚持到底，算是为她季子两肋插刀了。季子只能怨自己没早几年投身他，失了这个大便宜。好在山不转水转，她还有劳思贵这把大伞，活动了个出国名额，照样派给了她。改革？改到哪儿也改不了男女这根线。这两坨大波，就是我的改革！季子禁不住冷笑了。

张老头那天两眼转着泪花向她赔不是，承认自己老了，地位不如从前了。尤其是改革，改成什么屁大的事都由社务会集体决定，这项制度顶令他不满，这不是搞大民主吗？不成了庸俗的民主制了？集体决定就是等于人人负责但出了问题人人不负责，出了事没哪个人担着，反正是法不责众，这他妈其实是打着民主旗号又烩一锅大锅饭而已。张老头气愤地向季子诉说着。当年打右派时还不是他说谁右谁就右了？"文革"后又改正，他老张一人担着，亲自上门一个个地道了歉，亲手把停发了好几年的工资一份份送上门去，病了的他提着水果点心带着人亲自去看。"好汉做事好汉当。"他说。闹"文革"那阵子，出版社先揪出了那个大总编作家伍仁，说是这人在延安时就敢利用小说反党，他老张对这种吃共产党骂共产党的臭笔杆子顶恨之入骨，在批斗会上为表达自己对阶级敌人像严冬一样残酷无情，他飞起一脚把伍作家从高台上踢翻下去，摔断了他的腰再也起不来床。后来这人查出癌症两星期内迅速走向灭亡，运动中给草草烧了了事。"文革"后伍作家被昭了雪，说是冤死鬼。伍家的人就东访西告，说是他张大壮杀死了伍作家，伍夫人天天到出版社来喊冤，要大壮偿命。他张大壮含糊了没有？他勇于承认自己踹了伍作家，真诚地向伍家人道了歉。但他仍然好汉做事好汉当，至今仍坚定地认为他踹那一脚是出于阶级义愤，是为了保卫党。上头说他伍仁是反党作家，下头知道什么？当然要残酷斗争他。至于伍大作家被踢后死去，死因是癌症，现代医学无法揭示踢一脚能踢出癌症来。家属硬说是气出癌症的，是一脚踹出了冤气，生生把伍作家气死了，这纯属他妈瞎掰。"我大壮踢了人我认错。可我是为了党和国家不变色，不是出于与老伍有私仇。上头没说他是反党作家时，我跟他还挺不错的，一起喝过酒哩！所以，这一脚我至今认为没踢错，该踢。踢了谁不踢谁由不得我。换个老陆我还会踢呀。"尽管告好了，尽管闹好了。伍夫人满出版社大楼里追着张大壮要申冤，大壮就干脆不上班躲家里，她敢上家闹去就是私闯民宅，又可以连她一起踹出去。她去告状，又没证据说明是踹死的，上头除了安慰她再给她没结婚的儿子分一间平房，别的无能为力。"文革"中这样死的人多了，都以"气死"为名找人偿命可能吗？老首长后来不是给关了大狱，半瘫以后屎尿不能自理，狱里人就给扒个精光让他随便拉尿，死了连名字都没有只有个犯人代号？你能说是狱卒们不给穿衣服把他冻死的让狱卒们偿命？大壮讲着他一人做事一人当的硬汉子历史，不禁为眼前的"民主"悲叹。"都他妈屁蛋！怕这怕那，白屁的事干不成！又想当官捞好处，又怕担责任，这官谁不会当？当了官分房子装电话坐小车吃大贡，碰上大事就玩他娘的集体负责手段，弄无记名投票。这不，头儿们分完了房，还剩十套给平头百姓分，有两百个要房的，他妈的'集体'吵吵一年也拿不出方案，害得社里为空房交了万把块房租水暖费了。呸，假民主，说是学洋人，人家洋人的民主也不是这个德行样。只要你有钱，十八岁的小老板放个屁有人咽了还得说香；上街喊口号，喊完了照样该失业还失业。"

大壮臭骂一顿别人，最终后悔的是：季子出国的几万美元社里解决不了。印着毛泽东周恩来刘少奇朱德头像的大票子咱社有的是，可硬是不能换美元，妈的！改革了，部里不给下边外汇指标了，要咱自个儿挣洋人的钱去。挣不来就别想出国。凭什么部里人出国的美元不自个儿挣？"向导"的头儿想出国想疯了，想用"向导"的书刊卖出去换美元，纯粹胡来。《革命烈士狱中书简》这样上头法定要出的革命传统教育书能换到美元吗？洋人也怕你和平演变他们去！才不会买呢。能换美元的书"向导"不能出，能出的换不来美元。找不上洋人就使劲儿够台湾人香港人，想拿点《庄妃秘闻》什么的去换美元，还有《妈妈育婴三百忌》，天知道人家为什么不要。一顿饭请好几百块出去，折腾几年才卖三本书挣一千美元，还抵不上一顿顿的大小宴钱，也不知图什么，只说是刚开放，交学费。

　　大壮悲叹自己没地位了，这事儿办得丢了大脸，没帮上忙，难受死了，像是进棺材前最后一桩心愿没了似的。害得季子反来安慰他，说："你也别难过，这世道谁也把不住怎么个变法儿，一会儿权就是钱，一会儿钱就是权，一会儿又得权加钱。当年杀共产党的现在回来让人们供着，当年斗了地主抢了地主的，还是叮当穷，谁他妈知道这世界怎么个转法儿。你有心帮我一把就行了，至少让我挤了一个单间住着，不用跟一大伙子人像住牢房一样地挤一间去。"

　　"那还不是为了方便你跟沙新那穷小子？我老张不吃你们小公母俩的醋，还行吧？"

　　为这间房季子真对张老头感激不尽。她一来就被挤在三人一间屋的把门口处，十分窝屈。跟了老张，不出几天就调宿舍，把她和一个家在北京的人调一屋，那人早结了婚住丈夫家了，只是出版社没给她分房子。老张就硬在屋里为那人安一张床，说是照顾她家远工作忙时可在城里过个夜。其实是说好了，那人从来不住，这屋子等于是季子一个人的了。一个独身姑娘能有个单间住，可以支起画板来作画可以有自己充分的隐私，这是多少外地分来的大学生梦寐以求的呀。这里的年轻人都说，只要有个单间住，到四十岁结婚也行。可悲的是人们还没有享受过独自一人住一间的日子就不得不结婚。像季子这样住着单间有隐私地过日子，实在招"移民楼"上的移民们眼红眼热。人们愤愤不平，可谁也没办法，季子名义上还是住集体宿舍的。于是她把这屋子布置得很艺术，落地窗帘，地毯沙发冰箱样样俱全，把个独身女人的卧室弄得极富诱惑力。她以这间卧室为主题写了诗集《午夜，独身女人的情思》，配上自己的插图，自己设计封面出版了，被批评界捧的捧摔的摔，很引起一阵子波澜。沙新因为受惠于这独身女人的卧室，很起劲地为她的诗集大唱赞歌，说她是中国的西尔维娅·普拉斯什么的，特别强调她的诗极富一种"沉默的节奏"和"火一样喷薄的虚无"。反对者则斥之为"每一笔画都渗透着淫欲的浓汁"。为此季子写了状子递法院，但法院说这类语言属正常文艺批评，不予受理。另一方面令季子伤心的是这么有争议的书卖不动。人们冲着书名和插图而去，翻开了却一行也看不懂，诸如"法乐士在裸山的隧道中探险／记忆的岩层欢叫着复活／每一声无言的咆哮／生命的张力／颤抖着日暮的永远"。

　　就是这种"沉默的节奏"和"火一样喷薄的虚无"诗作使季子在小圈子里成了名，跻身先锋诗群中。季子一点儿不抱怨普通人看不懂她的诗，她认为能让他们看懂反倒说明自己成了普通人。她只感谢这间独身女人卧室给了她创作的灵感，感谢这普通的一间屋成了她在北京的一艘小小方舟，她就在这小船上避风躲雨寻找欢乐。刚来时住集体宿舍，恨透了那种学校式生活的延续，经常在办公室画到很晚才回去。因为没个避风港，那些不三不四的小青年常来办公室缠她，称她为姐们儿，要跟她侃侃，甚至明目张胆地挤她摸她。食堂那个二百多斤的大胖子，死死抓住她的手，告诉她他爸是处长，家里有三间一套的房子，她嫁给他就可以住有阳台的大间，就再也不用回"那个狗窝"了。害得她晚上办公室不能待，宿舍也不能待，一种流浪凄惶感永远驱之不去。最可恨的是那几个女同事，几乎天天在旁敲侧击，没完没了地可怜她："唉，独个儿闯北京来，受憋屈啊！连个家也没有，连间房也住不上，真可怜啊。""好好儿的，非上北京来干什么？活受罪哟。"季子对此只有冷笑，告诉她们："你们不过是第二代北京移民罢了，你们的父母不过是农民进城，有什么好说的？我没别的，就是年轻，靠这个准比你们过得好，信不信？爱信不信。"一边说一边用力颤着高高的双乳，狠扭着细腰，当当踩响着高跟鞋。

夜深了，季子仍旧欣赏着镜中的自己，点上一支烟吸着。雾中的自己更有神女撩轻纱的神韵。可是，一片阴影不禁袭上心头，身上开始发冷，这才披了睡裙来。想到神女峰她就感到半生中某种莫大的遗憾。所向无敌一往无前的她，竟会在那个男人手里失重。这种男人令她敬佩迷恋也令她惋惜。他是真正的野心家，有着文明世界里男人的高尚情操、教养、手段，有一般男人所没有的耐心和坚忍。他用"将飞者足踞"的紧箍咒禁锢着自己，也牺牲着自己。季子有时真为他担心，这样下去他除了变成一盘祭品外会一无是处。

他给了季子一片柔情和眷恋。但他不要季子，不是嫌弃她，只是季子不如他的雄心重。他和季子只停留在拥抱和接吻阶段，不再向前走一步。在航船过神女峰的那一刻，他用力拥紧了季子，几乎要把季子嵌进他的身体里去溶化她。季子在迷狂中感到他的那物件顶天立地地挺坚着，几乎冲破了那一层遮羞布。季子向他喃言着要他要她，可他却放开了她，跌跌撞撞回自己的舱房中去了。夜晚在黛黑的甲板上他们一起沐在秋风中，像是被夜色轻轻地托起在云雾山恋之间。季子啜泣着："你嫌我脏！""不！"他紧紧用双唇封住季子的口。然后他颓然倒在甲板上，告诉季子他受不了她的诱惑，白天在舱房里狠冲冷水浴！平时一想到她，他会更加倍地爱他的老婆，闭上眼就像爱季子一样。"为什么？为什么？！"季子大吼，那呼声震破了峡江。

他说他怕从此陷进去不可救药，怕对不起那个对他恩重如山但已经不再漂亮的老婆。

"你也是妻管严？"季子冷笑。

"不，是我自己惩罚我自己。她把我当成她的性命，连自己的事业都不要了。你知道的，她好歹是心理学硕士，却为了这个家，不搞研究了，只甘当个教书匠。在大学里光教书不出论文是让人看不起的。她美丽过，插队那时她美极了，现在快憔悴成老太婆了。我不忍心让她知道我们怎么样了。"

"她不会知道！我不会沾你什么光，更不会靠你怎么样！我只是爱你。"

"我没有权力爱你。"

"呸！虚伪。你是怕丢官。瞧你那副样子，铁青铁青的脸，那是禁欲的象征。"

"你不懂，季子，即使在美国，真正的政治家在两性关系上也是最清白的。你瞧布什和他的老大妈妻子。"

"你能成政治家吗？牺牲了生命乐趣却换不来权力，那才是悲剧！张大壮、郑金都是党员干部，又怎么样？人家失去什么了？"

季子愈是被他拒绝愈是爱他。她最拿手的戏就是在他面前提起张大壮和郑金，用这个来刺激他。你又怎么样，不过是部里一堆副司长中的一个。人已四十好几，再过几年混个司长，再折腾下去当上个副部长撑死了，却拿出一副能当国家主席的架式来。人人都像你这样中国早就世界第一了。

季子每次都要把他说得青脸变红脸，几乎要挥拳揍她，可落下来却轻轻地变成了抚摸。他终于流着泪向季子讲了他的身世和他的发迹史。他要季子答应做他永恒的情人但永不谈爱。季子望着这个男色尤存的中年汉子，心中只有惆怅。她告诉他人生苦短未来难卜的真理，他除了流泪再也没有别的表示。

他有一个很土的名字霍铁柱，这是乡下人顶爱给男孩起的名字，如屎蛋、狗子、柱子之类。自小聪明，书念得好，在塞外那个山区县城中学里是出了名的秀才，还能打几下子篮球跑下马拉松来，算德智体全优的人才。眼看高中要毕业考大学了，闹起"文化大革命"，只能回村里种地去。

很快他就当上了大队的干部管写批判稿，那水平全县第一。什么学"老三篇"积极分子全有他。只觉得很光荣，现在仍觉得懵懵懂懂不知怎么过来的。"文革"闹一半，城里知识青年上山下乡，小山村里一下子来了一伙子北京知青，其中一个叫晓兰的，是中央一个下台首长的女儿，是进城后和新学生夫人生的。这首长是从这村里闯出去的，现在成了"死不悔改的走资派"倒了霉，自己关了牛棚，管不了孩子，就让女儿回乡，托乡亲们好好照应着。

晓兰父亲按辈份该管铁柱的爷爷叫表舅，算一门八杆子还打得着的亲戚。所以晓兰一进村就上了铁柱家"落户"。铁柱从来不知道自家有这么一门大贵亲戚，让晓兰一声北京味"表哥"叫得心里酥酥的。那年月时兴女知青嫁当地农民以示"与传统决裂"和"与工农彻底结合"。落难的晓兰一眼就看中了铁柱作结合对象，写信回家，全家人坚决支持。

晓兰接到信就不失时机地宣布她要嫁给铁柱。

这消息一分钟内传遍了全村，连铁柱自己都吓了一大跳。如果晓兰嫁了铁柱，这一定会成为"文革"中最早与贫下中农结合的新闻。可偏偏有个叫李红兵的女知青提出了抗议，说这是走资派的女儿要拉贫下中农下水，是腐蚀革命干部，还举了不少解放后资产阶级用糖衣炮弹加美女击破不少进城干部使之蜕化变质的惨痛事实。特别指出晓兰的父亲就是三八干部进城后蹬掉了自己的农村老婆，被晓兰的母亲那个资产阶级小姐拉下水的，结果他自己成了走资派。这样的悲剧不能重演！

大队革委会也觉得事关重大，连夜研究，决定把晓兰迁出铁柱家，不批准她嫁给铁柱，并教育人们提高警惕，反修防修。晓兰哭晕过去数次，声明她早就与父亲划清了界线，还加入了红卫兵组织呢。她是遵照伟大领袖毛主席的教导走与贫下中农相结合的道路的。干部们问她嫁铁柱的动机，晓兰说铁柱心明眼亮，阶级斗争觉悟高，毛泽东思想学得透。"不对！"李红兵冲上前揭发说晓兰跟人说过她看中了铁柱长得精神，不像一般的农民那么土，要是早几年，可以进北影厂当演员演洪常青什么的英雄，这是典型的小资产阶级情调。现在却耍两面派，说是图他觉悟高。这说明走资派的女儿野心不死，口蜜腹剑。晓兰在家是大小姐，哪受过这个气？她根本看不上李红兵的拉排子车出身，却因为父亲下台受这种人欺负，忍无可忍就当场与李红兵对骂起来。她自然打不过上溯五代一代穷过一代、根红苗正的李红兵，败下阵来，搬出了铁柱家。

拆了晓兰和铁柱，李红兵却大胆地来结合铁柱，三下两下就赢得了队干部们的赞许，从此与铁柱比翼双飞，成了全省的一对红鸳鸯。

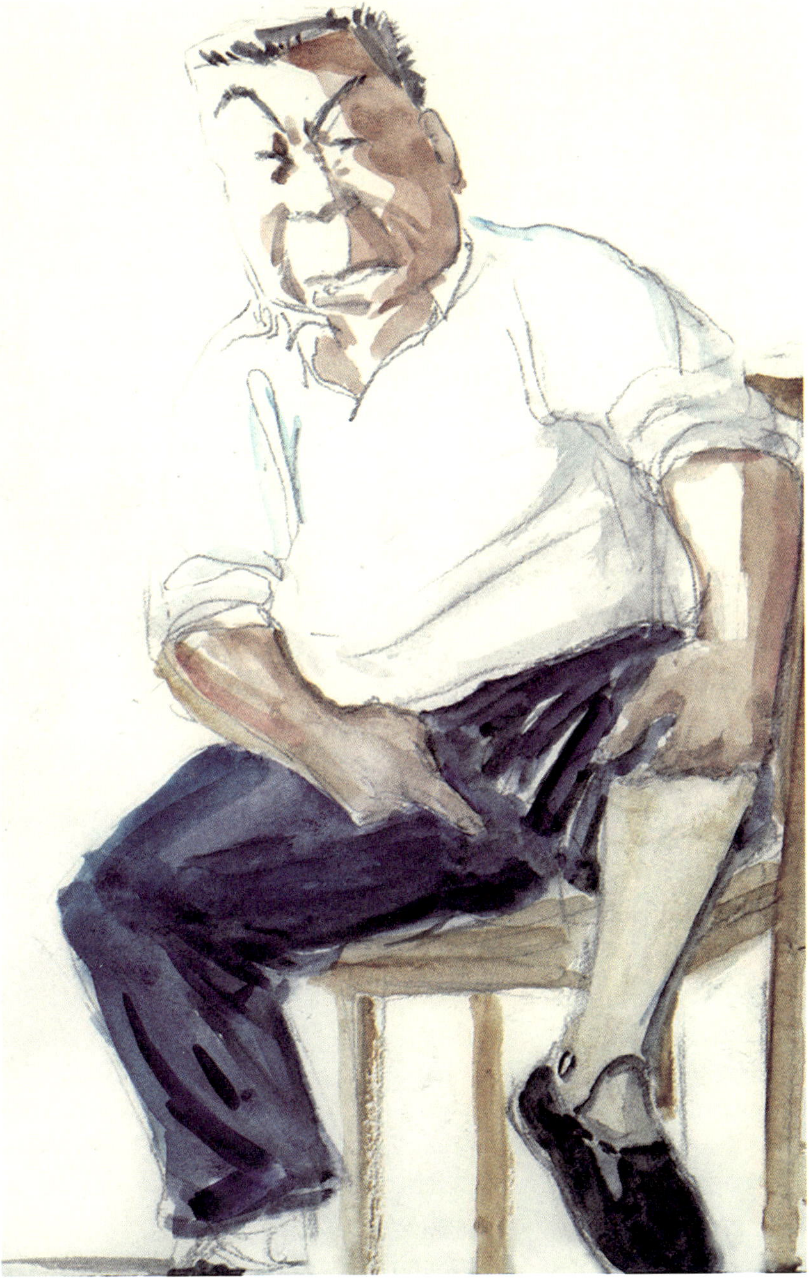

铁柱对自己的婚姻大事无能为力，全听村革委会的意见，迷迷登登就跟红兵扯了结婚证。与红兵相比，他更钟情于晓兰，感情上总觉欠着晓兰什么，见了晓兰就脸红低头。晓兰也懂他的心思，总是一句话不语抹着泪看他几眼无意识中做个悲切身段走人，那身影好叫他回味难过。

铁柱赶上了末班车于一九七六年成了工农兵学员，上了大学历史系专攻评法批儒，没念几天，"英明领袖华主席"就"一举粉碎'四人帮'，挽救了革命挽救了党"。紧接着"拨乱反正"，恢复高考。李红兵自知底子薄就报了没什么人考的教育系幼教专业，却成了佼佼者，大半年后转念研究生内定留校。十年没大学，教师队伍青黄不接，李红兵成了宝贝。这时铁柱也从"大批判系"三年出徒了。本该是要"社来社去"回乡为农村服务的，可教育系要留李红兵这"文革"后第一个研究生，就得先想法子把铁柱留京以照顾他们的夫妻关系。可历史系没那么些个留京名额，教育系决定特别申请一个留京名额。李红兵也发扬当年抢铁柱为夫的作战精神，发动所有关系留铁柱。她最有力的武器就是：如果不留铁柱，她就不留校，坚决回铁柱的那个省。教育系为了保住李红兵这个研究生，首先要保住铁柱。最后还是铁柱聪明，不动声色地给晓兰打了一个电话。晓兰早已随着父亲的解放升迁回了北京，父亲的官一天比一天做得大。晓兰不忘旧情，只一个电话打给父亲的秘书，事儿就解决了。连李红兵都搞不清怎么解决得那么快，一直以为是自己奔波的结果，自以为对铁柱恩重如山，动不动就训他："要不是我，能有你今天？"

铁柱来"向导"之初，也是住在"移民楼"的集体宿舍里。一问房号，恰巧是现在季子住的这一间，这令季子倍感亲切，似乎是铁柱穿过的衣服穿在了她身上，很有切肤之感。铁柱说那时红兵一家五口人挤住，没有他们的地方，红兵也常来"移民楼"过周末，他们的女儿就是在移民楼里有的。这话颇令季子心跳耳热，似乎觉得她现在睡的那张床就是铁柱和红兵孕育女儿的交欢之床。谁又能说不是呢？集体宿舍里那几张吱吱乱响的破木头床是五十年代就扔在那里的，一代接一代地载过多少男女，上面又诞生过多少生命？可惜那床不会说话，否则它会向人们讲述不知多少个动人的或恶心的故事，或许她和沙新是在这张破床上最疯狂做爱的一对。说到"移民楼"，铁柱大发感慨，叹息十几年光阴倥偬而逝，叹息自己三十岁才进入出版界才在北京白手干起事业来，叹息自己没有根底难以再上一层楼。北京纯粹是个官官垒起的大楼，一卡车一卡车的处长，一麻袋一麻袋的局长，没个靠山真叫难混呢。进了北京，乡亲们就认定他前途远大，非当上官不可。他必须铆足劲去混个官，从芝麻官干起三步并成两步往上挤，三十岁开始，不只争朝夕不行。刚进社里，精神上真叫紧张，左左右右前前后后都得照顾到了，谁也得罪不得。慢慢摸出点门道，清楚了该靠近谁该踩谁该干什么不该干什么。但有一条必须记住：公开场合少说话，耳朵眼睛永远支着睁着，领导面前顺着。好累呀，铁柱说。其实他有自己的思想，对上头不满的地方多了，但不能说，他要迅速混上去，这是多少人升迁的策略——韬光养晦。否则就得壮志未酬身先去——调出，爱去哪儿去哪儿。

　　他最光彩的一章是那次苦肉计。那年突发急性胆囊炎做了手术，仍然身上吊着一只流满黑色胆汁的塑料袋来班上上半班，一个个找大头儿们轮流谈工作，谈自己的出书设想。那个病歪歪的样子感动了不少人。那次胆囊炎得的真是时候，帮了他大忙，千载难逢。出院不久就提了文史哲编辑室的副主任，副处，算入了北京城的官线。后来又赶上要出一套革命传统教育丛书要找中央首长题字，这类书没大人物题字谁肯订？教育就得有最传统的人题字才能教人育人。找来找去找不到大头儿，社领导急疯了，发动全社的社员去找门路，谁找到了可以算有突出贡献者提职定级时优先考虑。铁柱瞅准这肯节儿启用了久未联络的晓兰。她坐车送来五位老人的题字，个个儿人名金光耀眼。社领导夹道迎迓，晓兰并不睬他们只一味叫堂哥与柱子说笑。人们这才知柱子有这等背景。前几年铁柱默默无闻地白手起家的做法立即变成一条优秀品质：不倚仗权势，自力更生。这样的人才实属难得。现在，哪个不是见缝下蛆地找靠山？八杆子打不着的亲戚也能当大树靠，弄成亲上加亲。可铁柱却从不提这门大伯堂妹。这样的好青年竟在"向导"埋没着，着实令头儿们不安。头儿们猜测铁柱或许是老人家有意安插在基层锻炼的。再炼下去"向导"的名声就坏了。意识到这问题的严重性，大家马上整理铁柱的先进事迹（提着胆汁上阵的事当然算"披肝沥胆"了）上报主管部委，要求提拔他当副社长。没成想上头更重视这问题，一个批示下来调他进部里当处长，干了二年就升副司了，分工抓新闻出版。

　　混出个人样才去见老人家。老人家倒嗔怪为什么不早来家里坐坐？听说他才在一个不起眼儿的小司里当个副司长，老人家嘱他再打磨，什么时候有合适的重要岗位了让他动动。那个什么部什么司毕竟还是基层单位，干不出大出息。

　　铁柱难过，晓兰也为他鸣不平。机遇真太不平等了。不少人大学一毕业就进部委，干几年混个处级都可以对"向导"这样的局级发号施令。某某不过是一九八二年毕业的大学生，不知怎么从学校一毕业就当上省的团书记再往部里一调就专负责管"向导"这样的出版社。此人根本不懂出版，却可以对"向导"的老出版们指手划脚，弄得人人嘲笑他。晓兰一个同学就分配进了什么委当秘书，进了写作班子，那个班子就是局级，极能影响政策的制定。晓兰一说那个局级写手就撇嘴，说那个人十分平庸，就是机遇好，走了短平快的路子有了大靠山就发了，一晃成了精英，开始不可一世不知姓什么了。她说就凭铁柱的才华和笔杆子，如果机遇好，准比那几个精英同学混得强。老人家很看中他的才干，说不定什么时候再组什么班子时晓兰若推荐他去，老人家准喜欢。晓兰嘱咐他在下面好好干，注意影响，千万别有什么闪失，老人家一辈子铁面无私行得正，不能因为铁柱个人的闪失给老人家的声誉抹灰。

铁柱分工主管"向导"，但对张大壮之类的人仍然无能为力。他是很想让"向导"变一变，也算自己的一大政绩，可张大壮们坐着山头，他只能宏观控制，具体事一点儿也不能替人家做主，因此他只能等张大壮这班人马退休，才能从上到下彻底改革了"向导"。张大壮们早有对策，决不肯轻易退休的。据说国家有政策，有高级技术职称的退休年龄可放到六十五岁。于是大壮们就人人闹一个编审当，相当于正教授。其实他一本书也没编过，要这个衔儿就是为了延长五年在"向导"的领导地位。铁柱对此毫无办法。

听说季子要走，铁柱很动情地挽留，说等大壮们一退他就回来当社长，干实际事儿，放弃那个有职无权的破副司长。将来可以搞股份制什么的，把"向导"办成全国连锁公司。可季子却一味自私自利没眼光，对前途丧失信心，决不肯留下来。她说等"向导"变好了，她会义无反顾地马上杀回国来为之锦上添花。可现在她等不起，不想为一个未知数的出版社献身,生命太短暂了。铁柱颤抖着推开她,压低声音愤怒地说:"你们就考虑自己,出去,挣几块美元,都像你们这样不顺利就跑,中国还有什么希望!走吧,全走吧!我会干一番给你们看,我会成为中国出版界的骄傲的!"

季子留给他一幅画,题为《小鸟听不懂大树的歌》,是一幅写意画。他苦笑着接受了这幅画,把它压在办公桌的玻璃板下。"记住,我也是'移民楼'出身,我懂你的歌。别忘了,我比你不幸,因为我不能逃跑,我老了。但我也因此可能比你有前途,因为我是在做背水一战。我不指望晓兰的父亲把我弄进什么班子去,我没有背景,不过是个农家穷小子。大部分中国人命中注定是跑不出去的,跑不出去并不意味着就地挨宰。但跑出去的并不等于不被宰杀。天知道,我们都会有什么结局。"

如果说季子在上飞机以前还有什么牵挂,似乎就是这个铁柱了。似乎没有得到的永远是最好的。但季子绝不肯因此与他同舟共济。生命是个人的生命,似乎最终的价值还是在自我的完善上而不是对爱的奉献。正因此,她觉得自己走得义无反顾,相信在大洋彼岸会有新的爱在等待着自己。生命似乎因为有变幻的爱的体验而更加丰富,为她的艺术开辟着一个个新的境界,提供着新鲜的感受。季子相信,自己是个永远的情人,永远在追逐爱的诱惑。

此时此刻,季子似乎已生出一种飘然去国的感觉,澳大利亚这个神奇的岛国吸引着她的还有一个人,一个中国人。她一定要去找他,要走进他的世界,弄懂这个男人。季子知道,她每弄懂一个情人就会从此甩掉这个情人的影子,不再回首他。她怀疑自己是那种雌性虫子,与雄虫交配后就要吃掉雄虫。

那个阴郁的男人几乎与她交换了通奸的目光,在一群人中,只一个多小时，他们没有说上几句话，但他们分明占有了对方。季子无法拒绝他的目光，那是两束穿透力极强的目光。他听说季子要去澳大利亚，眼中几乎喷出火来。他把他在悉尼的地址电话详详细细写了下来给她，"后会有期！"然后扬长而去，那一晚他只和季子跳了一圈舞，跟别人几乎不说话。

那个春夜，季子在宿舍里艰苦卓绝地涂着她的新作《黑土地上的生灵》。春风吹拂着帘纱，几丝和着土腥气的春雨徐徐飘进来。季子的心一颤，浑身似猛烈地碎裂了一下又重新成形。每年春天的第一场雨都会这样震颤她。她无法平静地作画，一股狂躁在体内涌动。她忙点上烟倚在窗口上悠然吸着。窗外是沿长安街而建的高大屏障一样的居民高层楼，挡住了眺望长安街的视线，但长安街上的车马喧闹声却声声入耳，鼓噪着欲望。她真想推倒这一排高层建筑。一墙之隔，一墙之隔，似乎她的生命与世界之间也是一墙之隔，一堵永远冲不破的高墙。最无奈的是她知道墙外是什么。她跳下窗台，又操起画笔，重重地涂着那片黑土地，那是春天化雪后刚刚犁开的黑土，像一道道黑色的波浪翻滚着，有几片残雪还顶在田垄上像一个个白色的精灵。几个变了形的男人绷紧肌肉在扶着驴拉的犁，脸上裂开着狂烈的笑纹，黑黢黢的脸，只露着眼白和白牙。几个女人袒着半个雪白的胸脯给孩子喂奶，脸上同样撕裂着大笑，眼白和白牙。远山一片茵茵浅绿，似乎有一条仍然结冰的白亮亮的河绕着山脚。季子透过烟雾似乎看到了家乡的一幅图卷，好像那是萧红的《呼兰河传》里的景色，她一直让这幅景色躁动在自己心头无法自制，今天终于画了出来，一股能量得到了释放，不禁瘫软在沙发上。

门响了，进来的竟是吕峰。一年多前他辞职奔深圳做买卖，一看就知道发大了。油光可鉴的头发,金丝镜,名牌西装大履,浑身的派头。

看着季子的画,吕峰感叹:"还是在北京呀,随便钻进一座破楼里都能找到一个艺术家。"

季子冷笑:"少拿我们穷人开涮。你应该说为什么深圳没破楼但也没有艺术家,或者说为什么北京的艺术家住破楼里。"

吕峰说:"这很简单。上海人到北京是来当官的,当了官就什么都有了。广东人是来赚钱的,赚了钱就走。只有小地方土地方的才辛辛苦苦来北京搞什么文化,图个大环境。"

季子不高兴地说:"你才是小地方的,你们家那个巴掌大的白洋淀都快干了吧?我们哈尔滨可是东方巴黎啊。"

吕峰说着拉季子去胡义屋里聚聚。他和胡义曾住一屋,他一南下,胡义就迅雷不及掩耳地同小雷霸占了房子,不许再往里分人住。胡义曾说再有一年混不上房就毅然出国。吕峰腾出了屋子,他也不出国了,竟根深叶茂地扎下来了。季子打趣说北京文人艺术家就是那种叫"死不了儿"的贱花儿,皮实得很,有块土有点水就可以扎着不动窝,就能开花。而同样的人到了深圳首先要找漂亮的花盆——要向一流生活看齐,所以就忙于画广告画招贴画赚钱。钱赚足了灵感也完了,只能永远画画儿而已,永远也成不了艺术家。

说话间进了胡义家,一个很绅士的男子正与小雷说着德语在烤箱旁忙着烤猪排。胡义和单丽丽在做沙拉。吕峰给大家做介绍:李大明,京华大学的博士,留过德,现在澳大利亚做博士后。季子在和李大明握手的那一刻与他交换了目光,她相信那一瞬间他们相互属于对方了。这是一个真正的绅士,他给了季子前所未有的感受。她知道那一刻他也被她俘虏了。以至后来人们说了些什么她都记不大清了。恍恍惚惚听见吕峰在说大明是一大风流才子，竟在德国和一个意大利女人恋爱，后来那女人生下了他们的儿子。李大明的太太愤然跟他离了婚，把他从燕园的岳父家赶了出来。他连住的地方都没了，申请去澳大利亚做博士后了。吕峰戏称李大明是京城最迷人的单身汉，要他去电视台征婚什么的。李大明一直沉默寡言，似笑非笑着听吕峰打趣他。

　　大明请她跳舞，两束锐利的目光令她无法接应。他们似乎只说了几句什么不着边际的话。她问他回来休探亲假吗？他说他什么亲也不想探，要探也该去意大利，他儿子在那里。他说他不知怎么的，十分想家，想那个白洋淀畔无比庸俗的小城市，就上飞机回来了。可下了飞机却发现他根本不想回那个生他养他十八年的小城，不想见他的父母兄弟姐妹，不想去京大，不想见他的前妻，就直接飞到深圳去找他中学的老同学吕峰。而吕峰正在深圳呆得难受想北京想疯了，于是两个人就坐上飞机来北京了。他说这番话时毫无表情，像说别人的什么事，那种平淡的语调令季子吃惊。

　　"你儿子和他的意大利母亲好吗？"

　　"我从来没见过儿子，她只寄过一张照片来。她说永远不要再见。"季子看见他冷漠的脸上冷冷地淌下两滴泪来。

　　"你们不爱了吗？"

　　"我们从来没爱过，从来没有。他开始把我当成日本人，疯狂地爱我。我们一见钟情。哦，后来我告诉她我是中国人。懂吗？她看不起我了，因为我是中国人。"

　　"那么快就有了儿子？"

　　"不，我们在一起像牲口一样过了几个月。每次在一起我都感到她只把我当成一个伙伴，其实她是在寻开心，与一个中国的博士。她是文学教师，可以拿这个写一本小说，像杜拉斯的《情人》一样。但她从心里看不起我，只因为我是中国人。"几天后他给季子打来电话，说他要回悉尼了，反正是回来难过，回去也难过，好在悉尼大学实验室条件好，扎进去与世隔绝地做实验什么故乡不故乡的不去想心里就好受。他几乎不由分说地命令季子："到了悉尼找我！"就放了电话。天知道就这个派头三下五除二摄了季子的魂。她是最不待见粘乎乎的男人的。她感到跟他会有一场历险，她注定要在男人的灵与肉中探险，俘获一个吃掉一个。没有这个，就没了她的艺术。不知道这与母亲的遗传是否有关系。如果有，她只能感谢可怜的母亲。她很替母亲惋惜，她没有文化，她不懂这种交往的精神价值，因为她只凭本能活着。否则她的经历，可以写成一部撼人心旌的小说，可以写成一部史诗。而季子则把这当作她艺术的一部分，她的每一行诗，每一笔油彩都是这种经验的升华。

天蒙蒙亮了，似乎长安街上又渐起着一天忙碌的街声。季子凝视着淡青的天幕，愈来愈白，愈来愈亮，似有一抹红霞渐渐铺散开来。

季子沐在晨光晨风中，真像在越洋的飞机上飘忽着。她的下一站是澳大利亚，那里的晨光也是这样的吗？

## 第五章 "爱的奉献"

门晓刚又留他老婆在这屋里过夜，令冒守财怒火中烧，他听着柜子那边两个人的低语和窃笑，敢怒不敢言。人家是正式夫妻，在一起名正言顺。不过门晓刚总算是自觉的人，从来不在冒守财在屋时跟老婆过夫妻生活。

屋正中间用柜子隔了一道墙，算是只闻其声不见其人，"眼不见心不烦"吧。但一想到那边有个女人，冒守财就心里烦。那边只亮着微弱的台灯光，小两口在低声耳语着，不时发出极压抑的哧哧笑声，听得出很欢快开心。冒守财却独守半间房，不禁辗转反侧难以入眠。每看到人家两口子团圆，他就辛酸，甚至仇恨人家。现如今自己老婆又怀了孕，还一个人在大同受苦，户口迟迟进不了北京，天知道分娩时户口再进不了北京，这样两地分居下去日子怎么过。两人老家都在农村，那几年日子不好过时两家父母全向他们要钱贴补，害得他顿顿吃辣酱拌面条。现在农村富了，老家的人每次提着肉提着鸡蛋来看他们，又开始说风凉话，劝他干脆回农村去搞乡办企业，日子越过越红火，保准两年之内能盖起五间大瓦房来。说得他心酸眼酸的。已经走到这一步了,说什么也不能回农村去。再说了,虽然眼下穷,没房子,但他坚信日子会有希望的。只要混个一官半职,把老婆调北京来,有了房子一住,那下一代就是北京人了。自己发展好坏不去管它了,就算当个阶梯,为了下一代有个质变,能文文明明地在个开眼的地方成长就得了。那些留学生们在外国打工受苦招白眼,仍然坚持着死不回来,好些人其实根本不是为自己,就是为孩子,为能让孩子变成正儿八经的美国人而苦巴苦拽。人不就是这么一代一代接着茬儿跑接力才熬出来的么?要光为自个儿,他才不在北京混呢,回家算了。

一想到孩子,他就痛恨沙新和门晓刚。要不是这两个小个儿四川人合伙捣鬼,这间房就让他冒守财一个人独占了。怎么着跟社里说说好话,也能让老婆来北京生孩子,在这屋里坐月子吧?要是户口办得顺,老婆就可以不走了,在这屋安营扎寨,那样的话,冒守财三十岁在北京安家立业老婆孩子热炕头的美梦就成真了。

首先一大敌人是沙新。他和冒守财同一年分配来向导社,老婆又都在外地,等了几年才有一个家属进京名额。他们条件相同,给谁不给谁就有一争了。冒守财说他比沙新早结婚,名额当然是他冒某的。可沙新却打出一个料想不到的王牌,一下子把冒守财置于死地——这个进京名额是沙新那个文学室的吕峰奔深圳工作以后按"走一进一"的原则空出来的。沙新愣说按部门算,这名额该归他。按说沙新是在强词夺理,可小冒的理由也不充分。这样只能由社里来决定,看谁在领导眼里份量重了。来回拉锯,总也没有个结局。据说公安局有规定的,这类名额只空两年,超过两年不使用就作废。可沙新和小冒争个不休,社里又不想偏袒任何一方,眼看着这个名额就会打水漂儿。社里别人才不着急呢,作废就作废,又不关别人的利害,只说让沙新和小冒商量私了。

一个北京户口,三千、五千,怎么开价的都有。大街上常有人在电线杆子上贴告示:某某一人在京,家属在某地,因无法调进,愿放弃北京户口出走,谁若欲进京,可利用此名额与该人对调。这种"对调"往往是调进北京的一方向调出北京的一方私下交几千块钱才能对调成功。

小冒和沙新都想出点钱给对方私了。沙新常写文章发来发去,有点钱,开口就说给小冒最高价五千。一下子把小冒弄得自惭形秽。那会儿小冒正是紧衣缩食顿顿辣子面条的时候,人们发现每到五号发工资那天他才买点肥肉耗一瓶雪白的猪油存起来,每次吃面时挖一块拌面里。他本想出一千块给沙新的,一看沙新如此财大气粗,便气不打一处来。同在出版社,他小冒就写不出文章来,撑死写点二三百字的书讯,每篇稿费五块几。可沙新的文章满天飞,虽说都是中国字,可攒一块儿就让小冒看不明白。据说有人批评沙新了,说他的文章是玩大词儿,故作高雅,大多是西方资产阶级文艺理论的生译硬译等等。可不管怎么说,他沙新有名也有钱。小冒一气之下,抱定"有钱也难买鬼推磨"的横心,就是不吐口,来个同归于尽。气死你。也难怪,沙新这人恃才傲物,总一副臭清高的模样,俨然青年批评家,似乎中国独一份,那样子是招人恨。大概他以为五千块能让小冒马上退出竞争,没想到受了憋,人家小冒穷有穷志气,卖了孩子买笼屉,不蒸馒头就争一口气。一下子沙新傻了眼,问小冒出什么价儿,小冒说一千。呸!沙新急红了眼。"你成心耍我呀?瞧你个婊子养的样子!"

小冒反倒不生气,哈哈笑:"谁他妈也别想好!早看你不是个东西。看不起我们乡下人,现在想收买我了?门儿也没有。你这种人,就得遭遭憋。"沙新无奈。这边两个人争执不下时，有人不失时机地来坐收渔利。张副社长介绍来一个光彩照人的女编辑。此人是西安某出版社的，丈夫在北京一家研究所工作，一直无法争取到名额把老婆调进来，他自己又不想去西安。这女编辑头一天办了"借调"手续，第二天张大壮副社长就找沙新和小冒谈话，说如果他们不能私了，这名额就给那女人了。沙新一听就火冒三丈，大骂张大壮不是东西，就会耍流氓霸占女编辑，问这个女人跟了张大壮几夜？张大壮怒不可遏，说你沙新也不是什么好东西，别当我不知道。小冒知道他们是季秀珍的"同情兄"，到什么程度不清楚。看他们吵起来了，顿觉解气。听了一会儿，见他们光用"暗语"，又觉得没劲，就主动提出他愿意把名额让出给那女编辑，只要不给沙新，他愿意让。他一下子出卖了沙新，沙新气得几乎吐血，只好算了。一个名额就轻而易举让给张大壮去做人情了。

可是天有不测风云。张大壮用这名额讨了女编辑欢心，可那女编辑却死活办不成这户口。据说按什么规定，北京户口不能直接给一个外地人，除非是局级大干部因工作需要调京。一般人只能通过在京的配偶申请名额才能进京。女编辑手里攥着名额却办不成，于是张大壮做主，把这名额让给女编辑丈夫所在的研究所，由那个所去办。天知道那个所排着几十号等名额的人，那边人事处刁难她丈夫，就不同意给他办这手续，而是让她丈夫把名额给单位后照样排队等候，真是欺负死人不偿命，也不知道他怎么得罪了领导。几经折腾，女编辑的事终于没成，只好又把名额还回了社里。

眼看一年多过去了，年底名额就要作废。沙新和小冒仍然争执不下，谁也不让。但因小冒混得人头熟，又当上了总编室主任助理，上次又以实际行动讨得张副社长欢心，据个别领导透露，可能最终要偏向小冒。

于是小冒大着胆子让老婆怀了孕，保证年底调她进来，又能赶上分房，图个圆全。沙新也有耳闻，扬言要拼个你死我活，血战到底。所以，小冒的心又有点悬着。本想以主任助理的身份压沙新一头，可这个助理只是科长级别，但还不能算正式科长。沙新好歹有个中级职称，也是科级待遇。所以小冒要压过沙新，就只能混个副处才行。这可难坏了小冒，上哪儿找个副主任当呢？惟一的去处是团委，只要能当上团委书记，就是副处级待遇，可优先办户口。

但团委书记一职似乎早就内定是门晓刚的了。这个小四川，上大学念的是化学系，成绩平平，可活动能力强，又热心公共事业，混了个系团总支副书记当。毕了业分到出版社青年生活编辑室，让他编《计算机小入门》、《化学入门》之类的小儿科，很没意思，总觉得干这活儿不如当个官好，就干上了业余的团总支副书记，不出几天就折腾着要把原先没人管的团总支升格成团委。社领导正考虑着要不要加设这么个副处级职位，小门已经私印了团委书记的名片在外面拉起关系来。先是横向的，招呼有关出版社的团委一起组织舞会、象棋、桥牌比赛，一下子就拉了一批社领导加入这些活动，无形中扩大影响，诱使领导承认建立团委的必要性。纵向联系，则是"走出去"到中小学校里去当大队辅导员、团组织的辅导员，搞座谈会，搞讲用会，谈理想人生，这是他上大学时的本职工作。学校里常有表扬信来，客观上又加深了社领导的印象。

一开始小冒对小门不屑一顾，认为这种手段太卑鄙。可眼看着小门在领导眼里红了起来，那些老棋迷、老牌迷和老舞迷全上了小门的钩，小门鞍前马后服务到家，小冒就坐不住了。他决定玩几个更漂亮的活儿给领导看看。

机会终于来了。上次全国图书评议会从各社借人打下手，小冒义不容辞地挺身而出，里里外外前前后后勤勤恳恳兢兢业业忙了半个月，人瘦了一圈，但给与会领导很美好的印象。评议结束，他死活要秘书处的领导给他做个鉴定，人家就找一个小秘书按他的要求写了几句"有高度的政治觉悟、很强的组织能力"等评语，并按他要求加盖了某一部的大章。这下小冒露了大脸，鉴定一拍，把社领导都喜得合不上嘴。接着一家家串过去，把小门弄虚作假在外面打着团委书记旗号招摇撞骗的行为一一曝光，并出示小门的一张名片"有诗为证"。小门做梦也没想到这个没人看得起的闲差竟有人跟他暗中争夺。不出几天，领导们对小门就冷淡了，小门还不知是怎么回事。

紧接着是沙新的老婆怀孕，沙新想让小门搬小冒屋里住半年，让沙夫人艳丽来坐月子休产假。小门当然愿意帮老乡的忙，就来找小冒和同屋的小林商量。小林苦熬几年，盼到老婆单位马上要分房了，很快就要脱离苦海，当然乐意白送一个人情，就爽快地答应了。这意味着门小刚要来屋里加一个床，两个人的屋子住三个人。这还不是最让小冒讨厌，讨厌的是门晓刚一住下去就不会走，小冒想让自己老婆来坐月子的希望就会泡汤。所以冒守财坚决反对门晓刚进驻。为此沙新恨得直咬牙根儿。眼看老婆产期临近，却无法亲自伺候，真叫他难受。他当然也有自己的打算，就是把老婆接来占上房，弄成个既成事实，借此机会把户口弄到手。

冒守财因为也有同样想法，因此一眼就能看穿沙新的卑鄙伎俩，更要堵沙新的路了。一拖几天过去，沙新急红了眼，可冒守财坚决斗争到底，双方僵持不下。冒守财以为只要他顶住，沙新就会垮，信心十足要看沙新的苦戏。谁知道两个四川人和小林串通一气对付小冒，把小冒的计划打个稀烂。

那天小冒一回来，就发现门晓刚的东西搬了进来，人也大模大样地躺在小林的床上看书。原来是小门和小林互相调了床位，让小林搬去和沙新同住了。过几天小林的老婆单位一分房，小林就搬走，沙新就自然而然住一间。这个小小的阴谋令冒守财怒火万丈，狠狠地痛骂了门晓刚一顿。然后上告房管科，一告门晓刚和小林私下换房，二告沙新图谋在小林走后独自占房。房管科派人来制止，可是沙新早已连夜把大肚子老婆从济南接来稳稳当当过上了，连冰箱都买了，只等分娩。冒守财急忙暗示房管科的人：“若不把沙新老婆轰走，她就永远不会走了。”房管科的人也早就恨透了这种私自占房的恶劣行为，命令沙新把老婆送回去。

这下冒守财十分开心，激动地站在沙新门外听他怎么哀求和人家怎么驳斥他。那次沙新可真是掉够了价，一连串地说好话，递烟递水。他老婆张艳丽也一个劲儿让房管科的官吃山东特产高粱饴。房管科的人根本不予理睬，声称：“别拉拢腐蚀革命干部了，赶紧走人回济南生孩子去吧。”

软的不行，沙新开始耍亡命徒，大吼大叫，声称：“我就他妈不搬！看你们怎么办！”

房管科的人也火了，大叫：“不搬就给你丫东西扔出去！”

“试试，我他妈上天安门静坐去。”接着沙新历数浙义理等人私自占房的罪行，声称：“我们都是人，凭什么他们行我就不行？”

房管科的北京油子冷笑：“都是人？你能跟人家比吗？人家浙义理老婆是北京人，双方都是北京人才有资格分房子，你没资格分房都，你老婆哪儿的？哪儿凉快上哪儿去歇着，都往北京凑什么呀？”

有人能这样讽刺沙新还是头一回，小冒料想沙新会火冒三丈，大打出手。谁知他这次出奇的平静，咬定就是不搬，谁要敢轰他，他就带老婆上天安门广场住去，丢向导出版社的大脸。

这当口儿"移民楼"的不少人也都来替沙新说情了，一边劝沙新少说两句一边让房管干部消消气。这是唱白脸的。而胡义则来唱红脸，他趁机数落房管科的人不拿"移民楼"的人当人，厕所堵了没人修，电闸功率小没人换，没消火栓等等，并坚决支持沙新占房，还威胁说如果有人轰沙新的老婆走，他就和沙新一起上天安门，还要用英法德三种文字写上标语背在身上，让向导社丢大人，让社领导丢乌纱帽。滕柏菊则拉着张艳丽的手哭天抹泪，骂房管科的人没人味儿，眼看着人家大子肚子要生孩子了还硬要赶人家。

这下房管科的人坐不住了，立即抓耳挠腮苦笑说："这哪儿跟哪儿啊？本来×事儿没有哇。我又没赶她走，是你们楼上的人揭发，我才来的。这种烂事儿，一直是民不举官不究，对吧？哲义理、胡义五六儿的，私底下换房占房，我管了吗？还不是睁一只眼闭一只眼？这回有人举报沙新，我不来就是玩忽职守，我为你们解决问题来了吧，你们又穷嚷嚷，怎么都冲我来了？"

大家纷纷对冒守财怒目而视，心里明镜儿似的。

门晓刚起哄说："谁他妈这么损？站出来！"

胡义说风凉话："算了，知道是谁不就行了？"

大家全都一笑就完了。沙新的房子算占上了。结果是门晓刚不仅搬了进来，还明目张胆地买了双压缩机大冰箱，天天和老婆泡在宿舍里，鸡犬相闻地和冒守财在一个屋顶下过上了。门晓刚如此无耻，竟无人谴责他，因为大家都知道他帮了可怜的沙新一把，算个好心肠，这点过失就不去计较了。

可倒霉的是他冒守财。他回大同把这情形跟老婆讲了，甚至横下一条心动员老婆来北京，就在那半间屋里坐起月子来，只要孩子一哭一闹，就能把门晓刚两口子吓跑，房子不就自然归他冒某人了？老婆一听又羞又急，哭成了泪人，大骂冒守财没能耐，连间房都混不上还骗她怀孕，死活要去打胎。冒守财也哭天喊地地抱住老婆劝慰："忍忍吧，我想办法，一定想办法，先当上团委书记再说。"

一想到这些冒守财就默默流泪。主要是丢不起这份人。村里人都以为他进北京当官了，纷纷来北京找他落落脚，却发现他如此狼狈，弄得他脸上十分挂不住，只能加快速度把门晓刚挤下去，他才能露头角。门晓刚这样不检点，被他狠狠告了一状。那次门晓刚的小姨子来北京玩，竟然和门晓刚夫妇一起睡在那半边，天知道多么孰不可忍。小冒就告了保卫科，说门晓刚和两个女人睡。果然保卫科半夜来敲门了，查了他小姨子的证件，弄得他们不欢而散。可从此门晓刚的坏名声算洗不掉了，当团委书记的美梦彻底破灭。

"轰"，门晓刚的冰箱又启动了。这种杂牌冰箱，启动声音极大，惊天动地，又是双压缩机，一个接一个此起彼伏启动，一夜教人不得安宁。小门的老婆睡觉很不老实，经常大半夜惊叫起来，声音很恐怖。小门就要起来安抚她，下地倒开水，开冰箱取冷饮，折腾个没完没了。然后老婆失眠，又要小门陪她说悄悄话，嘀嘀咕咕大半天，他们睡着了，冒守财又失眠了。小冒几次三番地找房管科要求他们来轰门晓刚的老婆，先是没人理睬，找烦了，房管科的人就拿他开涮："算了，就凑合着活吧。瞧你们那一楼人，懒得管你们，哪儿有个人样儿？"

受了这顿数落，小冒心里老大不快。他知道这楼人不招人待见，自己应该努力，赶紧脱离这个楼才行。可他简直不知道什么时候才能脱离这个地方。社里一次次分房，人家两间扩大成三间，三间扩大成四间，总也没有"移民们"的份儿。但因为"移民楼"里住着一批单身汉，别人搬家时总也难以忘怀这批人，一到有搬家的差事，这些身强力壮的外来户就全成了座上宾，纷纷被请去卖块儿。往往乔迁的都是头头脑脑或混了半辈子的老编辑，叫你去是看得起你，不被叫说明你在头儿眼里没地位，你就该考虑考虑反省反省了。所以一说搬家，"移民们"心里就又紧张又厌烦。紧张的是，不被点名说明你不入头儿的眼；厌烦的是，一被点上就得折腾个两三天。小冒属于那种个头虽不高不壮但有一身干巴劲儿的人，又是公认的官迷，这样从精神到肉体都有潜能的人当然是首当其冲的入选者。回回排名第一，教他又喜又哀。卖了这几年的块儿，快成向导社的搬家专业户了，还主任助理着，那个副处级还在山穷水复中朦胧着。

老进不了副处级，在北京这个官儿城里就等于还窝着舒不开腿，因此也有了情绪。每次临搬家前小冒干脆不等点名自己先主动出击选中他认为最有档次的，从最大的官那排起。这样再有人找他他就亮个大牌子挡他一盾。他油了，可"移民楼"里别的人就差池点，光等着被动点名，弄不好只是哪个有职称无实权的业务干部，又穷兮兮模样，搬趟家累个贼死，才请一顿烙饼夹猪头肉。说是等安顿下来了请一顿正式的，这类话大多都空口白牙放屁一样。这楼上的小青年恨透了这种人，搬家回来就一个个躺床上大骂一小时出出气，随后哥儿几个凑钱买酒买肉好好大吃一顿自己慰劳自己。

那次给社里有名的抠巴社长搬家，大家怨声载道，但没一个敢请假。这位副社长先是自己从两间一套搬入三间一套，一针一线都是宝贝，样样不扔，全盘挪动。天啊，光腌酸菜的缸就两个大的三个小的，结结实实装满了酸菜。那圆滚滚的大缸连个抠手儿都没有，全靠哥儿几个托底儿抬着。有人提出把菜掏出来分运，可打开两层盖子，一股冲天臭气以核裂变的方式轰炸出来，几乎让人窒息三分钟。祖传的旧衣柜和三米长的大板柜，全都油得红赤鲜鲜，用纯木头做成，死沉死沉。弟兄们喊着号子震天动地地往楼上一步一挪一步一歇气，他那十九岁的大儿子和十八岁的女儿却当没事人一样。儿子在师院上大一，女儿上高中，搬家这天一早就不知哪儿去了，说是去资料室温习功课了，中午回来一趟，吃了烙饼夹猪头肉，连说像狗食真难吃，吃完又夹着书走了。真把大家气炸了肺，回来就骂上了。

"他才他妈上个北师院，哥们儿可都是重点大学毕业，凭什么这么混账？"

"搬那个大沉缝纫机时我手都软了，真想扔了它。"

"要不是怕砸着弟兄们，我非松手不可，那个大衣柜是石头做的吧？"

大家是随便说说，可冒守财却听出了门道。为什么不出点小事故，毁它点东西？这在搬家来说是正常现象啊，于是心生一计。但他决不挂在嘴上。

一晃三年过去，社长的儿子都大学毕业了，社里又买了一批房子分了，社长是局级干部，可以达标住四间一套。但他儿子要结婚，又不愿跟父母住一起。社长决定改变格局，要两个两间一套，既达了标，又全住上了新房子。"移民们"的任务是帮他们父子搬家。

上午给老子搬清了，下午搬儿子的新式家具，是那种罗马尼亚进口的大组合柜，据说是中国给罗马尼亚大批猪肉，罗方用家具换。儿子屋里贴了壁纸，浴室全铺了瓷砖，厨房也是瓷砖到顶，一看就很气派。大多数人家为了省钱，一般贴瓷砖只贴到一人高的位置，上半截只刷白灰。那儿子依然少爷样儿，只动手指挥着放哪儿放哪儿，随手提个椅子而已，卖大块儿的是"移民们"。小冒看着这华美的屋子和弱不禁风的少爷，心里酸溜溜的，心想自己四十岁能不能住上这样的房子？他娘的，从外地来就这么下贱低人三等么？心想一定要把那套什么罗马尼亚家具给他弄坏了才甘心。于是在搬那件带穿衣镜的衣橱时，小冒自告奋勇担重担，上楼时他站下首当"抬"的，让别人站上首只管扶住把把方向。搬家时谁也不愿站下首，一上楼梯那物件的全部重量几乎全落在下首人的手上，只有忠心耿耿的人才去挑这大梁，这往往是领导考验你的危急关头。门晓刚这种人既想当官又不想卖苦力，就整天挥着一张什么"转氨酶单项偏高"的化验单到处讲自己身体虚弱要得肝炎了。这样的人当然是名正言顺不参加献血，也干不了重体力活儿的。所以一到领导搬家他就只拣些轻活儿干，当然搬柜子时他要站上首。胡义这种人也滑得很，号称是六〇年"生下来就挨饿"，底子薄，不管抬什么东西，人家"一二三起"，他那一角就是起不来，没劲儿。这种"六〇年"，当然也只能站上首。只有小冒这种"有欲则不刚"的人才必须理所应当充当急先锋。小冒也利用这一点，又在人们嘲讽的目光下毅然决然去了下首。大家半死不活地往六楼抬着大柜子，人人偷懒，小冒这一角的份量就更重了。小冒可以感觉出这些坏小子们在挤眉弄眼地合伙谋害他，依然顶天立地地扛着。就在抬到五楼转角处时，小冒趁大家偷懒不用劲的当口猛然用肩膀一拱大柜子，那几个懒蛋顿时失去平衡，闪亮的大玻璃扇"哗"撞在楼梯扶手的拐角上碎成万粒"珠玑"，"疑是银河落九天"，十分壮观。

这种事无法追究责任，一齐六个人在抬，干了大半天没劲儿了，手软了，没配合好，忘了喊号子，全是理由。大家庄严肃穆地垂手站在屋里不语，社长的大公子和未婚妻破笑为涕，认为这是天大的不吉利。社长老伴抚摸着受了伤的柜子欲哭无泪地寄托哀思。倒是社长开通，看着这些一脸黑汗的年轻人不忍责备，只说"破财免灾"，算完事。

从此以后这类破财免灾的事经常发生。齐副总编搬家时人们手一软冰箱掉地上震了一下，当时没事，可第二天就开始变成了加温箱。夫人打开冰箱拿鱼时，鱼已经烤得半熟了。已荣升的霍副司长家的大钢琴不知怎么给搬得全走了音，女儿怎么弹也弹不准平时极熟练的曲子，被老婆认为是孩子不用心，连打带骂一个晚上不安生。女儿被罚弹不好不许睡觉，一直到半夜十二点仍弹不准。霍夫人一巴掌打过去骂女儿："生在福中不知福，我养你容易吗？"并大哭，诉说自己这辈子多么艰难，为了这个家牺牲了自己的事业，女儿却这样不争气，五千块的钢琴竟然不好好弹。霍司长刚劝她两句，她又大骂霍司长："你就知道工作，女儿的事问都不问。她快气死我了，真没出息，要不是我，能有你们今天？你们合伙儿气我呀。"骂够了，女儿也趴在琴上睡了。这才罢休。后来女儿说她在学校的琴上一弹就对，一回来就弹不对。霍夫人恢复了理智，才想起钢琴可能出了毛病，请了师傅来检查，说是全震跑了音。结果光调琴就花了三百块钱。后来师傅说搬钢琴不能倾斜，这才想起是这群年轻编辑给乱搬坏了。

再以后，人们搬家时就不敢再用猪头肉大饼请"移民楼"的工了，干脆花两百块请搬家公司的人，保证不出差错，还不用请吃请喝。冒守财终于解放了。但没人想到是冒守财使的坏，这样的好人怎么会使坏？挨个儿数使坏的人，冒守财肯定会排最后一名。这世道，就是叫你知人知面不知心，大奸正是大忠者。

那边不知又在犯什么神经病，叽叽咕咕说个没完、似乎有点小争执，接着听见门晓刚跑了出去又跑进来，再接下来就是一阵绵延不断的流水与什么铁制品的撞击声。冒守财终于听懂这是在干什么了，实在忍无可忍。猛地拍一下床，憋足力气大喝一声："小门，你他妈别欺人太甚！这屋不是猪圈，也不是妓院。你过来。"

"都睡了，明天再说吧。"小门懒洋洋地说。

冒守财终于火从天降，报定了必死的决心要与小门决一公母。他果断地拉开通明的大灯，说："要不你过来，要不来，我可就过去了，别怪我不客气。"说着一阵咯吱床，然后下地趿拉起拖鞋。

那边门晓刚一连串说着："我过去过去过去。"随后小门拉灭了大灯，撩开小冒这边的帘子，嬉皮笑脸地说："冒兄，别发火呀，有话好说么。"

"说什么？"冒守财铁青着脸，死盯着门晓刚，"告诉你，别太猖獗了。骑着脖子拉屎还要让人吃了呀？光天化日之下，竟敢让你女人在屋里撒尿。什么东西。少废话，以后凡是我在时，不许你老婆睡这儿！"

"别这么不仁不义的，都是穷弟兄，互相照顾点。你老婆要来住，就住这半边好了，我决不干涉。"

"亏你说得出口哟。这算什么？你也不是不知道，谢美和她老公这么睡，单丽丽告了他们，让胡义和义理联合轰走了。够丢人的吧？"

门晓刚鼻子里哼一声说："这楼上的人都同情我，没人轰我老婆，除了你。你不是告房管科了吗？房管科也没轰我来呀。"

"你别不要脸，你影响我睡觉了。反正以后再这样，我就一宿不睡，放山西梆子听。"说着打开录音机，高亢昂扬的上党梆子昏天黑地鼓舞起来，小冒闭上眼睛无限沉醉地跟着哼起来。

门晓刚无奈，只能赔笑脸说："就帮兄弟一把吧，老婆那儿也是集体宿舍，又都这个岁数了，一地还要分居，太难过了。"

"可你总得考虑别人吧？又不是不让你们睡，是你们欺人太甚了。你这人我早看出来了，不是什么好东西。自己干这种脏事儿，还在外头讽刺我，愣说我家住土窑洞，炕上拉炕上尿，你他妈什么东西。"

门晓刚也不还嘴，只能干听着，赔笑脸。

冒守财接着出气。"刚一来出版社，在校对科实习那会儿我就看你不实在，真没看错你。"

"哪辈子的事了？我怎么你了？"

"还有脸说，你好好想想你干了什么吧。"

"我怎么了？"

"我他妈天天起大早儿去把里外拖个干干净净，你小子偷懒不起早，等我都干完了，大家都来上班了，你一个人拿我冲好的墩布又去重新冲一遍，然后拿着湿墩布在楼里跟别人说话。让大伙儿都以为是你天天在拖地。你什么操的。"

一席话说得门晓刚羞红了脸。他的确干过这种事。说来也好笑，上了四年大学，一到出版社踏入社会，他们却一个比一个孩子气。为了讨好校对科科长落个好评语以便分到一个较好的编辑室，那会儿三个月实习期内，一个比一个模范。小门和小冒比着劲儿早起床赶去拖地板。最后小门实在比不过小冒了，因为小冒竟能天天六点起来。小门觉得那样太辛苦了，就来个滑招儿，窃取了胜利果实。后来这种伎俩被小冒告了科长，评语中加了一条"对同志缺乏诚实之情"，差点被退回原大学重新分配。若不是因为他活动能力强，积极帮助社里开展文体活动博得社领导喜欢，还真会被退回去。现在小冒重提旧事，门晓刚恼羞成怒，说："我就知道，那会儿起你就盯上我了。现在又抢我的书记当。行了，你那点土手腕，臭名昭著。老子不当那个鸟书记照样活，反正我不需要调老婆进北京。我老婆有本事，自己分北京来的，不靠社里怜悯。哪儿找不到个老婆？非上外地找。"

"我操你妈，找死啊，再说，我真要动手揍你了，别欺负老实人。"

门晓刚见小冒真火了，见好就收，要退。

"别走，"小冒喝住他，"你老婆还来不来？"

门晓刚终于面带难色软叽叽地说："我老婆怀孕了。我总得照顾她呀。正吐着呢。"

小冒毕竟不是黑心肠，一听小门口气软了，老婆肚子又大了，也就不说什么了。直愣愣地发了会儿呆，双手抱头痛哭出声："我老婆都五个月了，谁管她呀？！"呜呜地哭。

小门的老婆也披了衣服过来，两口子一起劝小冒，说，不行就接来住这半间里，谁不知道谁？什么脸不脸的，都是明媒正娶的女人，怕什么？

小冒痛苦地说："别看我们是农村人，可没你们城里人这么解放。她不来。"

小门想想说："没关系。等你老婆生孩子时，沙新老婆的产假就满了。她一走，我们搬过去住，先让你老婆来这屋生。等你老婆假满了走了，我们搬回来，让我老婆在这屋生，你搬沙新那边去跟他凑合凑合。听说明年又要分房子，早晚咱们有出头之日。头儿们都达完了标，就该咱们了。再说您当了团委书记，老婆户口一进京，理所当然会分你房子。你乔迁了，这间不就归我了？皆大欢喜嘛。"

冒守财没想到这么快化干戈为玉帛，心里有点感动，也就不轰小门两口子了，挥挥手说去吧睡去吧，唉。

门晓刚一时良心自我发现，赶忙从冰箱里拿出冰镇西瓜切了送过来两块叫小冒趁凉吃了。随后又伺候老婆吃西瓜，折腾到大半夜才熄灯睡下。

那边传来两个人此起彼伏的轻声呼噜，人家没事人儿似的又睡了，可冒守财这个胜利者却死活睡不着。这屋里有个女人就是让人睡不踏实，倒不是他有什么想法儿，主要是看着人家团团圆圆在一起自己心里疙疙瘩瘩。是啊，比起门晓刚来，他冒守财是又差了一等。虽说门晓刚和老婆憋憋屈屈这样睡半间，可他老婆没户口之忧，反正早晚会有房子住。小冒就不同了，他老婆仍孤身一人大着肚子在大同，户口进不来，让人觉着活得极不正式似的。混到这个关键时刻，费了几年的心血，遭白眼，卖傻块儿，装老实，不就图个早点有个家，正正式式地和北京别的人一样活？一晃快三十的人了，还这么名不正言不顺，实在心里堵得慌。有时上附近的那家山西面馆坐坐，吃一碗刀削面，浇上香喷喷的臊子卤，听听老板说家乡话，一坐就不想动窝儿，真想操起家乡话跟他们吹吹牛。可一想到自己这步田地，也就罢了。说什么呢？要真是自己混了个什么七品八品官，也算这半辈子有了个结局，见了老乡叙叙旧，虽不是衣锦还乡也好歹有那么点意思。现在这境况，只能算窝囊废一个，有什么脸见老乡？算了，慢慢咂那碗面的香味儿，支棱着耳朵干听乡音吧，就当自己无根无源。

小冒很责备自己，混到这份上，全怨自己没本事，有心无胆，有勇无谋，总之傻老实。

自从第一次让那个女的给骗了，他就丢尽了大脸，栽了，不管他怎么卖力表现，领导对他仍旧三心二意，不肯委以重任。那小娘们儿，实在是恶毒，活活儿涮了老实的小冒一回。

那还是冒守财初来北京的时候，正是风华正茂，意气风发，很有李自成的大军攻占北京后之感觉。进了向导出版社这样的部属大社，甭管在哪个部门，对外就说是"向导"的，总能蒙一些人，尤其是令一些小女孩心驰神往。冒守财也想因地制宜就地取材在新来的女学生中找个对象，就三下五除二把当年在大学时若即若离的对象彻底冷淡了，借口自己这两年要在"向导"干一番大事业，先不谈恋爱。那女人就是现在的老婆，毕业时分在大同当中学老师。冒守财不出几天就发现，新分配来的这几个女编辑早就有主儿了，不是在大学时交了几年的，就是一来马上被人看了档案给预订了的，预订者大都是出版社老社员们的三亲六戚，家境优越，人财两全，哪个看得上他冒守财？校对科、材料科的那些没学历的小姑娘眼光可不低，都待价而沽，至少要嫁个有模有样有才能有前途的外地大学生，绝不肯拉他这样的去倒插门，最怕的是他家那个"无底洞"。小冒十分恼火，没想到北京姑娘这么势利眼，恨不得再来几个一九六〇年天灾人祸，让城里人全吃糠咽菜，他们就该上赶着把女儿嫁农村人了。再说了，小冒自以为自己是大学生，前途无量，真叫他同打杂女工或女秘书女校对员的谈恋爱他还要想想再说。

吃不成窝边草的小冒开始向社会出击，就不信这么大的北京找不上个称心的姑娘。那几年正流行女孩子爱书生，特别是爱什么"学英语的小伙子"。小冒就捧起了英文书，天天早晨上林荫道上去念英语，心猿意马地念着，眼睛却四下里滴溜溜转寻找猎物。念了几个星期，还是《灵格风》第一课，第一句是"Good morning"。恰巧被晨跑的胡义发现，就回来在楼里传成佳话，尤其是胡义学他眼睛假看书其实是翻着眼皮四下扫射女人的样子，被广为流传。不知不觉中，小冒有了外号叫"学英语的小伙子"和"古德猫宁"。为此冒守财恨透了胡义，但恶事传千里，名声是挽救不回来了，索性"古德猫宁"到底，非寻个好姑娘给他们看不可。

这样晨读一个月居然无效，最后"古德猫宁"不念了，干脆拿一本原文书随便翻开，口中念念有词地似念非念(眼珠子却不停地四下打转)，这样就更显得学问大。偏偏又让胡义撞上，少不了几句调侃打趣。可这次胡义对他格外友好，说可以帮他读英语，给他听《灵格风》磁带什么的，说那才是正宗英国音。小冒一直对胡义这种人敬而远之，生怕他又来取笑人。可胡义这次真的很热情，他说小冒若真想念英语，就不能这样自己傻念，应该听英国人的录音。说着纠正小冒的发音，顺便嘲笑小冒原先的英语老师把人教坏了，教得人一口中国味甚至山西味英语。胡义毕竟科班出身，几下指点就让小冒的心里亮堂。他甚至断定小冒的大学英语老师是那种"文革"前俄语专业教师，"文革"后没人学俄语了就改行教英语的。小冒十分惊讶，胡义怎么这么内行？胡义满不在乎，说我什么不懂？随后就借给他磁带听，亲自指导他纠正发音，真让小冒的英语大有了长进。楼里人都奇怪，胡义和小冒这两种完全不同的人怎么能跑一条道上去。冒守财只顾学英语，也不去多想。胡义只说是听他那口山西味英语难受，又勤奋好学，帮他一把。谁知由此生出一段罗曼史来。

那天冒守财去还胡义磁带，胡义屋里正有个女学生模样的人，胡义就介绍他们认识，说是他的表妹。那女孩子大大方方跟他握了手，还叫他冒老师。胡义说："这是我们楼上惟一的一个官儿，主任助理呢。"

女学生就眼睛发亮，左一个冒老师右一个冒老师叫得他直犯晕。胡义说他表妹是历史系的研究生，也很喜欢英语。要学好外语就得有个搭档，英文叫派儿，相互写写信，对对话，才有长进。紫竹院那边有个"英语角"，他们不妨星期天结伴去"英语角"，表妹胆小，就拜托小冒保护她。

冒守财便晕晕乎乎风雨无阻地陪那个表妹去"英语角"，两个人拙嘴笨舌地开始用英语对话，也参加别人的讨论。那里有几个男学生最爱围着表妹转，英语又好，很快就把冒守财冷落一边了。几个男孩子要约表妹去吃饭，说是去附近的"老莫"吃俄式大餐，奶油烩杂拌儿，莫斯科烤鱼等等。但表妹不去，他们就围上她拉拉扯扯。表妹大喊小冒过来，向他们介绍"这是我的boyfriend(男朋友)，向导出版社的记者。"那几个人一看他们，就说"鲜花插在牛粪上"，起着哄走了。冒守财红着脸说下次不来了。表妹哭天抹泪，说他没骑士风度，连个女人都保护不了，太废物，忸怩着扔给他一块白手帕，跺着脚说了一句："你真不懂人家的心。"

从此两个人就形影不离了。小冒不敢相信这个扬州姑娘怎么会那样多情，会爱上他。她还在小冒面前贬她表哥胡义，说他这辈子也当不上个官。翻译几本破小说又能怎么样？一个男人的价值不是有几车才，而是当几品官。说得小冒心里十分熨贴。

那天在小冒宿舍里，她终于让他抱住自己并闭上眼睛做出那种电影上的预备姿势。冒守财那一刻激动得半死不活，抱住她竟抖得不能自持，两腿先自软得没了骨头，扑通一下滑跪在了地上。这时胡义推门进来，看到了这一幕，怒不可遏地冲上前来拉开表妹，怒斥冒守财癞蛤蟆想吃天鹅肉，竟敢这样无礼。冒守财至今也忘不了胡义这个自称学贯中西的人竟然会说出那样难听的话来。他平时总自称中国话都快忘了，以示自己英语好得像英国人,动辄是说自己"Very English";还说自己是扬州人,又学了英文,结果中国普通话讲得毫无色彩,只会书面语,是什么"neutral language"(中立语言)。天知道他用南方味的北京话骂起小冒来竟然荤素齐全,一句书面语也没了,让小冒镂骨铭心。

"你也不撒泡尿照照自己,啊,粪坑里的瓜子,还当自己是个仁(人)呢。大土鳖,还艳福不浅,想霸占扬州姑娘。知道扬州是什么地方吗?你先给我上瘦西湖里当回青蛙再说。"胡义几乎气疯了的样子,当场痛骂表妹,说她"没见过男人,连这样的二赖子也让上身,你让我怎么跟舅舅交待。丢尽扬州人的脸了。"

冒守财第一次遇上这场面,竟慌得连自己的权力都不会捍卫,只顾红着脸任胡义挖苦,倒像自己偷了人似的。过后他曾拍着胸脯对人讲:"这关他胡义什么事,他又不是她爹!我是不跟他一般见识,也是为了委曲求全,否则我早绰家伙打他了。他不就是个臭扬州人吗?凭什么损我?我又没抱他妈!"

倒是胡义的表妹大义凛然,一把推开胡义,愤怒地反驳他:"表哥你凭什么干涉我自由恋爱?我爸爸也没让你管我这事。你凭什么看不起小冒?人家是主任助理,你是什么?你要再这样我就不认你这个表哥了。"一席话说得冒守财一脸放光,他这个八品芝麻官还是第一次让人堂堂正正地提起去压别人一头,心中十分得意,干脆大大方方招呼胡义落座,又要沏茶。

胡义仍旧一脸铁青,像他老婆偷了汉一样悲痛欲绝苦口婆心地做表妹的工作,要她离开冒守财。表妹毅然决然打开门请胡义出去。这一举动实在令小冒感动,他发誓一辈子对她好。

胡义从此就恨上了冒守财,几乎是不失时机不择手段地挖苦他同时嘲讽现在的女学生势利眼,不开眼,把个破主任助理都当成了了不起的官。尤其听说冒守财向人事处要求把这女孩分配留京,胡义更是千方百计去人事处讲坏话,坚决反对他表妹来向导社,目的就是要拆散他们的好姻缘。他发誓就是把表妹分到山沟里去也不能让她嫁给冒守财这个无赖。胡义如此挖苦小冒,很让人事处的人不满。他一贯恃才傲物,对人爱搭不理,经常貌似清高地说点风凉话嘲笑这个领导讽刺那个同志,已经成了人们眼中的格格不入者。现在他又公开挖苦一个农村来的干部,要拆散人家辛辛苦苦建立起来的好姻缘,这种做法激起了人们的反感,促使人事处同志下决心帮助小冒。而小冒此时更可怜,天天泡人事处,苦苦哀求把他的未婚妻(不知什么时候升级为未婚妻的)分配来"向导",经常说得眼泪汪汪。人事处的老大姐们左右权衡,还是无法要这女孩进来,因为社里明文规定从这年起,夫妻不能在同一出版社工作。但为了帮助小冒,就写了信给女孩学校,证明她的未婚夫冒守财是本社主任助理,希望学校把女方分配在京,以防婚后两地分居给双方的事业带来不良影响。最善良的那位副处长张阿姨(小冒一口一个张阿姨叫她)还拖着病腿为小冒奔波,说服《向导日报》增加一个学生分配名额要这女孩去史地版做编辑记者。一切都办妥了,只是没有任何法律依据说明冒守财是这女孩的未婚夫,学校仍无法照顾她。这几年留京的名额越来越少,学自然科学的学生机会相对多一些,因为有科研项目需要人去干,而青年科学家们这几年又大量跑出国了,需要不断补充力量。而像什么历史之类一分钱不赚却只会花财政补贴的可有可无专业就几乎不要补充力量,有几个伏枥老骥赔钱货们顶着摊儿就行了。最终能留京的大部分是照顾夫妻关系,不论学业成就如何。那女孩如果没和小冒正式结婚,学校是不同意照顾她留京的,有单位接收也不行。还有不少人正式嫁给了有在京户口的人却找不到接收单位，一直分不出去，一泡就是一年，仍住在学生宿舍里，照样拿着助学金闲着，学校成了收容所。

在这关键时刻，女孩却十分平静，落落大方地开了结婚证明来找小冒结婚，又被胡义百般破坏。胡义甚至破口大骂表妹"贱骨头"，为了一个北京户口竟委身于这样一个赖几几的男人。他还不辞辛苦跑学校去揭发表妹动机不纯，是为留北京才嫁一个土山西人的。如此粗暴的语言遭到学校领导严厉批评。那位学生处的女处长是杭州人，现身说法，说她的丈夫就是山东人，革命到北京来的，当了副院长，很有开拓精神。"人，不能光看他的出身，要看他有没有才。江浙人就是老看不起北方人，这种旧的传统观念早该给决裂掉才对。再说了，你们扬州算什么江浙人。在我们杭州人眼里不过是江北人，跟北方人差不多土，你凭什么看不起北方人？你表妹恋爱自由，我们怎么好干涉？"出版社人事处的人更是与胡义对着干，他越看不起小冒，人们就越要帮小冒，故意给胡义难堪。

冒守财就这样"哀兵必胜"，与胡义的表妹扯了结婚证，帮她留在了北京，还进了《向导日报》史地版当了记者。这一连串的胜利给了胡义重大的打击。胡义眼看着表妹和冒守财出双入对，愤愤然溢于言表，几乎天天神经质地和人讲小冒手段卑鄙，表妹不可救药。他和小雷断然决定不认这门亲戚，理都不理这个表妹和妹夫。冒守财则出出进进春风满面，为报复胡义，也背地里说几句出出气："人民大众开心之日，就是反革命分子难受之时。"同时一天三趟房管科，要求婚房，声称国庆节办喜事。最让人头疼的是他这个五音不全的嗓子，居然在这几天不住地哼着一首名歌："凡是敌人反对的，我们就要拥

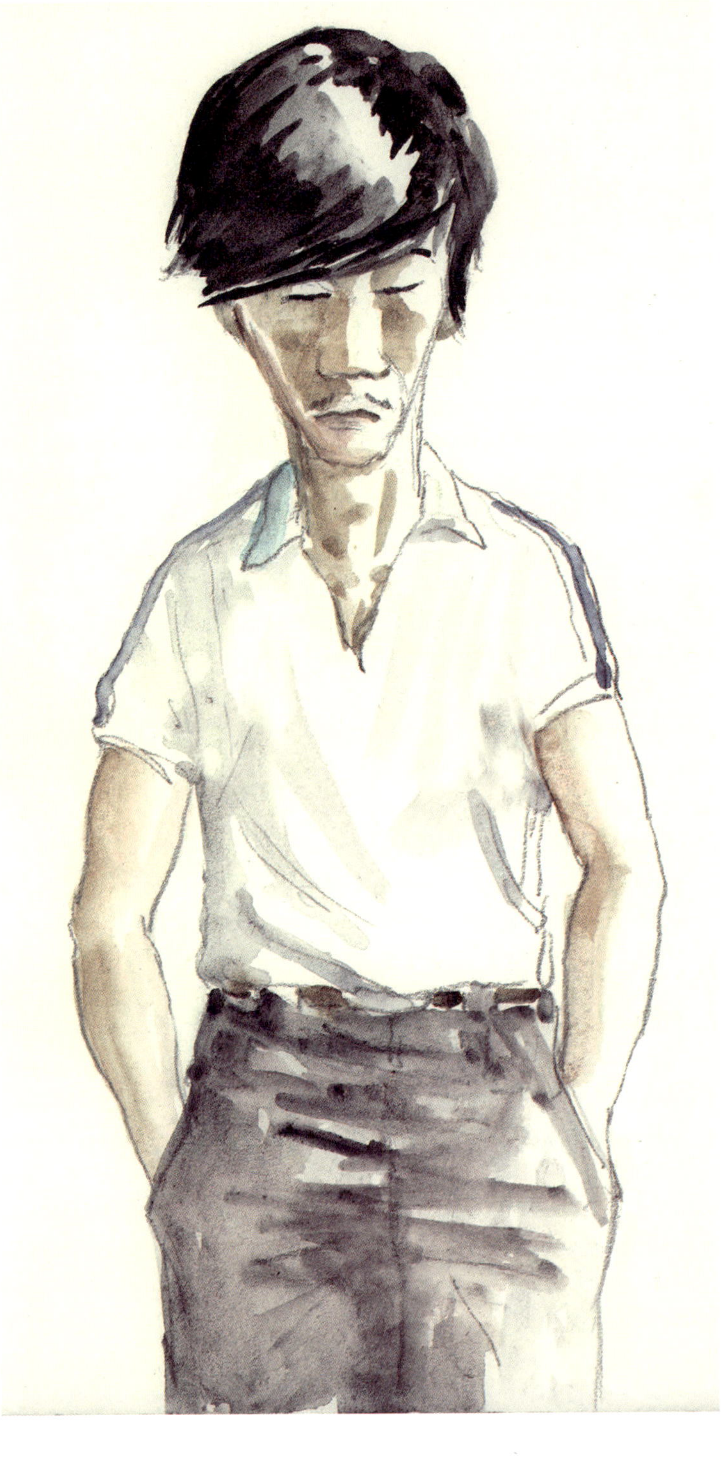

护；凡是敌人拥护的，我们就要反对。"一遍一遍地唱，在大厨房里唱，在厕所里也唱，唱得人头皮发麻。本来人们就烦他，再看他如此这般得意忘形，大家就开始嘲笑他猪八戒娶媳妇了。

这场闹剧让"移民楼"的人有了茶余饭后的话题，确切地说有了"厨房话题"，因为这个楼上的人主要是在厨房交流信息的。胡义一贯清高自傲，这回赔了表妹，很让人们开心。可冒守财这摊牛屎上插了这么一朵鲜花也让他们瞧着不舒服，大家就开始见什么人说什么话。尤其是那个"天下第一俗女人"滕柏菊，大事不干，成天婆婆妈妈嚼舌头。她几乎每天第一个进厨房，最后一个离开厨房，快成厨房里久经烟熏火燎的熏肉了。除了在厨房，没人敢靠近她，因为她总是一身油烟味。也不知道她整天在厨房里干什么，反正她从早到晚永远占用两个燃烧最旺的火眼，一个上面放着一只大蒸锅，一个上面坐着一个大砂锅，把火开得小小的，保证二十四小时有热水用，保证随时有骨头汤喝，反正一个月十块钱全包干。那只大热水锅渐渐成了公用的，谁临时需要热水了她就会主动让人家去锅里舀些；那只砂锅只是炖着些十天二十天换一次的各种骨头，随时往里加白萝卜、白菜或粉条，捞出菜来，骨头仍用文火炖着，所以这个火眼也可以随时转让给别人用。做晚饭时火眼占满了，她看谁顺眼就让谁上去炒个菜，顺便站在人家旁边拉家常。两个水龙头她永远占一个，盆里永远有洗不完的小人大人衣服脏瓶子油家什。谁急用，她就态度良好地让给人家，顺便站一边同人家聊几句着三不着四的闲篇儿。这种女人虽受四年教育却本性未改，固然招人不待见，可她嘴里琐碎新闻花边消息多，谁也无法抗拒小道消息的魅力；她知道哪儿卖什么哪儿东西便宜，这楼上的人都是一个大子儿磨亮了才花的人，当然想听她的购物指南。她就这样团结了一批厨房朋友。

冒守财的艳遇当然是她最兴奋的话题。她当冒守财的面一通儿赞美，说小冒官运亨通，艳福也深，刚当了主任助理就划拉上了个南方美女，真把人活羡慕死，并很统一战线地说，胡义不过是扬州平民出身，凭什么看不起咱农村人，咱就是要找城里大姑娘改良改良人种，归根结底中国是咱八亿农民的天下，这北京城也是农民给打下的，那些个大官从毛泽东开始往下数，有几个不是农民？不是江青啦叶群啦这些洋姑娘全赶着嫁他们？小冒你别生气，你老婆有眼力，看中你有潜力，你一定能当社长。

可见了胡义，滕柏菊又换了口气，说冒守财妄想一步登天，改良人种也需要循序渐进不是？他是农民出身，就该找个也是农民出身的老实女孩，让他们的第二代再发展成北京人。现在这样，一下子找个扬州姑娘，人家不过是为留北京借他搭桥罢了，等正式生活到一块，不出三天就会讨厌冒守财，就冲冒守财那种抠门不开眼的土冒样子那女孩子也会讨厌，两个人怎么一块儿下馆子吃西餐？干脆趁他们才扯结婚证马上离了还不晚，不过是一张纸。胡义说那可不行，女孩子家家的，刚结婚就离，像什么？将来怎么再嫁人？滕柏菊立即来了精神，把胡义拉到角落里煞有介事地压低声音说这都什么年代了，怕什么？关键是冒守财这小子有没有那个你表妹？只要没那个，说撕就撕了那张结婚证！这种事我见多了。再结婚还是原装！一番话说得胡义既恶心又欢心。滕柏菊又进一步凑近胡义，想在胡义耳畔嘀咕几句，胡义退到了墙根，也欣然默许。滕柏菊第一次这样与大翻译家近在咫尺，声调都变了，好不激动。她出主意说这事让小雷去问表妹，只要没那个，就当机立断蹬了他个不知天高地厚的冒守财，省得以后扯不清，这种女高男低的婚姻从来不稳定。她还现身说法，说她就有自知之明，找了个也是农民出身的老实人做丈夫，两个人完全平等，谁也用不着看不起谁，日子平平安安，脸都不会红。这番世俗大道理真让胡义这个大书呆子茅塞顿开，一个劲儿鸡啄米似的点头。他说当初表妹要练英语，天天来缠他，害得他没时间译书，就顺水推舟，把她推给冒守财。冒守财肯定会被她迷上老老实实做保镖，只是保镖而已。他说他也想涮涮小冒，看小冒怎么追求他表妹，看他表妹怎么耍弄小冒，谁知道弄到这种不可收拾的地步。他已经痛骂过表妹并且跟她断了来往，不如请滕大姐出面去做表妹的工作。滕柏菊立即脸上放光，一口答应。

当晚，胡义和小雷破天荒光临滕柏菊家，送了德国奶粉给她的小孩，算是全权拜托。滕柏菊虚与委蛇一番，先说"宁成十对亲，不拆一对人"，拆散别人是要遭雷轰的，而后又说"马克思主义活的灵魂就是具体问题具体分析"。具体分析起来，冒守财他们这是一对错鸳鸯，假鸳鸯，糊涂鸳鸯，拆了他们是做好事而不是做坏事，那就冒着天下之大不韪，上一趟刀山。胡义两口子也就千恩万谢地出来了。走出门，楼道里的人都十二分惊讶，不知道胡义怎么跟滕柏菊拉扯上了，那眼光像是看一个和尚从妓院里出来似的。

滕柏菊还未等粉墨登场去完成她的历史使命，那边便传来一个惊天动地的消息：冒守财被胡义的表妹骗了，表妹已正式提出离婚。

这女子只跟冒守财通了一个电话，要冒守财考虑一下回话，如果不同意，她就不见他。冒守财至今还记得那天从听筒里传来这个非人的声音时，他只觉得天昏地暗，眼一黑腿一软就手握听筒跪在地上。对方已经摔了电话，他还泪流满面地冲着听筒高叫"好没良心啊，好狠毒的扬州娘们儿呀，你不能这样呀！"天知道那一幕多么丢人现眼，这种一激动就膝盖发软扛不住事儿的毛病是从什么时候开始的？怎么他妈的就管不住自己的腿？那一会儿大脑十分清醒，别人幸灾乐祸地笑着劝他扶他他全明白。他想顶天立地站起来潇洒地不屑一顾，可那大脑就是支配不了四肢，支配不了哗哗流出的泪水，管不住那张嘴哭叽叽地说那样没出息的话，真真儿是活现眼啊。

冒守财绝不肯忍下这口气，找人事处的张阿姨，要她去《向导日报》说明情况，把那女人退回学校重新分配，给她发配青海西藏去。张阿姨哭笑不得，说小冒给她现了大眼了，办了这样的傻事还好意思去找账？你不嫌丢人我还嫌丢人呢！你自己去私了吧，再也不管你们这些外地人的事了。削尖脑袋往北京钻啊钻的，什么损招儿都使上了，这北京是有金子还是有银子啊？在座的人全都数落小冒，埋怨他太傻，竟让个小女孩骗得溜溜转。那个办事员小张更直截了当地问小冒："睡了吗？"小冒涨红了脸摇摇头："还没办事儿呢怎么能？""哎哟，傻——"小张痛不欲生地责怪小冒："到了儿什么也没落着？真他妈是个傻大叉！都扯证儿了还不叉丫的，先占下呀！知识分子哟，傻大叉哟，还等洞房花烛夜呢，门儿呀！"此话遭到张阿姨怒斥，骂小张一句："什么素质！再说就开除你，回你们街道上待业去！"

一通儿奚落，让小冒抱头鼠窜出了人事处。他决定去《向导日报》好好儿臭那女人一下，让她名誉扫地一辈子找不到男人。风一放出去，楼上便有人七嘴八舌出主意。门晓刚说就冲办公室打她一顿！晢义理说上办公室打人可不行，就在报社大门口埋伏着，她一出门就揪住她，别打她，只需向来往的人数落她就够了。被丈夫抛弃的单丽丽恨透了这种忘恩负义的人，咬牙切齿地说她要是个男子汉，豁出去坐一年班房也要把这种骗子打残废，教她一辈子不敢再骗人。滕柏菊则悲天悯人地说小冒真是天下第一老实疙瘩，让坏女人欺负成这样，奇耻大辱。她替小冒想出一绝招，既臭了那女人，又不用他出面大闹报社招麻烦。大家真不明白这个俗女人会有什么招术。滕柏菊立即装神弄鬼地翻翻眼，说："你们知道'文革'中前总编是怎么让张大壮活活踢死的吗？我知道。刚一来出版社就有人挨办公室散发宣传材料《张大壮杀人，罪责难逃》，是前总编遗孀油印的，到处散发。这法子最灵了。小冒也可以写个揭发材料，往报社的各个部门寄上一两份，不就齐了？"全体楼民都对滕柏菊刮目相看，果真是经过阶级斗争风雨的人，这一招真毒。冒守财决定就这样干。门晓刚起哄说，信的语气别太硬了，应该写成那种深情的控诉，一定要写上诸如"看在我们一夜夫妻百日恩的份上，回心转意吧"。这样让人产生那种防线失守的感觉，让她再找主儿都困难。小冒痛苦地答应了。

冒守财奋笔疾书，这是他有生以来写得最长的文章，果然没白上大学。滕柏菊却溜进来说胡义托她带来他表妹的两千块钱，是给小冒的名誉赔偿金。

"什么，这么容易？也不看看我冒大爷是谁？才两千块就想便宜了她？不干！"

滕柏菊说不行再加五百，最高两千五封顶。

冒守财抓过那包钱就冲向胡义屋里，当着胡义的面把钱扔在地上用脚踩着说："别当我没见过钱，你冒大爷我不是那种人，你少来这一套吧。离可以，我会让她在《向导日报》臭不可闻。不信咱就走着瞧！"

胡义冷笑着说："你别冲我来，这钱又不是我的。说实在的，我是不同意你们结亲，可既然办了结婚证，我也反对这么轻率地离，这成什么了？我是为你着想，才让表妹出点血的。你不领情算了。我表妹是个新女性，什么都做得出。她又有了新的男朋友做保镖，你伤害不了她。大不了臭她一下，而已，明白吗？而已！现在的女孩子卖身都不在话下，还怕这个？我劝你们好离好散，这两千块不要白不要。这是看你是我同事的份上。"

冒守财大义凛然地一脚踢开那包钱，昂首挺胸地摔门而去，接着炮制那封公开信。

据说那封公开信果真在报社轰动了一下，但的确像胡义所说只是轰动而已。《向导日报》是大报，一千来口子人，几十个部门，谁也不认识谁，这几年新观念之下离婚第三者插足经济犯罪的热闹事儿多了去了。一个年近半百的部主任在追求第三者的激流中弄得丢官弃位，闷闷不乐中骑车闯红灯被碾成了肉酱。那年报社所在的那个区交通死亡指标是二十五个，交通大队在死人达标后向各单位发出紧急通知，要求各单位年底前不许再死人，否则谁家死了人使本区超了标，就重罚这个单位。这个部主任偏偏在十二月三十一日晚十一时喝醉酒勇闯红灯，使本区本年度交通死亡指标超了。这下可好，报社里桃色新闻外加罚款一万元，闹得沸沸扬扬好几天。又怎么样？报社领导一句话："他为什么非半夜十二点前撞死啊，害我们挨批还罚款，晚几分钟熬到十二点零一分就算第二年的指标，就不罚款了。死都不挑个时候，倒霉催的。"仅此而已。中国人太多，事儿太多，死了谁光荣了谁都是个而已的事儿，顶多吵吵两天就变成昨夜星辰昨夜风，人们又要忙着朝前奔命。那一阵子传说某可爱的歌星得艾滋病死了，好不教人心疼。可心疼一阵儿也就算了，又有些可爱的星星来填她的坑，人们又爱上了新的，照样如醉如痴。后来她又出现了，说是有人造谣陷害她，人们又如醉如痴地爱她。闹半天，这世界缺了谁都照转，别人的事不过是茶余饭后的闲篇儿，侃过了，总有更新的话题来新陈代谢了它。胡义讲话，全是"而已"。那女歌星算是"死"了个大明白。而冒守财穷折腾一回，绞尽脑汁用四年念大学的水平全力以赴写的公开信就给人家报社添了一段笑料，有话传过来说："你们单位那个冒哥们儿整个一大傻×！大男爷们儿让女人涮了，还丫有脸诉苦。"听得冒守财心如刀绞。胡义也到处宣传，说冒守财太一根筋，好好儿的两千块劳务费不收，白学雷锋一次。最后还得在离婚书上签字，再结婚还算二婚头，真是千古奇冤，"向导"一冒。

冒守财这样迷迷瞪瞪离了婚，实在是出于无奈。他反复安慰自己大丈夫能屈能伸，克己复礼。若是打了那女人，那女人的男朋友肯定不干会来找他拼命，为一个女人牺牲后半辈子没开始但肯定有滋味的生活，太不值。打伤了她赔钱坐班房，两败俱伤。怎么想也还是这种臭她的办法好。只可惜没要那两千块。应该收了钱照样写公开信才对，这是冒守财最大的觉悟，可惜晚了。

心灰意冷中发现还是上大学时那个女人好，就假惺惺写信去求爱，称自己这几年干出了点事业，也当了个小官，该成亲过日子了并保证把她办进北京来云云。那女人一直被冒守财冷落，发誓终生不嫁，如今他回心转意，又是官了，反过来求爱，无异于喜从天降。一想能嫁给一个在京城十八层楼最高一层上办公的有为青年，她怎还敢再拿一把儿？不出小冒意料，一切顺利。

只是办结婚证之前冒守财为难了一阵子，又求爷爷告奶奶找人事处同志，求她们开证明时一定给写上是"初婚"，否则不好交待。人事处的大姐大娘们看他实在可怜，就连讽刺带挖苦地开了初婚证明，但警告他户口问题不保险，别户口进来了再跟他离，我们人事处不成了往北京贩人的批发站了？说得小冒无地自容。办事员小张没皮没脸，说为了保险，马上举办个婚礼，给丫叉了算真落下了，不许再买空卖空两袖清风。小冒只顾点头说马上马上。

还是这个女人好，说一不二，很让小冒长了大丈夫气。偶尔来北京一次，做饭洗衣忙个不停，小冒趁机请同学吃饭，老婆为他们忙完了就站一边无比羡慕地听他们说国家大事，随时添饭递水。那次小冒出差去天津两天，社里发了每人五斤牛肉。老婆舍不得一个人吃，一定等他回来才肯红烧。楼上人家不熟悉，不好意思把肉放人家冰箱中去冻起来，就把肉放小锅里再放大锅里，注满凉水，一小时换一次凉水为那坨冻牛肉降温保鲜，直到小冒第二天从天津回来才欢天喜地烧了一锅。小冒马上打电话请同学来一顿造光。最令小冒感动的是老婆每晚洗脚水都为他兑好，然后自己先钻凉被子里去大公无私地为他暖被窝，暖热了才叫他。冒守财总在无上荣光地炫耀这些中华民族妇女的美德，人们听后一致认为：这样的女人和有这样的女人的男人都算真幸福，应该写篇文章上《华夏妇女》。

这样献身的女人大了肚子却流浪在外，实在不公平。小冒很惭愧，暗下决心，一定要早日当上团委书记，压倒沙新，把老婆户口办进北京。

胡思乱想一通，最终小冒为胜利的憧憬所陶醉，想着一家三口住上一间屋的美好时光，不禁望着微微的晨光自己发出"古德猫宁"的祝福。

## 第六章 "六宫粉黛"

可能是在"古德猫宁"刚合上眼准备好好睡上一觉的当儿，有一双疲惫不堪的脚迈进了"移民楼"，不可救药地让那浓汤泡了个有滋有味。他咕哝一句"我操"，便全然不顾，继续趟水前行。他只想赶紧回到自己那个窝里睡觉。

此时睡觉比什么都重要。他只觉得两腿几乎没长在自己的身上，好像只有那么几根铁丝连着。他不知道自己是怎么骑回来的，这么远的路，从西北角的山里往城里骑，好像整整骑了三个小时。一路上是沉静的田野和大路，好像全北京这时就他一人在露天地里似的，好像所有的路灯都明晃晃地为他亮着。从香山那边顺山路下来，到石景山，再往东一直骑下来，似乎不用蹬，那车真的自行着；他几乎是闭着双眼，半睡着，只扶住车把，两条腿随着车轮转动着，不停地转动。好美的感受，如同乘风。

他一头撞在门上，发现门锁着，这才想起同屋的老朱回房山家里收麦子去了。他双手哆嗦着掏出钥匙，进屋扯掉衣服，扑到地板上就再也不动了。

很是喘息了那么一阵，大脑的空白渐渐坚实起来。可极度的疲劳叫他无法睡过去，当四肢无限乏力的时候，另一根神经却无比坚强地觉醒起来，他又感到一阵难忍的渴望。真后悔没让那几个女人中的一个坐在他自行车后跟回来。早知道狠蹬三小时自行车后的第一个感觉是要性交，当时非拖她们一个来不可。那会是十二分的浪漫。

梁三虎闭着眼伸手一摸就摸出一包烟来，他在地铺的四周扔满了烟和火柴，随便伸手一摸就能摸到，根本不用开灯找。他点上烟，如饥似渴地大口吞吐着，欲望立时平息了许多。看看窗户，天已开始蒙蒙亮了。

他不爱那张嘎嘎吱吱的破床，生怕它什么时候会突然断了腿，就把床架子给扔了，把床板铺地上当床号称榻榻米，这样屋里立时显得空荡敞亮。他讨厌老朱那张傻×似的问题脸儿，不愿跟他多说一句话，就用破布单子往屋正中一挂，加上柜子什么的，隔成两间，有事儿隔着"墙"甩话过去。当然他心里明白，隔开，主要是因为他这边总来女人，经常是住在这里的。至今也只让老朱发现一回，那次是因为他大意了，忘了插上门上面的风窗，和那娘们儿做爱的欢呼传了出去。老朱回来时，发现有半楼人挤在他门口屏住呼吸伸着耳朵向里面谛听，还在一个个用手招呼远处的人，这人则蹑手蹑脚地往这边蹭。见老朱来了就闪开一条路。老朱一听就明白，便砸门。梁三虎裹着睡袍开门时发现外面黑压压的革命群众，也明白了怎么回事。他红了脸，钻进自己的半间房去。那回真叫难堪，像是光天化日下在马路上一般。从此老朱也明白了，为什么好几次他回来梁三虎都是插着门，为什么经常一大清早梁三虎这边就有女人的声音。原来人家这边是一男一女在困着，他竟全然不知。他至今没在城里混上房子，老婆孩子还在房山农村,每周六回去一次,家里一到农忙就来叫他回去,活得无比艰辛。跟梁三虎一比,简直一个天上一个地下。这小白脸儿活得真叫滋润,就那么半间狗窝,脏兮兮的一块地铺,半桌子脏碗,照样有女人来跟他混。久而久之,老朱劝三虎成个家,找个正经老婆过。三虎却笑一阵子,反问他:"像你?活得多累?干脆回房山算了,天天搂着老婆睡去。四十大几的人了,混城里有什么劲?"说得老朱有苦难言。

老朱一年有半年不在这里住,什么春播、夏收、秋收、冬耕、盖房、杀猪,家里一叫,他就请假回家,一忙数天,这屋子就空了,三虎就自由了,可以尽情找那几个女人来混。因为一楼是书库和仓库,总共才三间屋住人,早出晚归难得碰面,也就没什么人注意他的行踪。等人们突然听到屋里的欢叫声,才发现这梁三虎竟是京城第一大快乐的单身汉。

三虎曾不止一次劝老朱告老还乡,好好帮家人致富当万元户去,别这么半死不活地穷混,让社里人看不起。其实他是希望把老朱轰走,自己独占了这间房。老朱每听到此,就怒火冲天,骂三虎不是东西:"都想挤走我,没门儿!再说这个我跟你急啊!你找女人来玩儿就是了,别赶上我在屋时折腾就行。社里早晚得给我房。我他妈就这么泡丫的。一年有半年请假回家,工资不敢少给我一分。给我房子,把我老婆办进来解决了工作,我才能全心全意上班不是?要我找乡办企业拉赞助去,四千块钱才给人家厂长写两千字。不给我房子我不去骗这个人!现在企业家一怕妓女,二怕咱们这种拉钱记者。以为人家农民那么好骗呀?没人上'二记(妓)'这个当。"

梁三虎忍不住说他:"这是领导考验你呢。谁让你农民出身?骗农民正合适。否则改革一深化,看着吧,非优化了你不可。"

"优化？姥姥！我工作不好，怨我吗？我老朱在家里干什么不是一把好手儿？哥们儿当年在县"革委"宣传部当股长，文章写得呱呱叫，凭这本事成了'文革'后第一批大学生。是他妈'向导'点名要我来的，说得好好儿的，过几年给我解决老婆工作问题，后来又变了卦，嫌我有仨儿子，人口太多。就想把我挤走。呸，生仨儿子，怨我吗？那会儿说要多生，人多力量大，我是准备让仨儿子参军打苏修、打美帝的。现在不打美帝苏修了，嫌人多了。全他妈一家一个小太阳，我看再打仗谁上前线？"说急了，老朱会反唇相讥骂三虎一顿：

"我操，你丫也不易，小三十儿了，混不上间房，就想把我挤兑走。你说说，你爹一个大军官，怎么养你这么个没出息的小白脸儿？就知道泡女人。"

一句话说到三虎伤心处，气得摔一地脏碗，再也不理这个老王八蛋。

此时三虎抽着烟，好像记起刚才一个很悲戚的念头。一晃即过，那一刻心猛酸了一下子。

刚才一路昏昏然骑回来时，似乎想了那么一下：妈的，北京本来是我的，现在我倒落个跟人挤半间屋的惨境。

对，没错，是这么想来着。刚才过公主坟那一带，就想过。小时候常去那几个部队大院玩，那里也住着爸爸的一些老战友。那会儿，梁三虎家住西郊山里的一个部队大院，星期天随大人进城来，常到父母的朋友家玩玩，晚上再回去。那会儿小三虎想的是长大了到城里来住。可突然有一天爸爸的部队要离开北京，他就跟着上了车，去到一个从来没听说过的小城市，那小地方叫北河，估计就是根据城里那条十来米宽的小河沟儿命名的。据说那地方如同北京的一个大门，保卫好那里就是保卫好北京，保卫党中央毛主席。天知道，北京城有好几个大城门，前门，和平门，西直门等等，怎么这么远的一个小城市也成了北京的大门了，真是莫名其妙。问哥姐，他们就说，这种门不是真的门，是说这地方对北京重要。北京东西南北的几个城市都叫北京的大门，南边叫南大门，北边的叫北大门，东边，西边，东南角，西南角，不是北京又靠北京近的城市叫北京的大门，三虎基本算听懂了。

小三虎倒是很高兴到北河那个小城市，因为部队的大院离城里很近，走几步就能进城，能逛公园，逛马路，买东西吃。他觉得这个小城市比北京西郊好。在北京进趟城要坐好长时间的汽车。有时跟哥姐偷偷跑出来玩，不坐大院的班车，而是买车票坐公共汽车进北京，那真叫又受罪又兴奋。兴奋的是没大人管，受罪的是公共汽车太挤，要换好几趟才能到王府井的大商店，刚逛一会儿就得往回赶，怕天黑了走丢了。而在北河则不用挤车，骑自行车几分钟就进了城，小街道窄窄的，但很热闹，大街两边像鱼骨头一样布满了更细的小胡同儿，跟北京的街道没什么两样，只是没有长安街那么宽的大街，没天安门那么高的城门楼子。北河的人们讲一种跟北京话差不多但一张嘴就能乐死人的话，很快他们都学会了，并故意在家里讲这种话，像唱歌一样好玩。哥哥姐姐们一到那儿就进了地方的中学和小学，三虎只能还上大院里的幼儿园。每天听哥哥姐姐回来讲学校里当地人的事儿，很新鲜。姐姐班上有个男孩，家里有十个孩子，穿的全是破衣服破鞋子，瘦得像个小木混子，每天放了学还要背着筐去拾破烂儿，班上的人谁也不愿跟他坐一桌。二哥班上有三个孩子家里都是拉媒球的，星期天要帮父母去拉煤给家家户户送煤球，这三个孩子永远是黑脸黑手黑脖子。那天一起踢足球，一个孩子同二哥挤到一起抢球，二哥的白衬衫让他抹了一把，一下子就黑了，油油的黑。二哥就让他赔，说你那么脏还打球。那孩子一气之下找来另外两个，一起骂二哥是资产阶级，看不起劳动人民，一边说一边揪二哥的衣服，白衣服全成黑的了。小学校老师和校长吓坏了，陪二哥回来，忙不迭向母亲解释是他们管教不严，让野孩子欺负了二哥，并让那三个孩子凑了钱赔二哥的衬衫。母亲用鼻子哼哼着说没关系不要赔，下不为例就是了。可等学校的人一走，她就把学校大骂一顿，说都怨爸爸，跑这么个没教养的小镇子来。晚上就吵闹着要回北京："你一个人在这里保卫北京好了，我们可够了。"爸爸便怒气冲冲骂妈妈是资产阶级小姐，是臭知识分子，掏出手枪往桌上一拍："我是来干革命的，不是来享受的，要走，我先崩了你！"妈妈便不敢再闹，只会偷偷哭。第二天她偷偷跑到学校去，把校长和老师好训了一顿，为二哥换了一个班。再后来，学校学乖了，重新调整班级，把军队子女和什么地委市委区委的子女编成两个专门的子弟班，小心看管起来。

　　因为爸爸是驻军师政委，官儿最大，哥哥姐姐们也最神气，到家中来玩的都是这领导那领导的子女，大家到了一起就学说地方话，特别爱学那个校长的话，乐得不行。妈妈每到这时就成了孩子王，给大家讲故事，讲安徒生童话。三虎也跟着听，十分开心。妈妈是北大毕业的，十分有学问。但她不工作，只是帮父亲在家写文件，为父亲读书读报，指挥勤务兵和保姆干这干那。她说她真想在大院里办个中学，她当校长，肯定比外面的学校教得好。

　　那会儿最开心的事就是全家人跟爸爸开车去北京。爸爸去开会，全家人就住在宾馆里，爸爸开几天会，家人就玩几天；今天这家请，明天那家叫，在他的战友家轮着吃过去。

　　就在三虎要上小学的那个夏天，突然天翻地覆地闹起大革命来。

城里乱成了一锅粥，满街是游行戴大高帽子游街贴大字报的人。哥哥姐姐们的地方同学很多提着衣服包躲到部队大院的同学家来，三虎家也住了几个。他们吓坏了，说是当地的老百姓造反了，把他们的家砸了，把他们的父母赶到街上去游街示众，晚上都不让回家。他们说当地的老百姓可厉害可野蛮了，像电影上斗地主似的斗争他们的父母，还打人。有个小姑娘哭着说她爸爸给抹了一脸油彩，剃了半边头，妈妈也给铰成了秃子。听着这些诉说，老梁满脸通红，说真想带队伍出去用机枪嘟嘟了那帮闹事的人。再后来就有打红旗的群众震天动地包围了师部，喊着叫着要军队站在无产阶级革命派一边，交出走资本主义道路的当权派谁谁谁。军人们荷枪实弹在院内守着，院外的军人则不拿武器，手挽手成一圈人墙，阻挡着老百姓进来。哥哥姐姐的同学全吓白了脸，说他们的父母一出去非让那些个拉煤的掏大粪的人打死不可。那几天老梁觉都睡不成，忙着跟群众代表谈话，还上广播高音喇叭对群众喊话。偶尔回来吃一顿饭，气乎乎拍桌子，说要不是替毛主席党中央着想，他早把这些人全给崩了。再后来，这些人和这些孩子就突然消失了，说是革命群众分成了两派，革命干部也分成了两派，去参加革命斗争了。随后城里就打起仗来，枪炮声不断，一会儿听说炸了楼，一会儿又说抬着死人游行，全国都打起来了。

哥姐们十分羡慕地说，爸爸是这个城市里革命运动的大主角。他的队伍上头是毛主席的亲密战友林彪，这个师老早以前就是林副统帅的队伍，有光荣的革命传统。三虎听不懂，但他知道爸爸跟林副统帅近就是跟毛主席近，是毛主席的人。这一点很快得到了验证。爸爸一次进北京被林副主席接见，回来后十分高兴，说大领导他全见着了，对这座北京大门很重视，把这扇门托付给他守了。第二天就给兄妹几个改名字：大哥叫卫东，大姐叫卫青，本来二哥要叫卫彪的，可一想三虎这名儿本来就是个彪，就让老三卫彪了，二虎就卫群吧，听着也像男孩名字。每次有首长来家，父母就把这四个卫士叫出来排队展览，回回博得首长们的交口赞誉。

上边发出来号召叫"三支两军"，爸爸的队伍就开始支持一派革命群众，说是"左派"。另外又有一个地方上的队伍叫军分区的支持另一派，爸爸说那一派叫保皇派，要跟他们做斗争，誓死捍卫毛主席的革命路线。家里快成了会场了，不分白天黑夜都有革命群众和革命领导来找爸爸，什么造反团、敢死队、总部、农民红卫兵，走马灯似的。大家来告状，说是另一派后头的军队偷着发枪发炮，炸了这一派的指挥部，一次炸死几十人，抓走几百人，有好几个人不投降就跳楼死了，被抓去的人有个宁死不投降的就叫他们上大锅蒸熟了。这些都是三虎他们从门缝里听到的，几乎吓死哥儿几个。大哥在学校里也参加了造反团，大姐参加的却是同大哥作对的一派。一开始是辩论，贴大字报，后来大姐那一派给赶出了学校，大哥那一派筑起了碉堡，里面架起了机枪。另一派叫什么纵队的就在校外打枪扔手榴弹要夺回学校。妈妈急疯了，好容易才把这个危险消息告诉了几乎忙死的爸爸，求爸爸去叫大哥回来。爸爸急忙开上车到学校把大哥拉回家来，大姐也回来了。爸爸狠狠骂了他们一顿。可大哥大姐都说要誓死保卫党中央，誓死捍卫毛主席革命路线。爸爸给他们一人一个大嘴巴，让他们哪儿也不许去，好好待在家中。大哥大姐就天天在家辩论，你骂我是反革命，我骂你是保皇派。但大哥总是赢，因为他总抬出爸爸，说爸爸支持他这一派，爸爸上头是林副主席。姐姐就没话了，只会哭。

外面的武斗越打越厉害，死的人越来越多，天空中从早到晚响着哀乐，是毛主席写的那首诗"我失骄杨君失柳"，当歌儿唱了。哪个单位一死人那个单位就放这个歌儿，此起彼伏，你一声我一句，像是在几部轮唱着"我失——我失——我失——"，"骄杨——骄杨——君失——柳——柳……"，那个调儿很吓人，那个女高音的声音不知怎么唱的，特别慢，特别长，听得人身上起鸡皮疙瘩。有的地方一边放歌儿一边广播"讨还血债"，还一遍一遍地朝天打枪示威。三虎半夜里常被惊醒，钻到妈妈房里去，用被子捂上头睡。大哥和大姐半夜里一听放哀乐就会吵起来，对着骂："你们杀了我们的人了，非报仇不可。"气得妈妈出来一人打几棍子，全把他们打回屋去。二虎刚上四年级，但也站在大哥一边"造反"，他认为爸爸支持的一派肯定是对的，还拉三虎一起反对姐姐这个保皇派。三虎说别打仗，害怕，二虎就说他胆小鬼，尿包。三虎受了屈，只能问妈妈哥哥对还是姐姐对，妈妈说全是混蛋，全国打仗，学生没学上，农民不种地，工人不做工，早晚有一天全饿死拉倒。三虎都八岁了，连小学还没上，只能在家跟妈妈学认字，听她讲童话《丑小鸭》什么的。哥哥姐姐全反对妈妈讲安徒生，说是资产阶级文学，学校里早就批判安徒生了，他的书是大毒草，专门教女孩子找有钱的王子，思想不健康。妈妈一生气就打人，哥哥姐姐就大声说："毛主席教导我们说：要文斗，不要武斗。"

　　大院里的孩子全不上学，也不让出去，怕武斗打伤他们。大孩子们就凑一起玩，小孩子们凑一起玩，满院子都会见到孩子们在辩论，说着说着就打起来了。军队里等级森严，小官的孩子打了大官的孩子，家长就得去赔不是作自我批评。大哥大姐常被人打，人家的家长总来三虎家低声下气说好话，送礼物赔偿。妈妈每次都要好好教训这些有眼不识泰山的家长一顿。再后来没人敢打哥哥姐姐，大哥二哥倒常打了别人,于是又有家长们哭哭啼啼来告状,气得妈妈天天骂大哥二哥,让他们面壁一站就是半天。最后一气之下,送大哥大姐去东北参了军。人们一看政委家这样做了,也纷纷送自己的孩子参军,省得闲在家中惹是生非。

哥哥当了通讯兵,管拍电报;姐姐当了卫生兵,在部队的医院里。寄回的照片让二虎三虎心里痒痒,也吵着要去当兵。妈妈说让大哥大姐当兵也是没法子的法子,要不是停课闹革命,谁愿意让他们受这苦?他们应该上大学,上妈妈上过的北京大学。一个国家不能总这样乱下去。

妈妈的话果然不错。不久就开始两派大联合了,说要"抓革命、促生产、促工作、促战备"。美帝苏修日夜磨刀妄想来侵犯,我们自个儿再乱下去,还不是让帝修反钻空子来吃我们?三虎记得那些日子天上飞机轰轰地飞着撒传单,号召人们回班上去工作,回学校上学,说这是毛主席说的。紧接着又说全国山河一片红了,全国各地全成立革命委员会了,满世界敲锣打鼓游行。爸爸支持那些地方派别的头头,不少人都成了单位里"革委会"的主任,兵们也跟着官们进各个单位当军宣队,宣传毛泽东思想。爸爸是这个城市里革命委员会的主任,还是省里头的什么常委。反正是再也不打仗了,三虎可以跟哥哥上街玩了。

这两年没出院子,一出来才发现街上变了样,二虎三虎发现墙上一片片筛子似的枪眼儿,满街的垃圾,满楼满墙的红红绿绿大标语,飘飘舞舞的大字报半半拉拉粘在墙上,很新鲜也很好看。广大革命群众们正在"大搞革命卫生",一车一车地运垃圾,捡破烂的人们穿着比破烂还破烂的衣服兴高采烈地往麻袋里装撕下来的大字报。那几年下来,大字报一层盖一层糊了老厚,撕了一层又一层,层出不穷。二哥突然认出了拾破烂的穷孩子中有两个是他班上的同学，就帮他们一起撕大字报，玩得十分开心。三虎也跟着撕，有时撕好了，一下就是半面墙那么大一块，厚厚的，吓得三虎直躲，以为是墙倒下来了。孩子们说这些纸卖废品站二分钱一斤呢。上头全是干糨子，特衬分量，一天弄几十斤去卖，能卖好几毛钱呢。三虎不知道好几毛能干什么用，觉得好几毛肯定能买好些东西。一个孩子说，西红柿三分钱一斤，西瓜五分钱一斤，他们捡废纸一天能捡一个大西瓜，能捡一大筐西红柿，一个月也吃不完。大家特别高兴，说这运动接着闹就好了，停了怪没意思的。一停，就听不见打枪了，人们不玩命上街贴大字报，就捡不着废纸，买不上大西瓜吃了。那天三虎十分开心，跟着大孩子们一条街一条街地跑，一墙一墙地撕大字报，装上车往废品站推。他走不动了，大孩子们就让他坐废纸堆上推着他走，一走一晃，太阳一晒，他就在废纸上睡着了，这个城市比北京好玩多了。

不知睡到什么时候，他被弄醒了，发现爸爸的警卫员们正把他往小汽车里抱，妈妈坐在小车里泪流满面地骂着二虎，说找了他们一天了，以为丢了。小伙伴们这才知道二虎家是这么大的官，有小汽车坐，全吓跑了。

等"文化大革命"消停了，三虎都九岁了，那年才上小学一年级。他那个班是军人子弟班，别人的父母全是他爸的下级，但三虎人老实，从来不打别人骂别人，老师就在全班表扬他，说他是首长的儿子但从不骄傲，长大了一定是革命事业的可靠接班人。三虎很爱听红军的故事，要学红军艰苦奋斗，还要妈妈把自己破了的衣服补补穿上，膝盖上贴着两块大补丁，他觉得自己很神气，还闹着妈妈给她弄草鞋，把自己打扮成小红军的样子。但妈妈说那样太出格了，再说北方也没草鞋，这事就算了。却不知道有一天在全校大会上校"革委会"主任点名表扬了他,还牵着他的手到主席台上去,问他为什么要艰苦朴素。三虎很自然地说:"全世界还有许多劳动人民在受苦,我们过上了好日子,不能忘了他们。我们节约一分钱一寸布,都是为了支援世界人民打美帝苏修。"其实这是大哥写信来鼓励他的话,大哥年年是部队的"五好战士",艰苦朴素的"节约标兵"。他回家来探亲总带回大奖状来。三虎一番话被评为"人小志气大,不愧是革命军人的儿子"。

以后学校里评"五好战士"总有三虎一份。他还当上了红小兵排长、连长、副团长,高兴地对爸爸说:"再当就跟你一样,是师长了。"他也不知道怎么当这个长那个长,反正全年级全校一开会就让他站台上喊"稍息、立正、向前看齐、向前看",让他领着喊口号,两个胳膊一摆一摆领人们唱歌,说那叫指挥,老师教了他一下午才学会的。一开会他就当学生代表上台念发言稿,稿子是老师写好的,他抄一遍,背几遍就行。长大一点后,让他主持会,老师把开会的节目全写在纸上,他上去念,第一件事当然是带领大家"祝伟大导师、伟大领袖、伟大舵手毛主席"(齐喊)"万寿无疆!"接下来是"让我们怀着同样的心情祝愿毛主席的亲密战友林副主席"(齐喊)"身体健康,永远健康!永远健康!"

最让三虎得意出足风头的是那年开全市大会,在市体育场庆祝毛主席的"五·二〇"庄严声明:《全世界人民团结起来,打败美国侵略者及其一切走狗》。爸爸就坐在主席台正中,发言的有工农兵知识分子干部各行各业的人,最后是红卫兵红小兵代表。红小兵代表就是三虎。

他早就把老师写的稿子背了个烂熟。为了让爸爸高兴,老师说市里领导说了，让三虎保密，事先不让爸爸知道。三虎就真的保密。那天他跑上大台，"怀着对美帝国主义的满腔仇恨"一口气把讲稿背了下来。那体育场里人山人海，红旗招展，他把眼都看花了，好大的场面。但他不怕，因为他知道爸爸就坐在身后，那么多的领导就在他身后。

那天爸爸果然十分高兴，晚上一定要在家和三虎一起吃顿饭。一边吃一边夸三虎有出息，长大了一定能接爸爸的班去打美帝苏修解放全人类。爸爸很激动，说他这一辈是看不到共产主义了，希望就在三虎这一代人身上，"你们就像早晨八九点钟的太阳"。一边说一边就批评二虎卫群没出息，就知道弄什么线圈攒收音机，一点儿政治头脑也没有。二虎说他在学科学，长大了当科学家。爸爸不高兴地说，再好的科学也是人干的，没有共产主义觉悟，科学就会为资产阶级服务。苏联修了，就是因为不讲马列主义，所以卫星上了天，红旗跟着落了地。毛主席当年领导农民起义，就是靠菜刀扎枪起家的，硬是打败了美国的飞机大炮和白面大米养肥了的国民党反动派。"决定战争胜负的是人不是物。"爸爸很少在家吃饭，更少有机会给孩子们上课。三虎第一次听爸爸讲革命道理，觉得爸爸特伟大，好像比那个林副主席还伟大，因为爸爸又高又壮，人看着也慈祥，不像副统帅那么瘦猴子似的。可爸爸一提起林副主席就一脸的严肃和佩服，说人不可貌相，海水不可斗量。爸爸高高大大可思想比林副主席差远去了。林副主席最懂毛主席的思想，最听毛主席的话。爸爸从小在林副主席队伍里当兵打仗，最听林副主席的话。他是毛主席的接班人哩，跟着林副主席就有奔头。三虎看老爸爸高兴自己也高兴，心想爸爸跟定林副主席干革命，还能升大官，进中央什么的，那他的家就又会回北京去了。

可他的家永远不会回北京了。三虎的一枕好梦和好事儿全一下子完了，就像一个大汽泡说崩就崩了。这一切都跟那个林副主席有关系。

三虎现在还记得，那一阵子爸爸妈妈特别紧张，特别严肃，连话都不说，也不和大家一起吃饭。妈妈好像常哭，眼睛总是红肿肿的。

有一天三虎放学回家，见厅里坐着一个和爸爸长得一模一样的男人，是那种老农模样，比爸爸黑瘦，穿着新的土布衣服，一脸干巴皱皮，可怜巴巴的样子。他边上是一个跟他一样的年轻小伙子，二十来岁，像是父子俩又像兄弟俩。妈妈正抹着泪跟他们说着话，见三虎回来了，就叫他过去。那个老男人激动地站起来眼里闪着泪花握住三虎的手，用跟爸爸一样的土话口音说："是俺三虎兄弟吧？模样真出息。"

三虎让他吓了一跳，他从来没跟这么怪样子的人说过话，还以为是爸爸家乡的什么表弟。怎么管他叫兄弟？

那人又拉拉年轻人说："还不快叫叔。"

年轻人就瓮声瓮气地叫他："叔。"

三虎又吓了一跳，站在那儿嘿嘿笑起来。

妈妈哼着鼻子说："三虎，这个人，你管他叫哥哥。去吧，我们在说话。"

三虎进了屋，二哥正在哧哧笑，告诉他来的人是爸爸的大儿子，四十多岁了。天啊，快跟妈妈一样大了。三虎愣住了。

二哥嘻嘻笑着说爸参军前十几岁就在山东老家结了婚。嘿，真有意思，像二哥这么大就结了婚，就生了几个孩子，按说都是咱的老哥哥和老姐姐。怪不得这个大哥像爸爸的弟弟。后来爸跟队伍进了北京，就跟上大学的妈结了婚，把农村那个土老婆给蹬了。咱跟这个人的关系叫同父异母兄弟，是一窝儿，也是两窝儿的意思。他儿子比咱大哥还大，还得叫咱叔。没想到吧，咱们当上叔叔了。这个大号儿侄子要结婚，没钱，就来跟咱爸爸要来了。妈不给，要他们走呢。瞧，他们背来一大包袱吃的，叫煎饼，太脆，全碎成渣渣儿了，我吃了一口，还挺香的。瞧，还有一捆布鞋呢，老土，谁穿那样的鞋，露脚面的。

哥儿两个扒着门缝听他们说话，听着听着发现妈妈说的并不是钱的事，而是爸爸的事。

妈好像在说：你爸爸这辈子一心一意干革命，从来都是党叫干什么就干什么，好几次打仗差点死了，算他命大。可现在的事说不清，说个犯错误都不知道怎么犯的，弄不好就要革职，下狱，也许会告老还乡，都没准。官场上的事，你们从旧戏文里也听过不少吧？你爸现在不定怎么着呢，我心里也没个数。你儿子办喜事正赶上爷爷倒霉的日子，我们没心思，爷爷也没工夫见你们，他上北京听指示去了，不定能不能回来。你就拿上这二百块走吧。说完，妈妈大哭起来，捂着脸回自己房里去了。那一老一少愣了会子神，就动手把碎煎饼倒进保姆拿来的大锅里，收起大包袱皮，磨磨蹭蹭地走了。

二虎三虎这才如梦初醒去问妈妈怎么回事。爸爸还能回来吗？妈妈哭着说别问了，这是国家秘密，小孩子不该知道的。反正爸爸犯错误了，咱们家倒霉了。不管出了什么事，你们都要相信，爸爸是个大老粗，没文化，不会故意犯错误，他是热爱毛主席、热爱党的，他从来不会反对党，怎么会呢？是党救了他这个苦孩子，他热爱还热爱不过来呢。到学校里什么也别说，老老实实着。爸爸不会有大事，大不了回农村种地去，他不是有心犯错误的，他是走对了路，入错了门。他一个大老粗知道什么？

没过几天二哥就知道怎么回事了，回家来哭着问妈妈，爸爸和那个大叛徒林彪是什么关系？同学们都说他是死党，人家父母都跟孩子说了。死党是不是就要给枪毙了？我们是不是都要给轰走到乡下种地去？

妈妈说不是，肯定不是，我最了解你爸爸。他最热爱党和毛主席了，要说他是死党，他是党的死党。他是因为太热爱党了，才热爱林彪，他以为紧跟林彪就是紧跟毛主席。谁知道毛主席的接班人会成叛徒？反正爸爸没干坏事。

二哥说他也不信爸爸是坏人，大文盲一个，就会瞎嚷嚷紧跟林副统帅，什么我们是林副统帅的队伍，这下好了，沾上了吧。这种大老粗，还不如早点进休养所，当老革命养起来，一辈子平平安安。偏要继续革命，老了老了成了死党。

妈妈十分生气地骂二哥没良心，不懂事。她说，爸爸好的时候你们全跟着光荣，现在刚倒霉你就说这种白眼儿狼的话！

二哥不服气：我光荣什么了？你最光荣，是大官儿夫人，大哥大姐光荣，早早儿进部队提了干。连三虎都跟着光荣，小小年纪就当什么红小兵团长，他懂个屁。就我不光荣，小小年纪在学校也没混上个干部当。我从来就不认为爸爸怎么样，也不想靠他上去，我毕了业下乡去，当社会主义新农民，再找个农村姑娘结婚，彻底与贫下中农相结合，也生几个农家小子闺女。爸要回家种地，我跟他去，省得当什么叛徒、死党的。那边儿不是有一大家子农民哥哥和姐姐吗，苦日子他们能过，我也能过。

接着二哥埋怨妈妈，你好好儿一个北大学生，非嫁他一个土包子，享什么福了？家庭妇女。他凭什么整天训你？我早就看不惯了。

三虎后来上了大学，学了点弗洛伊德，回想起二哥的话来，似乎觉得那就是"恋母情结"和"弑父情结"的本能表现。三虎也很为母亲鸣不平，但他那时正处在崇拜父亲的时期，看什么解放军英雄的故事都把父亲的脸安在那些英雄的身上，而母亲不过是为前线做军鞋、军衣的大嫂们之一，不值得崇拜。至于什么大学，那是资产阶级的地方，父亲娶了母亲，是把她给救了，是改造了她。但他后来发现，好些大院里的大官都是不要了当年的无产阶级老婆而娶个好看的资产阶级老婆，仍在家乡的无产阶级老婆的儿女来城里看比他们大十几岁的父亲时，都是由这个资产阶级老婆当家做主让他们住上两天，爱搭不理地说说话，然后塞上几个钱打发走人。

如果说三虎很为父亲的再选择庆幸，不如说是为自己——似乎又什么都不为。小时候曾想过父亲若不是与母亲结婚，自己可能就成了那些普通的孩子。也许妈妈嫁个大学同学，是个教师或技术干部，又怎么样？班上那些什么工程师的孩子一点没有三虎气派，听说是住在平房大院子里，自家烧炉子做饭的，一个月才几斤白面，天天啃窝窝头。他们在家要干活儿，从来还没坐过火车，哪儿都没去过。大了以后觉得这想法很可笑，好像自己注定是自己，妈妈嫁给谁不嫁给谁跟自己没关系似的。小孩子们总这样想：要是我爸爸或妈妈是谁谁谁，我就不是现在这样了。

长大一点后他认为爸爸的再选择是对人种的改良，不一样就是不一样。那个四十多的大哥和他的儿女们，怎么能与他同日而语？

五十年代的换老婆运动在生物人种学方面是一个道德的行为，尽管对"大哥"们来说是痛苦的。作为性胜利者和征服者的父亲们，其实是文化上的叛徒。母亲其实不必悲哀，不必为自己年轻时的"浅薄"后悔，她们是胜利者，是神圣的祭品。这正如同汉人同化了征服者满人，中国文化是以柔克刚的典范，中国人的思维方式也应该说是阴性的。

后来的事实证明，妈妈果然是对的，经过一番审查和调查，最后宣布老梁没犯大错误，只是排错了队，且属于排在队尾几乎看不清排头的那类人。或者说他没排错队，而是那队中间出错了，变了性质。就像在食堂里，一排窗口卖菜，大队长长的，说这个窗口卖排骨你就排上了，后来它改卖羊杂碎了也没通知你，于是你仍坚定不移地为排骨排在这一队尾。排前头的早清楚，不声不响换了队，见熟人就夹塞儿进了别的队，后头的知道什么？傻排到底却是个错。

老梁就属于后头这类人。其实整个一个糊涂。但据说关键的一次会上别人表示效忠，他不仅紧跟了，还表示"誓死"，并举出家中有卫彪和卫群"时刻准备着"，随时为共产主义流血牺牲。他记得清清楚楚，上头可没说过是要复辟资本主义，也没说过要替地主资产阶级做事，要是那样的话他怎么会效忠？他早拔出枪来打他个王八蛋了。林副主席指示说如果他再去打游击，再上井冈山闹革命，大家跟不跟？大家说当然跟了，坚决跟林副统帅跟到底，直到实现共产主义。这怎么叫错了呢？谁也不知道他要上井冈是要与毛主席作对呀？他从来没说过要跟毛主席作对呀？他总是挥动小红书说要做毛主席的好学生好战士呢。上头的事怎么这么复杂呀！

好在上头并没看中他，他只是口头上"誓死"了一次，但根本没派上用场。他要为之誓死的人成了叛徒在蒙古荒原上摔个粉身碎骨他都不知道。后来看到照片，副统帅烧得不成样子，像烤糊了的瘦鸡，光秃秃的，好像鸡腿还有点肉。他自己都傻了：我就为这样一只烤鸡誓死过吗？

好在老梁属于不知不觉地上贼船者，什么事儿也没查出来，又是八辈子根红苗正的穷人，当然无罪。但无罪并非无过：觉悟不高，没认清叛徒嘴脸，感情朴素但无法代替坚定正确的政治方向，等等。人也老了，别再老混蛋下去了，干脆进干休所当老革命养起来养死而已。

两头老虎转了学，又恢复了二虎三虎的老名儿，不当学生干部，老老实实当普通学生，似乎没什么不好。只是三虎开始有点不习惯，出风头的事都让那些一口土话的地方老百姓子女干了，他们喊口号时尽量撇着京腔，听着比本地土话还可恶十倍。二虎三虎绝不理睬他们，只跟干休所的子弟们一起上学放学，回到家哥哥摆弄一屋子的半导体零件，三虎学不会就跟老父亲学种花种树，学做木工，打小凳子小椅子，小箱子什么的。老头儿干这些活计真是一把好手，他几乎包了全院子种这种那的任务。原来的枣树只结几个青青的小枣，像吃了青草后羊拉出的粪球球，葡萄只长叶不长果，让老梁剪剪弄弄，不知怎么就果实累累起来。最拿手的是伺弄葡萄架，老梁让二虎三虎挖些坑，然后带他们去公厕掏大粪来倒进去，再猛浇水，不出几个月那葡萄就黑紫黑紫地挂得铺天盖地。老梁变得无比慈祥，特别关心三虎，要他学这手本事，不愁将来下农村。唉，老梁说，亏得他没文化，才没犯大错误，落个糊涂也好。要是他有文化，恐怕就下不了贼船了。二虎挖苦老爹：你没文化倒光荣了？还得有文化。人家有文化的什么都看得清，沾光的是他们，一看风头不对会躲的也是他们。原先比你跟得紧的，不是最后什么事都没有？就你没文化，实实在在倒霉。老爸无官一身轻，也与儿子平等了，儿子说他什么他只是笑：你臭小子行了，没我这个没文化的爹，你能住这小楼儿？你看你们大哥一家子，日子多苦。我混成这样儿，知足了。

"你知足了，可我不知足。"三虎那天突然气愤地说。他真生气，学校里"批林批孔"，排节目，因为他瘦小，让他扮演林彪。一群孩子手拿纸笔伴着歌声跳批判舞：

> 叛徒林彪，孔老二，都是坏东西。
> 嘴上讲仁义，肚里唱坏戏。
> 鼓吹克己复礼，阴谋搞复辟。
> 红小兵，齐上阵，拿起笔来狠狠批！

人家跳得像洪常青、吴清华，他和另一个扮孔老二的孩子只低着头躲来躲去，缩成一团。人家一唱"坏东西"、一跺脚一做"千夫指"状，他们就得抱成一团装发抖。"我成坏人了，原先谁敢让我演这个？我肯定是演狠狠批的。"现在可好，天天让别人狠狠批，而且那个"狠狠批"每次是唱好几遍的。

虽说是父亲倒了自己不再像原先那么神气，但毕竟是革命军人家庭出身，父亲算高干，在那个小城市里这样的高干并不多。干休所的小院儿都是二层的小红砖楼，四家一座，宽敞明亮，院子里花红柳绿，是一个高雅的世界，一说起这个反修路十号，小城市的市民们无不羡慕。上了中学，那些老师班干部什么的总要借家访的名义来干休所，跑这个鸟语花香的小院子里开眼来了。家访是有一搭无一搭的谈话，眼珠子满院子转倒是真的。人一走妈妈就发脾气，说这些地方上的人讨厌，土气十足，不开眼。接着悲叹"怎么会同这些人为伍"，警告二虎三虎不许跟这些人来往，尤其不许搭理那些地方上的姑娘。"要找对象也在军干子女中找，千万别找比咱家高的，那些个军级的女儿咱惹不起，就在普通干部家找，人好看，人品好，就行。三虎你听着，我早看出来了，你们班上的女孩子有活思想，居心不良。什么野丫头片子，也想进我的家来。这么小点，才初三，就满脑子小资产阶级思想，男男女女来来往往，跑家里拣便宜来了？要不是你爸倒了霉，咱们早回北京了，凭你这一表人才，在爸爸的老战友的女儿们中间选个什么样的不成？也轮得到这群小地方的野丫头追你。"说得三虎面红耳赤，刚刚萌芽的那么点意识一下子全军覆没。本来他刚看上班里一个白白净净的女孩儿，觉得她像头发没白那会儿的"白毛女"，好像她家是哪个小学的老师，还没仔细侦察清楚。让妈这么一说，觉得自己简直胸无大志，堕落到看上个小家子人的女儿。

妈后半句话很刺激他，让他想起儿时在北京时一起玩的那些女孩儿，她们的父母也不比爸爸强多少，只是因为没犯错误，后来升的升提的提，干休了也在北京。好久没来往了，不知道她们怎么样了。原先还能坐爸的车去北京玩，现在人家那边不好走动了。妈妈一句话，又让他想起北京时期金色的童年。三虎好不甘心命中注定在这个小地方的团级营级子女中混个媳妇。

大哥大姐来信中早有透露，都有了人选。一个家是广州的军干，一个家是西安第四军医大学的。他们似乎注定是要转业后去对方家里落户的。三虎很受刺激，他不想混在这个稀里糊涂的小城市里，他想像大哥大姐那样远走高飞。可他注定要留下——二哥要毕业了，按规定一家只能有一个子女留城，他排在前头，必须下乡去广阔天地炼红心，那三虎就得作为家中惟一子女留下照顾父母。

闲谈中二哥说他是最倒霉。父母最不喜欢的是他，因为他从小不会巴结爸爸。爸爸又结束了政治生命，没戏唱了。三虎好歹还有国家政策保护，可以留在父母身边不下乡，就他二虎夹在中间当不当正不正什么坏事都碰上了。

三虎最看不起二哥这副怨天尤人的样子，顶没出息了。一气之下，他毅然决然提出自己高中毕业后下农村，把留城的名额给二虎。反正一家只留一个，留了二虎三虎早晚必须下。三虎之大义凛然甚至落实到了行动上，他主动找校"革委会"提出留二虎，将来他下乡。这一义举立即招来校领导对二虎的蔑视，成了头号新闻，而二虎自己还蒙在鼓里。校团委、班团支部的干部纷纷找到二虎，批评他作为一个共青团员在大是大非问题上的"小资产阶级软弱性"，不敢走与工农相结合的道路，贪图安逸。二虎羞恼地跑回家对三虎大发雷霆，没想到小三虎早有主意，亮出了底牌：

"你就是下了乡我也不留城！我反正要下去。倒不如你先留城算了。"全家人大感，感觉三虎不是脑子进水了就是另有图谋；看他两眼放光的样子，不像脑子坏了，肯定是有小算盘，就让他说说。三虎胸有成竹地道来："现在下乡是潮流，也许下去比泡在城里还有机会些。待在城里，进工厂当学徒，不死不活三年，一月十八块，有什么意思？我下去好好干，兴许还能选拔上大学当工农兵学员。没准儿抢个什么险光荣负伤就出了名，混成知青模范还能爬上去呢。"他还有几句话没说，那就是，说不定会怎么着当了名人混回北京去。

既然三虎这样坚定，又那么有主见，二虎倒乐得拣个便宜，虽说有点不光彩，但总算不是全家最倒霉的人了。于是他就留了城，进了拖拉机配件厂当工人，天天在冲床上冲零件，千篇一律，一根扁钢条，一次能冲出十几块做配件的小钢板，一天冲上几根就算完成任务，没事的时候就跟工友们打牌、下棋，下了班鼓捣他的无线电收音机，日子过得挺安逸。

三虎认定二虎这辈子就这样了，实在没前途。而他自己则以预定下乡的身份上他的中学,心里有了目标,天天情绪高涨,开心快活。他开始认认真真练他的木工活,跟所里的大夫学中医中药练扎针,这两样在农村最吃得开,有了这本事不愁将来在农村不冒尖。而他的同学们却依然浑浑噩噩地一天天混着日子,像准备挨宰的猪羊,老老实实等着毕业下乡那一天的到来。那些个想走政治路的人则热衷于组织学马列学无产阶级专政理论小组,忙于分成几派山头,争当团支书班长什么的,打算捞个资本,将来下去接着当大队长小队长之类的官。三虎没了这种政治优势,只能学本事靠一招鲜二招鲜吃遍天。正赶上那会儿农村大兴赤脚医生,宣传"一根银针治百病、一颗红心暖千家",左一个电影右一个电影中总有赤脚医生的光辉形象,三虎便相信自己也能行。

爸也觉得三虎这孩子有志向有出息,而且有朴素的无产阶级感情,不像二虎那样从小少爷作风,看不起体力劳动。他认为三虎选择与工农相结合的道路是正确的,中国是农业国,没了农民全饿死;都泡在城里也没那么些工作可做,倒不如下农村到地里刨粮食自己养活自己。为保险,不受欺负,不如将来让三虎回乡当知青。好歹那一村子人都姓梁,左左右右都沾亲带故,好有个照应。再说三虎那个同父异母的老大哥在队里当着大队支书,总算有权的,再怎么着三虎也是他兄弟,能保护他。说不定哪天摊上个上大学的名额呢。为这,老爸第一次给大儿子写了信。大儿子回信很诚恳地欢迎弟弟回去,特别嘱咐三虎好好学中医,山里就缺土医生,人们没钱治不起病,想死也死不了,受熬煎哩。山里有的是草药,不用花钱,采了就能用,全村人再苦也养得起一个自己的医生。

干休所的张大夫是个祖传老中医,在医务所里很被学过西医的年轻人看不上，病人头疼脑热的也不愿吃中药丸子扎大钢针，开点西药就走，弄得他几乎没事干。惟一需要他的是几个老红军老八路，没大病，就是老寒腿什么的，见天见定时来拔罐子，扎上几针或在头上浮皮潦草地扎一脑袋细针，然后闭目养神小睡上四十分钟。起了针起了罐子直喊轻快不少，老哥儿几个就坐一块儿回顾战斗历程，你讲大渡河，我说孟良崮，他侃占上海，高高兴兴一上午。

老张大爷一直是这城里私人土医生，属于小手工业者，没见过大世面，但特佩服这些比他大不了几岁的老兄弟们，爱听他们侃。听着就后悔，自己当年就是胆小没敢去参加八路军打仗，只等共产党出生入死打走日本鬼子解放自己。到了儿，人家都成了功臣，自个儿只配给人家拔火罐儿捏捏腿儿。由于自卑，服务态度就更好，人家指哪儿不滋润他就点火给扣上一小罐儿，有时给那些老哥哥们一扣就是满身小黑罐子，像爬了一身的黑虫子。只要能伺候好这些老革命，张大爷就觉着自己也为革命事业做了贡献，同时也是让这边的火爆场面给那些学了个半吊子西医的小军医们示威，说明他老张有用。

小三虎儿真心拜张大爷为师，真教他喜出望外。别管他爸犯过什么错儿，人家也是豁上性命打过仗的英雄。人家的儿子肯学中医，老张自然感动受宠若惊。三虎放假时就全天泡在医务所，平时一放学放下书包就奔那儿，一老一少很要好，医术也有长进，不久就跟着配药、给病人拔罐子、扎扎胳膊腿、抄药方什么的。三虎告诉张大爷打算下农村当医生的事，张大爷一百个赞同。他说毛主席让城里青年下农村的政策就是英明。中国这么穷，最穷的是农村，大医院搬不到农村，大学生下去了也没用，化验啥的用这机器那机器麻烦着呢，不看病光检查病都查不起。是得发展中医中草药，让你说不明白为什么，看舌

敢情你们都有自己的家,凭什么不让我有?

有我们姐儿几个伺候着你,还怎么着?皇帝也不过就那么几个固定的。

头摸脉就知什么病,不动剪子不动刀,光喝汤药就行,几根针能把瘫子扎得会走路。西医就知道割肉,消炎,那人身上的肉长哪儿不长哪儿是老天爷安排好的,说割就割准没好处;消炎,按了葫芦瓢起来,这儿消了它往那儿拱,早晚拱出毒瘤子来死球子。中医是让体内的毒化了,排泄出来,把里头清干净了,让哪哪儿的管儿全通了,气儿顺了,人就没病了。虽说慢点儿,可它没副作用,病好了人也不受伤。人家农民就是靠卖把子力气吃饭的,你给他锯了胳膊腿,换了猪肾狗肺的,人家还怎么干活,还不如死了算了。好好儿学中医,下去,准受欢迎。像那几个小青年儿,窝在这儿天天开开消炎片,抹抹红药水有啥意思?他们其实一点不懂阴阳虚实,瞎对付人,把表面上的病消下去而已,其实是让病转移了,慢慢又会拱成大病。这哪儿是治病,是慢性儿杀人哩。人家老头儿明明是虚火,该用温和的药补阴降相火,他们不管不顾,一律消炎开牛黄,火下去了,老头子也折腾得趴下了。人家孩子食火引起感冒,不管,只打退烧针治咳嗽,好不了几天,又会病,因为没祛病根儿。还有那大虚引起的大火,最让人坐蜡,只消消炎,纯粹是延长几天生命而已,跟不治一样。农村人可不需要这样的二五眼半彪子大夫,要的是少花钱不花钱也治病,实实在在去病根。

　　三虎让张大爷这个看上去土气十足的小城大夫迷住了,似乎他像一个古老的传说,像个飘飘然然的神仙。那一脸的干褶子就像一脸药方和人体穴位经络图表,人也像被中草药泡制过的木乃伊。可这个木乃伊的胸膛里发出的是共鸣很强的声音,有一身的力气,一手能提起年轻人都提不动的大药箱子。最令三虎着迷的是张大爷那一双深而亮的眼睛。有一次在黄昏时分他走进屋里,没有发现张大爷,只发现了黑暗中一对玻璃球似的眼珠在闪亮,似乎他全身的水分都干了,独独润泽了双目。

可历史却让三虎壮志未酬。三虎的手艺正学得精湛起来时,忽然就改朝换代了:"八亿人民庆胜利,热烈拥护华主席。"一片欢呼:"华主席办事毛主席放心,人民拥护华主席,华主席办事为人民,跟着华主席胜利向前进。"

不久老大哥来信诉说农村里派性又起,借着批判"四人帮"的机会,没掌权的一派人重新上了台,把大哥这一拨儿据说是"四人帮"线儿上的小爪牙们全赶下了台,正受审查。

老梁看信不禁老泪纵横。梁家前世惹了哪家神了,要遭这种报应?如果说老梁好歹还沾过贼船的缆绳,这小梁在一个山沟沟里怎么就成"四人帮"爪牙了?"四人帮"认识他是谁呀?他造反上台,是他想造反吗?他在县城高中念得呱呱叫,就是大学生的优秀苗子,可毛主席号召青年回家乡建设社会主义新农村,他就响应号召回乡了,以为一回去就能建成共产主义呢。"文化大革命"一闹,说掌权的是走资本主义道路的当权派,号召把他们拉下马,小青年们当然要起来夺权。弄半天第一夫人是个坏人,真是天知道。

眼看农村这么不太平,纯粹是借着批判"四人帮"村里的帮派在整人,小三虎就别回乡了,有本事哪儿都有用武之地,咱自己上别的地方当农民也一样。

那年最后一批毕业生照"既定方针"下了乡,没几天就宣布恢复高考,说考就考。三虎胡乱复习几天就上了考场,也没觉出考得多好,只想练练兵考不上第二年再考;填志愿也填得毫无章法,一共许报三个学校,就采取点菜式每样报一个。文科离不了文史哲,上过大学历史系的母亲就指导他一级一级降着报,先报北京大学再报南开,本省大学兜底。一发榜，竟是本省大学哲学系兜底。最高兴的倒不是三虎，他压根儿不想念什么哲学，也不想念文科，他眼热的是医学院，想念北京中医学院，自以为自己的中医知识很强，一进校准能跳级早毕业的。谁知道医学院按理工科考试，而数理化他最多三门加一起考一百分就烧高香了。他不明白，那些祖传老中医哪个会算什么三角，哪个懂化学键法拉第定律？中医学院怎么成理工科了？最高兴的是二虎，他几年前捞了个便宜没下乡，总觉得很厚颜无耻欠了小弟弟的账，似乎是弟弟代他赴刑场。没想到弟弟好心得了好报，赶上了上大学，捧上了铁饭碗，将来还是高级知识分子了。这下好了，皆大欢喜，总算抹去一笔良心债。这两年他摆弄无线电很玩出了花样，竟然自己弄成了几波段的收音机，偷偷听苏修美帝的广播，对全世界的事了如指掌。"四·五"天安门的事儿还是先从外国台那儿听来的。为感谢弟弟，一定要把自己精心做的一台好几波段的半导体送给三虎，让他听全世界的事儿。但嘱咐他千万偷着戴耳机听，听完了把调波段的拨头儿拨回到中央台上，省得让人检举了惹麻烦。什么哲学系，那是是是非非之地，最革命的和最反革命的全在这种地方，挑运动批判人，全是这种地方的人打先锋。一个国家的哲学系兴旺，这个国家准好不了。说得三虎毛骨悚然，决定不去上这个是非之学了，明年再考个外语系什么的学门硬手艺，弄"四化"怎么着也用得上。可一打听，说不行，今年不服从安排，第二年不许考，要第三年才能再考。三虎怕到了第三年政策再变，说不定又改工农兵学员推荐制了，就毅然决然铁了心念这个是非学，小心点就是了，只要自己别沾是非，考试毕业端铁碗就行了。

入了学才发现，哲学系的是非根本轮不上他去沾。那些个老师个个儿口若悬河，落笔生花，原先省报上市报上不少"批林批孔"和"批邓反击右倾翻案风"的头版二版大文章都是出自这些人之手，大名鼎鼎。粉碎了"四人帮"，那些在本省有名气的批判文章不少也是他们写的，每个人至少有两三个固定笔名，在省报甚至中央大报上争奇斗妍。他们当年没弄好人际关系，毕业时从北大、复旦、中山等名牌剔出来发配这个省，很不甘心。现在有了名，都闹着调走，中央党校、北京天津上海的大学正是横遭"文革"摧残老师队伍青黄不接的当儿，全开绿灯给他们，真个是不可一世的大文人们。听他们上课你会觉得自己是白痴，三辈子也学不到那程度。三虎知道自己这辈子当不了哲学家，上这个大学不过是被兜底的。谁让自己没考好的？偷偷托人从系秘书那儿一打听，才知道这届学生中大多数都是第一志愿被刷下后就被省大学一网打尽的，根本没让第二志愿的大学摸到他们的档案。三虎的成绩比北京大学的录取分数线高出十五分，如果有得力的人在录取时一关一关地盯着，他完全可以上北大。可他没有人从中帮忙，就被刷了下来，而比他分数低的照样上了。这种官司打不得，上分数线后的淘汰率是百分之二十五呢，它想录取谁都有理由，谁让你没人帮忙？活该倒霉。反正那年连高考分都不公布，普通老百姓知道什么？有个学上就心满意足了，哪里知道自己是被无理从一流大学刷到三流大学的？从前是群众推荐，领导拍板，全是靠人情关系拉拢腐蚀了革命干部才能上大学的。为上个大学，多少女青年让什么村支书车间主任给睡了？现如今有了考试，中国总算进了一步，知足吧。录取时耍耍手腕毕竟也是在幕后，不像从前那么光天化日之下玩黑的了。但日子一久，人们还是知道了自己的高考分数，小小哲学系里竟有一半是进了一流大学录取分数线的。这些人一个比一个厉，不少是各级党政机关的大批判笔杆子，哪个不能一宿写出万把字的马列文章来？他们张口就是"我当年"。有人亮出署名是"××大批判组"或"×××工人学马列小组"的主笔，很多文章据说他/她是主笔，为证明情况属实，文章后还附上盖了单位大印的证明信，"兹证明×××为《右倾翻案风的理论背景》一文的执笔人"。这类笔杆子全不是善茬儿，课内课外能写能发能辩论，闭着眼背一段语录并能指明是《列宁全集》或《马恩选集》第几页。

三虎几乎像听外语一样地傻听傻看这些高精尖人才们的高谈阔论，觉得自己纯粹是个混子，是个寓言中的南郭先生，外人看着是哲学系人士，自己其实是滥竽其中。全班只有他和另一个什么深山里考出来的是十八岁的应届生，其余的全是历经沧桑久经考验的理论阵线尖兵，从二十几到三十岁不等，不少是托儿带女的人，终日一脸的问题与思考。那几年拨乱反正全面复苏，正需要理论人才，这些人才便应运而生，把上课当成可有可无，一个个全忙于出文章见报刊，那才叫风流。一帮人拿起了刚恢复不久的稿酬，千字七八块。天天课间时分生活委员抱来一大叠信和几张稿酬单，高叫着某某三十元，某某十五块，接着就是吵吵闹闹吃大头排队请客，上午去取钱，回来顺便捎二斤肉皮冻或猪大肠之类，中午就在宿舍里哗啦一摊，嘬着老白干重摆理论战线。三虎从小日子好过，绝吃不下带毛的肉皮冻和臭烘烘但油花花的猪大肠，但很爱听他们理论，似乎天将降大任于斯，国际国内的大事全要靠他们来忧过虑过并为之下地狱。

这些人位卑不敢忘忧国，关心的果然全是时代焦点，仅"实践是检验真理的惟一标准"的全国大讨论，班上就有十来个人在不同级别的报上发了文章。那些日子像像比赛一样，某某刚在校刊上见了名，某某某又在省报上成了特约评论员，到宿舍里又有面红耳赤的一争，最终看谁高明只能由所发报刊的级别来定。最终还是刘大哥发在《红旗》上的一篇，把全校都震了。虽然被删剩了一千五百字当短论发的，可那是呼啦啦的《红旗》啊，一千五也是半个版面了，虽然几近最后一页。刘大哥自然很克制地不笑不骄傲，但他就可以不与任何人理论，只须拿本《红旗》坐一边看，别人就不好意思争什么。谁能比上刘大哥？当年作为中学红卫兵代表参与过省"革委"成立大会给党中央毛主席致敬电的起草工作，那文章收在一本这类致敬电的汇编里，叫《无产阶级文化大革命胜利万岁》。跟别的省比，这一篇算上乘佳作了。尤其那十个大排比段，排比段中的排比句，排比句中的排比分句，分句中铿锵有力的四个字四个字整齐排列的成语，组成一首很磅礴的散文诗。末尾是"毛主席啊毛主席，无限忠于您的全省无产阶级革命派，日日夜夜眼含热泪仰望北京——'抬头望见北斗星，心中想念毛泽东'，在这大吉大庆的日子里，我们高举红彤彤的《毛主席语录》，千言万语汇成时代最强音：祝福您老人家万寿无疆，万寿无疆！"这样一杆如椽大笔，到什么时候都是能落笔生花的，无人能够匹敌。

　　三虎对这些沸腾的生活全然陌生，听不大懂更不会写。他惟一会做的是大课小课永远不落一节，老师讲什么一律记下来，考试照背如流，回回九十几分。这样的人在哲学系是最让人看不起的高分无能鼠辈，加上不是一代人，别人几乎不注意他的存在。他惟一可以大出风头的时候是上外语课，他永远是最优的学生，念课文回答问题一马当先。而那些老大哥老大姐们则连成句的英文都念不出。但他们拿这无所谓，因为成大器者都会有人替你当翻译。直到有一天纷纷传言"各尽所能，按劳分配"这句社会主义分配原则翻译得不准确，似乎与马克思的原意出入不小，人们才惶惶然起来，好像跟爹妈生活了半辈子却被告之"你爹不是你的亲爹，娘也不是你的亲娘"一样惊恐万状。（后来又有解释，说怎么译问题不大，关键是对这个原则权威的解释别出错就行。）人们这才意识到翻译的重要性。大家纷纷说梁三虎应该好好念外文，将来专门做哲学翻译蛮好，省得让些个只会洋字码儿别的一窍不通的大笨蛋给译错了让咱们瞎争论一通。有时说着说着一个个都恢复了考学前的领导身份，忘乎所以地说三虎你毕了业就到我们省委研究室当翻译吧，或到我那个秘书处去吧。三虎这才明白自己是跟一批未来的领导同学。刘大哥根本只拿他当小孩子，说毕业后上我那儿，我把你介绍给书记们，他们准抢你去当秘书，弄不好还会把千金嫁给你，你小子就一步登天，进入本省政治权力中心了，到时别忘了你大哥就行。怎么样，哪天跟我上机关去走一遭儿？早点见见大头儿们，让他们内定了你，一毕业就有的放矢进谁家门。

三虎半懂不懂地眨着眼，但心里全明白，讨厌透了这个系。眼看着同自己年龄一样的中学生比他晚上来一二年，成群成伙地青春活泼，他甚至想留级或转系，和自己的同时代人一起上学。跟刘大哥们在一起很压抑，很有生活在一个非常地域的感觉，好像身边总响着"文革"的枪声口号声，令人不安，皆因为他不是哲学料儿。

但刘大哥让他找靠山的话倒提醒了他。爸爸在北京有无数老战友，官位都不小，为什么不能找他们帮忙，也内定了他，毕业时给他订回北京去？有听刘大哥们高谈阔论的功夫，不如把书念好，门门考高分，老老实实做人，让人挑不出毛病，毕业时搞个北京名额离开这个腻透了的省份。每天仅听刘大哥那口死不改悔的地方话就让耳朵生茧子。

三虎的想法果然不错，后来兴了一阵民主选举人民代表，又是哲学系这帮有斗争经验的人开演讲会，争当人民代表参政议政。结果也没哪个学生当上代表，那红选票发下来上头根本没他们的名字，即使学校里有几个人知道你填了你的名字，那仍是沧海一粟，白费劲儿。三虎一看候选人，只认识一个本校校长，那一串别的名字全像外语生词，就干脆一个钩接一个钩儿全打上，随手扔进票箱。反正也不认识，谁知道谁比谁强？全选，让上头定去。这选票就作废了。本来就用不着三虎这样的混子来选的，多他一张少他一张轻如鸿毛。照样念他的书，背他的外语，考什么都是坚如磐石的九十多分，尽管没人重视他的分数。

可刘大哥们不甘心灭亡。他们身上好像永远燃烧着这火那焰，哪里热闹哪里就有他们，不让他们管这管那，参与这参与那比叫他们死还难受，三十大几的人了，好像就安定不下来。三虎想这是因为他们太有知识，生活经验太丰富的原因。这些人是不甘心寂寞的，因为他们从打一懂事起不寂寞的社会生活就给他们注射了不安分的因子。今天这个研讨会明天那个大讨论，为食堂的菜里有苍蝇去找领导谈判要罢吃，为总务处长的儿子打了学生没人管纠集人们去校部静坐，哲学系的每次都是一马当先。那年中国足球队踢赢南朝鲜冲出亚洲了，又是这些哲学系的带头敲脸盆打鼓唱国歌并成群结队冲上大街。冲到省农学院门口，大门紧闭，不知那儿的学生怎么那样老实，全校按时熄灯黑乎乎睡大觉。这些门外的就高呼"农民兄弟快快觉醒。"里面一打听是为足球的事，全不以为然打着哈欠回去接着睡，刘大哥忍不住发表讲演，号召大家高呼口号，一直把农学院的人叫出来参加游行为止。

这些事平时也算不了什么，可到毕业分配时就全成了问题，有的活动据说是"资产阶级自由化"的一部分，领着头折腾的全都要讲清楚，讲不清楚不仅档案里来几笔跟你一辈子，分配也绝没有好单位。

三虎从不招是惹非，给人的印象是书呆子、单纯，没有给他做坏评语。而他父亲的老战友帮他在北京活动了向导出版社的一个名额，挂名下达到学校，竟没人敢提意见，也没人敢同他争，顺理成章地分配回了北京，进了"向导"的哲学编辑室当编辑，神不知鬼不觉。

其实为活动这个名额三虎一家下了大功夫。老梁早不在位了，又跟"林贼"有过那么点说不清道不明，这些年来老战友来往也就断了。人家没嫌弃他什么，主要是他自觉，没脸见人家，也生怕给人家招惹麻烦，影响了人家升迁。是他主动断了来往的。官场上人人自危，一步一个小心，谁还自投罗网上赶他？好在这时事儿过去了，上头审查了个六够后也宣布他是清白的。老战友们也纷纷年高退了，早没了那许多说道，现在再联系，无关仕途官运，加之越活战友越少，渐渐又亲密起来。

那年暑假，老梁特地让三虎拿着他的信去北京找几个当年真正出生入死患过难的战友，官都比他做得大了才光荣退下来的。说起老梁，一个个不禁眼泛泪花，说他是大好人，就是命不好，也不怨他。其实是上头重用他才派他守北京的大门去的，弄好了班师回京或再调任，比他们哪个都有前途。听说三虎要回北京，全都认为应该，满口答应，不行就集体开着军用吉普车去他的大学，怎么着也得让他回来。三虎听得真想哭，好像自己是个弃儿终于找到了家似的。

一个暑假三虎泡在北京，东家三天西家五天地住下。和当年的伙伴们重逢了，大家让勤务兵司机开着车带他把小时候玩过的地方全复习一遍，又带他去远郊县从没去过的新景点这洞那洞的。大家把他当成一个沉睡二十年的温克尔，像听什么传奇故事似的听他用略沾上地方口音的北京话讲他一家的经历，女孩子们全听出眼泪来。以至哭到最后三虎发现自己扮演的是个祥林嫂的角色，很不舒服。人人都在怜悯他，可怜他一家，从他们在聚餐时抢着往三虎面前堆食品的热情中，三虎也看出了他们的一丝丝居高临下，为此三虎心中竟生出点恨来。他发誓回北京后要征服他们，做个好汉给这些鸟笼子里养大的少爷小姐们看看。他们借了老子的光，几乎全混在军内院校、大机关、新闻单位，天之骄子似的，只等将来接管中国呢。没见到的几个趁早去了深圳发财或出了国当外交官和记者。他们都能掌握自己的命运，天高任鸟飞，这本也是他梁三虎的命运，甚至会比这更好。

　　玩到最后，三虎对他们厌倦了。他不想继续混在他们群里，就向跟爸爸最近的一个伯伯提出不参军，上地方。老伯本是打算让他在总政、军报等大单位挑的，看他如此坚决脱离这个圈子，知道他是伤透了心。于是抓起电话找"向导"的张大壮，他在"向导"出过与青年谈理想人生的书。老伯亲自陪三虎坐车去"向导"一趟，张大壮像见了亲儿子一样待三虎十分热情，一口答应马上与部里通气，落实三虎的事。

　　可进了"向导"以后，三虎发现张大壮是个很无耻的老头子，也就没有去"报恩"，慢慢就混同普通老百姓一般，再因为追求大才女孟菲未遂，弄得抬不起头来，日子就江河日下地混将起来。最终又跟这几个爸爸老战友的女儿们混在一起，一混三十了，也不想结什么婚了，似乎很快活。他本打算混几年，找个纯情的小女孩，清清白白地过日子，彻底甩了这几个半老徐娘。可他没想到，这几个女人实在厉害，一发现他有可能脱离革命队伍，就要死死纠缠他。连他也搞不清，谈过几个天真烂漫的大学生，可不出几天，这些女孩子都会突然跟他断了，理由全一样，说他是老色狼，老花花公子，让他讲清楚。他怀疑是"移民楼"里有人给他使坏，那太容易了，发现他与哪个女孩有勾结，就把他的艳史通报过去，一封匿名信即可。要不就是那几个女人干的，因为她们发誓永远不会放他去跟别的人结什么婚，"有我们姐儿几个伺候着你，还怎么着？皇帝也不过就那么几个固定的。"三虎有时几乎是在哀求她们饶了他，即使他结了婚，也还可以跟她们保持往来。她们全拿他的话不当真，笑骂他一结婚准是个"气管炎"，有了小女孩，哪还顾得上她们老姐儿几个？三虎有时真要生气，大骂这几个老姑娘、老媳妇一顿。"敢情你们都有自己的家。凭什么不让我有？"那几个人就真的对他特别温存起来，百般的柔媚，万种的风情，又让他丧失革命意志，随她们去。她们要么不结婚，要么对丈夫不满又不想离，能交上三虎这样够档次的男人做朋友，还真是"百里挑一"。寂寞难耐时，进城来找三虎，就那张地铺半间房，竟也很销魂。如此一来，三虎还真割舍不下她们，百无聊赖时也会像今天一样蹬上自行车跑西郊去慰藉一下这个那个，似乎这里头真又生出那么点叫感情的东西来，看来物质是真能变精神的。

以这般丰富经历和那些少不更事的小女孩子谈恋爱，有时极难进入角色。那些缺男人的半老徐娘真拿他当宝贝，伺候得周周道道，几天不见就像干柴遇上火星那样炽热、迫不及待、温柔体贴，三虎一贴上那一个个成熟的肉体就无法自持丧失了任何说"白白"的意志，如此一来，三虎进入了一个固定角色，让她们葵花向阳地渴求、抚慰、崇拜着，一切都是赤裸裸的，欲就是情情就是爱，分不清个子丑寅卯。那关系说不上谁嫖谁，只有需求、渴望与满足，纯纯粹粹的男欢女爱。这使得他跟那些小女孩谈起恋爱来总是不耐烦。他有时暗思量，可能自己这种人在这方面带上了某种职业特征，就像演戏的人因生末净旦丑之分工不同而演员本人下了舞台仍然无法摆脱角色的程式规定，一种规定动作已使自己异化。那些女孩子正值情窦初开的纯情阶段,正是在寻找父亲与哥哥合一的男性形象的时候,要的是男人的才华、浪漫、柔中带刚、情绵绵、意悠悠,总之那种恋爱是"谈"出来的,是显摆出来的,是"为赋新诗强说愁"出来的。而梁三虎由于过早地进入实质操作而超越了这个阶段,就像幼儿没学过爬就学会了走一样,让他重新去爬他会不耐烦。于是梁三虎每次谈个新的,总是过于迫切地要进入实质运作。一般情况下,男人要进入实质运作之前的表现总是有点厚颜无耻的样子,无论伟人与无赖,此时此刻不免丑态百出,每一丝微笑都下作得很。若对方恰是经验丰富的女人,她只能更爱上这种无耻的求欢,荡起欲浪,也随之共入角色,此时她眼中的男人表情和动作就是美的。可梁三虎面对的是些个初试锋芒的女孩,跟他不是一个阶段。需求之不同的时间差,决定了他在女孩们眼中是个色鬼。这正如人和狗之类,因为一站一爬,视野的维度不同决定了视觉的不同,当人视狗为卑鄙时,或许狗也视人为下流。梁三虎只因为这个维度之差而成为色鬼,无论如何也无法娶一房正正式式的媳妇儿,只配跟那些个半老徐娘们胡混。而在别人眼里他还是个无比滋润的土风流人物,说起来这些人全都嗤之以鼻,可心里却是嫉妒与艳羡——说到底这是些个有贼心没贼胆的人,这样的人往往被称为正经人。

造成梁三虎目前这种一边遭人眼热一边"生在福中不知福"局面的,却原来是那个大才女孟菲。若不是孟菲才貌双全有胆有谋地一脚蹬开梁三虎,他现在肯定是另一种样子,可能见了别的送上门的女人都会阳痿,连贼心都不会有一丁点。

那年他来"向导"没几天,就迷迷瞪瞪盯上了孟菲。天知道,可能三虎命中注定是要恋上比他大的女性,竟盯住孟菲不放。而孟菲其实是一个才貌双全的困难户，比三虎大出四岁。孟菲是燕京大学哲学系毕业，牌子极硬，在那一批分配来的大学生编辑中是最光彩夺目的。大学期间追求她的人全被她打发了回去，无论奶油小生还是冷面硬汉，独独爱上了一个其貌不扬的有妇之夫，爱的就是他的才华。那人是"文革"前最后一批大学生，当了一阵红卫兵就被下放到中俄边境上的兴凯湖农场，逆境中不坠凌云之志，刻苦研读马列，就着油灯通读了不知几遍马列原著，以致向马列编译局写了厚厚的更正目录，纠正中译本中失误的地方。大学恢复招生后他就以高分考中了研究生读硕士，经常以助教身份给孟菲她们上课，孟菲的心扉就让这个大才子给打开了。苦恋一阵后被校方发觉，对男方发出了严正警告。而在这同时，学校刚刚开除了一个边远山区考来的研究生，原因是他没办结婚证就占有了女朋友，答应毕业后娶她，可中途又让北京姑娘拉下了水，便要休了那个家乡姑娘。那姑娘的兄弟们不远千里来燕大劝说未果，就把他打个鼻青脸肿然后告了他一状。学校二话不说就开除了他回故乡。孟菲的这位人近中年的热恋伙伴立即吓破了胆，涕泪混流着求孟菲放他一马。

最让孟菲伤心的是那男人哭哭叽叽地说他把事业放在爱情之上，千难万难地考进北京来完全可能毕业后留在中央办公厅什么的地方当笔杆子，将来可以影响决策的，若开回去，这一辈子就彻底埋没了。他说中国人才浪费太厉害，成才机遇太少，埋没个人才像踩死个蚂蚁一样无所谓。他不想为爱情牺牲他的事业。这通表白把孟菲准备好的一句"跟定你虽九死而不悔，无论何方"的诗句全噎回去了。本来孟菲是下定决心跟他开除回兴凯湖当渔民的，天知道如此的浪漫情怀却被残酷的现实打了个稀烂，她的初恋就这样葬送在一个"若为事业故，一切皆可抛"的男人手中。这个从小生长在北京城养在深闺中的大户女儿，从来没把那个北京户口看得有多重。相反，她对那个小红门四合院里的平静生活早厌倦了，从小向往的是北大荒、呼伦贝尔大草原上火红的知识青年战天斗地的生活。那几年频频传来知识青年在广阔天地里救火救人光荣献身的英雄事迹，大报小报上又是通讯报道又是诗歌，每天打开收音机不是大批判文章就是歌颂知青英雄的诗朗诵，几乎让孟菲患上了"烈士情结"——金训华在浪涛中沉没下去之前仍在举臂高呼革命口号的大幅画像，最让她心驰神往，仿佛那不是去死，而是奔向新生。尽管长大后觉得那幅画有点假，人在大浪中是无法摆出那种顶天立地的姿势的，能那样挺立在狂涛中的人绝不会死。但"情结"一旦形成就不会消逝，一旦有机会，它就会死恢复燃。

那年她高中毕业时，从肉体到精神都准备好上山下乡去谱写一曲壮烈的知识青年战歌，可母亲却把一张她患有心肌炎的权威诊断书摆在了她面前，她只能因病缓下，等待康复后再去广阔天地。母亲在一家图书馆里为她找了个临时工作，编编目录、抄抄写写地混日子。每次来了写知青的书她都如饥似渴地读，豪言壮语抄了满满一大本子。可心肌炎总也好不了，母亲也不曾给她吃什么药打什么针，只时不时补充点维生素，吃几个中药丸。恢复高考时体检，她居然一点儿病也没有。原来是当大夫的姨妈搞的骗局，居然让心肌炎诊断蒙骗党和人民四年。姨妈是医院心血管科的党支部书记，一贯是光明正大不徇私情的先进党员，据她说这辈子就干了这么一次坏事。好人偶然干一次坏事并且绝不会被人发现并不难，难就难在一辈子干坏事而不被人发现。

孟菲做梦也没想到是，她母亲和姨妈串通好破坏了她与工农相结合的宏图伟略。连她那个大理论家父亲听说真相后都不相信先进姨妈会有这么一手儿，随之一笑，道："其实我早就知道什么上山下乡不是个办法，也想找个路子给你做做假，可爸爸不敢。你姨妈真为你做了件大好事，功德无量啊。"一番话把孟菲气得直哭："骗子！全是骗子！你整天在大报大刊上讲'两个决裂'，批判'学而优则仕'，原来全是假的。丢人。"爸爸宽厚地一笑："我也是没办法。说真话的没好下场啊。"爸爸这支笔总也写不出错来，流水的政治铁打的笔，只须紧跟上就行，不能提前也不能落后，准没错儿。所以大批人马"文革"中下了什么"五七干校"劳动改造，爸爸硬是没下去。不是他不下去，是革命需要他留在北京写理论文章，俗话说没有革命的理论就没有革命的行动，凡是要干点什么，总得有那么一批人理论开道。爸爸有幸成为这样的理论家，孟菲一家也算跟着沾了大光，没下干校受罪。她的同学们跟父母下干校，住窝棚干苦活儿。父母们进城后养骄了，再二茬儿干农活吃粗粮，大都折腾个半死不活落一身病。同学们偶然回一次北京看上去也跟不开化的人差不多。一想到这些，孟菲也就不怨爸爸了，不得不承认爸爸是对的，只是那种"烈士情结"过早地烙在了心上，挥之不去，老有一种壮志未酬的遗憾。可能正因她此才更加倍地爱上了那个在广阔天地里摔打过的人，无形中把他当成了偶像崇拜着，似乎他就是活着的金训华，跟他在一起总要问他黑龙江的水、兴凯湖的浪、乌苏里江的船，像是在听他讲童话。有时甚至幻化出一幅图景：她是个纤弱的小公主，而他是个高大英俊的王子，她浮出水面，他奋不顾身地跃入水中把她救起，水天一色烟雾朦朦的湖面上只有他们两个人。可惜，这一切都让那个猥琐的革命家给打碎了。

　　孟菲居然在跟三虎认识不久就对他表现出巨大的热情，跟他讲她的失恋史，顿时令三虎心驰神往想入非非。他真奇怪，刚一来人们就说孟菲是个高不成低不就的大才女，莫非他三虎正好是不高不低者？那天孟菲谈起她的过去，竟失声啜泣起来，苍白的脸更添几分凄艳。三虎慌慌张张摸出一团皱巴巴的脏手帕替她拭泪，孟菲就势搂住了三虎颤个不停。三虎有生以来第一回遭遇上这场面，没想到来得这样顺水推舟，就迷迷狂狂地抚摸起孟菲来，自自然然吻了孟菲，吃了一嘴咸咸的泪水。那孟菲一直闭着眼依在三虎怀里，一任三虎的手一马平川地扫荡过去。电话的铃声突然惊醒了孟菲，她睁开眼，怒目圆睁，狠狠抽了三虎两个响亮的嘴巴，随后又紧紧抱住三虎抽搭着说："不行，我们不行，你代替不了他。"

梁三虎那时早已变了个样，根本说不清什么爱情不爱情的，他只懵懵懂懂地觉得他是个男的，孟菲是个女的，孟菲让他血液中一个远古的梦几乎变成现实时又把它拦腰斩断了，叫他痛不欲生地难耐。他一时最痛恨那个破烂的电话机，若是没有那个电话，或许他这辈子就换一种活法了。天知道，孟菲这种怪女人也许注定是要在某一关键时刻清醒过来让梁三虎的阴谋未遂。梁三虎突然发现自己那些年受的什么哲学教育白搭，在这种事上他无论如何是欲罢不能。读了那么些个凄艳悱恻的爱情故事，本以为自己是那种纯情的小白脸，一到理论联系实际了，与现实一接火，却发现满不是那么一回事。一切外在的这个那个理想外衣全剥个干净，剩下的只有一点，是一个男人和一个女人而已。更重要的是一个女人让他醒了却要离他而去，害得他几乎夜夜不平静，睡前读的是啥《一八四四年哲学经济学手稿》，梦醒时分却是一片凉湿和舍不得又无可奈何随风落花流水去也的梦。一时间三虎真的走火入魔，眼中梦中心中只有一个孟菲，便穷追不舍起来。肉体的接触之后似乎任何语言都已变得多余，仅仅是红着眼睛盯住她，两只手不知不觉地就会摸上去。呼吸急促，汗流满面，心里早背好的词儿也只剩下几声含含混混的支吾，不像人言倒象兽语，回回让孟菲骂个狗血喷头，拂袖而去。

三虎真不明白自己何以落到这种语无伦次、偏瘫般的地步，怎么也控制不住自己。他终于明白老爸在六十几岁上为何会跟部队医院的女护士闹出绯闻来。当时妈妈哭天骂地，让全家人痛恨爸爸这个老色鬼。当然最终倒霉的是小护士，打了胎，被送回老家了。打胎前小护士不依不饶，非要妈妈保证打完胎给转到云南新疆什么的边远地区部队，妈妈一百个答应。可打完胎妈就变脸，痛骂小护士是狐狸精勾引高干，要送她入狱也够条件，复员是宽大处理。老爸想送几个钱给那姑娘，却不知道家里的钱在哪儿放着，终于血气十足地大骂母亲一顿，母亲只好拿出二百块让他去还良心债，打发了那女孩。那会儿老爸在三虎眼里形象大打折扣，整个儿一个老不要脸，他自信自己长大了绝不会像老东西那么没出息，有妈妈这么好的女人还把持不住自己。他决心长大后娶一个妈妈这样美丽的女人，和和美美恩恩爱爱过一辈子。这么些年没追求过什么女人，也没女人追求他，皆因为他看着顺眼的女人都不理会他，而对他有点表示的他又看不上，就这么过来了。天知道怎么一眼看中了孟菲，却原来是个错误。仅仅这样一个错误竟使他走火入魔。

孟菲招架不住三虎的骚扰，终于向社里告了一状，控诉梁三虎性骚扰，无法正常工作，要求社里调走梁三虎。孟菲是张大壮惟一不敢对之耍贱的女"社员"，在这种事上张大壮其实很理智。他并非不想沾沾孟菲这样的女中俊才，而是惧怕孟菲的老爸。老孟这些年地位稳定且有上升趋势，"向导"社出版的那些个思想教育方面的书一经老孟认可给做一个序或打个电话给有关部门推荐，公费买书销量便猛增。这年头改革开放，经济效益第一，思想教育的书开始难销，个人不买，只有靠系统和集体这条路，老孟大笔一挥就能让"向导"大开财源。不改革不知道，图书原来也是商品，是商品就得能换钱才行。那些个黄书什么的靠的是低级趣味赚钱，弄这书的人都发了家，总不能让"向导"这样高级趣味的出版社饿肚子。因此，"向导"狠狠抓住孟菲不放，抓住了孟菲就是抓住了钱。如今他个破落军官子弟梁三虎竟敢百般骚扰"向导"的摇钱树，是可忍孰不可忍。于是全社领导在张大壮主持下集体批评梁三虎一顿，对他晓之以理，要求他节制兽性，若再发现他对孟菲图谋不轨，就勒令他几月之内卷铺盖另谋高就。会下张大壮又单独与三虎谈话，说，人嘛，谁没个七情六欲，可你得看看对方是谁？孟菲虽然不是什么总理呀国家主席的千金，可也是大人物的掌上明珠不是？人家看不上你，你就死了心算了，别吃错药似的发情。你现在影响的不止是孟菲一个人，而是影响了全社的利益。在个人利益与集体利益发生冲突时，要牺牲个人利益。再说了，男人像你这么专一的也少见。小伙子模样挺俊，又有学问，找个女人还不容易？干吗一棵树上吊死？我也年轻过，理解你的苦。作为长辈，给你点忠告：只要你爱上别的女人了，就会慢慢儿忘了孟菲。男女嘛，一接上火，物质就变精神，一日夫妻百日恩么，慢慢儿就爱上了。

　　断了对孟菲的念想儿，领导又把他的办公桌从孟菲旁边调到另一间屋子，并警告他永远别再进孟菲那间大办公室。从此之后，他几乎一星期也难睹孟菲的芳姿，渐渐思念之情也就淡了。很快又听说，那位兴凯湖来的研究生在某部的政策研究室耍了一阵笔杆子就趁改革之风南下杀到深圳特区去了。那边开放，没人管你是否是陈世美，离不离婚对升官发财并不是障碍，于是他就提出跟老婆离。那边老婆死不离，他就准备泡个几年不同居变成事实离婚。据说与此同时他又反过来热烈追求孟菲了，难怪孟菲那些天像吃错药似的焕发了少女的三分媚态，扬言要去深圳。这让梁三虎彻底绝望，必须移情。

三虎在北京没有亲戚，举目四望，这个从小熟悉的城市竟变得像个生人一样。挤在集体宿舍里穷混日子实在令人百无聊赖，惟一的去处就是儿时那几个小伙伴家，虽然远在西郊，但想起来毕竟很亲切。本想活个英雄样子给他们看的，最终却是主动找上门去讨点精神安慰。

几次家庭舞会下来，三虎果然彻底忘却了孟菲。当然这还要归功于孟菲才对。自从孟菲唤醒了他的某一根神经，他对女人变得十二分敏感起来，一经接触就会产生与孟菲在一起时的感觉，脸红心跳。可能这种敏感反应和他那种童气未泯的美少年形象激起了那几个女人的野性，她们几个媚眼儿就轻而易举地俘获了三虎的心。三虎一开始心里很忐忑，生怕在老朋友的圈子中闹个坏名声出来，绝不敢轻举妄动。可他无论如何说不清为什么儿时一起青梅竹马玩耍过的小女孩儿，现在都像巨大的磁石吸引着他令他，难以把持。当他终于在迪斯科狂乱的节奏中昏头昏脑地搂紧了那个什么小娜，立时感到陷入了一个温暖缠绵的深渊，越陷越深，竟然连舞步都挪不开，磁铁一般附在了她身上。当灯光雪亮地再次通明起来时，三虎惊恐地睁开眼欲挣脱小娜，小娜却怒火万丈地摔门而去。三虎环顾四周，以为自己这下彻底臭了，等着人们的咒骂，却发现人们成双成对仍旧相拥热吻着，他们谁和谁都不是夫妻，只有秀兰大姐红着脸喘着气对他说了一句："真他妈傻×，去追小娜呀，你伤透了人家的心了。"

三虎这才猛醒，飞奔出门追到山脚下的花园里。小娜正抱住树干抽泣。三虎从后面拥住她的蜂腰，抖动着声音连连道歉。小娜痛骂他"全世界第一傻，整个儿一个不开眼的乡巴佬！原先还以为你是个风流鬼在吊我们姐儿们的胃口，闹半天压根儿不是个有种儿的。"梁三虎在她的痛骂声中恼羞成怒，终于在她的疯狂挣扎中凶猛地宣泄了自己，从此成了一个男人。当他们双双从外面回到屋里时，才发现树枝划破了各自的脸和衣服，很像挂了彩的兵刚下火线。那天他没有回自己那半间屋，就住在小娜家的山间别墅中。半夜时分他被什么弄醒，这才发现他被几个女人包围了。那一双双渴望的目光让他必须十分男子汉地去挺身而出，就像英雄堵枪眼般毫不迟疑。

他做梦也没想到这种纠缠不清而后来变得十分讨厌的幸福轻而易举降临在他身上，让他的生活揭开了新的篇章，像头打野食的猎狗，孤孤独独但也洒洒脱脱地荡在京城，一混就三十了。小时候一听说谁谁三十了，总以为那是人生一大关口，记得那时他看三十岁的人，总觉得他们很沧桑很老木咔吃。现在看看自己，虽然该而立却没立住，但活得自在，别有一番滋味。

想到此，真不知是酸是甜。只觉面部肌肉在抽动，开始有了表情，不知是哭是笑，抽动几下而已。有时哭和笑的生理机制似无二致。

梁三虎突然迫不及待地饿了，摸到一个罐头，打开就塞了一嘴，躺下细细品嚼，说不清是猪肉还是牛肉。终于不等嚼烂咽下，就合上双眼，头一歪，很壮烈牺牲般地睡去，一阵呼噜打上来，嘴里的午餐肉喷个天女散花，再落了一脸热乎乎的肉馅儿。迷迷糊糊抹一把，接着睡过去，做他的美梦。

## 第七章 天下第一俗女人

滕柏菊这几天十分窝火，为小保姆恨得咬牙根儿，可又不敢溢于言表，只好忍气吞声，暗自叹气。娘的！不就是缺了一间房？否则早把这个小白眼儿狼轰走了。上保姆市场上去挑，什么样的挑不来？两个大知识分子倒让个大字识不了几碗的土丫头给活活儿治住了。

这天儿奇热，滕柏菊家的窗户又朝北，不怎么进风，因此屋里死闷。这还不算，北窗户正对着一座高层居民楼，既挡风又遮天蔽日，跟没窗户一样。可要说它跟没有一样也不对，冬天的大北风一刮，小贼风儿就见缝插针地往里钻，用纸糊个严严实实还是不管用，可见有窗户跟没窗户还是不一样。冬天用纸糊严实，夏天还得用大窗帘遮个严丝合缝，否则对面楼上的人就闲得无聊扒着阳台往屋里看，像看一笼子动物一样开心地指点谈笑。那天滕柏菊两口子躺床上开着微弱的小台灯看电视（据滕柏菊编过的一本科学知识小台历上说看电视不开灯伤眼睛），看到一个男男女女的镜头，只演从床上往外扔衣服，便欲火难掩，忘乎所以地也投入行动。就在她丈夫高跃进欢欢实实地起伏之时，对面高层上传来了叽叽嘎嘎的烂笑和拉拉队似的"加油！加油！"，这才唤醒他们两口子，猛抬头，对面几层阳台上已是人头攒动，跃进这才想起关掉台灯。打那以后他们便终日窗帘紧闭，只有熄灯以后才拉开通风，尽管这北窗几乎无风可通，只是聋子的耳朵——摆设。

后窗户不敢开，前门也几乎常关。这皆因了滕柏菊那个天不怕地不怕的母亲及其一行数人那次光着膀子敞着门午睡闹了笑话，从那以后，这屋子就变得众"望"所归，来来去去的人总难免探头探脑，似乎里面有故事儿。为这，滕柏菊跟她妈大吵一场，令其打道回府，永不再来。老母亲压根儿不懂自己犯了什么错误，委屈个半死，还申辩说："好你个大菊子，一进城就嫌弃你妈了。你在家不也是这么个睡法儿？跟你男人在一块儿不是比这还光溜？"说得如此赤裸裸，吓得滕柏菊赶紧关门。

轰走她妈以后，孩子就没人看了。原先指望她妈给看孩子，看到三岁上幼儿园再说（幼儿园不收三岁以下的）。谁知孩子没看几天，闹了个丑闻满社，成了笑料，只好从高跃进的老家请他表妹来。

当初一说请这个表妹来，高跃进的舅妈就满脸不高兴，一口回绝。当年高跃进哥儿三个都是在农村舅妈家长大的，长大一个回城里去一个，回去一个就成一个白眼儿狼，越大越不回来看看把他们看大的舅妈了，跟表弟表妹们也慢慢儿生分了。一晃到了跃进生儿育女的时候了，又想起了舅妈家，想起了表妹。为此，舅妈气不打一处来，当下就数落起跃进和大姑子："凭什么我给你们的儿子当老妈子，我女儿又给你孙子当老妈子？这是什么路数儿？你个小跃进二十年不来看你舅母一眼，这回子用得着了就屁颠儿屁颠儿地来了？他大姑，不是我小心眼子，你说说那些年我对你仨儿子咋样？你一个月才给我十块钱养跃进，后来又来俩儿子，也才给二十。我让你仨儿子有吃有穿，长得壮壮实实。你们城里二十块钱能养仨半大小子不？哼，一个一顿四个大窝窝头。俗话儿说，半大小子，吃死老子。"

跃进的母亲开始还听着赔笑脸，越听越不入耳，不禁反击说："好弟妹咱别说两家子话了。那年月我才挣几个钱？我们两口子每人一月三十几块，容易吗？怎么说农村生活也容易些不是？再说了，我仨儿子哪个不是跟村里孩子一样吃穿？破衣烂鞋的，冬天光身子穿棉衣，长一身虱子臭虫。过去年景儿不好，拉扯大就不容易，我心里老念你好，啥也不说，你倒来说这个。"

老实疙瘩的大舅一拍炕沿儿喊道："别说了！越说越不着调，哪像一家子？新社会了，老提旧年景儿干什么？不是一家子还讲个互相帮助不是？如今跃进遭了难，咱家俊英反正也闲着，去北京帮衬个一二年也是出把力。去呗。"

舅妈说我没说不去，谁说咱见死不救来着？那是人干的事儿？我就是要说道说道，说出个理来。咱帮忙，是大姑家求咱。我们庄户人现如今富了，不图那几个大子儿的保姆费，要不是大姑家请去，咱不伺候这个。既是帮忙，就先讲清楚。跃进你们两口子不许慢待了俊英妹子，她不是保姆。我知道跃进这孩子心不歪，就是怕你媳妇柏菊子。她妈给看得好好儿的，咋不给看了？这里头准有事儿。

跃进忙说柏菊妈身体不好，不光自个儿来北京，还带了柏菊的妹妹什么的一大批人，天天躺一地，实在住不下。柏菊说了句人太多，她妈就一气之下回家了。

你看我说了不是？舅妈拍着大腿说，就知道柏菊不容人不是？连她妈都容不下。她妹子们没去过北京，跟着去看看犯哪家王法了？

跃进苦着脸说舅母你不知道，我们在城里日子并不红火，里外里才住一间房子，人多了住不下。

舅妈一听就来气：上了半天大学，三十好几才混一间房？那还在北京挤什么？回来，住大瓦房来。再说了，一间屋，你妹子怎么住？

跃进红着脸说出用柜子书架打隔断的法子。并声明全楼上家家儿这么个住法。跃进妈赶紧说那么一隔跟两间一样。

反正我女儿受憋屈！舅妈抹开了泪。又说，真看不出来，混成这样还要使唤个保姆，让柏菊退了职看孩子算了。女人，念了书有什么用？

跃进又红了脸，低下头去，不说话了，欲起身往外走。大男爷们儿让人这么奚落，脸上很挂不住。

还是"知子莫若母"，跃进妈眼一瞟就明白儿子此时尴尬万分，说不定会一气之下站起来走人。雇不上保姆，就得把小东西弄到家里来，老太太就得到镇上找个小时工，或者把保姆请家里来。不行，她不能揽这个活儿。给老大带上孩子，老二老三的孩子就都要往家送，一个人看仨，还不累死？跃进妈只喜欢老三跃飞，只答应将来给跃飞看孩子。现在眼看着老二跃冲家的身怀六甲，跃飞也表示"不采取措施"了，一切都迫在眉睫，因此要坚决顶住跃进这一关。

就在跃进妄图起身夺门而去的一刹那，跃进妈眼看着弟妹手却结结实实按住了跃进，一脸堆笑，说："他舅母你可不知道，咱跃进是个大老实，要不怎么三十大几才找上个媳妇儿？在工作上他也是个实在人儿，干什么都不会做假搀水。这样儿的人在单位怎么吃得开？所以到现在也没混上个一官半职，当不上官就分不上房。倒是人家柏菊能折腾，里里外外一把手儿，社里的头儿可重视她了，说不定能混上个一官半职，分两间房呢。你说怎么能叫这样的大能人辞了工作去看孩子？跃进虽说有点窝囊，可也是个男人，总不能他辞职看孩子吧？

大妹子，话说到这份儿上，咱就别再往下说了。俊英要来，算给我个面子。"说着又把带来的花花绿绿礼物往炕上一摊。

舅妈嗔怪着说这就是你见外了，咱俊英早就说去来着。我知道跃进这孩子老实，怕媳妇，就惦着打预防针。俊英好歹是他妹子，不能受嫂子的气，吃喝得平等，不能当使唤丫头指使。

就这么好说歹说请来了俊英，人没来就给滕柏菊个下马威。

那天俊英拎着东西一进楼就说这楼腺气，进了屋根本不抱孩子，一头钻进给她隔出的小屋收拾起来。打整好了出来，第一句话就是"那屋子太热，给我也弄个小电扇吧。"那口气是不由分说的。见跃进不动，她就往床上一坐吹着电扇叨叨："热死了，怎么北京这么热！"跃进马上说我这就去买。说完蹬车去买小电扇。

吃了饭，俊英推开饭碗就抱起孩子上街了。滕柏菊开始训高跃进："你没跟她说她该干什么？合着她只管抱孩子，一切都得我伺候着？还不如让我妈在这儿，老太太还知道怎么干活儿。"

高跃进嘟嘟哝哝劝滕柏菊要树立平等意识，不应把人家当老妈子，接着把接俊英的事前前后后一说，柏菊这才老实了。

从此俊英就这样当起了保姆。她白天在家哄孩子，滕柏菊跃进去上班，晚上回来屋里已经是一片狼藉。一见他们回来，俊英就抱起孩子上街了。柏菊和跃进一人做饭，一人收拾孩子尿湿的衣服和滚乱了的床。收拾一半发现桌上的书湿了一半，拎起来很腺，肯定是孩子上桌尿了。饭做好了屋子收拾齐了，俊英回来了。一见饭菜，她就把孩子往床上一放，坐下就吃，边吃边喊"饿死了"。

柏菊已经忍不住，说："俊英，昨天晚上我给你留了炒菜放冰箱里了，你怎么不吃，还自己新炒了两个菜？面包是给宝宝饿了吃的，你怎么当主食全吃光了？"

俊英没说什么，放下筷子就回自己屋里去嘤嘤地哭起来。然后声明明天就走，不受这份气。两口子当下就慌了神，没想到俊英性子这么刚烈。

滕柏菊瞪直了眼往那边甩话："嘀，一个个全成大爷了。我的家里我倒没说话的权力了。"随后要跃进去跟俊英谈判，自己抱着孩子出去了。

高跃进只得低三下四去跟表妹说好话："你嫂子她心直口快，也是拿你当一家人才这么说。你不知道，我们工资不高，处处儿都得省着过。这城里鸡蛋啦，肉啦，油啦，全是要票儿供应，一家一月五斤蛋，五斤肉，每人半斤油，你一来多了一口儿，就显紧张，就得花钱买私人高价的，再不计划着吃就麻烦了。"

俊英一脸的蔑视，说："一来我就看出来了，这楼不是人住的。这么大的北京，高楼大厦满街都是，怎么就赶上你家住这地方？多憋屈得慌。今儿下午我抱孩子上街，认识了对面楼上的保姆，人家一月挣一百，一人住一间带电视的大屋子。就连斜对面沙新家的翠兰一月还拿八十哩。你们把我当啥了？一月才五十。"

"咱不是亲戚嘛！"

"亲戚应该多给才对。钱少点我也不说什么，凭什么对我耍脸子，凭什么不让我炒个菜吃？钱少就别生孩子，别请保姆。"

跃进气得脸都红了，话也说不出来，人就僵在那里不动。

俊英理也不理他，动手收拾东西，表示明天一早就上火车回家。

跃进终于急了，一把扯下她的包，哭丧着脸用家乡话侉声侉气地说："你这是做啥哩？亲戚家家的，闹这个气。有啥要求，直说呗。"

俊英说没啥要求,只要求工资也长到一百。还要求柏菊嫂子不要指使她干这干那,不要管她。

这第一条跃进说就办不到。人家对面大楼上住的是大官儿,咱楼上住的是穷人,能一样吗?我跟你嫂子,实话说吧,一人一月九十七块,这是中级工资,给你一百,剩下的钱四个人分吃,这不公平吧?

俊英一撇嘴:"表哥你别蒙我,敢情你们那九十七块是底数儿,那叫铁工资,还有这补那补,还有啥奖金书报费,中午上班还有一块多的误餐费,你少说一月也小二百子,俩人就是小四百,过年过节还发鱼发肉发油哩。多我一个人光多张嘴呀,还给你们干活呢。"

跃进真想不到她才刚来就把情况全摸清了,知道得跟她认真了,就算开了账。

"就算我们小四百子,那够干什么的?你一个人干拿一百,白吃白喝,算下来比我生活水平还高了,你是来帮忙的还是来当主子的?"

俊英一脑袋明白,也不着急,继续说反正你们给我一百你们还合算。我在家给你们看孩子,柏菊嫂子就腾出工夫挣外快了,别当我什么都不知道。人家翠兰说了,沙新天天写这写那,写了东西换钱,等有钱了,说是要买十八层上的大楼。我不信你和嫂子不会写钱?

一句话把跃进说痛了。他和滕柏菊确实不会写钱。眼看着这楼上沙新批评批评这个,批评批评那个的,文章隔三差五见报;胡义不鸣则已,一鸣惊人,发出来就是一大本译著,一下子收入几千;浙义理胡诌些你爱我我爱你的诗就腰缠万贯;张三李四王五的也总写点豆腐干文章补贴个油盐酱醋钱;还有人剪剪贴贴,一年能攒好几本书,每本书也能拿千儿八百的编选费,还挂个"主编"的名儿;更优哉游哉赚钱的是那些美术编辑们,公家的颜料、相机胶卷,可劲儿造,画插图拍封面，哗啦哗啦几万块就攒起来了。可高跃进两口子却生生儿与写钱画钱无缘分，眼看着人家挣钱了，心里也急。不会写钱画钱就算了，能投机钻营去当个科长主任的也行啊，在"向导"这样的官本位出版社，当上个科长就能分两间一套的房子。"改革"以后，科长每月拿三十块职务津贴，处级四十元，局级五十元，房子是二、三、四间的等级标准。可惜，跃进两口子与官也无缘。虽然熬年头儿混上了中级职称叫编辑了，依然是只有住破楼过穷日子的份儿。现在俊英又拿他来跟沙新们比，一下子就比得他无地自容。本来跟沙新胡义们住一个破楼里同属无官无职的贫下中编阶层，让俊英这一比，高跃进立马儿感觉出自己再等而下之了一点。这滋味着实不好受。为保住那最后一层脸面，高跃进一咬牙问："沙新家给翠兰多少？"

"八十。"

"那，咱给九十！不过跟翠兰别说九十，也说八十啊。"

"哟，九十跟一百有什么两样，还不是你跟嫂子写几笔就出来那十块？一百就一百呗。"

"先九十着，干好了再加到一百。人家楼上的刚一来也是七八十，因为干得好，加到一百的。你才来就要一百哪行？"跃进依然一脸的诚恳，其实不知不觉中撒了个大谎。

俊英点头同意了。

"但是，"跃进说，"你工资这么高，跟我们一样了，就别再吃宝宝的水果、牛奶和面包了，也不要白天另起灶了，跟我们一块儿吃差池点的饭食吧。我知道，你另炒菜，是嫌你嫂子做的菜不好吃。"

"就是，她舍不得放油，舍不得搁肉，我们家里有的是油，明天我给你们拎一桶来。"

"你有钱了，想吃好的就自己买吧，千万别吃宝宝的。你没看见我和你嫂子都不吃水果？也不喝牛奶？没见你嫂子连皮鞋都舍不得买，就一双像样的鞋？"

俊英总算说不走了。但明天死活要回去一趟，说是回去拿石板，当枕头用，来时忘了拿了。跃进说你就等我们"国庆节"放假时再回去。你一走，我又得请假，一请假就扣钱。

俊英说不行，"国庆节"北京热闹，怎么能走？光在电视上见过放礼花的，没见过真的。

跃进憋着火说明天我骑车到农村野地里捡块石板来算了，说啥也别回去。

早在门口偷听的滕柏菊不失时机地进屋来，一口一个妹妹地甜叫，说话间拿出几件生孩子前穿过的花衣服要送给俊英，嘴里还说"这是跟你哥谈恋爱时穿的，一生孩子，腰身大了，就穿不得了，真想怎么练下这身肉去再穿上它们，可就是减不下去了，送给你吧，年轻轻儿的也美美！"

俊英一看那几件过了时的的确良就皱眉头，正想拒绝这种可怜的拉拢腐蚀却苦于没词儿，听滕柏菊这样大义凛然地割爱，反倒有词儿了。俊英连接都不接就推开了滕柏菊捧衣服的手，说："嫂子这么时兴的衣裳我可不敢要，还是留着自己穿吧。减肥还不容易？少吃荤的就行。怪不得咱家菜里没油水儿，原来是嫂子减肥呢。俺哥可不能再陪你减肥了，他再减就成相片儿了。"

滕柏菊一个回合就败下阵来，脸都青了。跃进只能顺坡下驴，硬把衣服塞给俊英说："你嫂子舍不得穿，送给你你就拿着。要嫌不时兴，回头送你妹子。"

俊英一笑："那就不客气了。赶明儿我穿上它逛王府井儿去。"

总算留住了俊英，两口子顿感万事安顿了下来，没有后顾之忧了。人一安生就容易产生享乐欲望。有俊英管理孩子，跃进和柏菊开始一身轻闲地从事上层建筑方面的活动，如读读书，听听音乐，看看电视，议论议论国家大事世界风云什么的。东说说西说说，说得俊英很爱听，晚上也不抱孩子上街乘凉去了，也坐在屋里看电视，听他们说世界大事，慢慢儿地也能侃几句戈尔巴乔夫萨达姆布什什么的。那天跃进两口子为美国对还是萨达姆对争了起来。滕柏菊说萨达姆这样的就该打，高跃进不同意说凭什么美国成了世界警察？美国想打谁就打谁，这世界姓美了？我看萨达姆敢跟美国对着干挺英雄，第三世界的人嘴上不说，心里其实向着萨达姆，希望他顶住。滕柏菊不干了，批评跃进糊涂，连正义与非正义都分不清。两个人争执不下时，俊英插嘴说啥正义不正义的，我觉着这就是大鱼吃小鱼，谁大谁横，人欺负人呗；科威特白有钱了。滕柏菊这才发现俊英在床上嗑着瓜子，宝宝正一手一把什么东西玩着。定睛一看，不对了，忙凑过去，一看竟是屎。滕柏菊瞪了一眼俊英，俊英的双眼仍盯着电视。柏菊气冲冲拔了电视插头，大骂高跃进："看看看，就知道傻看，看看你女儿吧！"俊英这才明白自己失职，慌忙去抱宝宝，宝宝正玩得高兴，不依不饶，两手乱抓，黄糊糊的屎抓了俊英一身，俊英大叫一声扔开宝宝，自己跑厕所去洗了。

滕柏菊让高跃进看住女儿，自己收拾床单，边收拾边骂："这他妈简直是大爷，明天就让她滚！你不说我去说，什么东西，跑我家里作威作福来！你妈为什么不来？把你妈换来！"

高跃进似乎结婚以来第一次跟老婆火了，把女儿往床上一扔，说："你再这么混说，我就揍你！你是人不是人？"

骂惟一能骂的人。不骂骂谁她就过不去今天。

她骂高跃进天下头号大窝囊废,你也算男人,三十五了连间房都混不上,还有什么脸结婚生孩子?生了孩子当猪养着,这么过你不觉得窝心?有本事你给我辞了这个职,蹬板车也比这么穷混强。好好儿一个男子汉,干吗不干点像样的事儿?你给我挣去,挣钱,挣房子去。让你老婆活成这样,你脸上挂得住?

高跃进平常听惯了滕柏菊的数落加命令。知道自己窝囊,干不了大事,只会勤勤恳恳坐办公室里改错别字,因此别人不拿他放在眼里他也习以为常了。滕柏菊相比之下能干多了,她组的稿子都能为社里赚钱做脸,说话也硬气,回到家里来自然地位也高。可这样无休止劈头盖脸的臭损还是结婚以来头一次。滕柏菊平时虽然厉害,但那多半是出于爱护他,责骂中总有点喜爱成分,骂得他心里怪痒痒舒坦的,比如"你别干了,一边儿歇着去,傻样儿!"或"我们家跃进可是没本事巴结别人,这种黑脸包公似的人哪儿像门晓刚那种小白脸吃香?"有时跟女人们开个玩笑,也会半红着脸说:"跃进这家伙就是老实,三十几了连女人都没沾过。我还以为他有病,是可怜他才找上他的。不就图个老实?谁知道这傻子一开了窍就不知姓什么了,天天儿缠我,讨厌死了!嘻嘻。还真是条汉子,半点儿不偷懒。"说得高跃进躲在柜子后头心头发热脸发烧,但那份骄傲也油然而生。他一直到三十三,还没动过找女人的念头,打算打一辈子光棍,因为他明白像他这样家庭出身的人想在北京找个像样的女人太难了。出版社里的女孩子们都对他很好,但是绝不把他当男人看。求他扛扛包,搬东西上下楼,搬搬家具这种女人干不了的活儿全找他,时不时塞他点好吃的,像优待俘虏似的。这一点他全明白。坏也就坏在他全明白。他绝不想像当年浙义理似的找个没什么文化的女孩子。他妈很替他着急，打算在镇上给他说个俊媳妇，提了多少次全让他回了。眼看着楼上一个个沙新冒守财之流找了外地老婆却让北京户口卡着进不来那份憋屈劲儿，他就打心里呕吐。那种日子干脆别过。按说他高家在那个什么辘轳把镇上也是名门了，一家仨儿子，一个大学生，一个供销社社长，一个镇医院副院长，多少闺女羡慕企盼呢。他俩弟弟全挑了镇上最漂亮的女子成了家，日子过得很红火。但他并不羡慕，也说不上看不起，只觉得那生活离自己很远了。惟一恨的是自己，当初考上了北京的大学，毕了业又在北京工作，见得多了，什么都明白了，想得的得不到，回故乡又不情愿，只能稀里糊涂泡在北京，渐渐地对什么都淡了，渐渐地喜欢上了读佛教方面的书，喜欢什么"色即是空"之类的警句。若非滕柏菊死乞白赖地追求他唤起了他生活的欲望，他真的打算光棍下去。可谁知道结婚后的生活让人如此憋屈，令他个五尺汉子时时脸上挂不住。大都市，大都市，大都市里他只是乌压压的分母之一，在北京过得快活的只是那些分子。他知道自己永远也变不成分子，一辈子当分母的命，所以也不着急，因为急也没用。

倒是滕柏菊人挺开朗，说就图他个"人好"，不图别的，说这年头人人都看着挺阴险，能寻个好人太难。楼上沙新胡义啦好像有才华，但总觉得人品差池，滕柏菊断乎是没打过他们的主意，只看他们那种酸文人的刻薄样子就够了；社会上的男人更是不可靠，她滕柏菊有自知之明，就算巴巴结结找上个像样的，还不是当牛做马说不定哪天让人家给一脚蹬出门来死无葬身之地？一同来北京的男同学们理都不理滕柏菊，因为她是个事事求人的粘虫，跟她往来只能添累而她一点忙帮不成别人。那些男生纷纷定下目标，这个要瞄准部长的女儿，那个非副总理的女儿不可,要扫平京城。滕柏菊心里十分明白,她这种苦大仇深的人甭想进入北京的上流社会,只配凑凑合合过日子,从她这一辈儿脱贫,下一辈子开始致富,指望养个有出息的儿子将来"得他的济"。因此她来了没几天就一眼相中了老童男高跃进,激情满怀地穷追不舍,硬是用一颗滚烫的心温暖了高跃进。果然生活很美满,两口子勤勤恳恳省吃俭用日子还过得去,又因为大体上都是苦孩子,颇有共同语言,观点也一致,审美情趣也大致相同,很觉得情投意合。最令滕柏菊满意的是这个家她做主,高跃进处处听她的,工资一分不少上交,吃穿用全听柏菊计划,柏菊抠抠巴巴持家,每月还能给家里寄上十块二十块的,十分给老家壮门面。

这种日子本来会一往无前地过下去,偏偏这社会说个变就变得一日千里,还没等两口子明白过来,已经沦为赤贫。见人家有了小胖孩挺好,自己心痒痒,就迷迷瞪瞪也揣上一个,还以为花上五六十块弄个使唤丫头帮看着就万事大吉了。哪知道这是新社会了,行市早变了,要么当官要么有钱,两样都不占,就只有给别人当使唤丫头的份儿。闹了半天,天天勤勤恳恳编些个教年轻人做无产阶级革命事业接班人的书,到头来只有自己这号人挤在"移民楼"中成了无产阶级。高跃进倒是很认命,学个教育系,念了四年怎样培养革命接班人,一转眼那一套理论全不时兴了,自己就等于什么都没学,跟文盲没什么两样,惟一的价值就是给人家的来稿改改错别字了。回老家小镇子上去搞买卖发家似乎又太晚了,早知这样当初进北京念什么大学?但既然走到这一步了,就这样混下去算了,再惨也有单位兜底儿,除非单位解散了,那咱也是国家干部,提前退休也还有每月够吃够喝的退休金养老,总不至于沿街乞讨去。

跃进坦坦然然收了屎床单进厕所去洗了,厕所里的水依旧往外汩汩泛着,其臭无比。跃进站在没脚脖子深的臭水中大汗淋漓地耍着把式洗涮,床单洗完了, 浑身也汗流浃背了,就势哗哗冲个凉水澡,一盆水兜头浇下去,地上的水又涨上来,流得更欢了。外面有人在骂:"行了,别他妈再往地上弄脏水了,这楼快泡塌了!"跃进这才浑身湿淋淋地出来,再到厨房去冲了脚,把床单晾在走廊里才回屋。

滕柏菊一见他水淋淋凉凉快快地回来了,又气不打一处来,骂了起来:"什么活儿还没干,倒先洗个澡,美得你!就顾你自个儿痛快了,也不说给我们娘们儿烧洗澡水,都十点半了,你没看见啊!"

跃进赶紧擦身子,打算换了短裤就去烧水。擦干后又找清凉油,因为刚才在厕所里洗澡时让成群的蚊子咬了一片疙瘩。滕柏菊又耐不住大叫:"你他妈穷磨蹭什么!我们都热死了!"

"我不是让蚊子咬了找清凉油抹抹吗!"

"抹你娘个脚!我浑身都湿透了,急着洗澡呢!一个大男爷们儿蚊子咬了有什么了不起,就欠让你掏大粪去!装模作样在办公室耍笔杆子,屁也写不出来,还不如给我掏大粪、挖臭河泥去呢!我看那些个工地上的民工也比你强!累个臭死好歹落个钱多。你会什么,也就会在办公室穷混。一吃好几碗面条,吃什么都没命,哪像三十五的人?吃了也白吃,一斤肉也不长,整个儿一个白眼狼。要你这样的窝囊废男人干什么?就他妈知道干那事儿,干那个比干什么都来精神。我告诉你,给你仨儿月工夫,你赶紧考虑下一步,再当不上官也挣不来钱,你他娘的别上我的身子,我不要这种男人!我他妈卖别人去也比卖给你强。我哪点不比你强?倒让你压着装大爷?你那几个工资养你自己养得活不?还愣什么?还不烧开水去!"

滕柏菊低头整理着床铺自顾骂着,一抬头才发现高跃进已经走到了她身边,正虎视眈眈俯视她。

"你妈拉×的再说一遍!"高跃进红着眼吼着。

滕柏菊毫不示弱,昂首挺胸怒目而视,说道:"嚄,你也有骨气啊?真是时代不同了。我就说了,早这样有骨气也不会落现在这下场。"

高跃进一拍桌子:"我告诉你滕柏菊,当年是你没皮赖脸上赶着找我的,现在你又看不上我了,我倒要看看你有多大本事攀高枝儿去。你那两下子谁不知道?整天冒充啥大人物的老乡,不过是认识人家的管家。死乞白赖进中南海去,连大屋子都没让你进去,蹲小门房里接见一次,回来就吹上了。三天两头要给这个出传记给那个出传记,巴结着人家秘书写,让人家秘书发文件征订,公费买书,你跟着上两趟人民大会堂首发式,喝杯大会堂的茶罢了,瞎光荣什么?还以为自己干大事业了呢。那不过是给几个社头脸上添光彩,人家给你主任当了?"

"呸,你少说闲话!现如今人们就靠这个法子出书嫌钱呢,你清高,你看破红尘,就配给人改错别字。活在这个世界里,总得让人看得起吧。你哪点儿让人看得起?全社第一大窝囊废!"

"你也不撒泡尿照照自己,还当自己是女强人呢,说出来都脸红,人家都叫你是天下第一俗女人!"

"我不嫌你,你倒嫌我了?我俗,你他妈高雅!有本事你找高雅的去,省得熬到三十三找不上个媳妇。"

"你他妈有完没完?"

"我倒想有完呢。跟你这种尿男人有什么劲!"

高跃进终于被一个尿字骂得灵魂出壳,一个巴掌扇过去,把滕柏菊打了个一百八十度大转弯儿;再打,又一个一百八十度。滕柏菊连哭都没哭出来就背过气去了。

高跃进和俊英慌忙弄来凉水,跃进一口一口地往柏菊脸上喷着,俊英把孩子扔在一边顾不上,孩子就自顾自哇哇大哭着。

滕柏菊终于醒了,一把抱住女儿,不住声地哭着。俊英知道今天的事她是祸根儿,也老实了,一脸不高兴地抱过孩子躲出去了。

这边两口子消停了下来,相对无语,一人抓一本书看着,根本不知在看什么。终于跃进用书扣住脸表示要睡了。滕柏菊关了灯,这才去拉开窗帘透透风。静躺了一会儿,滕柏菊终于忍不住踢了跃进一脚,说:"你打了人就算了,装死呀?"

跃进懒懒地说:"你看着办吧,你比我强,可我总是要脸的,这么个骂法,倒不如离了算了。"

滕柏菊立即啜泣不已,说高跃进真是个没良心的人,辛辛苦苦还不是为了这个家?说我是天下第一俗女人,别人说也就算了,你也说,真把我的心都伤透了。这世上有几个女人不俗的?不俗还是女人吗?我倒想不俗一个,你让我当阔太太我就不俗了。

"你这么想本身就俗气。整天跟这个拉拉扯扯,跟那个唠唠叨叨,钻厨房里就不出来,东家长西家短、柴米油盐酱醋茶、男男女女没你不唠叨的。咱穷是穷,整天嚼老婆舌根也是穷的原因?穷人就不要面子了?才三十五就像六七十的,还整天训我,你凭什么?"

跃进反正是横下一条心了,再也不迁就滕柏菊,因此说起话来也利索硬气了。

"人家也是为你好么!我从心里指望你撑起这个家,我倒巴不得关起门来当家庭妇女呢。天天忙里忙外,累个贼死,你当我乐意巴巴结结地给人家上赶着出那书?还不是图这种书是公家买了免费发,有印数？那本什么将帅英雄故事集，通过书店征订才两千册。我托了张秘书长，让他们当传统教育教材整个军区发文件，一下子就几万本儿呢。这一笔社里赚了三十万块，奖给我一千五百，拿回来你不是也开心？忘了？这公家的钱不赚白不赚，是一条多容易的路子？私人谁买书受教育？你就知道清高，不去巴结人，那好，你给我想别的法子也弄一千五来。什么年月了，脑子也不活泛点儿。社会给你这条件你就得这么奔钱，别管别的。"

"你又教训我！我都烦死了。"

"烦烦烦，也不看看这个家成什么样了！"柏菊压低嗓门说，"堂堂正正大学生，倒受这种人的气！还不就是她家里卖花生有了几个臭钱，腰杆子硬了？我一双白皮鞋实在穿得擦不出白样子来了，还舍不得扔，就抹上黑鞋油穿，一下雨着水，成了花里胡哨的，那份丢人样儿，你知道不？社里发两筐苹果，瞧人家，天天吃，吃光了再买。咱家呢？坏一个吃一个，一直吃了半年，到最后也没吃过一个好的。秋天发时半斤一个，到春天都蔫成二两了，谁看了谁笑话。人家厨房里天天炒肉做鱼，咱家一根骨头熬十斤萝卜吃十天，连俊英都说我是减肥，这话多难听！"

说着滕柏菊就趴在高跃进身上委屈地小声嘤嘤起来，还不忘唠唠叨叨："你不去巴结人我佩服；你不去编乱七八糟的书挣昧良心钱，我也佩服。可这个家要过好点的日子不是？公家的钱你骗不来，私人的钱你也骗不出，这也没什么，这世道左不过你骗骗我我骗骗你，大家都有钱就行了。你讨厌这个也罢了。可我好歹给你弄点钱，总比当妓女强吧？怎么就成了天下第一俗女人了？你说呀，你说呀！"

高跃进语塞，一句也说不出，倒是用双臂紧紧搂住了滕伯菊，搂得她只顾喘气说不上话来。跃进摸得出，柏菊又胖了，真难以想象，天天骨头汤炖白萝卜一块钱撮一堆的西红柿硬是吃出这么一身好肉来。跃进明白，全是因为他的大菊子心宽，事事不往心里去，有点什么烦恼往厨房一钻咋咋乎乎一侃一笑就烟飞云散。胖人都有这种解除烦恼的生理机制，越没心眼子人就越长肉；瘦干巴猴儿们像他高跃进这样的，不是郁郁寡欢就是阴谋野心家。这样的老婆是有点不招人待见，可她实在，着着实实地撑着个家，牢牢实实地把男人和孩子装在心里头捂着。跃进不禁流了泪，把她抱得更紧了。

柏菊开始发出愉快的哼哼声，双手滑落下去，人已瘫软了，仍絮絮叨叨着："人家在北京无依无靠，不就你一个亲人？别人惹不起，骂你几句出出气还不行？骂你，那是疼你爱你，你想让别的女人骂，人家还不希罕你呢。你个木头，还发火，还要离，你离呀，离呀。"

高跃进刚才的两道涓涓细泪终于变粗，涌泉般淌出来，身子贴着柏菊抽抽搭搭起来。"菊子唉，我他妈不是东西。"

亲爱的大菊子早破涕为笑，摸一把跃进嘻嘻笑了说："大碗大碗傻吃，也不见长肉。要不怎么说你没良心呢。"

跃进说："光吃粮食不吃副食咋长肉？"

柏菊又往跃进怀里拱一下："根本不是那么回子事儿，全因为你一宿不歇气儿练的。"

跃进让大菊子这一挑逗，已经把持不住，就势上了架。柏菊立即呻吟一声半死过去。跃进激流勇进，两个人的喘息声粗将起来，却忘了那边俊英睡着与否。就在跃进龙腾虎跃大汗淋漓欲在沉默中爆发之际，那边俊英"啪"扭亮了台灯，一道闪电过来，击得跃进立即萎缩，两口子冒着冷汗停止了操练。

"哥，闹耗子呢？"俊英迷迷糊糊地说。

跃进喘吁吁地忙回答："这楼有年头儿了，可能有耗子吧，我刚才也觉着有，就忙着抓来着。"

俊英听说有耗子，咕咚一声起来了，说："把宝宝抱过去吧，别让耗子咬了她。"

柏菊慌忙扯上毛巾被，捂个严实，跃进手忙脚乱要摸裤叉却摸不到，忙惨叫："俊英，你别过来，别过来，你嫂子去抱。"

滕柏菊抓紧这缓冲机会，胡乱套上件衣服去抱孩子了。

孩子抱过来放在中间，那边俊英仍然翻来覆去睡不着，弄得破木头床咯吱乱响，搞得这边欲壑难填的两口子心烦意乱，渐渐熄了火，迷迷瞪瞪睡了过去。第二天一早醒来高跃进仍旧找不到自己的裤叉，床上床下好翻一通，说"它会飞不成？"又叫滕柏菊起来看是不是压她身下了。柏菊起来却发现自己的短裤给睡在身下压成了一团，这才明白自己黑灯瞎火中套上了跃进的。两口子哑然失笑，忙捂住嘴不敢笑出声，默默地换了过来，然后忙去热早饭开始一天的新生活。柏菊催跃进快去占一个火眼儿，否则别人家占了就麻烦了。跃进狡猾地一笑："昨晚上我就装了一大锅水，把火捻到最小闷着呢，你不是常这么占火？"

柏菊眼一亮，说："嗬，你什么时候学会顾家了，还想得起来占火？真是名师出高徒。就得这样，二十四小时占着。"随后又招呼俊英："俊英啊，快去上厕所，帮我占着茅坑儿，我收拾了宝宝就去。"

跃进撤下宝宝的尿布嘟哝说："可惜不能替我占一个，我还得自个儿去排队。这种老有人钻进去不出来，还非蹲坑儿上抽两支烟不可，弄得里面乌烟瘴气。"

柏菊说:"报上说了,尼古丁跟厕所里的氯气混一块会毒死人的。"跃进抱怨说:"谁说不是,一进去我就流眼泪,可我天天这时候非拉屎不可。"

"出息,"滕柏菊嗔怪地说,"习惯是可以改的,憋上几次,顺延一小时,到办公室上厕所去,那儿敞亮。"

跃进撕了手纸边往外走边说:"那儿更挤,一上班儿,家里没厕所的全往厕所跑,都去图敞亮,也他妈就不敞亮了。"

滕柏菊端了馒头去厨房馏,信步走到自家永久占着的火眼儿跟前伸手去掀锅盖,却禁不住惨叫一声跳将起来,雪白的馒头滚落一地,纷纷漂浮在半尺深的污水上,白白胖胖的,像游泳的胖娃娃。满屋的人谁也没被这惨叫声惊吓着,倒都像聋子一样闻而不知其声,各自忙各自的,刷牙洗脸的,炒饭的,相互说笑的,没人往这边看。滕柏菊似乎心中立即明白了这一切,拎起大锅就摔在污水中。只听一声巨响,夹杂着"嘶"的一声长音。原来那锅早给烧得血红,底都烧烂了。这样火红的铁器掷入水中冷却自然是要发出长啸,要冒出袅袅青烟的。

人们依旧不为所动,里里外外忙着。

滕柏菊忍不住叉起腰大骂:"真不是东西呀,使这样的坏心眼子,我让他家断子绝孙呀,缺八辈儿德了呀。还装什么孙子?有本事明着来,干吗暗使坏?"

全场依旧无人理睬,甚至无人侧视。

倒是小雷这时进来提开水,见状大惊:"呀,怎么烧成这个样子?作孽哟,你忘了,是吧?"

滕柏菊见好不容易有个人搭话了,立即来了精神,怒火万丈地拉住小雷评理:"小雷啊,你给说说,我惹谁了,遭这报应?好好儿的锅坐在火上，装了一锅水，开到最小温着，人家给搞到最大，就这么把个新锅烧烂了。"

小雷惊讶地问："一锅水有十几斤重呢，怎么这么快就干掉了？"

"要不说您好人不懂恶人心呢。他要是诚心害你，不会把水给倒了？真想不到哇。"腾柏菊痛心疾首哭叽叽地说。

小雷蚊子地的耳语说："也真是的，没人帮你关了火。"

"哼！"滕柏菊扯起嗓门儿说，"知人知面不知心呢，人家是看咱们好戏呢。烧成这红太阳似的，谁看不见？这年头谁管谁呀。"

沙新终于说话了："滕大姐，不是我不帮忙，我看见时它早烂了，准是半夜里就给开大的。再说，边儿上还有那个。"

小雷这才发现炉台上扔着一只鲜汁淋淋的避孕套。"真恶心。"小雷捂住嘴，扭头走了。

"唉，"沙新诚恳地说，"大姐啊，我不做亏心事，心里坦荡。说句公道话，干这种事的人是他妈该杀，不是人揍的。可，另一方面，您以后也该注意点儿了。整天占一个最旺的火眼儿，不是一锅水就是一锅骨头，做饭时您再占一个炒菜，一共才几个火眼儿？有时候人家炒菜，您在边儿上煮尿布，是差点儿意思不是？"

滕柏菊红透了脸，二话不说，馒头和锅泡在水中管也不管，扭头回去了。

回来跟高跃进诉说一通，二人一致认为沙新不是罪魁祸首，但他肯定知道是谁干的，算了，别问了，跃进说，咱做得是有点出格，也难怪激起民愤了。

倒是俊英不干，叨叨说："沙新还说别人呢，他家小保姆在厨房水池子里刷屎褯子，屎溅了一池子，黄乎乎的，让人家都没法儿洗菜了，大伙儿都在骂呢。"

"看看,我说了不是,老鸹飞到猪身上,就看别人黑了。"柏菊有点开心。

"脏日子脏过呗,穷挑什么毛病,"俊英又帮腔,"有本事住大楼去呀。没那命就别挑。咱们家有孩子,说个吃喝拉都是急的,不抢火行吗?下回我顶着,谁再烧咱家的锅,我就把火都开大了,全烧了他们的,比着劲儿烧呗。"

俊英这话很入耳,柏菊很爱听,听罢解了气,忙说:"俊英啊,你不是要石板当枕头吗?今天我和你哥上城外给你找去,啊。"

俊英很痛苦地点点头说:"那敢情太好了。这些天睡觉老觉着空落落的,脑袋老没处儿放,心都没着没落儿的,骨头架子像散了似的。要不怎么夜里老听见闹耗子。其实倒不见得有耗子,我睡不实着,迷迷糊糊乱惊乍。"

一番话把高跃进滕柏菊说得面红耳赤,眼珠子贼溜溜地相对一视,会心地淫笑了一下。

高跃进讨好地关心问道:"要是枕上石板呢,就能睡香甜了?"

"那当然,沾石片子就着,一宿不醒,俺妈还说我常打呼噜哩。"

滕柏菊闻之大喜,当即立断:"今天我们就去捡。"

两口子还是头一次骑着自行车往郊外窜,恍惚觉得北京这几年疯了似地长,认不出哪儿是哪儿了。跃进上学时不爱动,偶尔跟班上同学出去过几回,随大流乱哄哄,也记不清哪儿叫什么。上了班就成了两点一线,八点半进办公室,五点出来,除了改错字就是上资料室看那些永远看不完的报刊杂志,秀才不出门也知天下事。后来让个滕柏菊给粘上不松手,逗引得他沾了点人气儿,俩人也傍肩儿出双入对地进过几回北海景山，时间一长看哪儿都一样，左不过是一片树，几汪儿水，成疙瘩成串的人，闹得慌，也就懒得出门。毕竟都是穷人家出身，又都老大不小的了，早没了那份浪漫，迷迷糊糊吊了几个月膀子，看对了眼，就拿定注意凑一堆儿过平常日子。结了婚不出半个月柏菊就开始吐酸水儿，从此这日子就算不可抗拒地一天沉似一天，一天乱似一天忙似一天。一晃就两年，晕乎乎迷瞪过来。今儿个猛一出城，真觉得满眼花红柳绿，人声鼎沸。心情于是格外舒畅起来，话也多了。

"你就盼着俊英夜里睡死过去，便宜你。"柏菊嗔爱地说。

跃进老木咔嚓地笑出一脸皱纹，憨憨地反驳："你不也一样？迫不及待地出来给她找石板。"

"石头板子真那么管用？比安眠药还灵验？"

"我也怀疑。干脆你哪天提前给她吃上一片算了，省得她喊闹耗子。"

"怎么给她吃？放饭里？那还不得七点钟就困？不行，七点以后正是忙的时候，洗澡洗衣服，一大堆事儿呢。"

"嗨，那好办，睡觉前给她喝一杯'果珍'，把安定碾碎了混进去不就得了？平常她总偷喝宝宝的'果珍'，十块一瓶，一个星期就喝光了，真可恶。这回呀，让她喝个够，她准爱喝。"

两口子密谋着，一环路一环路地骑，不知不觉骑到农村了。野地里乱石头很多，可就是难找到一块光溜溜的石板。跃进说一定要光溜的，俊英才能睡死，疙疙瘩瘩的，她又该喊闹耗子了。

田里的老农们好奇地看着这一对城里人东刨西翻，神经病似的。终于有个老大爷忍不住问他们干什么。跃进这才支支吾吾说出找石头板子当枕头，说是睡石板清脑祛火明目什么的。柏菊在一旁淫荡地乱笑，笑弯了腰。

老大爷说他家院子里有光溜的石板，就在井台儿上，天天让水冲着磨着，可光滑了。

两口子便随老大爷到家中去。大爷毫不吝惜地把井台上的一块石板掀起来，用水冲净给他们。两口子立即满目放光，抱着那块明镜儿似的石板千恩万谢。

像得了什么仙药似的，柏菊和跃进兴冲冲往回赶，时不时心照不宣地对笑一下，十分快活。高跃进甚至哼起了一首早八辈子过了时的老歌儿："我们年轻人 / 有颗火热的心 / 革命时代当尖兵……"五音不全的破嗓子，逗得柏菊笑颤了身子，几乎握不住车把，自行车骑得一溜歪斜。幸好是在郊外，整条马路上没几辆车，要不非撞上不可。

跃进见柏菊笑得开心，也就更傻愣愣地唱起来，说这些老歌儿还真挺那什么的，怎么过了这几十年都顺嘴就来呢？还有词儿写得直白，说着就又唱起来："天大地大不如党的恩情大 / 爹亲娘亲不如毛主席亲 / 千好万好不如社会主义好 / 河深海深不如阶级友爱深 / 毛泽东思想是革命的宝 / 谁要是反对它 / 谁就是我们的敌人！"最后那声"敌人"的高音唱破了，笑得柏菊不得不停下车来。这时候跃进发现滕柏菊胖嘟嘟的脸儿上红红地淌着亮晶晶的汗珠子，十分可爱，一阵冲动上来就猛地抱住了他的大菊子。柏菊柔顺地让他搂着，急急地喘着气，闭上眼倒在他怀中。有汽车从身边忽忽地开过，司机从车窗里探出头来起哄，叫着："嘿。妹妹你大胆地往前走哇！"

柏菊喃喃地说："真想跟你钻一回棒子地呀。"

"那就钻一回？"跃进立即说。

"呸！"柏菊狠狠拧他一下，"尽想美事儿。我还要脸呢。咱还是回家去闹耗子吧。有了这石板子，保准俊英睡成个死猪，十几只耗子也闹不醒她。"

跃进立即恢复了理智，咂磨着嘴说："我说过，别指望太高喽。一个大活人，能闹不醒？"

"那就给她吃片安定嘛！"滕柏菊恶狠狠地赌气说。

跃进犯了难，说："那可使不得，好好儿一个人，老吃，非吃坏了不可。"

"嗬，嗬，还老吃，你还想像原先一样天天儿折腾我呀？你就忍着点吧，一个礼拜一次。"

跃进憨憨一笑："怕是我行，你不行吧？"

"不行？"柏菊说，"那咱们就比试比试，看谁先忍不住。"

"好歹儿的，先让她睡睡石板再说，没准儿真能睡成个死猪。"

"里外里话都让你说了。先让她睡睡试试吧。唉，男男女女干什么不好，非要干这个，干不成真堵心。"

"那就钻一回棒子地吧，啊？"跃进抱住柏菊。柏菊坚决不肯，后退着，缩着身子。

"咱想想别的法子，时不时放俊英去看个电影什么的，不就行了？干吗非半夜三更干那个？"跃进这才熄了点火，不好意思地低了头。

那天俊英果然一沾石板就睡着了，并果真幸福地打起轻轻的呼噜。

这边两个人闻之大喜，几乎要高兴死，便不约而同各自揣了盆去厕所洗澡。跃进这边快，三下五除二哗哗几盆水兜头浇下算洗好了，早早上床候着。翻来覆去好半天，柏菊才洗好摸黑儿进来，一头扎进跃进怀里。

那边俊英的鼾声时隐时现，跃进他们便放心地顺其自然。可在节骨眼儿上俊英又迷迷糊糊醒了,仍然是那句话:"又闹耗子呀?"

一切努力全部白费。两个人几乎难受死,翻来覆去到天明。

第二天是星期天,滕柏菊一起来就阴沉着脸不语,跃进也无精打采。柏菊说吃饺子吧,就让跃进剁肉馅。俊英陪女儿玩,在床上打着滚,笑得十分开心。柏菊烦躁地揉着面团,眼看着俊英和女儿把床上的枕头和床单掀来掀去闹,把床折腾得乱七八糟,心头火气不断上蹿,但终于还是压了下去。俊英看看表说电视剧开始了,就打开电视,两眼直勾勾地看电视,是个墨西哥的连续剧,挺热闹,看上了就不管宝宝了。宝宝缠住要她抱,她不耐烦地抱住孩子,两眼仍看着电视。宝宝一会儿揪她头发,一会儿扯她衣服,俊英便推开孩子。孩子大哭。

柏菊见状,就说俊英你抱孩子出去走走吧,上街心花园里玩玩。

俊英不同意说:"外头热死了。"

柏菊说:"街心公园里比家里头凉快,去吧,老憋在家里头干什么?"说着又关了电视,"这破节目就别看了,晚上还有连续剧呢,电视老看会坏眼睛。"

俊英看嫂子有点愠怒,也就撅着嘴抱上孩子出去了。

从窗口看着俊英带孩子走远了。柏菊一下就瘫坐在乱糟糟的床上,两手沾着泥乎乎的面,无奈地躺下,发出一声很累的长叹。

跃进忙凑过来,沾着油,手就摸柏菊的额头:"不舒服?"

"能舒服吗?这哪儿像个人住的家?快烦死了。"

"算了,忍着点吧,还有两年多,等混到三岁,上了幼儿园就好了。"

"就是这屋子太窄巴,再有那么一小间就行了。我怎么舍得让孩子上幼儿园?自个儿从早到晚看着才放心。"

"你总不能看她一辈子吧?早晚得出去。"

"也是,啊,守一块儿的到了儿还是咱们俩老东西。你说养个孩子受这么大罪,咱图什么?要是顺顺当当舒舒服服养也行,这么窝窝屈屈,也真是!当初就不该生这个。"

"又来了,还不是你,嚷嚷着要孩子,不出几天就怀上了?"

"好没良心,还不是怨你呀?"

跃进嘻嘻笑着说:"那会儿你特别温柔,可没现在这个横劲儿。像个农村土丫头似的,特叫人疼。"

柏菊让跃进说得犯起迷糊来,就闭上了眼。

跃进心领神会,忙去插了门,油乎乎的手往围裙上胡蹭几下子,连围裙带短裤一把全扯掉,滚上床。

几天阴谋未遂,早就把两个人弄得神魂颠倒,一团火只欠东风。跃进支持不了几下就颓然倒下了。柏菊却毫不尽兴,沾满面的双手用力拍打、拿捏着跃进,骂着:"自私鬼哟,就顾你自个儿,难受死我了。"

跃进一口一个对不起道着歉,柏菊不听,拍了他一身的面,拳打脚踢好一顿,似乎才好了一点。

就在这时俊英又在外面拍打着门,急急地叫着:"哥,嫂子,开门呀,宝宝拉裤子了!"那急中发尖的声音,在里面的人听来像高音喇叭似的,仿佛全楼着了火。跃进柏菊全然没了浪漫,匆匆答着:"别喊了,就来,就来。"

"哭丧呢,"柏菊嘟哝着,"全楼的人都能听见,一分钟也不让我安生会儿。"

开了门,跃进一脸尴尬地解释:"你嫂子换衣服呢。"

俊英看着跃进一脸一身的白面,不禁哈哈大笑:"瞧你,哥,快成小丑了。"

她怀里臭气冲天的女儿正哭得泪人似的，沾了两手屎，正往衣服上擦。

"我说不出去吧，嫂子非轰我们出去。外头热死人了！宝宝又弄一身屎，你瞧瞧。哥，你给她洗洗吧，我快热死了，全湿透了。"说着开冰箱，拿出凉瓶，咕咚咚仰脖儿灌下去半瓶子凉白开，然后端了盆去洗澡。

滕柏菊乍着两只沾满屎的手，蓬头垢面坐在床上，急恨之下抓起一盒子积木，哗啦啦全摔在地上。她决定，死活不能再养这个保姆了！可冷静一想，到保姆市场上去找肯定找不来，沙新不是去找过碰了钉子？现在的保姆全都眼儿高心气儿高，奔的都是有房有钱的家儿，哪个愿意来这等破楼？但俊英，必须得让她走，不能受这份气了。滕柏菊打算让跃进满街里去打听，找个好心的老太太，送老太太家去日托。贵点就贵点，豁出去一百多块了，买个省心，省得这样干生闷气，再这样下去非得肺气肿不行。唉，咱不是穷点，缺了间房吗？娘了个×的。柏菊恨得直咬牙根儿，真要撕碎点什么，手抓着床单要撕，但突然明白了过来，那是花钱买的，只能使劲儿拧自己肥肥的大腿，以解心头之恨。

趁俊英不在屋，柏菊把这想法说给了跃进，跃进说："你想开了？舍得把孩子往别人家送了？"

柏菊红着眼说："没法子，只能送了，这环境太差了。只是可怜了宝宝，才半岁多点儿，我这当妈的心里不落忍。"

"得了吧，"跃进说，"不是还没送出去？送也是日托，晚上接回来呢，有什么不落忍的？"

"你们男人哪懂女人的心？在人家家里待一天，不是亲的，人家能尽心？肯定吃不好喝不好。"柏菊说着要掉眼泪。

高跃进忙提醒说："先别哭，说不定，这个吃不好喝不好的地方还找不着呢，谁愿意看一岁以下的孩子，说拉就拉说尿就尿的？"

"试试吧，明天上了班让大家帮打听打听呗，有那种孤老太太最好了。"

一连几天两个人忙于东问西问找个好心的老太太家，顺便向大家说起俊英多么招人讨厌。大家都说现如今的老太太们收费高着呢，你交得起？起码一百二三十块。

滕柏菊横下一条心，一百二三十也行，总比养着俊英强。工资一百，没命地吃喝，还把人烦个死。

在门晓刚办公室滕柏菊又大姐长大姐短地求人们帮她找个老太太，说完一出门，门晓刚就嘲弄她一通，说："瞧他们两口子那份德行，愣生什么孩子，纯粹给北京丢人，那叫孩子吗？别帮她忙，让她自己受罪去吧。穷到这份上，还想使唤个保姆。"

有女人嘻嘻笑着说："也真是，怎么把这样儿的宝贝给分北京来了？纯粹影响市容。听说她们全家人轮流来住，再这么下去，全村的人都该往你们移民楼上钻了。"

"就是，这种女人竟然混进革命编辑队伍中来了，干脆辞职，围锅台转去。"

"嗨，你们别不服，人家滕柏菊正经在社会上比你们这些娇滴滴女士强。"门晓刚说，"人家到部队里送书上门搞推销，一张口就是什么？猜猜？"

"别卖关子，快说！"

"一张口就是'解放军兄弟，你大嫂给你们送精神食粮来了。解放战争时的红嫂你们知道不？她用自己的乳汁救活了小战士，现在，你们就叫我柏菊嫂子吧'。"

"真的假的？你糟改人家呢吧？"

"当然是真的。一上午她就推销出三百本《青春期男女卫生常识》。"门晓刚说，"老有人给柏菊嫂子写信，她还给人家介绍对象呢。"

几句话引得大家停下手中的活儿，全围上了门晓刚。

"她家那个俊英，看上了一个来找柏菊嫂子的解放军。那个当兵的对像跟他吹了，嫌他没钱没地位。他就进城来找柏菊嫂子，让嫂子想办法，谁知俊英看上他了。柏菊就去说了一通儿媒。人家解放军不干，想找个北京姑娘借关系留北京工作。俊英是想靠上解放军留在北京，结果谁也靠不上谁。"

"够了，"有人说，"滕柏菊一个就够了，还往北京拉人。"

"她是想借这个讨俊英欢心，好好帮她看孩子。"

"我看滕柏菊自个儿当保姆最合适。"

一屋人笑声震天，却不成想滕柏菊在外屋听了个一清二楚。她气出两眼泪来，狠狠地一摔门走了，门上的玻璃立即碎了一地。

人们赶出来，只见到滕柏菊抹着泪远去的背影。

大家开始心里不落忍起来，纷纷谴责门晓刚不是个东西，太伤人心。

门晓刚满不在乎："她活该。谁让她尽干庸俗事儿？她一家占三个火眼儿，还嫌不够，还烧电炉子涮羊肉吃，一千瓦一点楼上保险丝就断，什么东西。整个儿一个农村老妇女，东家走西家串，搬弄是非传小道消息。还知道哭啊？《莫斯科不相信眼泪》，北京也不相信眼泪。"

大家又哄堂大笑。但还是有人建议："看她那么不容易，帮她找个老太太吧。"

门晓刚十分有先见之明地说:"我劝你算了,这种人倒霉时比谁都可怜,子系中山狼,得志便猖狂。你信不信?她若得了势,就不知姓什么了。"

"她能得什么势?回家哄孩子的干活。"

"唉,别小看,没准儿能混个副主任当,她可是把他们主任哄得溜溜转,李老太太特喜欢她。"

"李老太太不是喜欢男的讨厌女的吗?"

"李老太太讨厌的是漂亮女人,吃醋。滕柏菊这种糟女人只能给老太太当陪衬,又会巴结,老太太对她最放心了。"

果然像门晓刚预言的那样,滕柏菊大智若愚,在官道上挺有心眼儿,令全楼人刮目相看。

"移民楼"像个烂泥坑,尽管"移民们"当宝地住着,可别人却不肯轻易来这里住。渐渐的,这里成了发配病号儿的地方。先是住进一家,女人有点精神病,时常半夜犯病,大哭大嚎,摔东西,像个害群之马,分房时人人躲她,不肯与她为邻,就被挤兑到"移民楼"来。紧接着一新调来的编辑患了肺病,赶上分房,只够与人合住一单元的资格,结果是人人抗议,拒做他邻居,就又给分到移民楼来。楼民们大怒,发誓社里再干此等坏事就集体抗议。这几天听说又要分入一肝炎患者,大家群情激愤:这还了得,"移民楼"成传染病院和精神病院了,坚决顶住。胡义便纠集几个人联合写了一封公开信,然后找大家签名。谁知议论时七嘴八舌,真要签名了却一个个避之千里。最有手腕者为冒守财,其次是滕柏菊。冒守财说他得过肝炎,虽然好了,但决不能歧视肝炎病人,否则说不过去,就没签。轮到滕柏菊,她说他们一家一听说要搬进肝炎病人就托人走后门打了乙肝疫苗,有了抗体,不怕传染了。滕柏菊这一说启发了不少人，纷纷表示要去打乙肝疫苗，让自己产生抗体，拒不签名。胡义的罪恶阴谋一下破了产，气得他大骂："都什么玩艺儿？两面三刀，下头骂得比谁都响，签个名就要你命了？怪不得人说知识分子臭老九，怪谁？怪咱们自己不争气。我看该叫臭老十！"胡义表示就剩他一人他也要去递抗议书，最终被小雷劝住："大傻瓜一个！人家有小孩的家都不怕传染，咱们怕什么？住这种脏楼，就是碰运气，命大的就传染不上。你带什么头？咱们也打乙肝疫苗去。"

滕柏菊最终胜利了。她总能在关键时刻有胆有谋圆满解决问题，让人不得不佩服。

倒是那个肝炎病人一搬进来就在厨房大骂起来："把我挤这种脏地方来了，这是人住的地方吗？听说有人是乙肝，咱们可要严格防备着呀，乙肝传染力强哎，蚊子叮了他再叮你就能传染，炒菜时打个嚏喷也会传染。妈的，凭什么把我和乙肝跟肺结核分一个楼上来？我得的是甲肝，说好就好。甲总比乙强。"

一番话把人们气炸了肺，但又有苦难言。庆幸滕柏菊主意高，学习她的榜样，家家人人打了乙肝疫苗，再住进十个肝炎咱也扛得住。

大家照样欢天喜地热热闹闹做饭谈天。好像乙肝疫苗防治百病似的，从此"移民楼"的人很少生病。生大病的一个也没有，个个儿皮实健壮。每每议论起来均觉得不可思议。胡义说疫苗未必就真管用，关键是精神作用，俗话说精神能变物质，精神上产生了抗体，就油盐不进了，病这东西也是欺负胆小的。但人们还是更相信梁三虎的话，因为他学过中医。梁三虎说肝是主人之气血的，只要肝不病，人就有元气，元气足者则阳气足，阳气足则能御病敌于国门之外，并建议人们多吃点肝，配合乙肝疫苗打防守战。从此后，"移民楼"大兴了一阵子猪肝热，炒猪肝，熘肝尖，猪肝粥，熏猪肝，卤煮猪肝，大葱爆羊肝，换着样儿吃。以滕柏菊为首，每天进厨房公布一种猪肝的做法，家家吃得昏天黑地，面色红润。梁三虎用中医理论解释说，吃哪一部分补哪一部分，这叫吃什么补什么。

猪肝热很快就降了温，不仅是天天吃吃腻了，还因为在"迎国庆"的体检中发现"移民楼"中出现了几个"脂肪肝"，人们第一次听说这种病，一问才知是肝部营养过剩造成的，再发展下去会成为肝癌。高跃进多年里节约度日，瘦成了一把骨头，却在几个月"猪肝热"的恶补之下被猪肝害成脂肪肝了。据说治这病的办法之一就是少吃脂肪，多吃青菜。可皮包骨的高跃进肝却过于肥，脂肪分布不成比例，既要给肝减肥，又要增加营养补身子，这下给这两口子又出了个大难题。

梁三虎被滕柏菊请来出主意。三虎先是把这两口子说一顿，"怎么能如此恶补？中医上说补，首先要有基础。跃进属于那种底子薄的人，要补，也得先补阴，渐渐把身子调理好了，才能补阳。现在可好，阴阳失调，弄得阴虚了，相火过重，泄不得，补不得。越泄，肝火反会越重；再补，那肝就给补爆了。旧时候好些皇帝患的就是这病，叫相火妄动，阴阳两亢。"

看看医务室给开的什么"龙胆泻肝丸"，三虎一掷八丈远嘲弄说："纯粹是蒙古大夫，你当是她当知青给猪看病呢？！"随之大笔一挥，开了几个中药方，都是当年跟老中医学会的，告诉滕柏菊说："照我的方子抓药，准没问题。"

滕柏菊巩怖地问："太贵了吧？"

梁三虎说："你真木，拿着方子上合同医院，找个熟人，塞点好处，让医生照这方子抄一份，不就成公费医疗处方了？医生懂，这都是名贵药，配方很有讲究，讲究在用量和搭配上。"

　　为配合中药，梁三虎又提出补阴的食疗方法，不外乎吃莲子、银耳、红枣、山药，外加少量西洋参，平日里多吃些蘑菇和黑木耳，外加少许鱼、蛋和瘦肉。这份食疗谱令滕柏菊眼睛发黑，这哪里是穷人吃得起的东西？

　　最让两口子恐惧的是，梁三虎特意嘱咐，高跃进现在是危险期，脉搏滑虚，要削减房事，每月一次即可。为此建议跃进适量吃几片乙稀雌酚，这叫中西医加食疗的一揽子疗法。

　　跃进和柏菊听到最后几乎要昏过去，异口同声地问："这不等于给劁了？"

　　梁三虎说没事，少吃点，只起抑制作用，停服后又会还阳。总之治疗期间少行房为妙，活命要紧。

　　为了保住跃进的革命本钱，滕柏菊下狠心买了点莲子和银耳，只觉得花那钱像卖了半个家似的。跃进也真让梁三虎给说娇贵起来，家务活一推六二五，吃起东西来挑挑拣拣，每晚睡觉前必喝上一碗莲子粥。柏菊给跃进盛好，锅底还剩点，就顺势刮刮，呼噜噜吃掉，边吃边说好吃。却想不到柜子那边的俊英早已抽泣起来，待柏菊听到声音过去，那俊英早已哭成个泪人儿，咬着被头哭。柏菊问："你不是早睡着了？"

　　俊英听此话立即飞身跃起，大声怒吼："你以为我睡成死猪了什么都听不见是不是？你们大碗小碗吃好的，就忍心啊？"

　　柏菊说那是给跃进的药。

　　俊英冷笑："你怎么不说炖肉也是药？就算是药，你凭什么吃？明摆着欺负人。我也要吃这么好吃的药。告诉你，我不是老妈子，你们偷着吃东西我就要管！"

柏菊气得眼发蓝,终于与俊英对骂起来,一气之下轰她走:"你滚!"

俊英马上收拾起东西,声明明天一早就走。"就冲你这副穷疯子样,我一天也不在你家多待。我是可怜俺哥才忍气吞声干的。也不撒泡尿照照你自己什么德性?你给我当保姆还差不多。楼上没一个人看得起你,你倒自美。知道你叫什么吗?天下第一俗女人。跟你在一块儿我都嫌跌份!"

第二天俊英一大早就出去了,宝宝给扔在家里。滕柏菊和高跃进一筹莫展,但柏菊决意这次不再哀求俊英,坚决挺起腰杆子来。逼到这个份上,决定去找个老太太家。可这天是柏菊约好去某军人大院约某将军的传记,这本书又是军队上包销的,一印几万赚了钱柏菊又可以提成一笔,因此今天必须出去。只能让跃进请假了。临走前给跃进留下三个老太太的地址,让跃进抱着孩子上门去找,说老太太们心都软,尤其不忍心看一个瘦得皮包骨的男人拖一个孩子不是?说完就扭着肥肥的腰风风火火地走下楼去奔她的提成奖了,把跃进和孩子扔下。

跃进愁眉苦脸地看看那三个地址,拣一个离家最近的胡同就抱上孩子出去了。

居然旗开得胜。来到东便门附近的一家,看准门牌号码就进去找。院子早让七盖八盖的小房子挤成了一条弯弯曲曲的胡同。跃进抱着孩子鬼鬼祟祟地东张西望往里走,冷不防斜刺里横出一中年女人,手捧半个西瓜用小勺儿挖着吃。她指指左胳膊上的红袖章,说自己是居委会安全员,仔细盘问了跃进一通,这才放行让他接着往里走去张老太太家。

七拐八拐进了张老太太家,在那间角落里的小黑屋刚坐下,宝宝就闹将起来。跃进不明白孩子的要求,不知所措。老太太内行,说:"准是拉在裤子里不干了,这孩子挺爱干净的。"说完就手脚麻利地打开裤子,果然拉了。张老太太便弄来热水给孩子洗干净,很疼爱地哄她睡了。

跃进很感激地叫声"大娘",就说是"向导"的刘大姐介绍来的。张大娘说那刘大姐是她侄儿媳妇的表妹,算是一家人,别客气。然后单刀直入说:"这年头儿,任什么都乱涨价。你们上个班儿,好歹儿的吧,单位可怜你们,常补贴几个钱儿,过年过节发点儿鱼呀肉哇什么的。我这寡妇失业的,两个儿子媳妇又不怎么孝顺,一个月给几个大子儿花,想吃口儿好的都舍不得,这把老骨头还图什么?不就图个顺心?儿子媳妇中午还让孙女来这儿吃饭,给我那几个钱儿,我全花孙子孙女儿身上了。白天孙子孙女儿去上学,我一个人待着空落落的,也愿意看个孩子五的,也算有个伴儿,这屋里也有个人声儿。你们要愿意晚上放我这儿,也行,多加几块就得。"

跃进怯生生地问:"多少?"老太太看也不看他,轻描淡写地说:"就一百三吧,晚上放这儿,不多要,加二十块夜餐补助,也是花在你女儿身上,喝瓶牛奶当夜点就三毛多了。"

跃进忙说:"不麻烦了,晚上我们接回去,孩子她妈也想孩子呀。"

老太太又说:"忘说了,孩子每天的水果、鸡蛋,奶钱另算,我那一份是工钱,粮食白吃。"

跃进听到此心里打了个疙瘩,但仍然说:"行,我回去跟孩子她妈说一声,赶明儿就送孩子来。"

老太太看出跃进不情愿的样子,宽心说:"这年头儿找保姆不出点血哪行?谁活得都不易。你要想上好班,怎么能让孩子拖累了?那还怎么图个长进?听口音是外地人吧?北京没个亲戚是不?怪可怜的。

大娘我慈悲，就少收十块一百二打住，别再讲价儿了。"

便宜了十块，跃进自然心里轻松了点，就说回去商量一下。

老太太眼明手快，接过孩子说："我看这孩子怪爱人儿的，今儿就先放我这儿，晚上你跟她妈来接，我先帮你看上一天。一个大男人笨手笨脚的，抱孩子架势都不对，可怜见儿的。"

傍晚时分下起了中雨。柏菊和跃进打着伞赶到老太太家。一进屋吓傻了眼，只见老太太正在屋外的棚子里做饭，屋里两个孩子手持大白馒头正围着宝宝逗乐儿，床上、桌上、地上五个盆正在接着房上漏下来的雨水。

老太太擦了手进来说："一下雨就这样儿，真烦人。瞧这大盆儿二盆儿的。"说完去给他们张罗茶水。

滕柏菊二话不说抱起孩子就冲了出去，跃进紧随其后。

"怎么不好了？老太太多慈祥啊。"跃进急急地问。

滕柏菊气哼哼地说："亏你也算个知识分子，看不出来呀？咱宝宝托给这家儿，成冤大头了。"

"一百三减到一百二了不是？"

"不是钱，糊涂。"柏菊痛斥他，"你看看她那个家，那破屋子快有二百年历史了吧？万一宝宝给砸里头怎么办？再看那两个孩子，不到吃饭时间就一人一个大馒头，饿狼似的。咱给宝宝买的水果、牛奶、鸡蛋还不都得便宜了他们？到头来等于让宝宝天天在她家喝稀粥，灌大眼儿贼呀？"

跃进一听才听出情况的严峻，认为还是女人心细，毕竟是母亲，也就不说什么了，只顾发愁明天怎么办？

回到家一进屋，俊英早收拾好东西精神焕发地嗑着瓜子看电视。

见他们进来，就落落大方地起身，关切地问："找到人家儿了？真替你们着急。"说着交了房门钥匙，说："那我就走了。"

跃进说："大晚上的走多不好，明天坐早车，我送你去。"

俊英不屑一顾，说："还送什么？我就上马路对面楼上，有事来找我。"

跃进这才明白俊英跳槽儿在对面高干楼上找到了一份保姆工作。俊英莞尔一笑说："其实人家早就让我去来着，我是看俺哥的面子，才没去。"

柏菊气乎乎道："水往低处流，人往高处走嘛！我们这穷窝养不起你这金凤凰，走就走吧。人，哪个不贪富嫌贫的？不过我告诉你，在人家家里你永远是外人，老实点，别像在这儿似的，让人再轰走。"

俊英倒不生气，反倒忸怩地说："俺去那家里可是当家做主的。"

柏菊十分蔑视地"哼"一声说："当家做主？我都不敢说我在这个家里当家做主。你还能去人家当大少奶奶不成？"

俊英羞红了脸，喃喃地说："嫂子你还真说对了，人家早就说过让我当他家媳妇呢，你忘了？"

滕柏菊这才猛然想起来她说的是哪一家。那是一家老两口带一个四十多岁的半傻儿子。说那儿子傻吧，倒是一点也看不出，人长相不错，白白净净，就是痴，一说话就着三不着两，大概算弱智之类。听说"文化大革命"中是中学红卫兵的头头儿，带学生们抄了父母的家，实行了与"走资派"父母的决裂，便青云直上成了风云人物，却不知被中央里的哪一帮人利用了，当了人家的枪使。后来那一拨儿人成了反党分子，他一下子又成了阶下囚，被铐铛下了大狱。他死活想不通，就咬破手指头写血书，表示自己是捍卫毛主席革命路线的，要誓死与反革命路线斗争到底。大狱里的狱友们全是些个强奸犯和抢劫犯，一个比一个凶，正愁没处儿泄火，见他如此不老实，就把他臭揍一顿，强迫他吃屎喝尿。他愤怒抗议，结果让打晕了灌了大粪。醒来后他抱着一线希望向管教人员求救，说明自己不是坏人，是受了屈的，又让犯人如此虐待。结果又让管教人员狠抽一顿皮带，告诉他："你比强奸犯还坏，你是要亡党亡国的。"并告知狱友们，"不老实就教育教育他。"这人从此沦为牢中出气筒，强奸犯们几乎把他折磨死，慢慢儿就变成了这种痴呆人。刑满释放回家，老父母精心伺候着，像养个小孩儿一样，为他伤心透了。这些年楼上小保姆成群成串，全是苦地方出来的，让老两口动了心思：与其找保姆不如在她们当中挑个媳妇，算一家人过，把家务全挑起来。他们早就相中了俊英，听说俊英混在肮脏的移民楼里，就劝她过来。那天俊英把这事当笑话跟柏菊说了，柏菊也一笑了之。谁知如今俊英当了真，真要过去当媳妇儿了。

跃进坚决不干，说要等跟舅妈商量再定。俊英打定了主意，狠狠地说："你少管。我是大人了，自己的事自己管，我这就过去。娘那边我自己去说。"

柏菊伤心地说："你好好儿一个人，嫁个呆子，他说不定一抽疯会杀了你。"

"不会，"俊英说，"我早看出来了，他喜欢我，一见我就笑。再说了，这种傻子都活不长，俩老的也快了。都死了，那个家就是我的了。"

这话说得跃进倒吸一口冷气。

柏菊拦住说："不行。要去先让你哥送你回家。然后你再去那儿，我们不负任何责任。"

俊英挣脱柏菊，红着脸说："我知道嫂子眼红我了！眼儿气有什么用?有本事你也去找这么个傻子呀!自个儿过不上好日子还眼红我,一边儿去!我要让你看看我怎么过舒坦日子。你就配住这破楼!"

"啪!"柏菊忍无可忍一个大嘴巴子抽上去,俊英灵巧地一躲,那手重重地拍在衣柜上,声音尖脆。再看柏菊,却是像让什么强力胶粘住了手似的,身子打着麻花一动不动,定格。大概是柏菊那一掌太重,又打空了,强大的惯力量加上腰部转得太猛把腰扭了,就那样姿态优美地定格在那里动弹不得。

"跃进,我腰扭了,快帮帮我!"柏菊惨叫着。

跃进忙冲俊英喊:"你先别走,给我看着宝宝,我救你嫂子。"

"我家还没做饭呢,没工夫管这个。"俊英头也不回扬长而去。

柏菊另半边身子抖动着指天跺地:"白眼狼啊!让那傻子掐死你!"

楼道里早已响起了俊英嘹亮的歌声,依旧是直嗓子,五音不全:"清凌凌的水来蓝咯英英的天……"

接下来两口子大发其愁:似乎再也无路可走,只能赔笑脸找那老太太家;要么就把孩子送到高跃进的妈那儿。后一条路跃进坚决不走,他死活不想再回那个小镇子上丢人现眼,再也不想跟那个穷疯了愚昧透了的小镇子打交道。"实在不行,"高跃进说,"我他妈豁出去了,辞职在家管孩子。把孩子带大了,我去摆摊儿卖杂货,蹬板儿车也行。我就不信没个活路。"

柏菊明白跃进的心思,就一咬牙说:"也怨我,老怕孩子在老太太家委屈了。其实,再委屈也不会让孩子饿死。要奋斗就会有牺牲,这日子,还讲什么委屈不委屈,只要孩子不病,就行了。在农村,谁给她吃牛奶水果了?咱们小时候不是光屁股和尿泥也长成大学生了?送吧,明天就送老太太家。"

"大菊子你想通了？！"跃进说。

柏菊叹口气："想不通也得通。咱就这命，来不得半点儿女情长。又想活体面点儿，又想省钱，又没钱又没房子，日子怎么过？说我是俗女人，你月月儿挣一千，再有一套房子，我比谁都他妈高雅。算了，把孩子扔出去，咱也高雅高雅。"

随之柏菊告诉跃进一个振奋人心的消息。她今天上午去约那个老干部自传，拿着地址进了大院儿，里面全是一模一样的小楼儿，结果走错了门儿，进了另一家。老人家特热情，听说她是向导出版社的，就拿出自己的传记，还没写完。接着介绍说这一院子的老干部都写传记呢。顺便叫来秘书，说干脆给向导张罗十本传记，出个系列。系统内征订一下，怎么也能卖出五六万套去。

柏菊算是给向导社立了大功，五六万套，一套十本，就是五六十万册的印数。向导社这几年还没做过这么大的买卖，全社上下欣喜若狂，年底奖金全指这套书了。社里马上开会，组织一个会战指挥部，全力以赴，编印发一条龙作战，多快好省地推出这书。再上人民大会堂弄个首发式，电视台一播，就齐了。柏菊兴奋得嘴角白沫泛滥，跃进忙用手帮她揩去。柏菊说这次非狠吃一口不可，反正是公费买书，无所谓价钱贵，社里准备把定价定在新闻出版署规定的最高浮动价上，一锤子买卖，吃撑死拉倒。作为有功之臣，又是责任编辑，柏菊估计自己可以提成七八千块。

"你说我还俗不俗？还是不是天下第一俗女人？"滕柏菊捂着半边扭伤的胖腰，飞起媚眼儿。把孩子扔出去后，两口子请了几天假，把屋子里里外外粉刷一遍，铺上化纤地毯，清清爽爽地过了起来。滕柏菊也喝上了减肥茶，练起了健美操，还烫了头发，这小屋立马呈现出一派新气象。从此柏菊不再用几个大锅占火眼儿了，她买了几本菜谱，高高雅雅地学做起西餐来，决心彻底改变自己的形象。

另一方面，高跃进也开始为工作想新招儿。他知道自己写不出文章，也没有柏菊的本事组赚钱的书稿，辛辛苦苦坐在办公室改别人的错字又挣不到钱，就决心去搞发行推销。柏菊出主意，跃进收集资料，东拼西凑，东剪西抄，很快凑了三百六十篇女子美容要诀，决定就此编一本《女子美容三百六十五天》台历。选题报到社里，头儿认为不错，但要保证上来印数。跃进便自告奋勇，要坐上火车从北京出发顺京广线南下，再从福建北上津浦线，一站一站地下车，不放过任何一个城市和县城，一家家新华书店跑下去，就不信上不来五万印数。跃进的想法很简单，他必须想法子挣点钱来压滕柏菊一头，不能总让滕柏菊养着。柏菊很为他高兴，坚决支持他。只是很担心，那么一站一站挤慢车，像红卫兵大串连似的，折腾两个月回来，人还不得颠死？跃进拍着皮包骨的胸膛说："我也是大丈夫，不能总让人看不起。再说了，天天泡家里，上夜班不是也不轻松？"柏菊羞红了脸打他一拳说："我就担心你这一点。南边儿娼妓多，别把命给丢在她们身上。要死了倒好，别死不了弄一身脏病回来。"

正说着，有人敲门，进来的是个小保姆样的孩子。她把一个大红信封递过来说："俊英姐姐要结婚了，明儿请你们过去哩。"

"你是？"

"我是俊英同村的，她请我来当保姆的。"

"嚯，俊英都使上保姆了。"柏菊醋醋地说，"好，我倒要去看看那个傻新郎，嘻。"

小女孩儿纠正说："俺家大哥可不傻，人可好了。"

"是好，"柏菊说，"哪个傻子不好？一笑一嘴哈拉子。"

"大嫂你错了，"保姆说，"俺家大哥的病说好就好了。我刚来那天他还神神经经的，过了不几天就一下子好了。谁也弄不清楚怎么好的。什么药也没吃。"

"真的？！"

"真的。明天你去看看。"

"俊英真是个妖精。"柏菊说。

第二天去了，果然让滕柏菊大吃一惊。先不说俊英时髦高雅的打扮，绝对是个漂亮的大家闺秀，只说那新郎官之神经正常，着实让人吃不透。两个老人眼里泪花不住地闪，不停地说俊英是颗大福星，居然治好了儿子的痴病。那白白净净的儿子，神情大变，一身西装，俨然一个大知识分子模样。痴了这么些年，无忧无虑，倒像冬眠了二十几年，醒来依旧年轻，脸上连皱纹都不见几条，与俊英并肩一站，显得郎才女貌，十分般配。就是说话显得像个星外来人，不住地叨叨："迷糊了这些年，这世界变化可真大，连街名儿都叫不上。叔叔大爷们也不认识了，真对不起。你们就当我是个孩子，什么都不懂算了。"大家纷纷祝贺他恢复了正常，并说："你傻了这些年算值了，那是最不堪回首的十几年。现在国家开始变好了，你也醒来过好日子了，你小子大福啊。"

珠光宝气的俊英指使着保姆干这干那，那副颐指气使的样子，真像个大家小姐，大半年的北京生活，让她脱胎换了骨，口音全改，比滕柏菊强多了。忙了好一阵子才有工夫闲下来跟滕柏菊说几句话，那口气，早已是高高在上了。

"嫂子，我是打心里感谢你哟。在你家那几个月没白待，看电视长知识，听你们这些编辑说话也长见识，才觉得我这二十年算白活了。

我是没想到投奔这家人能大福大贵,谁知道老天有眼,让我男人的病好了。这日子算有奔头儿了。"

柏菊仍然不屑一顾:"他都四十了,刚醒过来,没文化,没技能,能干什么?"

俊英不以为然:"这有什么?我们有这四间一套的大房子住,老两口儿总能留下几万块。再不行,我们开小饭馆儿开小卖部去。我才二十出头儿,学什么学不会?两人一起学,一起干,日子总会有盼头儿。他人正常了,比什么都好。"说着环视一下房子,喃喃道,"在北京,有个好住处儿比啥都难呀!"说得柏菊心里无比酸苦,只觉自己比俊英低了一头。

"你用了啥法子让个痴子变了?"柏菊追问。

"啥法子?不怕嫂子看不起,我直说了吧。"俊英满不在乎地说:"我一个乡下女子还会什么魔法不成?还不是跟嫂子哥哥学的?"

"跟我们学?"柏菊惊笑道。

"啊!"俊英说,"开始我当是闹耗子,后来才明白是咋回事。我看哥嫂干这个顶高兴,就想让这痴呆子也高兴高兴,我也高兴高兴。他就那么一回就好了,什么都明白了。"

柏菊听之羞臊难当,无地自容。

这时俊英的男人文质彬彬地过来见哥哥嫂子,神情像个情窦初开的少年。

"大哥大嫂是有文化的人,以后要多向你们学习。我慢慢恢复了记忆,想起了当年的事儿,跟昨天一模一样。我得赶快补文化,把字儿都拣起来,写书,把那些"文革"时候的事儿全写出来。"

"我帮他抄稿子。现在我会的字儿比他还多。"俊英幸福地说,随后拖着婚纱袅袅地走了,新郎紧随其后。

"他们也想吃文化饭哩!"柏菊悻悻地说。

"说不准啊,"跃进说,"这年头能写个报告文学的人越来越多,作家一伙子一伙子的,好像是人就能写本书出来。这个呆子说不定能写一本畅销书来。你想想,他当红卫兵头头儿,跟中央里头的人都有交往,那些个事儿写出来肯定卖得动,现在兴这个。要我说,咱不能远了俊英,得跟他们套近乎,说不定能把那呆子写的书骗到手,能弄个大印数,你也提一笔成儿。"

"呸,"柏菊不服气,"我指望他的书提成儿?'向导'不会出这类揭黑幕的书。"

"不信拉倒。"跃进说,"你把稿子拿到手,拿给别家出去,人家还不给你一笔组稿费?照样赚钱!我们室里的小青年儿现在都干这个,还替人家把错字儿改好,再拿一笔编辑费。全'向导'的人都在干吃里扒外的事儿,就你我还在替它卖命。"

柏菊觉得跃进言之有理,这笔钱不拿白不拿,就怂恿跃进去套近乎,"毕竟你是她哥,怎么着也算是一家人。我是外人,八杆子打不着。"

跃进就猛喝下一口酒,勇敢地起身向新郎新娘敬酒去了。

滕柏菊信心十倍地远眺着丈夫,很有希望地暗笑不尽。

一会儿跃进春风满面地回来说那呆子听了他的话很感动,表示"写一点儿让哥哥嫂子看一点。"

"说不定咱就吃上他了!"柏菊兴奋地说,"我拿这稿子去炒高价儿,哪家劳务费开得高我就给哪家。到了儿这呆子还得感谢我。"

"就是,吃上他了。"随之两人嘿嘿笑一阵子。

## 第八章 改革，分房，卷铺盖卷儿

一转眼就是深秋。长安大街上流金溢彩地滚动着落叶。秋风飒飒一阵子，又有金黄火红的树叶潇潇飘起，铺天盖地，恰似春天的缤纷落英。

瓦蓝瓦蓝的天，脆生生的爱人儿，真个是秋高气爽。

这长安街旁的小胡同里，秋色比长安街上更浓郁。狭窄的街巷，夹在两趟大树之间，人就踩着趟着落叶走路，头上还啪啪地散落着一片片色彩斑斓的叶子。清洁工这时是清扫不过来的，眼见着街角上堆起了小山似的落叶。

"移民楼"迎来了一个平平常常的秋天，依旧在淅淅沥沥的落叶拍打下散发着酸甜油烟厕所杂味。人们进进出出，来去匆匆奔着生活，似乎没人去捡一片彩色的叶子。捡叶子的准是闲人。

沙新头顶着落叶回来，只觉得那叶子十分沉重地打在头上。站在楼前，透过纷纷落叶看这座厮守了六七年的脏楼，想到要离它而去，心里不禁怅然。自己是以这个楼为大本营度过了青春中最宝贵的一段年华，二十四岁到三十岁，一个男人金子般的一段日子，恍恍惚惚，实实在在，有滋有味儿地在这里度过。厮混其中时毫无岁月的流逝沧桑感，一旦要离开，且是被迫离开这在北京惟一的窝，竟会生出无限留恋。没有，他从来没有这样仔细端详过"移民楼"。七年来它就像一件惟一的破衣服揸在身上，成了自己的一部分，哪会想到脱下来端详一眼的？

沙新不知不觉中靠在一棵大槐树上，久久迈不开脚步，他不知道该跟老婆说什么才好。

社里刚刚开过大会。社长总编的齐刷刷在主席台的一溜桌子前就位。议题只有一个："要改革，要赚钱。"

张大壮是元老，自然首先发言定调了："现在公费包销买书的黄金日子快没了，咱们'向导'要想法子从读者腰包里掏钱了。只要不违反党的四项基本原则——我想谁都知道是哪几条，我就不重复了。只要不违反这个，想出什么就出什么。当然要既赚钱又捞名，别一窝蜂出那种'擦边球'书，擦不好就给你擦进去，让查出问题来停业整顿就麻烦了。总之，不能出亏本书，每人每年要定额赚多少利润，完不成，就没奖金，月月儿百十块干工资吃稀的。总之，图书要成为商品，要卖钱。至于怎么赚，权力下放，八仙过海各显其能。"

随后表扬了滕柏菊和高跃进，说他们一个有本事赚公家的钱，另一个肯吃苦，大江南北奔波赚私人的钱。号召大家多想点绝招儿。张社长特别说，像《钢铁是怎样炼成的》一本书年年再版都能印几十万册的黄金日子没了！现在一本书能印两万就算畅销了，真是三十年河东三十年河西啊。听说以后上级都不给拨工资了，你喝口凉水都得自己挣！

接下来各编辑室分组讨论，文艺室首先拿来讨论的是沙新这摊子文艺理论。

沙新编的那些新潮文艺理论书没一本是赚钱的，全赔。社里决定首先改革了它，停止再出，责令他手头的稿子该清退的清退，或请作者自己包销，或视情况不支付稿酬，"向导"不再背这个高雅的大包袱。沙新的退路是从明年起选一个组或一个编辑室，实行收编。若不愿与人合作或别人不收编他，他可以自成一路，自负盈亏，出什么不管，每年上交五万块承包利润就行。但一切仍然要三审后方可。如果自以为无法承包五万块，可以调去做社里的宣传秘书或发行员。"你也学学人家高跃进，一站一站坐慢车跑各地新华书店拉印数去啊。"他说话全是土音，把"学学"说成二声的"xíao-xíao"，把高跃进的跃念成"要"，成了高要进，逗得大家可哧哧笑。

沙新马上表示愿意被胡义收编，与胡义一起编外国小说。虽然他与胡义没什么太深交情，但至少两人都算是新派洋派文人，还有共同语言，胡义总不能见死不救。胡义当即表示同意，说只要领导同意他没意见。沙新心里暗自感激，总算一块石头落了地。

但边大姐马上说先别忙收编，胡义那摊现在是自身难保的过河泥菩萨，谁跟他一起谁会与他一起沉没变成黄泥汤子。"马上讨论胡义的问题。"

胡义立即浑身一激灵，像是自己犯了什么罪过。他这两年没大成绩但总不至于给社里赔钱。"向导"社一贯以青年的良师自居，几十年来没受过上头批评，主要原因不仅仅是稳重、形势不明朗从不乱跟一气，还因为对外国文学出版把得严格。因为"向导"的中高层领导中没一个能把英文二十六个字母或俄文三十三个字母全念对的，所以对翻译作品格外小心。想当年全国一边倒学习苏联老大哥时，"向导"

也没让潮流冲昏头脑，对老大哥的书也不认为是坚如磐石的一块社会主文艺铁板，因为他们坚信"任何时候都有左中右"。那时出版老大哥的作品时就抱定了"不见兔子不撒鹰"的办法，为一本书多方征求意见，反复论证，直到没有争论再出。据说连《钢铁是怎样炼成的》这样的书都曾引起过"向导"内部的争论，有人认为保尔和冬尼娅那段青梅竹马关系应该删了才好。这种观点受到了不少人批评，认为是极端保守主义。其实正因为他们儿时感情深厚，才更能衬托出保尔为坚持自己的共产主义理想而忍痛别弃小布尔乔亚的冬尼娅这一壮举的高尚。打那以后"向导"才敢出点有爱情的苏联作品，但仍然慎而又慎。因为人们发现，同是社会主义，那边儿毕竟是欧洲人种，年纪轻轻就闹恋爱，连写中学生的作品里都整这个。还有那种表现侦察兵孤胆英雄的，恐怖的破案小说什么的，总觉得这类东西不对头，就一律没出。事实证明这做法对，果然没过几年中苏就掰了，说是他们变修了，资本主义复辟了。那类文艺作品必然是修正主义无疑。幸好"向导"的脚后跟站得稳当并有先见之明，没出，也受不上批评。而"向导"出的清一水儿的歌颂莫斯科青年远征西伯利亚开荒的作品则是永远站得住脚的，因为什么时候开荒种地长粮食都不会错。几十年一贯制下来，社会上几乎没人知道"向导"还出外国文学，哪一朝代哪一潮流中均发现不了"向导"的痕迹。那一阵子兴西方现代派，胡义狠张罗了一阵子，又组稿又翻译，弄了一个系列，报上去被打回，请示上用铅笔批着："我们要敢于有所不为。"又兴西方通俗小说，"向导"又是不为者。胡义几经兴奋几经萎缩，就随它去了。一年上报十几本，过五关斩六将总能有二三本上头说行的，就改改错字发表了。久而久之胡义发现这样也不错，自己有了大块的时间翻译自己的书。出不来叫座的书可以一推向上，历数这书那书被"向导"退了稿转到别家成了畅销书，别有一番昏官误国的淋漓痛骂，更显得自己报国无门是一颗埋没的珍珠。这几个被退走成了畅销书的例子便成日挂在嘴边，很显示自己慧眼识珠。从此再也不用卖力气使用自己的慧眼去识珠，只须随时抱怨即可，既表明自己努力工作了，实际上又可以混工资搞自己的自留地。到头来是"向导"的昏官昏政策养肥了胡义这个青年翻译家还落胡义一通儿抱怨。当然与胡义吃着社会主义工资干私活儿成名相比，"向导"的领导不被上级批评则更重要。胡义不过是白吃白喝，一年下来工资没几千块，可若放手让他出版资本主义国家的文艺作品出点格儿，"向导"的领导就要丢官啰，那官位比这几千块工资重要得多。几经折腾，胡义也知趣，主动编起中学生英语辅导教材来，这类东西永远不会给领导惹麻烦，还有经济效益。出两本赚钱的，搭上一本什么外国诗集，两相抵消，不赔不赚，日子混得还算可以。

但他马上面临着形而上的失业。边大姐传达上头文件说，西方坚决要求中国尽快加入国际版权组织，入了伙，以后再翻译外国的书就要给人家美元版税。"向导"出版社没有外汇，人民币也罗锅子上山——前（钱）紧，怕是以后要停止出版翻译书。让胡义做好后事的处理工作，不再约新的翻译稿。

胡义一听便十个明白，笑笑说："这可省事了。原先总不放心我，怕我登进点儿腐朽没落的西方坏文学。这回他西方人自个儿出来阻止中国人翻译他们的书了，可算把咱们领导给解放了，不出翻译书，省大心了。也省得外国腐朽文化毒害中国人。"一席酸溜溜的话令边大姐颇不愉快，拉长了脸说："话不能这么说，平常领导对翻译书要求是严了点儿，那也合情理。不懂外文要审定翻译稿子可不就得多问几个为什么呗？你身为外文干部，你有责任仔细说清楚，而不是抱怨。你是英文研究生，不能要求你的领导个个儿为你去学英文吧？"

"所以我说这回咱们全解放了嘛。省得两头儿全难受。"

"这时候说什么都没用，还是想想一年后你怎么办吧。干什么工作？"

"干脆我们都来给浙义理当编辑算了。"

"那不行。恐怕你和沙新都得自谋出路了。"边大姐随之宣布社里新规定：砍掉的专业人员，如不服从社里工作安排，可以自行调走。找工作这一年之内发全工资，一年之后仍调不走又不服从分配者，只发七成工资。

胡义笑嘻嘻地说："我不怕。有这一笔英文一嘴英文，吃遍全中国。我倒愿意马上停工，享受一年的全工资。一年中我可以译好几十万字出来。行了，边大姐，从明天起我就不来上班了。不，从现在起，这个会我也不听了。"

边大姐急了，说："谁说你可以不上班了？"

"您说的呀！您不是刚传达了指示？我雷厉风行响应，不对么？"胡义笑问。

"你在赌气。"

"我有什么资格赌气？"胡义开始收拾办公桌，"哦，改革改革就是改革我们这些普通编辑呀？领导自己呢？你们凭什么铁交椅照坐？张大壮怎么一块钱利润也不承包？砍这个专业那个专业，谁给他这么大权力？我们还要砍下去几个社长总编主任呢，行吗？这出版社成了某几个人的了不成？官僚资本主义没了，又出来了资本官僚主义。出版社办不好全是老百姓的事了。他凭什么打游击出身就能得编审职称？编审是教授级，国家规定要懂一门外语的，他二十六个字母跟拼音的区别弄清了没有？少来这套。我再不行考美国去，教中学英语去，干吗要受这种资本官僚主义的气？"说完就扬长而去，开始第一个享受不上班拿全工资的待遇，并一路扬言准备再拿一年七成的工资，待腻了再调个单位。

胡义洒洒脱脱而去，却给沙新出了一大难题，心中暗自痛恨起胡义来，只感到全体眼睛都盯着自己，尤其浙义理正在幸灾乐祸地蔑视着他。他没有勇气像胡义那样甩手而去，因为他老婆的户口还悬着。他沉思片刻，抬起头，发现无数目光立即从他这里"刷"地转移开去，像耗子一样快。他明白现在就看他的了。他这人一贯是死要面子活受罪的那种人，此时他似乎听到人人在说他：大丈夫宁为玉碎不为瓦全。那个该死的北京户口期限很快就要到期作废了，社里仍旧不偏不倚，让他和冒守财去私了，再这样相持下去，只能两败俱伤。眼下沙新彻底明白了自己是个废物，在别人眼里一分不值。既然如此，他决定不要那个北京户口了，让给冒守财，成全这个叫人恨又叫人怜的人物。他决定一走了之，与老婆孩子一起举家打道回府，或山东或四川。"此处不留爷，自有留爷处。"沙新说着一跺脚站起来，一点儿不比胡义逊色地潇洒走了。

沙新这一壮举惊得人人感叹。只有冒守财欣喜若狂，沙新不再与他争那个价值连城的北京户口了，他冒守财捡了一个大便宜。他到部里把名额拿到手，星夜兼程奔去大同，不舍分秒地把大肚子老婆接来，暂时安插在单丽丽屋里，一边办着她的进京手续，一边打报告向社里要房子。人事处和房管处的人此时反倒同情起沙新来，烦透了冒守财，面若冰霜地说："你老婆的手续还没办完呢，急什么？再说了，就是办进来了也不一定马上给你安排房子呀。哪有你这样没良心的？也不知道谢谢沙新去。沙新若是使坏，他办不成也不让你办，再拖一个月，这个户口指标就到期作废了，看你老婆还来不来北京！你就得老老实实回大同去。人家沙新帮你这么大忙，你还以为人家活该呀？真没法儿夸你。"说得冒守财脸上红一阵白一阵。

冒守财心中恨透了人事处房管处这帮子人，因为他们不拿外地分配来的大学生当人，好像北京是他们家的，别人都是来拣便宜的。尤其对他冒守财这样的农村人，态度更是恶劣，动不动就说他完成了三级跳，还弄来了大肚子老婆，这些人是成心看笑话，就不给他房子。

冒守财忍住泪水，咬紧牙心里骂着，决定走最后一条路——自力更生。这次他豁出去了，要彻底得罪门晓刚和沙新，坚决把门晓刚轰出屋去，让他回去与沙新同住。

回来刚把这话说出口，门晓刚就猛然一巴掌打在冒守财脸上，随之破口大骂："我早看出你不是人揍的。白上大学了，农民意识一点不改，大傻×一个！亏你有脸说这种话。沙新很快就要去山东了，很快就会腾出房来，你他妈就这么等不及了？你就不能让沙新平平静静地走？你这时候让我回去，不是赶沙新快走吗？"

"我老婆要生了！"冒守财红着眼说，随手抓起一只瓷碗，"你再动手我就不客气了！"

"你就知道你老婆你老婆，要不是沙新把户口让给你，你能有今天？"

"他反正是给社里改革出去的人，再赖也没用。这名额他不让，社里也会给我的。"

门晓刚大骂一声："白眼狼！"随后一拳打过去。冒守财奋起还手，两人扭作一团,几乎把小屋子都撞破了。两个女人大着肚子只会喊救命,但爱莫能助。

沙新跑过来拉开他们,惨白着脸对冒守财说:"你别闹了,我保证在你老婆生孩子之前去济南,晓刚马上就会搬走。跟你这种中山狼,没什么好说的。"

冒守财翻翻白眼:"随你怎么说,反正我没必要感谢你。要是当初你早早儿让了呢,我们全家会感谢你一辈子。都到这份儿上了,还沽名钓誉干什么?这名额算我白拣。门晓刚,我告诉你,你的床位是在沙新那屋,你住进我这屋算我客气帮沙新的忙,成全他老婆在这儿坐了月子,我还没图他谢我呢。你再在我这屋赖下去扮演不光彩的角色,别怪我不客气,狗急了还跳墙呢,何况人?别忘了我是农民出身,拉过车耪过地,有一把子力气,真打起来你这种小四川不是个儿。再说了,我从我屋里轰你出去是正义战争,我占理。"

冒守财从来没有如此昂首挺胸扬眉吐气过,今天在大庭广众之下一口气掷地有声地说完这段有条有理有利有节的话,竟让沙新门晓刚们听得不知如何回答。其实冒守财上大学时是系学生会的干部兼团委的什么委员,常口若悬河地向人们发话。这样的小人尖子一进北京,跟别的人尖子们一比却给比傻了,才知道天外有天,再加上老婆问题弄得狼狼狈狈,就更人前人后抬不起头来。现如今老婆也进了京,马上可以正正规规过日子了,才发现自己并不比谁矮半截儿,不再以农民出身为耻反倒突出自己的农民优点——咱爷们儿有力气,会打架,以此来吓唬城里的小白脸儿们。

沙新再一次向冒守财保证他不出半个月就走,不会耽误他老婆生孩子,就别轰门晓刚了。冒守财带搭不理,哼两声,就算答应了。

可旁观的滕柏菊看不下眼去了，忍不住抢白冒守财："小冒啊小冒，真想不到你这么烂心眼子。人家沙新倒了霉你就这么落井下石啊？到底是行还是不行，长嘴是说话的不是放屁的，你就不能吐个准话儿？至于这个样儿吗？翻了身就变脸儿。要是让你这样的人当了什么大官儿，还不得用机枪把老百姓都给嘟嘟喽？"

"行，行，"冒守财不耐烦了，"什么事你都管，乱搅和。明天社里成立个妇联吧，准选你去当主任。我怎么翻身又怎么变脸了？别人对我怎么样我心里明镜儿似的，我姓冒的从此再也不受欺负了。沙新你替你的老乡考虑着，半个月内让他给我老老实实搬回去，君子一言，驷马难追，你可要说话算话。我成全你们。"

"走走，"门晓刚推推沙新，"别理他，这号土冒儿，进了北京也是垫底的。你到哪儿也是条龙，理他呢。"

滕柏菊闻之大为不悦，压低嗓门儿说："门晓刚你注意点儿！你怎么就永远忘不了讽刺讽刺农村人呢？讽刺人家你能得一百吊钱是怎么着？你生在成都，你爸爸说不定就是大山里的呢，凭什么威风？"

门晓刚不敢跟滕柏菊叫板，知道这个唠叨嘴子不好惹，就吐吐舌头："滕大姐饶命。不过我声明，农村人跟农村人也不大一样，比如咱跃进大哥就跟你不一样。"说完赶紧钻回屋去。滕柏菊没理门晓刚，而是跟进了沙新家，发现屋里已大包小包收拾得差不多了，就红了眼睛，安慰沙新："别难过，是汉子，到哪儿都成大事，我就看你不一般。其实北京这地方不是咱们的，过好日子的是当官的，有钱的，咱是垫底儿的。你要去了济南，说不定就成了山东的大理论家了，哪哪儿都显着你喽。"

滕柏菊好心来安慰沙新却不成想十分招人讨厌。沙新的老婆连招呼都不打，突然抬头说："我们沙新在北京也是数得着的青年理论家，到了山东自然是第一流的，而不是显着怎么样。北京的大笨蛋到了你们河南也还是大笨蛋，总不至于是北京去的就聪明了。要那样，北京傻子都奔河南算了。"

柏菊尴尬地一笑："我可没别的意思。我就是说，现在这种户口制度太害人，外地好样的多的是，来不了北京，倒让冒守财这样的人在北京逞能。"

张艳丽并不领情："这个社会逐渐要多元起来，以后不见得北京就老是什么什么的中心。一个十几亿人的大国，搞文化的全集中在北京，这不正常。像你们河南这么一大省，比德国还大，要是现代化了还了得？就因为穷，人们才往北京啦省会的跑。这种情况一定要改变的，再不变这国家就完了。要是每个省都像德国一样强，哪怕赶上它一半儿，中国可就不得了了。人才也就都分流了，像你这样的回河南还不混个妇联干部当当？"

滕柏菊好心不得好报，好话说不好听，最终自己惹一肚子委屈回去了。

胡义推门进来，皱着眉头："这老娘们儿快成无事忙了，哪儿都有她。妈的，好人留不住，北京全让滕柏菊、冒守财、谢美这帮人赖进来了。"

见沙新挈妇将雏给逼出北京，胡义竟一时语塞，欲语还休。屋里一片狼藉，几乎找不到个落脚的地方。孩子又尿了，张艳丽正忙着换尿布，屋里的味道很难闻。胡义与沙新对视，沉默片刻，沙新先开了口："怎么想起来我这儿了？"

胡义像是自言自语："是呀，怎么想起上这儿来了？我怎么进来的？"说完不禁叹口气。

张艳丽换完尿布,若即若离地招呼胡义坐下。胡义笑笑说不坐了,这就走。走到门口,转回身,很沉痛地说:"都怨我,太冲动,把你害了。妈的,是我把你推上这一步的,否则你完全可以在社内调动一下。"

"他胡大哥别这么说,"张艳丽说,"就是你不带头辞职,沙新也不能忍下这口气。人么,要活的就是一口气。"

"可至少要把那个户口弄到手再说呀,"胡义痛心地摇摇头,"大丈夫要能屈能伸才行。至少现在在北京搞文化条件好,外省条件差多了。要我说,沙新不妨在北京换个单位,再干两年再说,也许能碰上个有进京名额的单位。"

"不了,"沙新湿着眼说,"逼到这份上,我也活明白了。窝窝囊囊憋在北京顾了头顾不了尾,即便写出几本书来也没意思。活到三十才明白,人首先要吃住行,才能弄文学艺术,其实退而结网或许还会有出头的那一天。原先有间房住着,穷点也就算了。现在可好,连老婆孩子都快保不住了,还在北京干什么?一走了之吧。"

胡义露出一脸悲戚,一拍大腿叹息:"唉!"默默地走了。走两步又回来说:"沙新,我从来没请过这楼上的人,但我今天想请你去我那屋喝两杯。行不行?"

"你的心我领了就是,这酒就免了吧。"

"也罢。我的心到了就是了。过两天搬搬运运的事叫上我,我能干。"说完大步流星地回去了。

沙新回到屋里,张艳丽悠悠地说:"咱们现在成了众人可怜的对象了。真是天晓得,他们凭什么可怜咱们?"

"嗨,人么,可不就这样呗,比别人幸运点就不知姓什么了。所以,我想让翠兰先陪你走,东西我托运走,剩下我一个人在这空屋子里再清闲上两天，然后我一个人悄悄地走，连门晓刚也不让他送。"

张艳丽点点头说就这么办。

要说现在顶惬意的是浙义理了。他知道沙新用什么金林的鬼笔名写评论不说他好话，从此就一肠子的怨怼。对胡义，他也死看不上眼，因为胡义这种臭知识分子太各色，穷清高。但这两员研究生出身的人的确对浙义理升官构成了威胁。这一半年浙义理的纯情诗大本小本袖珍口袋本卖得着实欢，名声大振，自己也就开始对只当个普通编辑和通俗派诗人不满意起来。他至少想赶紧当上个副主任，这样就与边大姐平起平坐了。他深知要当官必要先入党，便开始很真诚地学了一通儿党章，然后以如花的诗笔写了入党申请书递上去。他很自信，以他现在这种大诗人的身份，也算有点分量的人，肯定会引起充分重视的。他硬着头皮去找边大姐，希望边大姐再扶他一把，比如当他的介绍人什么的。边大姐现在已经有了一个老对象，一来二去感情甚笃并定下来新年结婚的。见义理来了，先是一惊，随之一喜，嗔怪着年轻十岁地垂着眼皮："你还想着你大姐啊？反正是没事不登我的门。有一年多没来过了吧？坐呀，我又不会吃了你。你不用躲我，我知道我命苦，四十大几让人甩了，只配找个六十的当填房。我不想让你付出什么，可你也不能拿我的感情当大粪。你就真连点儿表示都没有？"义理很诚恳地为她点上一支烟。边大姐吸几口平静了许多，手上有支烟占着，也就妨碍她动手动脚。义理说："我真心实意要拜你为大姐，新姐夫过了门，您这个家又兴旺了，我也算北京有了门亲戚，这不是挺好么？我们可以成为很好的姐弟，我若入了党，咱就是好同志。要是再裹进些个别的事不就俗了？"

"得了吧，"边大姐悻悻地说，"你觉着跟我亏了你什么，是吧？我知道自己长得丑，又这个岁数了，配不上你。我这辈子算完了。"说着嘤嘤哭起来，边抽泣边说："你放心，我能帮你就帮，谁让我心肠软呢？"

边大姐果然帮忙，替义理向组织上说了不少好话。可一经征求群众意见，却招来普遍反对，几乎无一人赞成义理这样的机会主义分子进入无产阶级先锋队。人们都明白现如今不少人走的就是入党——当官——分房子三步曲，因此坚决阻挠浙义理走出这决定性的第一步。沙新和胡义自然是反对让义理入党的人。边大姐为此很气愤，在会上狠狠批评这种嫉贤妒能的坏作风。她引用达尔文的话说：生物中最激烈的斗争是同种间为争生存空间进行的斗争。浙义理要从"移民楼"奋斗出来，那些"移民们"就千方百计地阻挠。她要领导上明白：不是浙义理不好，是别人落后。但有的领导也认为不能培养浙义理这样的人入党，有损党的声望。他既然有本事写诗写歌挣大钱，就用钱自己买房子去呗，何必当官分房子？什么他都占着，那可不行。群众们能没意见？

结果就轻而易举否定了浙义理入党的要求。为此义理十分苦恼。他知道自己的那种诗不出二年就卖不动了，很快自己就会过时。现在手头这十来万块是买不了一套房子的。从长远角度考虑，还是当上个副主任分一套房子实在，那样自己手里这十几万就干落下了。凭什么当了官的都分房蹭公家的，他就该用自己一个字一个字写出来的钱去买房住？当个官岂不是太赚了？自己写这么多还不如人家什么都不干玩心眼儿混个科长合算。社会主义公有制的便宜凭什么不让浙诗人也沾上？义理不服气，由此更痛恨这些玩权术当官和平庸无能却又嫉贤妒能的革命群众。就是这两类人毁了他的前程。这两类人其实同种,只是后一拨儿没混上去。

现在好了,一下子去了两块心病,沙新和胡义全被改革掉了,浙义理又可以重振雄风再努一把力去当官。现在的形势对义理十分有利,因为出版社开始用利润来衡量一个人的能力了。出版社自负盈亏,再装正经,讨人喜欢,编不出赚钱书来也白搭。而论赚钱,义理是文艺室的台柱子。他的诗社里规定不许由别的出版社出版,"肥水不外流"。他只须不停地生产诗,边大姐给他做编辑,写一本卖一本,本本好销。而这次全社的改革方案中有一条:权力下放,各编辑室分别挂一个出版社的牌子。于是"向导"就要变成九个出版社了。准备叫"向导九联出版公司"。文艺室准备打出"向导文艺出版社"的牌子,这意味着刘主任将任出版社总编,边大姐任副总编,比原先名字好听多了。义理这次要改变战略,他准备不费那牛劲去入党,要直接当副总编,否则他就要跳槽,离开"向导",并收回自己在"向导"所出诗集的版权。他相信,带上自己这几本畅销诗集的版权,投奔哪个出版社都会大受欢迎。

不幸的是,这次战斗在他与边大姐之间打响。"九联公司"规定所属各出版社每社只能有一个总编一个副总编,义理要想当副总编,边大姐必须下马让位。在这大是大非面前,义理决不含糊,他果断地提出边大姐下来他上去的建议;若不行,他就准备收回版权,跳槽走人。他号称这叫"权力的转换"。

边大姐万万也没想到她培养拉扯并苦恋着的这个小个子男人最终成了她的对手。过去所有的柔情、缠绵、思恋全抛到九霄云外,边大姐拿出当年在大草原上搏击风雪的劲头,在领导务虚会上含泪陈辞:

"我以一个老共产党员的身份问一个为什么：难道改革就意味着金钱第一吗？我们就可以让一个品行不佳、没有群众威信的人来当领导吗？我们能这样拱手把权力交给那种钱串子吗？浙义理可以是个好诗人，可他决不是个好人，不能让这样的人当领导。别忘了，改革开放是党领导的，不能让他钻空子，连党员都不是就先当官。最近群众都在反映浙义理，说他要入党就是想当官。他不愿意用稿费买房子，散布怪话，说别人都是入党当官分房子，他凭什么要用自己的血汗钱买房子？听听，这是什么话。战争年代的人入党，是把脑袋捌腰带里，为的是冲锋陷阵，为人民的利益身先士卒。我们当年奔大草原，积极入党，是图个率领广大知青战天斗地做新牧民，尽管现在看来有些天真，可我们不是图享受的。现在的小青年入党图什么，浙义理这种机会主义分子的态度最明显，就是图升官分宽敞的房子。这种人的阴谋不能让他得逞。他一计不成又施一计，想利用改革开放的时机，用利润代替政治，赤裸裸地要官当。最可恶的是，他用西方资产阶级作家的观点称这叫什么'权力的转换'，没听说过吧？就是说他的书能赚钱，他就要有权力。还说这叫历史潮流不可抗拒。这样的阴谋家居然跟我们打经济战，用收回版权调走来要挟，还两分钱的韭菜——拿一把儿。他别忘了，改革是社会主义的改革，还是党领导的，他想拿一把儿，让他走人！我们还有滕柏菊、高跃进这样的好干部，我们可以发现新的畅销作者，就不信他一个破诗人就能卡我们的脖子。这世界缺了谁都能活。当年苏修卡我们的脖子，我们过来了。美国想打服这个打服那个，不是连个眼皮子底下的小古巴也拧不动？日本想仗着经济实力称王称霸，可他不得人心，谁服他？"边大姐一口气慷慨说完，猛地坐下大口喝水。

领导们忙安慰边大姐说别着急别生气，谁说改革就不要政治方向了？谁又说改革就是认钱不认人了？再说了，那改革是自上而下的，上头出点子，往下就是月亮走我也走，再往下就是跟着感觉走，到咱们这基层谁知道怎么个改法？走着瞧吧。谁知道他浙义理犯了什么病，硬是觉得一改革，这世界就成他的了。别忘了，改革是对社会主义的完善，不是把社会主义改了。要是搁在过去，浙义理这样的早给打成右派了，他明明是想夺权嘛！没那么容易。引进外资还讲个主权问题呢，外商再怎么投资占多大股份哪怕是独资，他也是在中国地盘儿上，也得听共产党的，敢乍刺儿，给他轰走。嗬，现在倒好，一个小破诗人臭转几行歪诗，就想闹夺权了，也不摸摸自己脑袋圆不圆。几个人连哄带劝，总算边大姐不激动了。但充分考虑到浙义理对本社的贡献，不能不照顾他的情绪，决定任命他当文艺社的总编助理。这意味着他享受副总编的待遇，长工资，分房子，装电话，但没有副总编的权力，不能终审稿件，没有签字权，可能属于高级幕僚之类。随之宣布了各个社配备的总编助理、主任助理甚至科长助理，一时间几乎人人成了不同档次的助理。被安排当助理的全是一些有实力但不是党员或因为老的没退仍占着坑不走而无法安排的。在所有这些助理中只有浙义理是个年轻的总编助理，别的年轻人大都是主任助理或科长助理。滕柏菊为"向导生活出版社"赚了大钱，也不过才当个编辑室主任助理，是正科级。高跃进勇于吃苦，用两个月绕半个中国一站一站推销台历，拉了十万印数，也荣升"向导文史出版社"编辑室主任助理，夫妻双双把官当，不仅能分上一套房子，还因为是双职工双科级可以优于其他助理们先挑一个好的楼层。浙义理跟他们一比，自然是最得意的，因为他是惟一的副处级了，工资高了，分房也可以优先挑楼层。斗争目的基本达到，出师即小胜一把，也就见好就收，不再继续斗争，免得输个精光。

就在向导出版社迈出改革的步伐之时，霍铁柱亲临指导，提议改名叫"香岛九联出版公司"，猛一听以为是"香港九龙出版公司"。他这两年香港新加坡走了几趟，那边的出版界均提出"向导"有点政治色彩浓郁，不敢与之合作。回来后他就大胆设想，提议"向导"挂两副牌子，对内仍叫"向导"，当广大读者的指路人；但对外叫"香岛"，有利于公关，打开国际市场。既然国家都提出来跟港澳台实行一国两制，咱也来个一社两制，从此后，向导出版社鸟枪换炮，大门口左边一溜儿九块牌子，依次是"向导哲学"、"向导文艺"、"向导生活"、"向导科技"、"向导少儿"、"向导史地"、"向导青年"和"向导体育"，右边一溜儿九块牌子，从"香岛哲学"开始到"香岛体育"。大门上方两块金匾，分别是"向导九联出版公司"和"香岛九联出版公司"。各社分别有两套信封信纸和图章，需要哪个用哪个。编辑们的名片也有两套。

这一片万众欢腾的落木潇潇时节，没人注意沙新的存在。连门晓刚也很少去注意他，因为门晓刚此时正忙于争他的职称。他工作已满六年，按规定的年头儿，他应该得到编辑的职称，不应再是助理编辑。评上编辑，工资就可以一下长上去三级。可九联眼下忙于分权到户，没人关心评职称的事，只有他这种毫无希望当官的人才关心评职称。前几日他帮沙新把老婆孩子装上车送走，沙新说要一个人再在空房中住几日，扫扫尾，写完一本批评集再走。屋里只剩一张桌、一张椅和一张床，满屋的垃圾废品。门晓刚把自己的米面给他一些，就忙自己的事去了，偶尔半夜看到沙新屋里的灯亮着，就进去寒暄几句，只见沙新在埋头苦写。这两天没见沙新，以为他是去向朋友们告别了，也就没去注意。下午晓刚收到一封本市的信，打开才知道沙新前天晚上一个人独自去济南了，跟谁也没打招呼。信也很简单：让晓刚马上搬回来，钥匙在门楣上。门晓刚好不心酸，捧着信湿了眼睛，回到屋里就冲冒守财说："你终于称心如意了，今天晚上就接你老婆进来吧！"冒守财已经是和言悦色，嘻嘻笑笑："这是怎么说的，我可是没赶谁。我老婆还有半个月呢，沙新再拖一个星期也没关系嘛。"

沙新那几天似乎像没发生什么似的，他的一本什么《论中国特色后现代主义》约好这几天交稿，送走老婆孩子保姆，就关在空荡荡的屋里奋笔疾书。平时总有时间可以浪费，逗逗孩子，逛逛街，吃吃饭喝喝酒侃侃大山，约好的稿子总是拖着写不完。中间不停地接受报刊的约稿，东写一篇西攒一篇，大钱没有，几十几十的小钱一月总有几笔。手握小钱，时时和朋友下下三等小馆，偶尔吃大户或做东吃一次大馆子，很有三十年代上海三流文人的优雅感。大家自称做批评家不能没有钱，一定要有点经济基础才有闲心去指指点点以醒世警世喻世，中国需要批评家，因为中国老百姓大都活得太实际；好容易出几个知识分子，又大多被同化为乌合之众，毫无人文主义灵气，更谈不上诗意，顶多算得上马尔库塞所说的"没有灵魂的专家"而已。沙新一喝酒必谈三马——马克思、马克斯·韦伯和马尔库塞，总在推崇批评家应担负起给后工业社会的人以"终极关怀"，自称自己就是在扮演着一个牧师的角色。那天在东四的什么天鹅酒馆里就着煮花生、拌粉丝和拍黄瓜喝酒论天下，几个人决定组织个后现代主义研究会，专题研究后现代社会里人类心灵的孤独与庸俗问题。沙新提议文艺批评与市场挂钩，建立一个心理咨询中心，开通谁家的电话，每周一三五上午九点至十一点半有一人值班解答心理问题，还用书信形式解答。再编几本《现代人心灵一百问》之类的小册子配卖,这样以文养文,研究会就有了活动基金。几经周折,才找到一个挂靠单位,作为群众团体登记注册。随后花了二百块钱租了一个咖啡馆的两个小时开成立大会。那正是沙新要离开北京的那个下午。沙新被推选为常务副主席,会议由他来主持,他不能不去。但他决不想让人们知道他晚上要离京,因此一脸的平静,照旧迎来送往讲话寒暄。只是与每个人握手的时间比平时长得多,也有力得多,握得大家莫名其妙。开完会一人分一盒三块钱的盒饭,肉炒青椒,肥肥的肉片,顶着几片发黄的大椒,吃得大家面红耳赤,抹着油嘴纷纷告别。

这是沙新在北京的最后一顿晚饭。一直忙到华灯齐上才散,几个主要领导人又相约到酒馆里喝个通宵。沙新喝了几口,又滔滔不绝地讲了一通三马,就告辞了。临行前约好下周三老地方聚会。沙新掏出两百块,说下次我做东,这钱先存在小张手里,免得我提前花了到时喝西北风。然后摇摇晃晃顺着长安大街回"移民楼"。回去蒙头大睡,一直睡到午夜时分,这才起床去洗了脸,又最后喝了一口"移民楼"的自来水,背上包出了楼拦了一辆面的直奔火车站,木然地上了车找到铺位就枕着包昏昏然睡了过去。梦中恍惚觉得车停了,眼前叠画出当年意气风发坐硬座车两天两夜赶来北京报到上班的景象,心里一阵发热;在看到北京时喜得热泪横流,他要成为京城最叫响的理论家。青木季子正在车窗下等着接他,他们握手的那一刻,似乎就宣告了一段情缘的开始和注定灭亡。沙新狂乱中拥紧了赤裸的季子,高叫着自己听不懂的日语(我怎么会讲日语?),痛苦难当——咣当一声巨响,车停了。沙新猛醒过来,黑夜中明晃晃的地方是天津站。这才知道是一觉京梦初醒,满心酸楚无处可诉。

他就是这样如坐春风般地离开了曾视为自己生命的北京，而济南正在夜雾中等待他。不知道等待他的是什么，甚至那朝夕相处的妻儿此时也显得陌生，似曾相识，但又如坠云雾。难道这就是一个三十多岁的男人的半辈子之时划上的一个标点？是逗号，问号，还是随便的那么一顿？夜雾袭进车厢，他裹紧了毯子，茫然地望着外面影影绰绰的灯光，站台，穿梭的人影，眼皮子那么一沉，就又迷瞪过去。火车又开了。

我会回来的。他迷迷糊糊地喃言着。车轮咣咣当当，让他听不见自己的声音。

移民楼的不少人升了大大小小的官，自是喜不自禁，喜上眉梢，似乎连说一句"上厕所"都带着坚忍不住的笑意。滕柏菊则更是不愿做忍者，摆出一副"人生得意须尽欢"的样子来，在厨房里与人们眉开眼笑地谈论社里分房子的问题，一边回顾一边展望一边观照眼前。能够谈论分房这本身就显出一种气派，因为只有升了科级干部的人才热衷于谈分房，因为只有混上了科级才有资格分到两间一套的房子，别人均是等外品，只配分平房、"移民楼"或两家合住。现在滕柏菊的谈话对象是浙义理。

她很自谦地祝贺浙义理升任社级领导，然后马上与利益挂钩，祝贺他稳打稳地能分个两间一套，弄好了还能分个三楼的黄金楼层。冒守财闻之，也凑过来搀和，他是老牌的总编室主任助理，这次正式定为科级干部。他自以为比滕柏菊早当了二年科长，分房时一定可以优先挑楼层，忍不住说："义理，咱们弄不好就住上下层了。我顶多弄个二层，不行就四层。你说二层好还是四层好？"义理说当然二层好，少爬楼梯。可冒守财说四层好，安静，小偷也懒得上来。

滕柏菊最不能忍受冒守财，就说："就你那个破家，哪个小偷去偷？连彩电都不趁，敞着门都没人进。"

浙义理说："别太乐观，咱们年轻人，能分个顶上层的就不错了。"

滕柏菊气不忿地说："那怎么行？你分顶层，我们不就没层儿了？"

义理忧虑地说："真的，我听到点风声儿，说这次提升的科级太多了，没那么多房子，弄不好有的科长还分不上呢。"

滕柏菊一脸的赫然，理直气壮地说："我反正不怕，我都三十五了，我们是双科长，再怎么着也得有我的。我们反正双保险。"

"那要看按什么标准了，"冒守财寸步不让，"按年龄您当然沾光，可若按年头儿呢？"

"按什么年头儿？你大姐十六岁就回乡当教师了，工龄比你年龄都长。"

"我说的不是工龄，"小冒说，"是官龄。"

"嗬，德性样儿，"滕柏菊说，"你不就比我早当两年主任助理吗？可那二年也没有说你算科长啊，你拿的根本不是科长的工资，别忘了，工资级别才最说明问题。你正式当上科长是跟我同一天。咱们是一条绳上的蚂蚱，没我的也没你的，别整天往外择自个儿，总想比别人先。再说了，你老婆的户口才进来几天？按规定她户口要跟你在一起十年才行。"

"十年是指父母，弄错了你。"义理说。

"反正是那么个意思吧，像我们这样双双在北京六七年的，当然要比后来的人先分房。"滕柏菊昂首挺胸地走了，她又压冒守财一头。

浙义理喃喃地说："这娘们儿，处处她都占先。"

冒守财关心的是："你说的当真，我们年轻的科级这次没戏？"

"听天由命吧。"义理不凉不酸地说。他这次成了副处，很自信，无论如何会有他的房子分。

"狗舔鸡巴——自美。"冒守财嘀咕一句，"不就闹个副处嘛！"

浙义理的话还真是有根据的。几天后分房方案果然证实了他的话。这次分房正赶上一大批老干部老"向导"离退休，对他们来说这是这辈子最后捞一把的时机，再不捞，以后不在位了，黄瓜菜就全凉丫的了。于是这批人纷纷风起云涌地闹房子，明着吵，暗着托人情送礼物，全家老小搬着铺盖占据办公室的，一时间奇人奇事层出不穷。最吓人的是老朱的老婆，第一榜名单上没老朱，她就提着"滴滴畏"瓶子闯入社长屋里，以死相逼。社长说不是老朱家在房山，家里有房子，家属又没调进城里，是他自己条件不够，那么多家住城里的还没房子呢。话没讲完，那女人已仰脖灌毒药，并把瓶子往社长嘴里塞，号称同归于尽。社长立即签字同意，随后喊人送她进医院涮肠。那女人拼命抗争，说没喝，瓶里是水，"滴滴畏"洒身上吓人的。社长不听，医生也不睬，强行涮肠。这之后，领导根本没心思管出书，全都夜以继日地忙于应付这批人了。

这中间总会出间谍之类的人。领导们开分房会全都是起了誓的：以党性担保，不泄露分房方案。张大壮大手一挥："什么党性不党性的，咱是大老粗儿，不说这文词儿。总之，谁他妈把方案露出去，谁不是人，是这个。"顺手做王八状。"对，是这个，"全体伸手做王八状，代替了誓辞。可方案还是被什么甘做王八的人露了出去，资料室的人甚至复印了数十份方案公布于众，上面是平面图，每个房间里填着一个人的名字。人们都说资料室和医务室是情报室，什么谁谁入党提干出国分房，举凡有利可图的事儿，领导上午做了决定，中午就能在这两个地方听到十分准确的消息。几个老娘们儿往那儿一坐，织着毛衣钩着花边儿一聊就全有了，没有她们不知道的秘密。

这方案一出来就引起未分上房的人们强烈抗议，开始了对社领导的又一番进攻。头儿们顶不住，就全体坐飞机去海南岛"考察"了。

最倒霉的是"移民楼"这批人。方案中写明，除了浙义理这个副处级给分了一个底层的两居室以外，科级（包括科级）以下的人仍暂时原地不动。人们一想也是，这次一个出版社孙猴儿似的一下变成九个，每个社都是处级，麻雀虽小五脏俱全，主任什么的又添数个，下面自然要分化出无数个科级单位，牛毛一样的科级们太多了，而房子只有那么二十几套，又碰上老干部离退休，只能先牺牲年轻人了。官太多了，官儿价就下浮几十个百分点。

"移民楼"的人仗着年轻，还可以熬下去。但他们害怕的是再以后就实行住房制度改革了，不能像现在这样白分房子。据说南方住房开始商品化，分一套房子，住户要交万把块买使用权；要买房就得二十来万。一算，妈呀，一万块可不是个小数，存好几年呢。二十万，工作到死也凑不齐。这次分房意味着社会主义优越性的末班车，挤不上去，就成了人生最大的一次吃亏。

于是"移民楼"的人，除了义理以外，纷纷激情满怀地在厨房里商量对策，怎么采取集体行动目标一致言行一致万众一心地对付社领导，同时谴责浙义理是既得利益者，是人民公敌。

骂归骂，但没有一个人愿意代表全楼人去找领导，只是各自为战，自己代表自己私下去找，一个个早出晚归，各显其能，心照不宣地活动着。惟一的众矢之的是浙义理，人人骂他"不是个东西"。滕柏菊骂浙义理骂得最公开，甚至当着他的面说："人啊，真是一阔脸儿就变。你也好意思一个人逃脱苦海把我们扔下啊。"

浙义理无可奈何地一摊手："我能说什么？给"移民楼"每人分一套房子？社会主义并不意味着平均主义大锅饭，还是要讲个贡献大小，讲个差别的。否则就没人拼命工作了。现在不是开始讲竞争了？有的人就爱干这个，自己不得意了就扮演为民请命的角色。别忘了，上次全楼闹肝炎，胡义想弄一份签名书竟没人在上头签字。你那会儿怎么表现的？你去带头打了乙肝疫苗！所以你们现在仍然是群龙无首，各自为自个儿暗中求情去吧，谁有本事谁杀出"移民楼"去。"

滕柏菊被说得哑口无言，只能悻悻地说："我希望这楼烧着算了，一着火就全没房住了，准先紧着咱们分。"

这话梁三虎爱听，插嘴说："对，放把火，烧它个屁的。反正我一人吃饱全家不饿，来去无牵挂，连彩电都不趁，烧呗。"

"那可不成，"柏菊说，"把你烧死了，你那一拨儿一拨儿的情妇还不哭死。"

终于，火没烧起来，但"移民楼"的人民却真因祸得福，拣了一个大便宜，坐上了最后一班社会主义优越性的大车，人人逃脱了苦海，住进了单元楼房。

这便宜拣得实在容易，也大大出乎意料。

就在全社的离退休老"向导"们喜气洋洋准备搬新房时，一个噩耗从天而降：这房暂时分不成了。社头儿们辛辛苦苦折腾出来的分房方案也泡了汤。

原来这座"移民楼"产权不属于"向导"出版社,而是属于它的上级——国家某部。几十年来,"向导"作为宣传机构,全部的盈利均上交部里,由部里分配办公楼和住房。"向导"社五十年代向部里借下这座楼做集体宿舍,就一直占着,一批一批的干部流水般地在这里住,又从这里中转进正式住房。已经经历了几代人了,但没人想到这是向人借的房子。一晃到了九十年代,人们突然有了商品意识,部里想起了这座离长安大街几步之遥的楼颇有商业价值,打算在此开辟个第三产业什么的。最实际的就是办个中档旅馆。现如今在北京办旅店的,要么是金碧辉煌的一流儿大饭店,令百姓望而却步,掏不起美元也甩不起人民币住那高档地方;而在火车站举着牌子拉客的店多是些类似大车店的地方,住进去颇失优雅。最缺的就是四五十块一宿的单间儿旅店。部里打算收回"移民楼",把每个单间改装,开辟卫生间和厨房,再弄几个套房,开办一个全北京甚至全国独一无二的中档自助家庭式旅馆,让旅客在此可以独自起火做饭。人们相信,这样物美价廉的旅店,定能吸引一些常住户,一些外地的公司什么的肯定乐意在此包房设点。部里听说出版社刚从一栋楼中买下了三个单元,正好利用这个机会收回"移民楼"。

搬迁通知下来,领导们慌了手脚:新房已分定,这批"移民们"往哪里安插?惟一办法是停止分房,把"移民们"塞入新楼。

几经交涉和抗议都白费,部里一纸公文下来,出版社必须限期交房。出版社虽说经济上独立核算了,但它毕竟是下级,哪敢不服从上级的?立即就服从命令听指挥,答应如期搬空,交回"移民楼"。

离退休老"向导"们最后一把儿没捞着,便宜让"移民们"拣了。消息从资料室传出,全体楼民举楼欢庆这终生难遇的大好机会。这意味着他们捞准了这最后一把稻草，以后不用掏腰包买房了。"移民们"那天做饭，不知谁带头唱起了震耳的《东方红》。

滕柏菊又开始了新的一轮鼓动，在厨房里不住地号召："咱们这回可是千载难逢，一次失策，后悔一辈子。既然这大便宜让咱捞着了，那咱就狠捞一把，不给两间一套咱不动窝儿。"

大家纷纷赞成，一定要两间一套，否则就赖着不走，让社里还不成房子，部里就会施加压力，要他们好看儿。

"移民楼"的人几乎是众志成城，团结一心要大捞一把，几天内热热闹闹谈着新居的装饰，是贴墙纸还是刷涂料，是铺地板革，还是镶地板砖，厨厕要不要镶瓷砖铺马塞克，装不装暖气罩，装不装窗帘盒，一派欣欣向荣的景象。终于要告别这个臭气冲天的破楼，可以堂堂正正地做个北京人了，三十大几就要混出个正经人样儿来，真叫人打心眼儿往外喜，不禁唱起《打土豪，分田地》。

这种不良的居心早被社领导洞察，那点小小的阴谋怎能顺利得逞？大权在领导手中，你七十二变也跳不出他的手心。除了"移民们"，全社上下再没有一个人愿意眼看着他们占这大便宜。房管处的人信心十足地说："等我们的政策一出台，就全瓦解了他们。看他们哪个顶得住。"

几天后领导们连夜商定的新政策出台："移民们"全部迁入新楼。除浙义理得一个两居室，其余的人全部两家合住一个单元，有孩子的家住阳面大间，没孩子的住阴面小间；单身者三人住一大间，二人住一小间。

原以为"移民们"会拒不搬迁，把着楼提条件的，却不成想，政策头一天出台，当天晚上分到大间的人就连夜收拾行装，打包打捆儿，兴奋得一宿没睡。第二天一早社里派来五辆小卡车，这些人就争先恐后地连人带东西一次性落花流水搬清了。社里有规定，只派一天车，以后拖延者一律不派车，搬迁费用自理。

  几家有孩子的一走，单身汉们也一走，就剩下几户没孩子但不甘去挤阴面小间的了。门晓刚就是他们的代表。他们还候着不动，想混个大价儿出来。门晓钢代表提出的条件就是住阴面小间也可以，但要求获得门厅的使用权，大间人家只能从门厅路过，但不许在门厅里摆放任何东西，不许在门厅里吃饭；这样，小间的人家就可以在门厅里打隔断，分出一个能放一张床的小暗间来，等于多了半间住房，将来可以给孩子住。这种要求被视作无理取闹，不予支持，但小间的家庭豁出去了，就当钉子户。于是社里组织以滕柏菊为代表的大间家庭和以门晓钢为代表的小间家庭进行谈判，双方争得面红耳赤，不可开交。滕柏菊说门厅归你们，我们吃饭还得回自己屋里吃去，那不等于我们少了很多面积吗？你白白多出一间房来敢情。门晓钢说你会不会算账啊，你家还占了大阳台呢，也有两平米了吧，阳台上可以支上床睡小孩的，等于一间房呢。滕柏菊说阳台冬天冷夏天热，根本没办法住人。门晓钢说我没那么多事儿，你不能住，我住，咱可以换啊，你觉得我得便宜了，咱俩换还不成吗？一来二去，社里就抹稀泥，同意了门晓钢们的意见，门厅归小间住户，但如果大间住户愿意，也可以互换，总算把问题解决了。滕柏菊算来算去，觉得还是要阳台更合算，反正阳台上阳光灿烂，可以晒衣物，也能放张床给孩子睡，总比阴面小间划算，门晓钢撑死也就是在门厅里打隔断，可他们家永远没阳光，让他们家什么什么都发霉，洗了衣服晾不干馊了才好呢！这么一算，滕柏菊立即心花怒放，见了门晓钢就说："大姐不跟你一般见识哈，你打隔断吧。衣服什么的发霉就上大姐家阳台上晒晒来啊!"气得门晓钢直翻白眼儿,说:"可不敢沾你的光啊,我们可以到楼下拉绳子晒去!"闹腾几天,门晓钢们也就乖乖地搬走了。

这里顶惨的是冒守财。他老婆几乎要生了,预产期还有一周,但按规定不能算有孩子,只能分阴面小间。他气得半死,打遍全社也没用。"没生出来就不是人!"几乎是众口一声。冒守财打算就此再泡一个星期,老婆一生,他就够上住大间了。这点小心眼儿立即被广大群众雪亮的眼睛识破,纷纷在领导那里指责他卑鄙无耻。领导让大家放心:大间早已分完了,他生出孩子照样住小间。这才熄了群众们的怒火。

"移民们"就这样秋风扫落叶地被迅速瓦解,骂骂咧咧地搬了家,最后只剩下一个冒守财。他真想不通,这些人竟让一根骨头全逗引走了?为什么每次想众志成城地干点什么都干不成?他恨这些人太实际,太贪小利。可想想自己的表现也就不骂了。他每次不也是见事儿就躲,生怕让领导认为自己混同于俗众而误了仕途?现如今自己被抛到这个位置上,没人与他并肩战斗,他也不怨谁,只有直面现实,当一次孤胆英雄了。他忽然有点明白,单靠自己老老实实勤勤恳恳躲躲闪闪唯唯诺诺巴巴结结是当不上官的,老实听话一辈子不如耍它几个手腕,哪怕拙劣一点也没关系,想干什么就不能怕丢面子。浙义理不就是恬不知耻地要党票、要官当,尽管丢了大脸,但最终还是当上了,大房子也住上了。冒守财一下子聪明起来,但总有一种聪明迟了的感觉,只能跟着感觉朝前摸了,至少先弄上间房子再说。他突然明白,人们都往官道上挤,就是因为只有这一条道儿能发家致富。打从有了考状元这一说,知识分子们不就忙于做官了?致富的路子多了,人流就分洪了。冒守财甚至想,如果有了房子住,他就不用爬上个什么官阶安心工作无官一身轻得了。他这样的人在北京只图个小康日子，没太大的追求。刚来时还雄心勃勃过一阵子，可让四方八路的人才一比就相形见绌，知道自己吃几碗干饭了。可这环境却逼着他死活努着这把力，像只能拉八百斤一车，却曳着脖子拉一千，随时都有垮下来连车带人滑下大坡的危险。归来归去冒守财想应该怨自己起点太低，愣头愣脑杀进北京这个处处秩序良好的地方，他拳打脚踢顾了头顾不上尾左右不逢源。为此冒守财真恨不得来场战争或地震什么的，大乱才能达到大治，开始新的一轮利益分配。在大混乱的时候，就没人给你排座次，什么你有没有北京户口，父母是什么官，谁管那个？谁有本事谁上。比如大家都挨饿时，谁有本事弄来粮食谁就占粮为王，要不怎么叫乱世出英雄呢。现在可他妈好，谁先来北京一辈儿，就排挤外地新来的，好像北京是他的地盘儿，别人是来抢他碗里的肉似的。似乎外地来的就只配干弹棉花、收废瓶子、泥瓦匠，进入个上层建筑就让人觉得是傻×捞一票。小冒着实气不忿儿，很恨这个不合理的贵族式秩序。凭什么他们父辈比我还土，大字不识一碗的，他们一进城生下的第二代就蔑视我？而我又为什么那么把他们当人？想来想去冒守财想不通，而眼前的事就是背水一战，争取个做北京人的基本权利，蹭个大间住上再说。他发现自己现在跟动物没什么两样，无非吃喝，外加找个暖和点儿的窝儿。

"移民楼"几天内轰轰烈烈地搬空了，只有冒守财在坚持不懈地斗争，就是不搬。这些天为生存而专心致志，早就发现这些"移民们"没好心眼儿。他们搬过去后发现那边的煤气灶上缺三少四，没有火盖儿的，没有开关旋钮的，少挡风板的，接头儿不严露气的，总之几乎没有囫囵个儿的，人们都不去五金工具店买，而是不约而同地想到了

"移民楼"，成群结队地骑车回来拆楼上的煤气灶，缺什么拆什么，拆得管道泄气了，干脆把总闸关死，放肆地把煤气灶们大卸八块，然后风风火火地回家，痛痛快快地烧上了火做饭开始新的日子。冒守财眼疾手快，也干净利落地拆下一套零件保存起来，等强盗们凯旋之后，默默地装好，随后用水泥把其余的煤气管儿堵死，只此一家别无分店地在楼里挨着老婆生产的日期。

空旷，黑暗的筒子楼一片狼藉，一眼的苍凉，如同一场大灾难后的遗址。

老婆的妈来伺候月子，就在隔壁屋里支了一张床。现在冒守财十二分地富有，楼上的房子随便住。

老婆终于生了，生了一个七斤重的大胖儿子。

还没高兴完，装修队就进驻了"移民楼"，开始了改装粉饰工作，不仅满楼震耳欲聋的施工噪音，且停了煤气和水。好在还有电，冒守财就买了两个一千瓦的电炉子，烧起不要钱的电来。每天数十次去邻近单位用桶拎水，令人可怜，人们干脆一次性给他家送来十几盆水。浩浩荡荡的送水大军十分壮观。

领导们被统统召到部里，讨论冒守财的问题。部里要求社里妥善解决，终于引起张大壮怒火满腔，指着鼻子痛骂那个副部长："你说的是人话吗？是你们不顾我们死活硬要我们还楼。我们做了最大的牺牲，现在就剩这一户了，你他妈不但见死不救，还装什么孙子？好人你去做吧，我没办法。你要让我解决这问题，我他妈不当这个鸡巴官了，反正老子活够了！"说完又咔嚓卸假肢，准备扔过去。副部长是个四十几岁的新人，见老首长真发火，也就草鸡了，马上扶住张大壮的手，一口答应解决。随后电话召来行政处长，脸一拉："怎么这样逼人家，太不像话了，赶紧找间好点的房给那个同志嘛。"

处长连想都不想就熟练地提出三环路以外的一栋楼里仍空着几套底层的一间一套没人住，就匀一间给"向导"吧。

张大壮闻之不但不感激还骂骂咧咧："瞧瞧，你们空着房子却没人住，我们是穷挤，还逼我们还楼，这他娘的什么道理嘛！"

处长并不把张大壮放在眼里，看都不看地说："那是因为我们分房合理，决不允许一家占几套房子。你们社有人把孙子的房子都占到手了，全空着，年轻人能有房住嘛？人家没集体抗议罢工就不错了。"

"这年轻人，你说话有导向问题，影响安定团结。"大壮又要理论，处长忙为他点上烟，嘿嘿一笑叫两声大叔就走了。

房子拿到手，大家一致决定不能便宜了冒守财，就把这一间一套的房子分给了滕柏菊，让冒守财搬进滕家的大间。到了这个份上，历经磨难的小冒再也顾不上与柏菊比官龄，臊眉耷眼地搬进了滕柏菊住了一个多月的房子里。

住进去后，丝毫不觉得是住上了新房，因为这新楼被"移民们"一个月内就住出了十年的沧桑，早已是垃圾成堆，杂物堆满了楼道楼梯。人们知道物价一涨，任何破盆烂坛子都值钱，就一样不舍得扔，全从旧地方搬进来，堆得屋里屋外水泄不通。俗话说"破家值万贯"嘛。

冒守财把家安排停当，已经是十二月落初雪的时节。孩子也已经满月，白白胖胖气儿吹的似的长到十斤。岳母被安排在阳台上住。小小阳台窗户缝用报纸糊个严严实实，拉上落地布帘子，等于又出来一间屋。一家人欢欢喜喜，但总觉缺少点什么，这才想起一直忙，忘了给宝贝儿子起名字。冒守财为此想了一个通宵，几年的辛酸一齐涌上心头。折腾半天，才获得个北京人的基本资格，从此自己的儿子长大后可就是堂堂正正的北京人了。冒守财决定就叫他京民，就是北京市民的意思。

这名字与姓氏连一起就成了冒京民，听起来成了"冒充的北京市民"。但冒守财从不往这方面想，日子过得很火热。人不到三十，就老婆孩子房子全凑齐了，冒守财知足了。

# 第九章 人往高处走

两年以后，一九九二年。

沙新发了。

当初被一个北京户口给逼出北京，沙新在睡梦中迷迷糊糊投奔了济南岳父家。先是进报社当了一阵子文艺副刊编辑，为了给报纸谋些福利，时常下去给乡镇企业写点有偿通讯报道，发一篇收几千块的宣传劳务费，弄得精疲力尽，总以为自己不再是文学家了。

那次下去到海边一个小渔村采访，那里的村干部十分热情朴实，急于在外面打响名声。沙新就扎扎实实把这村子和村办渔业加工企业好写一番，发表后引起上头注意，随之被定点为改革开放试验点。村干部也爽快大方，一下子就塞给沙新一万块，求他联络北京的报纸给大张旗鼓宣传。沙新怀里揣了烫肉的一万块，真的跑来北京动员旧雨新知联系了一家面向海外的报纸。村里又豁出血本投入十万，由该报辟出一个版面，沙新和朋友们一人写一篇专题，配上地图，轰轰烈烈地套色印刷。这一招立即引起海外华人瞩目，纷纷来这小渔村考察投资，那小村子靠了深水不冻港的优势，竟引来无数海内外投资者，几个月内地皮就卖得差不多了，村民渔民们全部鸟枪换炮干起买卖成了生意人。村长早就成了多家合资企业的董事长，他高薪请沙新当他的公关宣传主管，并拨出海边一栋小楼给沙新。此时的沙新根本不再把什么北京济南的放在眼里，心一横当上了海边村民，红红火火地干起他的事业来。村长每次出国都要带上沙新，游了韩国和日本，沙新的头衔是他的高级顾问和代表。重大的场合均由沙新代表他讲话，那一派儒雅，动辄一通中国文化的玄论，很征服了一些日韩企业家。沙新似乎找到了自己的最佳位置。

一年内沙新自费出版了自己以前写好的两本文论，但再也写不出任何文章。以前的文友们纷纷成群结队来村里小住，劝沙新再干几年携巨款重返文坛。沙新挺着开始突起的啤酒肚，吐着烟圈苦笑："再受二茬苦是不可能了。我们这辈人中甭想出大文人，我又何必强努那把力？"

那天沙新洗完澡对着镜子看到了一个陌生的自己：那开始过早下坠的眼袋，酒肉过度造成的膨胀的脸，粉嘟嘟地横滋着这个年龄男人不该长的嫩肉，似乎一指头按下去就会挤出一汪儿上等好白酒和肥油。胡思乱想中他恍惚觉得自己变成了一块抟抢抟抢的醉肥肉，心头一阵发紧，绰起玻璃香水瓶，狠狠砸烂了镜子。香水四溅，几乎把他窒息过去。张艳丽听见碎玻璃的声音，赶忙进来，看到赤裸着的沙新垂头丧气站在镜子前，无比心痛地哭着说："咱们回济南去吧，去教小学也行。你不是干这一行的料，就别再干了。"

沙新无语，闭着眼睛直摇头说："死扛！"

胡义这两年混得逍遥自在。按照社里规定，头一年白拿百分之百工资找工作调出，人却在家中译书写文章。第二年又开始拿百分之七十的工资，书已经出了两本，自以为十分上算，是专业作家的待遇了。人们决不容忍这样的人如此放肆地钻政策的空子，强烈要求修改本社的减员法，改成发三千块扫地出门，自谋生路。

那天胡义收到通知：三个月之内调成，不许白吃社会主义。

胡义终于决定出国了。考完GRE联系美国大学，发出信不久便收到一封信，是亚特兰大的什么佐治亚大学寄来的。信上言明他已被录取为博士研究生，获得全额奖学金。胡义心中一块石头落了地。可当他看来信落款时却倒抽一口冷气，签名的竟是他大学的同班同学，外号"蚱蜢"的人。此人上到大三就由叔叔办出国去，一晃十年过去，早当上了教授并招研究生了。两天后"蚱蜢"又写来亲笔信大叙旧情。胡义一阵狂笑之后撕了那一纸通知书。"蚱蜢"，不就是那个瘦长瘦长的大笨蛋吗？当年补考两次差点留级的人，如今却成了他的导师！去他妈的，不去，那报考托福和GRE的百十块美金算喂狗了。

可他几乎无法在家中整天爬格子，这种无限的自由几乎令他窒息。他开始想找一个班上。似乎那是一种寄托。写作译书似乎不应成为一种职业，只应是业余玩一票。他开始去找工作。一九九二年，找个称心如意的工作可真不容易。合资企业，他不想去。他的几个朋友去了，成了里面的小催巴儿，成了香港日本美国人的奴隶，连他们临时来帮忙的留学生都可以压你一头对你发号施令。去大学教英语，一周八节课，永远重复那些单词句子，慢慢就只会书上这几个句子，真正的英文反倒不会了。不去。去研究所，里面全是熟人，却要按新规定参加考试，不去。胡义拉不下面子考试。那些熟人不过比他早去几年，凭什么要考他？大家一起考考，肯定在职的没几个能及格的。左挑右捡，几乎无路可走。胡义也说不清自己怎么落个走投无路的田地，只觉得自己走到了一个前不着村后不着店上不着天下不着地的地方。

那天在报上看到沙新的名字出现在什么黄海大酒店的广告上,他已经当上总经理了。心里一动,就写信想投奔沙新去。没想到沙新冷冷地回信说他想离开那里去黄河边上办学,先办小学,以后再办中学甚至办民办大学。如果胡义乐意一起干,就来,海边上村里盖的小别墅可以白住,工资绝对比北京的大学英语老师还高。胡义扫了一眼那信就揉成一团扔了,鼻子里喷出一声冷笑:"敢情你赚足了钱又想返朴归真找精神寄托了,这个时候想起让我陪绑了。"不去,没那种奉献精神。

最终还是闻大姐救了他。闻大姐决定在北京开一间代理机构,打算高薪聘胡义当首席代表。胡义这才觉得有了着落,从此可以活得风风光光,闲时还可以玩玩笔墨充充文雅,想热闹有热闹,想沉思独想也有金钱做后盾,介于出世与入世之间,半睁半闭着眼睛看世界,很觉得做人做出点味儿来。实在不行也可以学沙新,赚足了钱金盆洗手,吃利息、炒炒股买些理财产品过日子,不愁吃喝,想写就写,想译就译。文学太需要钱来养。于是他义无反顾地投奔了闻大姐的公司。

浙义理的诗虽不再畅销,但其余光仍然不弱,仍然有女中学生女大学生的来找他签个字伍的。但人近三十五岁的他颇有自知之明,已不再写诗,而是专写通俗歌曲,专捧大腕儿,出一盘盒带他分成提版税,比写纯诗赚钱还风光。如同运动员退役当教练一样,义理现在忙于写诗歌鉴赏方面的文章,俨然一个青年导师。他还主编着一套中外诗辞散文鉴赏系列导读丛书,摇身一变,又成了学者,日子一天一个样地翻新着。在九二年的大好形势下,他终于当上了香岛文艺出版社的副总编,这反正是个铁饭碗,只要出版社不倒,他就能一直干到退休。

义理做梦也没想到的是，青木季子在澳大利亚成了名，又嫁给了在澳洲做生意的一个姓猪熊的日本大老板，摇身一变成了著名的华裔日本女画家女诗人，正大光明地回到自己的祖国日本。季子人在日本，却不停地写着思念中国的长诗短诗，时刻声明她是中日人民共同的女儿，"我的心碎成两半／一半祈祷着华夏／一半贴紧着大和"是她最著名的诗句，印在她所有的作品封面上。霍铁柱不失时机地指示义理为季子出版画册和诗集，同时忙于为季子准备一次画展。据说这事儿可用来纪念中日邦交正常化二十周年，很有重大的现实意义和深远的历史意义。

青木季子亲自为自己的一套诗画集设计封面：两国的地图上压着两瓣滴血的心，心图上方叠化着季子朦胧的头像，一派淡雅高贵。

当季子在丈夫陪同下回来开画展时，早已是一副贵夫人的气度风韵，令人再次刮目相看。她被当作中日友好的使者受到款待，出入官方招待会，每到致辞便泣不成声，倾诉对中国的无限深情，每一声抽泣都赢来听众的同情敬佩。一时间，季子的诗画集炙手可热，风靡海内外，知名度扶摇直上，成为新闻人物。当年走投无路的中国人季秀珍不值钱，有了洋户口就身价百倍了。

季子做出的一个重大决定，就是要住在"移民楼"改建的招待所她原先住过的那间屋里。小小旅馆立时蓬荜生辉。她包下了半层楼的房间，请来了旧雨新知，在厨房里做饭欢聚，那几天过得十分快活。她对丈夫说这叫忆苦思甜，决不能忘本——"我是这楼上一个很普通的苦丫头，我永远不做贵妇人。"季子的一言一行都在新闻界引起欢呼，一时间这小楼在日本的报刊上屡屡曝光。后来她在日本的画迷诗迷来中国也要求住在这家旅馆内。旅馆随之改名为"季子会馆"，广招海外旅客，季子住过的房间辟为文化景点，摆上季子的大幅照片和诗画，每天收费五十美元，与北京的四星宾馆相当。"移民楼"从此身价百倍。随之季子的丈夫猪熊次郎先生决定投资装修季子会馆，在季子会馆旁又建起一座十几层的饭店，条件是永久保存"移民楼"原物。"移民楼"几经修葺，仍保持着原先的古朴，只是它周遭已是绿草茵茵，花团锦簇，看上去像一座古旧的文物。季子时常回国来，总要住在她原来的房间里，每回来一趟都能在这小楼里绘出一批新的作品带回日本。她深情地称这小楼是她艺术生命的源泉。

可她不曾向她丈夫猪熊次郎提起这旅馆中的一位常客，他就是李大明。季子每来北京，李大明必来小楼闲住。大明现在已经是著名科学家，京华大学著名教授。

滕柏菊和高跃进住了个底层，一开始还抱怨，嫌没阳光，嫌吵，冬天单元门敞着，嗖嗖的北风首先灌进一楼的住家，从门缝往里钻，弄得一楼温度大大低于楼上。可后来他们聪明了，便学着别人家也在南窗下围起木栅栏，圈出一个小院子，屋外接盖出小房子，开起了一间杂货铺，用跃进母亲的名字领了个执照，火火爆爆地经营起来。在这个偏僻的三环外小区里，夜夜灯火通明，货物供不应求，营业额直线上升。滕柏菊欢欣鼓舞，最终施展出大手笔，投资三万元，租了块空地，盖起一个大棚，办起了百货杂货店，再转包摊位，她等于当上了大老板，便毅然辞了那个半死不活巴巴结结的科长之职。

但她翻身不忘本，还不忘在大棚里开辟了一个图书摊位，这个摊位免收摊位费，专营人文类图书。不缴摊位费，卖一本赚一本的钱，因此书摊老板每月都稳稳当当盈利，给这个荒蛮的郊外小区注入了一点文化气息，直夸滕大姐是大文化人，大气。

这位风尘仆仆的女老板引起了政界注意，现在已经被区妇联看中，当上了区妇联妇女个体户联谊会主任。毕竟滕柏菊是大学毕业，有胆识，言谈举止自是高人一筹，在区里受到人们普遍尊敬，走在街上人人恭恭敬敬招呼"滕主任"，她便越发神采奕奕起来。

冒守财仍然安分守己地当他的科长，终日忙于报表电话之中，不求富贵，但求安稳，只想把儿子培养好，长大了得儿子的济。他心中惟一常想常乐的是，沙新再有本事还是给挤出了京城，他冒守财拣了一个大便宜。只要中国还靠户口管人的流动，一个北京户口，那可是无形资产，无价之宝，说它值多少钱就值多少钱，关键是你再有钱你没北京户口就干嘛儿嘛儿不顺，不该交钱的事你就得到处求爷爷告奶奶地交钱，交钱还招人白眼儿。有这一乐，什么苦什么穷都扛得住。人生没有几个便宜可捡，捡一个就算没白活。

单丽丽久经磨难千辛万苦地傍上了一个六七十岁的美国大款，如愿以偿结婚去了美国。到美国后即离家出走，最后被发现住在美国的监狱里。她一心要寻前夫报仇，找到前夫后苦口相劝他回心转意，并表示愿意再次合作。前夫铁石心肠拒不悔改，丽丽一气之下开枪杀夫，夫受轻伤，她即以杀人未遂罪被关进监狱。影影绰绰听到些她的消息，据说在狱中丽丽心灵手巧，绣的花很受欢迎，因此而享受某种优厚待遇，有提前释放的可能。

最出人意料的是门晓刚。这个小四川在改革中几乎最不受欢迎，哪个室组都不要他。他被挤进香岛儿童社的科普知识编辑室后,被迫承包一本科普画报。这画报连年亏损,社里给一年时间令其自己革新洗面,恢复每期五万册的印数,否则社里不再补贴,任其自生自灭。

门晓刚算是临危受命,背水一战,死活就靠自己了。他绞尽脑汁,冥思苦想,就是没有招数,可哪天逗儿子玩时却忽得灵感。本来是拿着一只玩具老虎吓唬儿子,不让他乱喊乱叫打扰自己的生意经,却不小心把书桌上练毛笔字的墨汁打翻,把玩具虎染黑了,儿子见到黑老虎立即兴高采烈地大叫:"妈妈,爸爸大本事,变了个黑老虎!"这下小门心花怒放,有救了,黑老虎肯定招孩子们好奇喜欢,于是就想出一个"黑老虎"做主角,由它讲科学故事,每期自己亲手写脚本,把自己学过的化学物理数学天文知识一股脑儿地抖落出来,刊物办得有血有肉热热闹闹,不出几个月印数就上升到五万册。因为门晓刚写这类脚本写出了名,成了科普作家新秀,"黑老虎"开始申请专利,各类儿童玩具凡采用黑老虎形象均要付他和画家大笔的专利费用。黑老虎又和什么花狗熊结婚生下黑点虎熊,接着讲科学故事;虎熊又跟狐狸结婚生下熊狸,各种动物结亲嫁娶过程中都溶进科普知识,画报如日中天地大赚妈妈们的钱。最终又引起台湾一家大玩具公司的注意,决定买下门晓刚的动物科普专利,请门晓刚当"黑老虎"玩具公司的董事长。其实他什么事也不用董,更不用懂,只须不断发明各种会讲科学知识的动物,公司根据故事做各种玩具如熊狸、虎熊之类闻所未闻的形象,再做成卡通电视节目。从此门晓刚成了作家兼企业家,日子过得蒸蒸日上,成了香岛出版社的摇钱树。一有了钱就要有地位,位子不好就闹单干。门晓刚在台湾公司的帮助下在闹市区开了间富丽堂皇的"黑老虎玩具文化有限公司",算合资企业,享受各种优惠待遇如前几年免交所得税之类。他自己做梦也想不到会撞上这么好的大运。再想想当年耍尽心眼儿冒充团委书记混官儿混房子的闹剧，真大有往事不堪回首之感。

半楼移民，接着混剩下的日子。

# 后记

## 筒子楼的戏剧人生结构
——《混在北京》的写作记忆

黑 马

一九八四年我研究生毕业，来到北京进一家出版社当编辑，是在办公室中熬过八个月后，才进入一座类似《混在北京》中那座楼的筒子楼居住的。但那不是一般的筒子楼，它在"祖国的心脏"中心，离天安门近在咫尺，离王府井、东西二单、前门都十几分钟的路程。这样的坐标令我兴奋。我是个典型的中小城市里小知识分子家庭出身的学生，从小学一气读到研究生毕业，从校园到校园，从没见识过社会，刚毕业就能在这个地理位置上安身，成家立业，在那里挑灯夜战翻译英国文学，写散文小说，令我心生满足。那里曾是我下班后惟一渴望回去的归宿，是我的支点。因此我从心里爱那座楼，感到自己像上世纪三十年代上海的阁楼文化人，虽然生活不富裕，但却是知识精英（Meritocracy），做着高雅的文化工作。这样的筒子楼生活简朴而浪漫。

但筒子楼毕竟不再是简单的单身宿舍了。大多数楼民要在这里吃喝拉撒，繁衍生息。于是原本仅仅是支床睡觉的单身楼成了一个小社会，而其办公楼的简单结构又根本不是为这样的"群居"设计的。就仅仅因为一种建筑功能的改变而产生了一系列的社会问题，如环境卫生、邻里关系、公共道德问题，还有因为都是一个单位的人居住于此，下班后人们会把上班时的问题带回到楼里来，筒子楼又因此成了工作单位的延伸，过密的人际交往和没有缓冲余地的矛盾冲撞加剧了人们的冲突。工作中和生活中的矛盾完全交织在一起，上班和下班的概念几乎没有区别，感觉这是旧时代手工作坊的那种"前店后厂"，单位是"店"，筒子楼是"厂"（旧时代的店员们大多在后厂里居住），白天在店，下班后回厂，还是这些人不算，又多了这些人的家属参与其间，本来店里没有解决的矛盾回到后厂后又可能因为生活上的不愉快接触而加剧。你最厌恶的人和事几乎总在你身边徘徊，不分昼夜。因此过上一段时间，我最早对这楼的爱和浪漫情怀就被这种混沌粘稠的生活现实所消弭，最终只有一个想法，就是这样的酱缸令人难以呼吸，只能逃离。

应该说筒子楼最集中的地方是大专院校，这本是供学生和教职工们住的集体宿舍。但随着北京人口越来越多，其中一些就演变成了教师家属宿舍，他们又在此结婚育子，一个个家庭就在这里诞生了，不少机关单位也大都有这种宿舍楼。

并非每个人都能一开始工作就分上这里的一个单间，你要在结婚以后并且夫妇二人双方都有北京户口才有分上一间屋的资格；即便如此，也要在一个单位工作五年以上才有排队分房的资格，否则就只能两三人合住一间。

一家住一间，楼道渐渐被瓜分割据，堆上杂物，摆上破桌子便成了厨房。大人渐渐变老，儿童一天天长大，有人升了官，优先分了房子搬了出去；有人熬够了年头，由"小张"、"小李"熬成了"老张"、"老李"，携家带口告别了筒子楼。而新的楼民又源源不断地涌了进来。真是长江后浪推前浪，铁打的营盘流水的人。

这类人总在盼的是房子，希望过正常人的日子。他们与另外两类人构成了所谓"计划经济"年代里北京人的三种基本居住景观。

一类人是功成名就或奋斗经年在北京立住脚的中老年官员和知识分子，或有权有势或功名显赫，早就论资排辈分得了正式住房。一般来说是部长级独门独院，车库花园正偏房等等一应俱全，冬暖夏凉，安富尊荣。司局级处级科级则四至二间一套房子不等，他们中一些人的子女自然得获荫庇，是"口衔银匙而生"的膏粱弟子，"改革"前不难谋个肥缺公干，"改革"后仍有人如鱼得水，公私兼顾，成为改革试验的既得利益者。第二类人则是祖祖辈辈几代住在北京大杂院中的本地人，大多从事体力劳动或第三产业，只有少数人经过奋斗当了官或成了知识分子，这类人中大多数几乎没有机会分到公家的单元楼房，他们几代人挤住在低矮的平房里，烧煤取暖做饭，没有自己的卫生间，一条街的人共用一两个没有抽水马桶的公共厕所，这样的厕所在酷暑时节会散发出恶臭。他们惟一的希望是市政"危房改造"，被列入拆迁户，趁机搬出旧房，住进新公房中去。但他们损失也不小：不得不离开祖辈居住的市中心，搬到城市边缘或远郊县。而原来的居住地则盖起了五星四星的宾馆或写字楼。这类人与前一类人虽同居一市，却似天上人间，不可同日而语。很多成了公家人的市民子弟离开了这样的住宅区，与自己的父母和兄弟姐妹同在一个城市，却过着截然不同的两种生活，但也爱莫能助。

而介于这两者之间的，则是沉浮不定的这些筒子楼知识分子们。

他们以候补官僚，后补知识界精英的面目出现在北京，踌躇满志地蜂拥而至，本以为在这种破楼里"中转"一下，很快就可以荣身晋职，过上"人民公仆"的好日子，却不想多数人心比天高命比纸薄，只能当"公仆"的分母或长时间的分母，要在昏暗的筒子楼中生息繁衍，生生不息地过上一个相当长的历史阶段。于是他们戏称自己"混在北京"，只是知识打工仔。僧多粥少，只能排大队。若想打破常规非部非班，就得有过人本领，后来居上斜插入队或把别人挤出队列，以强行先到终点。争夺自然残酷，手段自然狡诈，心术自然不正，这种人生戏剧无场次、无逻辑，瞬息万变，教你随时处在不进则退的战时状态，其特点是手段和心计愈下流则能愈早脱离下流。

这类筒子楼楼民是高尚理想与精神沦丧的怪胎，他们的升华或堕落象征着中国知识分子的进化历程：千百年的战乱，血腥的朝代更迭，科学文化的落后，连年的政治运动使博大精深的中国文化传统惨遭浩劫，一次次出现断裂带，使得"书香门第"相传者甚少，真正的知识分子而非"受教育人口"并不多见。历史与现实的因素，使得许多受教育人口无法在言行上看似知识分子。"文革"后大学毕业生和研究生大量出现只是一九八二年以后的事。这些人大多出身贫寒，家境远非优渥，往往自身就是本家族第一个大学生。带着穷根念完大学，进入都市后又陷入筒子楼这种环境，教他们如何表现为知识分子？而外在环境更不允许他们书生气十足地生活，连年的政治运动以"文革"为登峰造极，形成了人与人争斗的传统。"文革"结束不过二十年，那些经过"文革洗礼"的人们正处在事业的鼎盛期，谁又能说他们身上的"人整人、人防人、人吃人"的惯性彻底消失了呢？"文革"为代表的数十年政治运动流毒是会毒害几代人的。年轻的知识分子们不能不在成为这种传统的受害者的同时也潜意识地继承这种传统之一二。

但是,中国的历史剧变——向市场经济转型——不可逆转地发生了。社会生活的大变革把这样一些素质不甚高的人推到了改革开放的前台,成为改革年代的知识分子。市场经济的拜金主义与专制主义传统和恶劣的生存条件合流,成为青年知识分子人格的三重奏。于是,各色人等,粉墨登场,自然是好戏连台,人性恶在这个时代舞台上得到最充分的表现。知识分子披着"文化人"和"读书人"的外衣,上演着庸俗的小市民闹剧。

这样的闹剧恰恰因为筒子楼的特殊结构而得到集中的展现,因为筒子楼与单位构成的"前店后厂"结构而得到最充分的戏剧化。一间挨一间的办公室当成住家使用不利于生活,但有利于使其成为一个舞台上演人生的戏剧。白日里的衣冠楚楚表演在下班后则变成了换上短打和赤膊后的表演,单位里的表现与下班后的私生活表现互为补充,一个人的性格和面目展现得更加充分。这种前店后厂的空间结构本身就把同一群人安排进了一个无场次的戏剧空间中,无论你是否愿意,你都成了这场戏里的角色,你们在这里住多久,这场戏就演多久。这样的楼是一个铁打的舞台,人们是上面流水的演员。如果说人生是大舞台,难得看到其全景,筒子楼则是个相对集中的小舞台,只要你超脱一些,后退一步,就可以欣赏这场生活剧的全景。

筒子楼难忘,离开它以后还常梦到它,因为我二十四岁到三十岁那六年金子样的时光就在那里流逝,它化作了我生命的一部分,影响着我的一生。

筒子楼最教人难忘的,是它那火爆热烈的生活场景,市民气十足,也温情十足,那种庸俗美是外人无法感同身受的。

在这样的楼里各家的生活几乎难有隐私，你的一切行动几乎全暴露在光天化日之下。印象最深的是一对情人一天下午在房中做爱，那欢快的叫声很高亢，他们大概快活至极，根本不想压抑自己，便尽情尽兴，任那快感的叫声透过破门传到走廊上，引来无数人驻足聆听。夫妻吵架，那巨大的声浪也是那种破木头门无法阻隔的。由于厨房和厕所公用，人们不可避免地拥挤在这两处地方，总是在没话找话地闲聊，于是便有了摆弄是非，人前人后指指点点的闲言碎语。但有时这种东家长西家短的议论却常常颇有新闻价值，你可以从中捕捉到不少有用的信息，如紧俏商品的价钱，某某人的背景等等。谁又能说这种闲话没有魅力呢？简直是不可抗拒！它像一个"信息高速公路"，每个人都在公开发表自己的小道消息，它比"信息高速公路"更有魅力之处在于，这是活人之间的现场交流，可以看到人的表情，听到人们最迅速的反应。真的是活报剧一般生动。

这种热闹场景大多是在做晚饭时分和星期天，人们就那样手上洗着菜、炒着肉、大声喧哗着交流信息，逗着闷子，愉快无比地手不拾闲儿嘴不停，一边聊一边相互品尝对方新出锅的饭菜，交流着手艺，东西南北各种风味的菜肴均在此得到展示。这样的生活小景无疑是迷人的，尽管有时话题很无聊，但它使你忙碌一天后精神上得到了放松。

我至今仍然留恋那种生活气息浓烈的筒子楼场景，它让你感到你和人类息息相关，感到安全，因为你随时可以敲一敲邻居的门请求帮助，随时可以在大庭广众之下发泄一下自己的情绪。人们无奈而又颇有希望地快活度日，一点儿也不感到什么痛苦，因为我们来自小城市，来自贫困的农村，来自本不优越的小市民阶层，我们来到了首都北京，立住了脚跟，仅仅这一点在那个封闭、闭塞的社会发展阶段就足以成为老家里一条街、半个县、整个小镇子的新闻,我们是首善之区的上等衣冠!即使住在这样的筒子楼里,我们也足以比下有余地生活,因为北京市民中还有多少人挤在昏暗的小平房、危房中度日呢。我们是"国家干部",即使在官场的角斗中沦为败将,无非是在筒子楼里多混些日子而已,我们早晚还是能分到房子,这是所谓的"铁饭碗",仅凭这一点,我们足可以心安理得了。没有光明的前景,但生活有保障,因为算作"京官"的后备和附属,我们还有点举手投足中流露出的优越。

于是我们一顿不落地做自己的饭菜,臭水横流时厨房里满地没脚面深的污水,整个楼道流水潺潺,我们视若无睹,在地上垫上砖头作桥,扭摆着腰肢来回穿梭。我们换上胶靴站在污水中炒制其香无比的干煸牛肉丝,炸鸡炸鱼、包饺子、溜肝尖儿。任凭它厕所的黄汤汩汩流入,我自岿然不动,因为锅中的饭菜香味足以抵消那污水的腥臭。"民以食为天",在这个时候显示出无可辩驳的真理性。

除了这种快乐,筒子楼民们心酸难过的事也有,最教他们心酸的莫过于平日里与大家一样毫无追求、牢骚满腹、自私自利的人突然在某一天出现在单位的大红榜上,宣布他已加入"无产阶级先锋队"的行列,再不久便官升一级并按政策分到了某一级官应分到的几室几厅单元楼房从此提前脱颖而出逃离了水深火热的筒子楼进入领导阶级,据说这叫改变命运的三部曲。

只有亲耳聆听这类人在庄严的入党宣誓会上的慷慨陈辞时,你才能领教到他们的"道性",才能知道为何他们能比你早逃离筒子楼。这些平日里毫无一点口才的人,居然能在这种会上大谈为共产主义理想奋斗,表演才能十分了得。

那么何以"解释"他们平日里混同落后分子们搬弄是非,飞短流长,口出粗话,据说那是为了"和广大群众打成一片",实则"出污泥而不染"。这听起来如同"打入敌人心脏"的地下特工人员一样机智而伟大。

我曾经无比蔑视我的同类中一些"知识混子",为他们痛心,他们不少人其实聪明过人——能从穷乡僻壤考入全国一流二流的大学就足以说明他们天资非凡,但他们却甘心精神上堕落。我在小说《孽缘千里》中曾这样写道:"大都市中知识青年心灵上的堕落竟如同妓女们肉体上的沦陷一样势如破竹,不可救药。"后来我又把这种沦落归咎于环境,把他们看作环境的牺牲品。看来,这两种观点都失之天真,倒该说成是两者的化合反应加剧了他们的堕落更为准确。我真的为这些纯良的乡村、小镇、底层青年才子们惋惜,错!错!错!

北京在长高,我几乎快不认识她了,她令我茫然。但我知道《混在北京》里的那些人大多现在混得正是春风得意,俗话说是"混出人样儿来了"。人到中年,大多各得其所,至少小有得志。我们这个世界上的第二经济强国里很多有利的地形都被这个年龄段的人占据着,在各自不同面积的大小地盘上能呼风,也能唤雨。

但我怕的是,一个个筒子楼楼民乔迁了,荣升了,却把筒子楼精神撒播向四方并代代相传。住进几十层高的公寓里,住进优雅的别墅,开上各种名牌汽车,他们的劣根会自行斩断吗?

随着北京的建设日新月异,这样的筒子楼几尽经绝迹,人们欢呼着搬离,住进单元房后就自然把那种臭水横流的筒子楼中外省移民知识分子为争得人生一席地的辛酸故事忘却,记忆的文档里从此就删除了这个文件。那些可怜、可悲又可鄙、可笑,为达到一己目的不惜媚上压下,在金钱和权力面前纷纷头冠草标压价贱卖人格的故事就随着推土机的轰鸣灰飞烟灭了。但筒子楼,在北京知识分子的成长中起着不可替代的作用，是他们生命历程中的坐标。这大大小小灰灰红红的北京筒子楼，构成了富丽堂皇的北京潜隐着的另一层风景。我不能就让它这么轻易地消失。俗话说忘记过去就意味着背叛。研究了多年英国小说，我居然就在一部绝好的小说结构中而不自知，整天说外国文学研究的目的是"它山之石，可以攻玉"，而我自己就在那块宝玉中，却不懂得去"攻"，这真是对书呆子莫大的讽刺。还好我的研究生涯帮助了我，让我在某一刻顿悟出了这个"前店后厂"的戏剧结构，这样的小说，我不写谁写？我必须写。我要把筒子楼的精气神留下来。

按照一般的小说理论，现实题材的小说作者对自己所写的现实生活越熟悉越好，同时最好与自己熟悉的生活拉开审美的距离才能写得更客观真实。我这本小说只用了半年时间断断续续就写成了，恰恰因为我在筒子楼里生活了六年，搬出来两年多后才动笔，因此能一气呵成。如果说深陷筒子楼时我是生活在情绪与感觉中，难识其真面目，而那之后的两年楼外生活则是我反刍这种生活之意义的两年，让我从水深火热的生活境遇中脱身后，冷静地反思筒子楼的锻炼与筒子楼对我成长的益处，摆脱了当年纠结其中的很多情绪化的偏激，从而能客观地以小说的笔法创作那段生活。而因为我对生活的热爱和浪漫的理想在肮脏的筒子楼里受到了残酷的挫败，在理想与现实的反差中我感觉到了这种生活的俳谐，因此我的小说字里行间又汹涌起一串串的笑声。你想，一个写"年轻好啊年轻美／五月的鲜花三月的水"的流行诗人，置楼道里淌着厕所里冒出的臭水而不顾，仍在屋里畅想自己要获得诺贝尔奖，要花大钱请国内最好的翻译家把他的这类诗歌翻译成各种外语文本，这样的形象是不是很滑稽呢？

我希望这本类似讽刺劝善的滑稽剧式的小说能为新时代的人留下

旧时代的一面照妖镜，让有些衣冠楚楚的过来人照一照，发现自己不过是曾经的生活丑角，从而能产生悟性，反省自己现在的行为是否带着筒子楼里的惯性。我希望这小说像一场小小的春雨，让一些人身上的旧伤痕一到雨天就发痒，提醒他们在生活的路上不要重蹈覆辙。当然，这也是警醒我自己，因为我是他们中的一员，可能好几个人物身上都有我的影子（不要以为那个庸俗的诗人纯粹是别人，他的某个庸俗想法其实我也有过）。自省并能反躬自谑，也是让我摆脱旧的噩梦的本能努力，好在是披着小说写作的外衣做这事，可以让读者觉得那些坏事都与己无关。所以我要感谢小说这种表现形式。劳伦斯说："作家通过写作摆脱自己的厌恶。"我研究了多年劳伦斯，我信他的话，我写这小说很大程度上也是为了这个目的，包括与自己的病态过去告别。

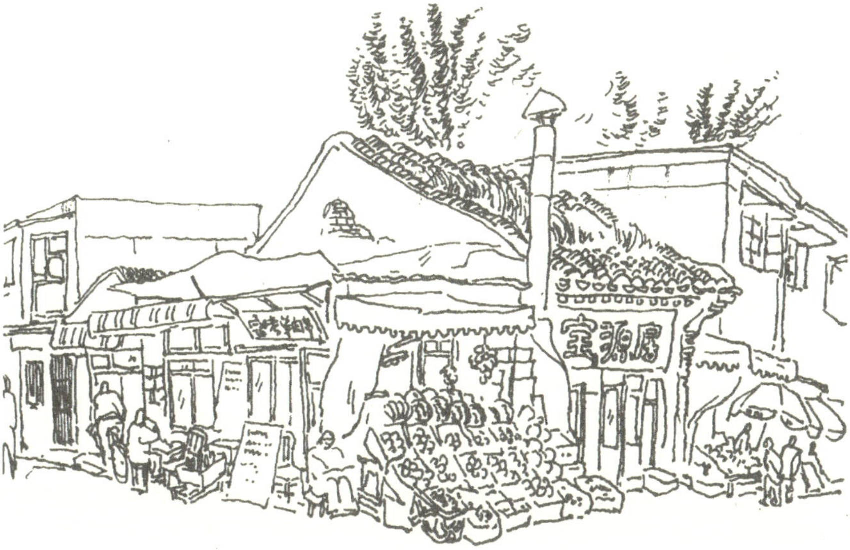
宝源居